1 / night owl

# 子夜鸮

颜凉雨◎著

中国致公出版社　知音动漫

知音动漫图书 · 漫客小说绘出品

——孤独的船永远靠不了岸。

颜凉雨

# 目录

CONTENTS

南柯一梦原是真，
出尔反尔套路深。

# 第一章 雪原

XUE YUAN

# 1

徐望从没想过这辈子还能遇见吴笙，哪怕是在梦里。

但是他遇见了。

茫茫雪原，皑皑林海，他只穿一条短裤漫无目的地前行，穿过一棵又一棵树，越过一个又一个小雪坡，哆哆嗦嗦抱着胳膊，没半点儿平日的健谈与帅气，以所能想到的最糟糕的状态，遇见了高中时的班长大人。

八成是为了配合他的梦，吴笙也穿着一套同周遭环境极不和谐的睡衣——亚麻条纹的长袖，在御寒方面比他的赤膊强点儿，但也就强那么一点点。鼻头同样被冻得泛红，但人家就是有定力站在那儿一动不动，连眉头都不皱一下。

除了五官脱去了当年的稚气，眉宇间多了几分成熟和沉稳，剩下的都和徐望记忆中那个代表年级升旗，结果升到一半旗线缠绕卡住了，于是在全校“中二少年”不怀好意的哄笑中，敏捷地爬上旗杆亲自解开旗线，然后像马里奥一样顺杆滑下来，继续若无其事升旗并最终傲视全场的班长大人一样。

这家伙最让人难以忘怀的就是从高一到高三始终不可撼动的年级第一，以及从高一到高三越来越令人发指的……装相。偏偏徐望就喜欢他的装相，甚至私底下好几次偷偷模仿他爬旗杆，结果……

打住，这么难得的重逢时刻不要回忆那么不开心的事。

"吴笙。"十年没喊过了，徐望以为多少会有些生疏，可是没有，这两个字就像在心中百转千回了无数次，极流畅地出了口，霎时就将他带回了昔日时光，让他心底泛起轻轻浅浅的温热。

吴笙眼中的惊讶更甚——片刻前于这冰天雪地里迎头遇见，他就已经面露惊讶，这会儿被喊了大名，那惊讶干脆从眼底蔓延到了整张脸上。连穿着条纹睡衣漫步在林海雪原都没皱一下眉的人，对着一下子就喊出了自己名字的昔日同窗，竟一时组织不出完整语句："你……"

高中三年，徐望就没见过"话说不利索"的吴笙，要是回到以前，他能拿这事儿笑话他一学期。但现在，他实在腾不出空，满心满脸都塞满了期待："对，我……"

"高中……"

"嗯！"

"我下铺的……"

"嗯嗯！"

吴笙应该是想起来了，诧异慢慢淡去，眉头渐渐舒展，眼中徐徐浮起笑意，赫然还是那个傲视全年级、让人气得牙痒痒又崇拜得心痒痒的男生。

徐望望着他，嘴角咧着，心花开着。

终于，对方率先伸出了友谊之手："好久不见，张望。"

徐望："……"

在自己的梦里打人犯法不？徐望这边气得肝疼，捂着胸口都不能缓解扎心之痛。吴笙那边倒开心起来，尽管他掩饰得很好，但徐望是谁啊，上下铺住了三年，吴笙那点儿微表情他再熟悉不过了。这家伙绝对是故意的，高中时候他就以挤对自己为乐。当然自己也不是软柿子，你给我一刀，我必还你一剑，虽然成绩反扑无望，但打嘴炮也从来没落过下风。

只是没想到，都到自己造的梦里了，大脑皮层虚构出的这个吴笙居然愣是没在性格上进行半点儿"美颜"，哪怕多少温柔一点儿呢？

行了，徐望"啪啪"拍两下自己的脸，难得做个美梦，难得这个十年后的吴笙还是熟悉的配方熟悉的味道，难得天寒地冻衣衫单薄，来个热烈拥抱顺理成章——

"好久不见！"

无视掉对方伸出的手，徐望扑过去就是一个熊抱。吴笙猝不及防，在巨大的冲击力下后退半步，然后站稳，僵住了。

徐望才不管对方适不适应，一米八的人就这么小鸟依人地在人家胸膛蹭，一边蹭还一边感叹："这梦……睡死过去也值了……"

天上开始飘雪。

很细的雪，一粒粒落到徐望的鼻尖，刚沾上，又咻地融化，仿佛不忍心多看这画面一眼。

“吼嗷——”

背后猛然袭来凛冽冷风，伴随着野兽的吼叫，徐望浑身战栗，再顾不上拥抱，“唰”一回头！黑熊那一掌“唰”得比他更快，结结实实呼上了他的肩胛骨。

“死而无憾”只是个感慨，不需要这么认真吧！！！

徐望活了二十九年，磕了碰了是常有的事，却在这一爪子里明白什么是真的疼。大脑当机，身体木然，他整个人随着熊掌的力道往前倒。吴笙想扶，没扶住，被他一并扑倒。

跌入厚厚雪地的瞬间，徐望再度听见了黑熊的咆哮，这一次比上次更近、更凶狠。他要死了，而且很可能还会把吴笙一起连累死。

童话故事的开头，恐怖电影的结尾，这梦做得太失败了！

这只是一瞬间的念头，“耳中音”却是一字一句圆润清晰，就像有个小人儿站在他耳道里说话，甚至语调还带了点儿诡异的调皮：“宝贝儿，提前放假，送你回家。”

徐望眼前忽然一白，就像无数探照灯对着这边打强光，他本能地闭上眼睛。只一霎，身下的吴笙消失，他结结实实摔趴到了地上，“吧唧”一声，清脆悦耳。

雪停了，天暗了，吴笙没了，顺便还带走了杀人熊。

徐望糊里糊涂地爬起来，四下张望，哪里还有茫茫白雪、广袤山林。这就是他租的房子楼下，黑漆漆的凌晨四点，硬邦邦的柏油路，林立的商铺全都紧闭，即便是早点铺，也才刚开始有人忙碌准备。

“嘟嘟——”急促的汽车鸣笛声让徐望回过神，他这才发现自己正站在十字路口的中央，连忙快走几步上了步行街道。熟悉的早点铺老板猫着腰从半开的卷帘门里出来倒垃圾，看见他，一脸惊讶，操着一口“陕普”打招呼：“今儿个咋这么……”

老板原本想说的是“咋这么早”，不想话说一半，才看清这位“熟客”的打扮——赤裸上身，下身穿着一条黑色的宽松短裤。平心而论，熟客平日里穿西装打领带看着偏瘦，这一打赤膊，倒是有点儿线条，看着赏心悦目的，但你不能仗着自己盘亮条顺就大深秋的光膀子浪吧？然而说出去的话泼出去的水，老板只能硬拗：“咋这么……凉快？”

徐望低头看看自己，又抬头看看老板，一时分不清梦境现实。如果是梦，还带这样连续剧的？如果是现实，他好端端在自己床上睡着，睁眼就站大街上了，合着他活了二十九年突发梦游？

“嘶。”突来的疼痛让他倒吸一口凉气，下意识抬手摸后肩，一片湿漉漉。徐望怔住，又疼又慌，以至于迟迟不敢将手拿回来看。他现在宁愿自己是梦游了。

伸手摸自己后背这个姿势实在有点儿扭曲，早点铺老板看不过去了，关切地问:“咋咧?”

“没事。”徐望勉强扯出个微笑，搪塞两句后飞快奔进楼里。

跑进楼道里的徐望后怕地想，幸而天还未大亮，否则绝对能把人吓着。

早点铺老板逃过一劫，于是受惊吓的只有当事人自己——明亮的声控灯底下，徐望摊开手掌，一片猩红。

只着内裤的他根本进不去家门，只得在楼道里苦等，终于在天放亮时，等到了下楼遛弯的李大妈。李大妈眼神不好，心肠倒热，一听他把钥匙忘家里了，也没多琢磨为啥这位平日西装革履的小伙子今天穿得这么“休闲”，二话不说就把手机借给了他。

徐望在满楼道密密麻麻的小广告里寻了一个排版设计没那么花哨、看着就有扑面的憨厚朴实感的“派出所备案开锁王”,然后谢过李大妈并婉言谢绝了其“上我家坐坐歇一会儿”的邀请，维持着后背紧贴防盗门的姿势，目送其下楼——后背的伤口已经被血凝住了，即便沾到黑色防盗门上少许，也看不出来。

开锁王是个非常年轻的小伙，来得很慢，抵达的时候李大妈都遛弯回来了。饶是如此，小伙还哈欠连连，睡眼惺忪，一脸“提早上工”的辛苦，不过等看见徐望清凉的造型，那目光就瞬间警惕起来了。

徐望心虚，染了血的那只手其实已经握拳了，却还不放心，下意识往身后藏。

小伙眼睛里精光一闪，刚要开口，徐望比他还快，一声号叫石破天惊:“李大妈!”

封闭的楼道差点儿被这一嗓子震得掉土渣，开锁王耳朵还嗡嗡着呢，就见一老太太哒哒哒从楼上小碎步下来，一边奔赴“现场”，一边往胳膊上戴红袖箍。

仅剩的那点儿怀疑让这不容置疑的正气给镇住了，在李大妈再三说明徐望的确是住在这里的有为青年后，开锁王拿出根锡条捅进锁眼，咔嗒，锁开，速度之快让徐望怀疑自己是不是压根儿没锁门。

徐望飞快进屋，利索关门，火速套T恤，再从容开门、付钱，终于踏踏实实坐在客厅沙发上时，已日上三竿。

他先打电话跟公司请假，之后才拿了手机、钥匙、钱包、医保卡去医院看伤，直到医生问他怎么受伤的，他还处在蒙圈状态。如何回答大夫的他忘了，反正肯定不是“一有为青年在首都三环被狗熊一掌拍肩 Say Hi”这么挑衅医生智商的版本。

从医院回来，已是正午时分，再度坐到出租屋的沙发上，徐望才终于能稍稍转转脑子，理理发生的这一切——他下班回家，到点睡觉，夜里做了个梦，梦见了林海雪原，梦见了高中的班长，然后被一黑熊扑倒，肩膀挨了一熊掌，梦醒，他在十字街头。

如果没有肩膀上的伤，还勉强可以用“梦游”来解释他苏醒时的所在地，可如果发生的一切都是真实的，吴笙哪里去了？熊哪里去了？还有，他虽然是第一次被熊拍，但常识还是有的，一熊掌呼过来怎么会只是皮肉伤，连骨折骨裂都没有？

徐望在客厅沙发里窝了一下午，一刻不间断地想着昨夜那些匪夷所思的遭遇，可直到夜幕降临，没开灯的客厅陷入寂静的黑暗，仍是没理出个所以然来。

算了，不想了。徐望甩甩头，腾地站起来，结果动作太剧烈，牵动了肩膀的伤口。他再不敢动，缓了半晌，才小心翼翼去卫生间洗脸刷牙，让整个人在冷水的刺激里一扫尘霾，清清爽爽。

光天化日，朗朗乾坤，要是梦游，他就治病，要有坏人，他就报警，谁怕谁！有了决断的徐望心里不再七上八下，他脱鞋上床，蒙头就睡。明天又是崭新的一天……

23：00……

23：30……

好吧，他睡不着。肩膀还疼着呢，怪事还无解呢，这要能睡着他心得有多大！

徐望打开手机手电筒，环顾卧室一圈，没异样；照照自己身上，羽绒服、保暖裤、运动鞋，没问题；摸摸裤兜，钥匙、钱包都在，完美。

不管是不是梦游，他都不想再经历一次冻成狗后还要借楼上李大妈手机找开锁王这种事了。

## 2

“咕咕——”

又是仿佛在耳朵里响起的声音！

徐望身体一僵，模糊的记忆碎片回笼——昨夜在坠入雪原遇见吴笙的前一刻，他也听见了这个声音！

彼时的他以为是梦中幻听，可现在他醒着，前所未有的清明。那是某种鸟类的叫声，徐望形容不出来，只觉得这声音与黑夜十分契合，乘着夜风送入心怀恐惧者的耳膜，杀伤力简直加倍。

回笼的记忆碎片里不仅有叫声！

徐望一股脑爬起来，也不管牵不牵动伤口了，疼得龇牙咧嘴也要第一时间下床往外跑。

一口气跑到客厅，徐望听见了第二声“咕咕”，随后，卧室里传出窸窸窣窣的异响。

徐望站在距离卧室门两米远的地方，伸脖子往里面看，只见床头还是靠着墙的床头，但床身已经成了一个笼罩着光晕的长方形流沙坑，哪里还有床垫床单的身影，有的只是源源不断往坑里陷的流沙。

幸亏那声鸟叫让他把昨夜模糊的片段都想起来了，否则现在他又要进到那个鬼地方了，虽然能遇见吴笙是好事，但那毕竟都是假的——吴笙早八百年前就跟着爹妈出国定居了，而挨一熊掌的疼绝对是真真切切的……

哎？

徐望正为逃过一劫庆幸呢，忽然觉得有一股力量拉扯着他往卧室里去，眨眼间他就已经被拽到了卧室门口！他拿出吃奶的力气扒着门框死不撒手，可那力量竟越来越强，到最后他整个人被拉得打横腾空起来，跟狂风里的人形旗似的！

眼看再僵持下去自己就要被扯断成两截，徐望不再顽抗，绝望松手。被吸入流沙坑的时候，他想了两件事：一，这事太魔幻了，必须报警，就算被当成神经病也要报警；二，如果吴笙还在，找个没熊的地方再拥抱。

上一次是熟睡中陷入那诡异之地的，徐望从头到尾如堕五里雾中，直到见了吴笙，精神一振，脑筋才慢慢清楚起来，所以在那之前他是怎么来这里的，又在这皑皑雪原里茫然地摸索了多久，记忆全然模糊。但这一次他醒着，清晰体验到了那种从高空坠落的失重感，就像坐在跳楼机里，仿佛永无止境地极速下坠，让人生出一种整个身体都被打碎的窒息感。

不知过了多久，脸颊忽然传来极凉的触感，先是冰，然后慢慢有些湿润。徐望呆愣半天，才意识到自己已经落地，并且是脸冲下，一头栽进了雪里。他大松一口气，悬着的心肝脾肺肾终于归位。冲过终点的姿势好看与否已经不重要了，至少他还活着，并再次感受到了让人安心的地球引力。

雪和脸皮都够厚，爬起来扑棱扑棱，又是一个体面青年。徐望环顾四周，又极目眺望，雪原、林海、辽阔苍穹、浩渺远山，错不了，就是昨天那地儿。

这是“梦境”？

就算徐望愿意一意孤行地坚信，他那十个通红的手指头都不能答应——刚刚扒门框扒得太用力，指肚现在还一跳一跳地疼。

冰天雪地里站着不动是最冷的，没一会儿，徐望的脚就开始发木。他连忙走起来，可辨不明方向，也不知要去往何方，只能茫然前行，努力维持着身体热度。

不知过了多久，一声短促清脆的“叮”毫无预警地响起，徐望被吓得心里一紧。

那声音乍听很像某些饭店后厨出菜窗口上摆着的按铃——菜一出来，后厨就要“叮”一下提醒伙计。但很快，他就品出不对了，和那些仿佛由他耳膜深处生出的诡异声音不同，刚刚那声“叮”好像来自他的……左胳膊？

徐望立刻停下脚步，二话不说就上手，哪知道费半天劲也没撸起密不透风的羽绒服袖子，他隔着衣服拍了拍，好像也没什么异样。但他还是不放心，索性脱掉半边外套，然后把保暖卫衣的袖子撸到手肘，露出整条小臂。

下一刻，徐望眼睛霍地睁大，于瑟瑟寒风中愣住了。

只见小臂上不知何时出现了一个菱形图案，淡彩文身似的，图案正中是一张猫头鹰的脸，下方则是一个“鸮”字，看起来就像手机 App 的 LOGO。

作为一个常年奋战在期房售楼处的置业顾问、一个只需要带业主看看沙盘给老板圈圈地图的几乎与风吹日晒绝缘的精致青年，徐望发誓被拖进流沙之前，他那胳膊还白得跟藕节似的。更微妙的是，现在那个猫头鹰脸的右上方还挂着一个小小的“1”。

没有哪个智能手机时代的青年能忍着不去点，绝对没有。

既恐惧忐忑又难耐心痒的指尖终于触碰到猫头鹰脸，菱形图案瞬间消失，取而代之的是四个选项——花名册、文具盒、小抄纸、成绩单(1)。

小臂就是横向手机屏，图标就是 App，选项就是系统菜单——这模式实在太亲民，徐望几乎是无缝接入，很自然地点向新消息的来源，“成绩单”。界面切换，一条置顶消息从左往右滚动：“苏明展、陶阿南、蔚天杭、岳帅，3/23 交卷。”

显然，刚刚那声“叮”就是这则消息的提示音。但是“3/23”是什么？交卷又是什么意思？

不停滚动的消息下面则是两个榜单：总成绩榜、交卷速度榜。徐望还想继续点，忽觉后脑勺有风！他绝不是那种一个坑里摔两次的人，当下向前扑倒落入雪地，一动不动宛如死尸！

一秒，两秒，三秒……

“熊来了装死，我来了不用。”头顶传来忍笑的声音，“昨天晚上我们所有人都是第一次来这里，都会有不同程度的慌乱，你抱我那一下的确属于这些慌乱反应里最匪夷所思的，但也不用觉得没脸见我。”

是吴笙，用耳朵他就能把那家伙的声音辨得分毫不差。

诡异的地界，十年后的吴笙，还有他脑袋被门挤了的真情实感的拥抱……一切都是真的。现在徐望唯一的愿望就是天塌地陷然后从裂开的地缝里钻进去。

当然，这样灰心丧气的念头只存留了一刹那。

在徐望的字典里就没有穷途末路，只有绝地反扑，哪怕失尽先机，也要舞出自己的节拍，然后把所有人都带进他的节奏和他一起摇摆。

“吴笙？！”伴随着这声真情实感的呐喊，徐望一跃而起，激动地握住老友的双手，满脸久别重逢的惊喜，“真的是你？！”

吴笙的笑意僵在眼底，然后慢慢变成一言难尽：“你确定这是今天的台词而不是昨天的？”

徐望才不接茬儿，维持着情绪的连贯，继续自己的“影帝之旅”：“你不是在国外吗？”

“回国创业。”

“在北京？”

“在北京。”

徐望愣了几秒，眼底刚因“吴笙回国”这一喜讯泛起的雀跃，又渐渐被巨大的疑惑取代，声音里再没玩笑，只剩带着一丝慌的茫然：“那这里……是哪里？”他原本的目的很单纯，就是转移话题以防吴笙提起昨日的“蠢行”，但转着转着，这接连两日的诡异遭遇就带着阴影蔓延而至。

吴笙被他连珠炮的提问打乱了节奏，早忘了先前要说的，这会儿只能就着他的提问，无奈摇摇头：“如果我知道，昨天就不会穿着休闲装和你久别重逢了，至少也该更正式一些，才能显出对你这位老同学的尊重。”

“你那就是睡衣好吧！”徐望发现，尽管过了十年，此人不管何时何地都要保持格调这件事，和自己本能就想吐槽这件事，简直历经风吹雨打，仍不改初心。

“咳，”不耐烦的刻意咳嗽声打破了“安宁祥和”的气氛，“我俩真就这么没有存在感？”

徐望吓了一跳，这才看见吴笙身后还站着两个人，一个四十来岁的大哥和一个二十出头的小伙。大哥寸头，瘦削脸，面无表情地手插兜，眼神里透着烦躁。小伙短发，圆脸，白白净净的，身高和一米八的徐望差不多，五官也帅气，偏眉宇间尽是憨厚，与徐望四目相对时立刻释放善意微笑，眼睛眯成了缝，按照时下流行的分类法，妥妥的“奶系少年”。

“你们……一直在这里？”徐望真心半点儿没注意到。

小伙点头，乐呵呵道：“对啊，昨天也是，一直都在，但你压根儿不看我们……”

“等等，”徐望打断他，艰难地咽了下口水，“昨……天？”

小伙有些不好意思地摸摸头，咕哝：“嗯，看你抱得那么投入，我们没好意思出声。”

徐望：“……”要尴尬也是我尴尬，你一个围观群众羞涩什么劲儿啊！

一眼没照顾到，吴笙已经蹲下了，正低头在地上胡乱摸索地画着圈圈。徐望不明所以，想凑近看看他干吗呢，对方却毫无预警站起，以迅雷不及掩耳之势绕到他身后。下一秒，拳头大的雪球直接从徐望后脖领滚进去，刺骨冰凉惊得他“嗷”一声跳起。这一跳可要命，正一路开疆拓土的雪球直接被震散成无数雪块，浓烈亲吻他背后的每一寸肌肤。

罪魁祸首甩甩手上残雪化的水珠，对着徐望微笑，一脸神清气爽。

“吴笙你八岁吗！”徐望痛斥得那叫一个咬牙切齿，同时把衣服下摆撩起来，不住地抖动好让后背的雪都掉出去，未料光顾着跟雪球搏斗，忘了肩上还有伤，一个动作过大牵动伤口，“嘶”地倒吸一口凉气。

“怎么了？”吴笙走近，先前的幸灾乐祸尽散，蹙起的眉宇间不自觉流出一丝关切。

徐望没好气地拉开衣领，露出一点儿肩膀上的纱布。

吴笙一点就通：“昨天那头熊？”

“不然呢。我都这么惨了，你还灌我雪球，有没有人性！”徐望恨得牙痒痒，其实刚刚牵动伤口疼那一下已经过去了，现在扎心的是他竟然中了吴笙那么幼稚的套路！

“就冲你这么中气十足，伤应该也没多重。”吴笙嘴上挤对着，却还是觉得那白纱布很刺眼。

徐望也没心思和他斗嘴了，他现在就想知道一件事：“我们该怎么办？除了被熊扑，还有没有其他回到现实的办法？”

吴笙正色起来，目光变得认真。

徐望发现他还是那样，一提到正事，便什么杂念都没了，整个人散发一种超凡的专注。

“第一，这里不是梦，你、我，还有他们都是真实的，这一点应该已经是共识。第二，从花名册看，我们四个现在是一队，而根据小抄纸的提示，我们需要奔赴一个坐标点。第三，奔赴坐标点之后该干什么现在尚不清楚，因为昨天你消失了之后，我们三个赶到了坐标点，但什么都没发生，所以我猜测全员到齐是触发事件或者提示更新的必要条件。第四……”

徐望听得脑瓜疼，连忙举手：“我能申请找个小本本记下来吗？”

“最后一条了，”吴笙不为所动，微微低头，看进他眼底，“第四，如果你再被熊扑了弹回现实世界，就原地站着不要动。”

徐望：“为什么？”

吴笙：“因为我们作为一个团队，需要在现实中会合，而昨天我和小况为了找你，开车跑遍了整个北京城，差点儿在西直门桥上转不下来。”

徐望：“小况？”

白净小伙伸手过来，憨厚一笑：“况金鑫。”

徐望连忙握住战友：“徐望。”然后他重新把目光放回吴笙脸上，好说好商量：“真的站在原地一动不能动吗？那是个十字路口，很尴尬的，又车来车往……”

吴笙皱眉：“你不想尽快解决这件事？”

徐望毫不犹豫：“我想！”

吴笙：“那你还这么多话。”

徐望："我的意思是，我现在把手机号给你是不是更高效稳妥一些？"

吴笙："……"

一直没说话的大哥终于耐心耗尽，一皮鞋踢飞脚前雪，脸已经彻底黑了："我说咱们现在能开始正经干活了吗？我可不想每天晚上都被拉进来，真要疯了！"

徐望理解他的暴躁，换谁突然被拽进这种魔幻之地都好受不到哪里去，正想出声安抚，顺便互相认识一下，联络联络战友情，忽然第六感开始报警。

空气不知什么时候安静了，静得连被踢飞的雪花落下的声音都听得一清二楚。

徐望紧张四顾，没等看清，忽然被人一把扑倒，后脑勺"哐叽"磕进雪里。另外两位则根本不用人扑，仿佛提前演练过一样，"扑通"自行倒地。

徐望现在这个姿势，根本看不见除了吴笙以外的世界，可越来越近的脚步声和黑熊喉间低闷的兽声还是听得一清二楚！

不止一头熊！

徐望浑身紧绷，一动不敢动，压在他身上的吴笙却忽然抓起他的胳膊用力点了两下！

狂风骤起，群熊嘶吼，然而风声更烈，甚至盖过了野兽的咆哮！

吴笙仿佛早有预料，也不看周遭变幻，直接拉起徐望，并顺势在他胳膊上点了第三下。

徐望这回看得清清楚楚，他点开的是自己胳膊上那四个选项中的"文具盒"，里面一排排格子就像游戏中的物品栏。先前被吴笙点掉、一下子就起了风的是什么物品他不知道，但这第三下点的是仅剩的一格物品——‹防›铃儿响叮当。随着这一格图标消失，"文具盒"彻底空了，而地面上则突然出现一架四头驯鹿拉着的挂满铃铛和圣诞花环的雪橇。

是的，平地冒出一架雪橇。

"别傻看着了！"吴笙跃起，身手矫健地跳上雪橇。

徐望回过神，连忙爬起来跟上，坐了进去。接着是况金鑫，还有黑脸大哥。待四人坐定，驯鹿像有感应似的奋蹄疾驰起来，雪橇在地上乘风破浪，溅起霜雪纷飞。

徐望看着眼前一簇簇鹿角，发自肺腑地感慨："再发生什么我都不会惊讶了，真的。"

挤着坐在旁边的况金鑫拍拍他的肩膀，好心提醒："哥哥，那你再看看后面吧。"

徐望回头，疾驰的雪橇已将他们和黑熊拉开很远的距离，但仍可以清楚看见那股将熊群引开的"龙卷风"。龙卷风盘旋呼啸很壮观，而黑熊们上蹿下跳扑得欢，偶有几爪子还真扫出了收获——龙卷风里密密麻麻全是鲜活乱蹦的鱼。

徐望缓缓收回目光，为先前的大言不惭真心悔过："对不起，我见识太短浅了。"

况金鑫一脸"终于找到知音"的激动："我昨天也是，刚看见'文具盒'里那些图标的时候我就想，什么叫'鱼卷风'？结果一用我就被震住了，简直打开了新世界！"

"鱼卷……风？"徐望想和起名者谈谈人生。

况金鑫热心地继续解释："嗯，就叫'鱼卷风'，它和'铃儿响叮当'应该是每一个进到这里的人的'文具盒'里默认的物品，我们三个都有。不过吴哥的昨天用完了，我和孙哥的今天再进来就没了，也不知道是怎么回事，幸好你的还在。"

徐望点点头，带着"意外收获"看向旁边的黑脸大哥，主动伸出友谊之手："孙哥？"

黑脸大哥愣了下，仍郁闷着的情绪本能地不想回应这种无用寒暄，但伸手不打笑脸人，纠结半天，还是不情不愿伸了手："孙江。"

徐望刚想再说两句，忽然觉得余光里有黑影，下意识回头，就见一熊爪子迎面呼来！他反应不及，甚至感觉睫毛已经碰见了熊爪尖儿，后脖领忽然被人一拽，整个身体随之往后倾倒，终于赶在最后关头躲过这致命一击！

"都往前坐！"吴笙松开抓着他衣领的手，厉声提醒队友。

其实不用他提醒，所有人都已经向前匍匐，况金鑫更是半个身子都挂到驯鹿屁股上了。

驯鹿越跑越快，然而一击未中的黑熊也不气馁，呼哧呼哧不懈追赶。那速度哪里是熊，分明是豹！

徐望仍保持着回头的姿势，死死盯着这只没有被"鱼卷风"引诱住的黑熊，眼睁睁看着它二度追上来，近了，更近了，竟向前一扑，双爪挂到了雪橇的靠背上！

徐望要疯了。这里到底是什么破地方，到底是谁把他们拉进来的，这么危险的活动有营业执照吗！！！

黑熊的扑挂让整个雪橇猛然一震！驯鹿们不知身后何故，仍奋力向前拉，奈何多了一头熊的重量，速度立即缓了下来。

另外三人察觉异样，本能回头，下一刻和徐望一样头皮发麻！

黑熊已经稳住身形，开始奋力往雪橇里爬。徐望手无寸铁，情急之下一脚踹向熊头。黑熊没躲，直接张开嘴接着。徐望发现不对，但动作的惯性已经来不及收腿了！

眼看脚已入口，熊嘴就要咬上，旁边忽然出现一条大长腿，照着熊脑门就是一踹！

熊头被巨大的力道踹得往后仰，合上的嘴原本该咬徐望脚面，因这一后仰，只咬到了脚尖。徐望借着与对方牙齿接触的反作用力，一个猛然收腿，脚丫骤然一凉——腿收回来了，鞋没有。

吴笙又一连两脚把熊爪彻底踹下去，直到黑熊扑通栽落雪地，才冲着徐望吼："你脚不要了？伤能带出去的你不知道？你准备下半辈子单腿蹦？！"

徐望嘴唇张了又合，合了又张，愣是没回一句。话是好话，绝对出于关心，但……怎么听着就那么别扭呢！

“这玩意儿是假的吧？机器熊吧，干跑不知道累？”孙江一声骂，拉回了众人的注意力。

果然，黑熊重又追上来，刚刚被吴笙踹下去之后明明被雪橇拉远了十几米，眼下又回到十米内了。

况金鑫抱着驯鹿屁股，属于伙伴中距离熊最远的选手，但这依然没能让他得到多少安慰。他回头看看伙伴，再看看熊，简直要哭了：“昨天一上雪橇就甩掉了，今天到底怎么回事啊？”

“这么下去不行，”吴笙抬手臂看地图，“我们马上就要到坐标点了，如果那时候还不能把它甩掉，选择就只剩两种，一，我们停雪橇，冒着被它弄死的极大风险寻找触发提示；二，我们不停雪橇，那今晚我们所付出的一切努力都将没有任何意义。”

徐望拍拍他的肩膀：“请直接说三。”

吴笙诧异道：“你知道我有三？”

徐望冲他笑，笑得天真无邪，笑得团结友爱：“一旦你开始装相了，那就是胸有成竹了。”

吴笙：“……”他回国可能是个错误。

“一会儿快到坐标点的时候，我们谁都别再动手，等熊顺利爬进来，我们立刻跳下去，让继续跑的雪橇把熊带走。”吴笙言简意赅地说明自己的办法。

况金鑫艰难地咽了下口水，却也是第一个表示赞同：“有点儿冒险，但听起来可行性强。”

孙江没意见，算默认赞同。徐望也不再玩笑，正色点头。

目标达成一致，吴笙低头看手臂，道：“根据我们在地图上的移动速度，再有大约两分钟就能到坐标点，都做好准备。”

况金鑫和孙江分别撸起自己的袖子，盯着胳膊上和吴笙一样的地图。

徐望凑近，发现他们看的是“小抄纸”，连忙也点开自己手臂上的“小抄纸”，同样的内容立即出现——一张小地图，上面标着一个（116.4085，39.9616）的坐标点，而在坐标点下方不远处，交叠簇拥着四个极小的方块，正匀速朝着坐标点移动。

徐望想起吴笙说过，他们四个需要奔赴一个特定的坐标点，这才后知后觉，敢情驯鹿雪橇并非随意奔逃，而是一路朝着坐标点精准而去的！这小地图就是这片地界，那四个小方块，就是他们自己！

雪橇猛烈震动，速度急速放缓，黑熊利爪再一次扒上了雪橇的靠背！从地图上看，坐标点马上就要到了，四人你看我我看你，最终不约而同点头——就这次了！

黑熊奋力往上爬，四人屏住呼吸，按兵不动，除已经足够远的况金鑫外，其余三人身体尽量往前靠，给黑熊留出足够宽敞的空间。终于，黑熊翻过靠背，身体“咚”的一声落入雪橇之内。

这一声成了发令枪，四人一齐发动，纵身跃下雪橇！

扑通。

扑通。

扑通。

扑通。

咚——

骤然轻快的雪橇让驯鹿们有了精神，鹿角一扬，再度风驰电掣起来，拉着雪橇瞬间远去。

## 3

徐望落进雪地里滚了几圈，很快停住。

跳下来的时候雪橇的速度已经慢了许多，奈何这一次的雪地一点儿不绵软，摔得他七荤八素的，肩膀上的伤口肯定是扯开了，疼痛已从一跳一跳变成持之以恒。

其他人跌落在四周，也和他一样，滚成了个“雪人”。吴笙离他最近，这会儿已经爬起来，过来拉他：“肩膀没事吧？”

徐望没动，结果下一秒那人就直接上手把他拉起来了。

吴笙拉的正好是他没受伤的那条胳膊，也不知是碰巧还是有心。

徐望站起后第一时间抽回自己的胳膊，不着痕迹地垂下眼睛，拍拍身上的雪，在扑通扑通的心跳声里佯装云淡风轻地吹了声口哨：“没事。想当年我一打三，你又不是不知道。”

吴笙总算逮着机会回他一记同样天真无邪的微笑：“是啊，我把老师喊过来的时候，你已经被那帮小子踹球门里了。”

尽管时隔多年，徐望提起这档子事儿仍来气：“你就不会直接过来帮忙？喊什么老师！”

“废话，”吴笙挑眉，一派“我是真理”的坦然，“你挑那仨虎背熊腰的，我那时候个头还没长起来呢，上去有什么用。那种时候就应该智取！”

“那个，哥啊，我其实不太想打断你俩叙旧哈，但是……”况金鑫弱弱把手伸到他俩面前，然后一点点引他们看某个方向，“熊好像和我们一起跳下来了。”

十几米外，摔得不轻的黑熊似刚刚缓过神，正在地上哼着粗气。

徐望瞪大眼睛看吴笙：“不是我们跳下来然后雪橇把熊带走吗？为什么熊会跳下来？”

吴笙一脸无辜：“你拿这个问题问我没有道理，得去问熊啊。”

徐望恨不能仰天长号。为什么每当他下定决心信任并依靠这家伙的时候，这家伙一定会有一百零一种方式垮掉！

"还等什么呢？"眼看黑熊挣扎着要爬起，孙江简直想揍人，"哥儿几个，赶紧定位坐标点啊！"语毕他第一个走起来，前后左右地走，就看哪里能和坐标点重叠。

徐望也想跟着出一分力，结果刚迈出一步，就被冻得倒吸一口冷气，这才想起来，他少了一只鞋！先前跳雪橇、落在雪地里打滚的时候，徐望都没什么感觉，后来又只顾着和吴笙互怼，彻底把那可怜脚丫忘到了脑后，这会儿走起来才发现，已经冻麻了！

吴笙在徐望忽然抬起一只脚呈金鸡独立之姿时才记忆回笼，忆起了雪橇上"熊口夺脚"的惊魂一刻。他想都没想立刻蹲下，准备脱一只鞋给徐望，可手刚碰到鞋带，就听见一声"叮"。

不，四声。每个人的手臂上都发出了清脆提示音。

徐望抬起自己的胳膊，退出"小抄纸"，回到首页，发现"文具盒"右上角多了一个小"1"，点进去一看，原本已空了的物品格里又出现了一个——‹防›我的滑板鞋。

"滑板鞋是什么鬼？"徐望一脸蒙圈地向伙伴求助，"让我们拿鞋底抽熊？"

吴笙正低头看自己的手臂，听见徐望提问，再抬头时眼神也没比他好到哪里去，茫然里混着懵懂，蒙圈里夹着疑惑："什么滑板鞋？"

徐望莫名其妙地扬扬胳膊，理所当然地认为大家都和他一样："'文具盒'里啊，不是多了个'滑板鞋'吗？"

吴笙摇头："我们更新的是'小抄纸'。"

徐望愣住，一时不知所措："咱们……不是一个 Team 吗……"

吴笙思索半秒，目光中有些许了然："应该是分工不同，谁分到什么可能是随机的，也可能是看你少只鞋，就把这个文具给你了。"

徐望："那你们的'小抄纸'里更新了什么？"

吴笙："站着别动。"

"这算哪门子提示？而且……"徐望上下打量他，"让你站着别动，你为吗蹲着？"

吴笙幽幽看向远方，拒绝回答这个问题。

况金鑫可怜兮兮的声音自旁边响起："徐哥，我觉得这个可能不是提示，是命令……"

徐望循声看去，只见两步开外的况金鑫一脚在前，一脚在后，前腿弓，后腿绷，维持着一个弓步前冲的姿势，看架势是虎虎生风的，唯独那个表情凄凄惨惨，再联系"小抄纸"里的"站着别动"……

徐望变了脸色："你们该不会……"

况金鑫的嘴角耷拉下来，简直不能更委屈："我刚往前迈一步，就被定住了。"

徐望恍然，难怪刚刚吴笙摸着鞋的手一动不动，看手臂上的"小抄纸"只能低头拼命歪着看。不过也幸亏他们更新的是一直盯着的“小抄纸”，如果像他一样更新的是“文具盒”，那这一动不能动的根本没办法切换界面查看。

胡思乱想间，徐望又看向孙江，他同样脖子以下不能动，唯一比吴笙和况金鑫幸运的是，“定身”出现时他没做什么奇怪动作，这会儿就直挺挺站着，像电线杆子。

见徐望看过来，孙江急得快喷火了，朝着他吼：“还发什么呆啊，给你什么就赶紧用，说不定那就是局点！”

吴笙比他冷静许多，一眼就看懂了徐望的担忧，笃定道：“别担心我们，既然全员抵达触发的就是站着别动，那这个不动就不会带来致命风险，否则逻辑不通。”

这话让徐望定了心神，深吸口气，直接使用“‹防›我的滑板鞋”！

图标消失的刹那，徐望只觉得整个人忽然高了十厘米，等再低头看，脚上仅剩的那只鞋已经不见了，取而代之的是一双滑板鞋，下面还有四个轮子……这不就是双排旱冰鞋吗！

“小心！”定在原地的三人忽然异口同声大叫。

徐望只觉得余光里有黑影袭来，他一个左移，竟滑出去几米，这才发现此处的雪地极硬，像被压路机压过一样，轮滑起来无压力。

黑熊扑了个空，等起身再想扑，忽然发现眼前还有三个一动不动的人离自己更近，立刻转移目标。徐望见状，呼吸都快停了，他能躲开，他那仨队友现在可是长在雪地里的啊！

生死一线，徐望想也不想就抠起地上一块硬邦邦的雪，狠狠砸向黑熊后背。可他还是晚了一步，雪块砸落的时候，黑熊已经朝那三人扑了上去！

“咣当”，听着就疼的巨大撞击声。

徐望瞪大眼睛，他能肯定三人周围绝对什么都没有，可黑熊就是在距离他们一尺处撞上了仿佛看不见的墙，颓然滑落。这一下撞得极重，先前跳雪橇摔的那一下又没恢复彻底，雪上加霜，黑熊哼都没哼，彻底趴在三人脚边一尺处的雪地上，不动了。

徐望已被接二连三的变故弄得彻底乱了，他悲哀地发现在这片地界上，自己就是个体能不够、智力也不够的“战五渣”（战斗力只有五的渣滓，出自漫画《七龙珠》）！

队友青松似的扎在原地，徐望当然不能跑，但眼下新提示不出现，他还能做什么？情急之下，徐望抬头看天，病急乱投医地指望天上能掉下来一本攻略手册啥的。当然并没有。但他却在收回目光时，看见了先前被他忽略的景色。

冰瀑！

就在他的面前、仨队友的身后，整整一面山壁的巨大瀑布犹如银河落下，寒冬将它定格在了最绝美最壮观的瞬间，晶莹剔透又飞扬奔涌，侧耳细听，仿佛还有那玉帘碎落般的水声。

冰瀑似也感应到了那探寻的视线，忽地折射出一抹晶莹剔透的光。

徐望被刺得睁不开眼，直到强光消散，再定睛去看，冰瀑上赫然出现“虎踞龙盘”四个金色大字，仿佛以毛笔蘸着金粉写就，笔锋遒劲，气势恢宏。

徐望愣愣看了一会儿，未及反应，四个大字忽然变形，由“虎踞龙盘”变成“金风玉露”。而他也是这会儿才发现，在冰瀑左上角还有一个倒计时，从十秒开始，然后九秒、八秒……

徐望丈二和尚摸不着头脑，而吴笙已将他变了的脸色尽收眼底：“发生什么事了？刚刚是哪儿来的光？”

徐望回过神，连忙抬手指前方：“你们背后有一面山壁的冰瀑，刚才那个闪光之后，冰面上就开始出现字，先是虎踞龙盘，然后是金风玉露……”

“嘟嘟——”警告一样的刺耳笛音划破空气，还剩下两秒的倒计时忽然又归成十秒，而“金风玉露”也提前消失，取而代之的是一个新词“夏虫语冰”。

“我知道了！”徐望灵光一闪，“它是要和我们玩猜成语！就是我解释，你们猜，我不能说成语里有的字，所以我刚刚说了词面，倒计时就提前终止，直接换了新词！”

吴笙听懂了，但从眼里的“错愕”来看，显然费尽千辛万苦触发的这个“关卡”和他原本的预想有比较大的落差。孙江则直接内伤，一脸“你是在逗我吧”的黑云。

“这个我擅长，我们班去年联欢会还玩了呢！”最快乐的就是况金鑫了，他甚至乐到忘了黑熊还趴在自己脚底下一尺处，满眼的跃跃欲试，“徐哥，现在是什么词，你赶紧开始啊！”

“行，但一个词只有十秒，过期就换，所以我们必须快！”徐望一口气说完，立刻对着“夏虫语冰”搜肠刮肚地组织语言，“就是……一个……没什么见识……”

倒计时结束，冰瀑上面的词换成了“人面桃花”。

况金鑫心里默念着读秒呢，再加上徐望忽然停住，立刻明白是时间到又换了新词了，连忙支招：“徐哥，你不用非得解释，可以用动作，用语境，怎么能最快引导我们就怎么来！”

“放平心态，不急。”吴笙也接受了现实，迅速进入“战斗”状态，“我们一起猜，十秒足够了。”他的声音很稳，和吐槽或者揶揄人的时候截然不同，有种安定的力量。

词又换了，“刎颈之交”。

徐望当机立断，抬手就是一个拿着剑自刎的动作。他一遍遍切着自己的脖子，一遍遍重复：“两个人关系特别好，特别好！”

况金鑫看着他一个劲儿从脖子往胸口拽着什么东西，灵光一闪，眼睛骤然发亮：“纤夫的爱！”

徐望崩溃：“成语！成语啊，弟弟！”现在95后的歌单都这么怀旧吗！！！

倒计时结束，换词，“百年好合”。

徐望豁出去了，冲着吴笙就是一个飞吻：“我想和你共结连理，后面是什么？”

这就是况金鑫说的语境法，给个上句，引导队友说下句。

吴笙接住了飞吻，也接住了同窗想要传达的深意：“巫山云雨。”

徐望：“……”

吴笙微微蹙眉，似乎很意外自己说的竟然不是正确答案。

“干柴烈火？”

“你能不能离开双人床啊！！！”

随着徐同学绝望的呐喊，词语再次更换。

没人注意到，趴在地上的黑熊动了一下。

新词是“心如死灰”，简直就是徐望此刻的内心写照。

频繁受挫带来的疲惫和无力感，让徐望已经没办法集中精力比画或者解释，他第一个想法是直接说出词面来打断，换新词，可一想自己的状态，又改了主意。深吸口气，徐望于静静流逝的秒数里一点点稳定心神，期盼当下个词出现时，能寻见些许崭新的希望。

猜词的队友们不明所以，吴笙疑惑看他，况金鑫直接问“哥，怎么不说话了”，孙江则早已不抱希望，破罐破摔地说风凉话：“要我说，一开始就不应该猜，这就是坑人的，谁认真谁傻子。”

十秒结束，“心如死灰”消失，换上“五雷轰顶”。

徐望触底反弹，手臂以迅雷不及掩耳之势展开，张牙舞爪作惊雷状，语速快如闪电：“咔嚓——咔嚓——空——”最后一声，他用力拍上自己脑门！

吴笙豁然开朗：“天打雷劈！”

况金鑫心领神会：“晴天霹雳！”

“是霹雳这个东西但是没有霹雳这俩字！”徐望快急死了，这是他们第一次距离答案如此之近，但越近，越让人焦灼。

孙江：“好像动了！”

徐望很开心孙江也投入猜词了，但：“大哥，就算再不贴边你也好歹说个成语吧！”

“我是说熊！”孙江眼里的惊恐越来越浓，“熊好像动了！”

徐望浑身一寒，目光立刻从冰瀑挪回眼前，挪到三人脚底下的那团黑影身上……孙江是骗子，什么熊好像动了，这已经爬起来了好吗！！！

仿佛感受到了“火热视线”，摇摇晃晃终于站稳的黑熊抬起那对小眼睛，紧紧锁定了徐望。

一人一熊，相距不超过两米。

徐望踩着滑板鞋微微往后蹭，喉咙发干，手心冒汗。黑熊试探性地往前迈一步，发现没碰见先前撞得它生疼的神秘阻碍物，于是又迈了第二步。徐望心里的弦绷到极限，一脚蹬起滑板鞋，风驰电掣就到了七八米外的树下，扶住树干，一眼不敢眨地紧盯黑熊。

黑熊没迈第二步，而是抬起一爪轻轻刨地，一下，两下，仿佛赛车手飙车前的油门轰鸣。

“嗷吼——”怒吼声震天，黑熊如一枚巨大炮弹，朝着徐望直冲而来！

徐望心里的弦彻底绷断，脚底起风，夺命狂逃！偌大的山林，却只有这一亩三分地是硬雪，踩着滑板鞋到别处根本是举步维艰，他只能绕着仨队友和黑熊转圈圈！

无形屏障内的队友干着急却帮不上忙，况金鑫火急火燎地大声支招：“徐哥，要不你就直接让它扑死吧，扑完就能像昨天那样直接被弹回现实！”

徐望险险躲过黑熊一爪，重新拉开一段距离，欲哭无泪：“我的弟弟，这事儿不能拿命赌啊。万一昨天只是碰巧呢，我这一自杀，等于直接就把小命交代在这鬼地方了！”

“那你就往别处跑甩掉它啊，在这里绕哪门子圈儿！”别看刚才说风凉话，现下遇见危险了，孙江也是真心替徐望捏把汗。

“别的地方雪太厚太软没办法滑！”徐望越解释越心酸。刚才猜词的时候他还在想，这滑板鞋好像没什么大用嘛。现在知道错了，自己太傻太天真了，就像“鱼卷风”引开熊、雪橇飞驰向坐标点一样，给你滑板鞋，那必然就是让你摩擦摩擦，走起魔鬼的步伐啊！

“继续。”吴笙忽然道。

已滑过去的徐望回头看他的脸，沉稳、坚定。

“不是没别的办法了吗？”吴笙挑眉，“那就继续，猜对词应该就可以脱困了。”

徐望想说“你说得轻巧，敢情被熊追的不是你”，可看着对方脸上那抹熟悉的坚定，话又咽了回去。这就是吴笙。当他真正想要解决一道题的时候，会摒弃一切杂念，去掉他认为多余的所有细枝末节，只抓重点，只看主线，直奔核心，专注而高效。在徐望心里，这就是吴笙最帅的时刻，无论是多年前的高中时，还是多年后的现在。

“徐哥——”况金鑫一嗓子直接喊劈了。

徐望头皮一紧，条件反射地往前一滑，熊爪划破了羽绒服，飞出几朵白鸭绒。

眼见徐望生死一瞬，吴笙被吓得几乎呼吸骤停，哪还有半点儿沉稳，直接发飙：“看我干什么，看词看熊！”

其实不用他提醒，徐望也再不敢走神了。

魔鬼步伐摩擦起来，徐望几个加速重新拉开距离，而后抬头飞快看一眼冰瀑。不知已经换了几个词的冰瀑上，此刻给出的词是“怒目圆睁”，倒计时还有七秒。

从开始到现在，冰瀑上已经不知换过多少个词，徐望忽然意识到，这“词库”未必就是无穷的，或许已经见底，或许接下来的每一个词都有可能是最后一个，而只要再答错，满盘皆输。

突如其来的压力让徐望心慌，却也让他有了背水一战的觉悟。

轻轻深呼吸，徐望让自己的心静下来，慢慢将身体和意识分开——身体交给肌肉记忆，维持轮滑绕圈，意识全部集中在词上。这是吴笙当年教给他的考试秘诀，尤其在解题思路卡住的时候，有奇效。

徐望：“咱们高中教导主任天天什么样？”

吴笙愣了半秒，而后铿锵出声：“凶神恶煞，横眉立目，怒目圆睁！”

“叮——”久违的清脆提示音。

“对了？答对了是不是？”况金鑫第一个喊起来，比徐望还要兴奋。

徐望没时间给他回应，但扬起的嘴角已是答案。

读秒尚未结束，冰瀑已经换词，这是第一次。

徐望看着新词，一鼓作气：“佘海洋唱歌！”

吴笙：“鬼哭狼嚎，令人发指，人神共愤！”

“叮——”

徐望：“张雷要追邹璐璐！”

吴笙：“痴心妄想，白日做梦！”

“叮——”

“钱艾吃东西！”

“风卷残云！”

“丁零零！恭喜过关，1/23 顺利交卷！亲，明天见哟。”

熟悉的声音在耳中响起，只是内容从昨天的“提前放假，送你回家”变成了今日的“恭喜”，语气则是不变的欠揍。

徐望眼前一黑，只觉得那失重感又来了，他想喊其他人，喊不出声，想抓住些什么，但只有虚无。不知过了多久，像是很漫长，又像是只有白驹过隙的一瞬，双脚终于重新踩上地面。清风吹过脸颊，徐望四下环顾，一片黑暗里什么都看不见，有点儿慌，于是下意识出声：“吴笙？”

“在。”回答响起，很近。

“徐哥，我也在！”不用人点名直接报到的必然是况金鑫。

“这又是什么鬼地方！”这是永远处于暴躁边缘的孙江。

队友都在，徐望稍稍安心。从明亮雪原回来的双眼终于慢慢适应黑暗，他抬头，看见了月亮在乌云背后映出的皎洁光边。

又是一阵清风过。

明明该是微凉的深秋夜风，吹在冻得通红的脸上，竟是暖暖痒痒的。

## 4

是夜，北京的夜。

他们回来了。

徐望终于安心下来，收回目光，四下环顾，想当然地认为自己还和昨天一样站在十字路口，可这一看，就愣住了。哪里有什么马路，他们四人正站在一座湖面的桥上，湖不算太宽，看起来像是公园的人工湖，桥栏杆是铁艺的，精致中透着古朴，桥对岸似有绿树成荫，草木繁茂，树枝在月色下随风轻摆，影影绰绰……

慢着！徐望眯起眼，仔细打量，越看越觉得这景色十分眼熟："这不是青年湖公园吗！"

经他一提醒，同样住在附近、时不时过来呼吸新鲜空气的况金鑫和孙江恍然大悟："可不是！"

徐望一肚子疑问，正要继续和队友交流，忽听吴笙念出一串数字："116.4085，39.9616。"

他循声而望，只见吴笙低头盯着手机，屏幕反射的冷光映亮他紧锁的眉头："你……哪来的手机？"

"今晚被吸进去之前特意放口袋里的，不过没用，在里面根本没信……"话没说完，吴笙忽然反应过来，"手机不是重点！"

"OK，OK，"徐望赶忙安抚，回归正题，"你刚才念什么呢？"

"坐标，"吴笙把手机拿起来亮给徐望看，那上面是带有坐标抓取的卫星地图，"我们现在的位置和'小抄纸'里的坐标完全一致。"

在旁边听着的况金鑫第一反应就是看自己的胳膊，想重新回顾一下坐标，结果找了半天才反应过来，手臂上的诡异图案已经随着他们回到现实而消失了。

"你的意思是，那里和现实在地理位置上共用一套经纬度？"徐望没费力气求证，吴笙的脑袋堪比计算机，他说坐标一致，那就是一致，但这事儿没道理啊，"那里是白天，这里是晚上，那里是雪原，这里是公园，没有任何相似之处，用同样的坐标体系有什么意义？"

“谁在那里！”桥头忽然传来巡园保安一声大喝，打断了四人的“钻研”，随后一道手电筒光直射而来，照亮了夜色下四个“可疑分子”的身影。

徐望向来遵纪守法，吴笙脑子还在坐标上，况金鑫就没在十二点以后出过门，故而手电筒下，三脸呆愣。这时候就显出孙江的社会阅历来了，他立刻热络回应：“哥们儿，我们锻炼身体呢，夜跑！”

保安警惕皱眉，将信将疑。孙江立刻振臂一呼，小碎步颠起来：“哥儿几个，歇得差不多了吧，继续，一二一，一二一！”

徐望、吴笙、况金鑫连忙跟上，呈一竖排，跑得有模有样。

凌晨三点的青年湖公园上空，响彻他们的嘹亮口号：“一二一！一二一！发展体育运动，增强人民体质！”

若仔细听，还有些许闲话混杂其中——

况金鑫：“徐哥，后来猜词你说的那些人都是谁啊？”

徐望：“高中同学。”

孙江：“啧，你俩念书的时候是不是光在背后编排同学了？”

徐望：“他们也没闲着啊，说他装相。”

吴笙：“说他话痨。”

徐望：“说他总拍老师马屁。”

吴笙：“说他和谁都是闺蜜。”

徐望：“最后这句谁说的？！”

吴笙：“……”

青春已逝不可留，何必还要猛回头。

踏着夜色，四人一口气跑出公园。

公园外就是安德里北街，两侧大厦也好小区也罢，都熟睡一样安静着，只路灯发出幽幽的光，映着地上的片片落叶。

“现在怎么办？”况金鑫气喘吁吁地擦了一把汗，因穿着御寒的厚外套，又“夜跑”了半天，这会儿脸蛋红扑扑的。

吴笙看看手机上的时间，抬眼：“还有三小时天亮。找个地方坐下来，我们需要从头到尾整理一下这件事。”

“还整理什么，”徐望已彻底从魔幻的不真实感里切回现实，现在脚踏地头顶天，恨不能一棍子扫清牛鬼蛇神，“报警啊！”

"没用。"说话的是孙江，他一边说一边摸口袋，最后什么都没摸到，只得抬头环顾队友，"有烟吗？"得到的回答是两个摇头，一个"没有"。孙江本就郁闷的脸色又多了几抹烦躁。

徐望却还在意着他先前的话："孙哥，你刚才说报警没用是什么意思？"

孙江克制不住疲惫打了个哈欠，然后一指自己和况金鑫："我俩昨天都报警了，但是电话一接通，我俩就开始头疼。我以为头要炸了呢，这辈子没那么疼过，别说说话了，连手机都拿不住！"

"你俩都是这样？"徐望感觉自己在听鬼故事，将信将疑地看况金鑫，得到的却是对方可怜巴巴的点头。

"你呢？"徐望又不死心地问吴笙，"你也疼了？"

吴笙果断摇头。

徐望以为自己抓到了突破口，刚要继续追问，就听吴笙很自然道："我没报警。"

徐望："为什么？"

吴笙："他俩都疼得满地打滚了，身体力行证明报警是一条死胡同，我干吗还要重蹈覆辙？"

徐望、孙江、况金鑫："……"

如果说昨天每个人心里都还存着"也许只是个噩梦，醒了就好"的侥幸，那么今天的二入雪原让他们清楚明白，这事儿没完。

既是持久战，那再坐以待毙就真成傻子了。但去哪里"聊"，这是个问题。

"麦当劳？KTV？酒吧？"徐望尽可能地提供适合"凌晨大讨论"的场所。

吴笙一次性否决："都不行，我们需要一个既足够安静又足够私密的地方，安静便于整理思路，私密可以降低泄密风险。"

徐望瞪圆眼睛仿佛听见了天方夜谭："大哥，我们是受害者，还得向凶手提供保密义务？！"

"三言两语解释不清，"吴笙四下张望，像在搜寻什么，随口问，"你和谁住？"

徐望想也没想便说："我自己住啊。"

吴笙收回目光，欣慰点头："去你家。"

徐望："……"这是个坑，这绝对是个坑，他必须要爬出来！

况金鑫："我就住附近，但是跟人合住的……"

孙江："我家也在附近，老婆孩子睡着呢。"

吴笙："我住公司，离这里不远，但如果讨论到天亮，被上班的员工看见，我没办法给出合理解释，会引发不必要的八卦和猜想，不利于维持我高冷的形象。"

你对自己的形象是不是有什么误解！！！

徐望："来，都跟我走，天黑路滑，注意脚下……"

半小时后，一行人抵达徐望家。

徐望租的是个老小区的一室一厅。别看小区老，架不住位置好，装修还是翻新过的，租金一点儿都不便宜，不过对于一人吃饱全家不饿的徐望来说，负担起来倒也不算压力太大。

"哇，徐哥，"况金鑫第一个进来，没不懂礼貌地往卧室闯，只站在客厅里上下左右地看，已足够惊讶了，"你家好干净。"

徐望被夸得高兴，刚要接茬，就听后进来的吴笙一声叹息："天哪，又回到了 222。"

"222？"况金鑫难得灵光一次，"你和徐哥当年的高中宿舍？"

"不，"吴笙认真纠正，"是你徐哥自己的，我们另外三人只是借住，因为我们衣服乱扔、东西乱放、逃避值日，还总忘记把垃圾带下楼，没有'以舍为家'的信念感。"

徐望"啪"地把刚找出的拖鞋扔到吴笙脚下，并随鞋附送一个大大的白眼："用不用这么记仇啊，你是不是把我说过的话都记小黑本上了？"

吴笙不语，一边换拖鞋一边乐，乐得神清气爽，乐得眉目飞扬。

徐望懒得再理他，转身去倒了四杯水，端水回来的时候，另外三人已经坐到了沙发上。他把水放到茶几上，又从卧室捞过来一把椅子。

杯子里倒的是开水，热气袅袅，温暖而舒缓。历经两日磨难的四人，终于可以踏踏实实坐下来说说话了。

吴笙第一个开口。斗嘴归斗嘴，真等谈到正事，他便全然专注起来："我们现在已知的有四点。一，被选中的人会在夜里十二点进入那里，无论是否自愿；二，在那里受到的实质性伤害会带回现实；三，一旦想要报警，就会头痛欲裂；四，那里的地点和现实中的地点是一一对应的，距离相等，坐标体系一致，比如我们在家里进入那里，又在那里前进了两公里，那么当回到现实时，我们所处的位置也会是距离家里两公里的地方……"

徐望恍然大悟，这样就可以解释为何他昨天弹出来的时候是在楼下的十字路口，而今天则已经到了更远的青年湖公园，因为今天在那里，他们坐雪橇跑了一段路。

"知道这些有什么用？我想知道那究竟是什么鬼地方，到底是谁在耍我们！"孙江打断吴笙的话，提出了他迫切想要得到解答的问题。

这又何尝不是徐望、况金鑫，甚至吴笙自己想要弄清楚的。但"想"和"能"，是两码事。

"我不知道，以我们现阶段积累的经历和线索，根本没办法回答这些问题，但如果放任不理，顺其自然，那永远都别想解出答案。"吴笙语气未变，神情平静自然得就像在问"你今天想不想喝粥”。

孙江颓丧地靠进沙发里，仰望天花板，两夜没睡的他眼里布满血丝，尽是疲惫。

徐望知道，他也清楚问不出答案，但不这样发泄一下，他憋着难受。

其实大家都一样，包括现在看着没事的吴笙，也不是真的不郁闷，要是不郁闷，何必拿出当年和模拟考试卷最后一道超高难度大题拼死一战的气势呢。

他在较劲，徐望看得出。说白了，这种无妄之灾，谁摊上都怒。

“能确定的是这四点，还有四点待确定的。”吴笙继续抽丝剥茧，思路没有因为孙江的干扰而乱掉半分，“一，那里是否真的能对人进行精神控制，比如阻止报警；二，那里是否存在某种保护机制，在被卷入其中的人遇见巨大危险时，会像徐望被熊扑时一样，直接将人弹回现实，将伤害降到最低；三，今天再进入时，孙江和况金鑫的‘文具盒’都空了，根本没有使用过的‘鱼卷风’和‘铃儿响叮当’消失，是对于他俩企图报警的惩罚，还是另有原因；四，是不是还有别人和我们一样被卷进了那里……”

“那个……交卷，”况金鑫犹犹豫豫地出声，“弹出来之前你们听见有人说恭喜过关、顺利交卷了吗？”

徐望连忙点头：“我不光今天听见了，昨天还看见成绩单里有一条别的队伍交卷的信息。”昨天新信息弹出的时候他还一头雾水，今天前后一想，便关联上了。

“对对，那个我也看见了！”况金鑫脸上出现喜色，但又本能地收敛，一看就是老实孩子，不习惯张扬，但脑子绝对清晰，“我记得成绩单里那个队伍是3/23交卷，好像叫岳帅……还有什么阿南的……”

徐望看向吴笙：“关于第四个待确定的问题，我觉得可以归到确定里了，有。”

吴笙拿起水杯吹了两下，喝一口，微微摇头：“还不够。他们可能是人，也可能不是，可能是和我们一样被迫的，也可能是自愿的，可能和我们共享那里，随时相遇，也可能在那里的平行独立空间，永远不会和我们碰头。”放下茶杯，他幽幽一叹，“确定不了这些，就不能归类。”

徐望看了他半晌，认输：“这么多年了，我就服你的严谨。”

吴笙蹙眉，不可置信得十分真诚：“只有严谨？”

徐望忍住一拳揍过去的冲动，问了最后一个问题：“昨天交卷的那个队是3/23，今天我们过关交卷是1/23，你怎么看？”

“和你想的一样。”吴笙耸耸肩，似早已接受现实，“这意味着还有22关等着我们。”

孙江猛地坐直身体，这回忍住了没咆哮，但一脸错愕和绝望清楚传递了他的心情。

讨论一直持续到清晨五点半，徐望也在后面得知，第一夜他提前被弹出后，剩下三人使用了吴笙的“鱼卷风”和“铃儿响叮当”与熊周旋到坐标点，之后因为没触发冰瀑，不得不逃下山，没等到山脚便被弹回现实，时间正好是凌晨五点。

这样算一算，他们前后脚回到现实的时间差了一个小时，徐望自然早就已经没影了，于是才有了吴笙第二天满北京寻人的心酸。

而当天晚上，带着况金鑫跑了一天的吴笙索性就把车停在寻人的最后一站，西五环，孙江则找个由头离开家，躲进了一间从来没去过的 KTV。结果十二点一到，诡异的入口还是出现了，一个在车后座，一个在 KTV 包间的墙壁上，随意得仿佛百无禁忌，却如影随形。两分钟后，奋力抵抗的三人同当天晚上的徐望一样被生生拖入。

队友们的遭遇让徐望寒意顿生，彻底打消了“跑路”的念头。

讨论的最后,况金鑫说:“总‘那里’‘那里’的好别扭,要不咱们给那里起个名字吧？”

孙江无语：“你过家家呢，还给那破地儿起名字？！”

吴笙和徐望倒没意见，确切地说，名字已经明晃晃摆他们面前了——

徐望：“猫头鹰脑袋底下不是写了那么大一个字嘛，那八成就是它的名字，所以以后咱们就叫它……”

吴笙：“鸮。”

徐望：“能、不、能、不、抢、答！”

吴笙：“重来。猫头鹰脑袋底下不是写了那么大一个字嘛，那八成就是它的名字，所以以后咱们就叫它……”

徐望：“鸮！”

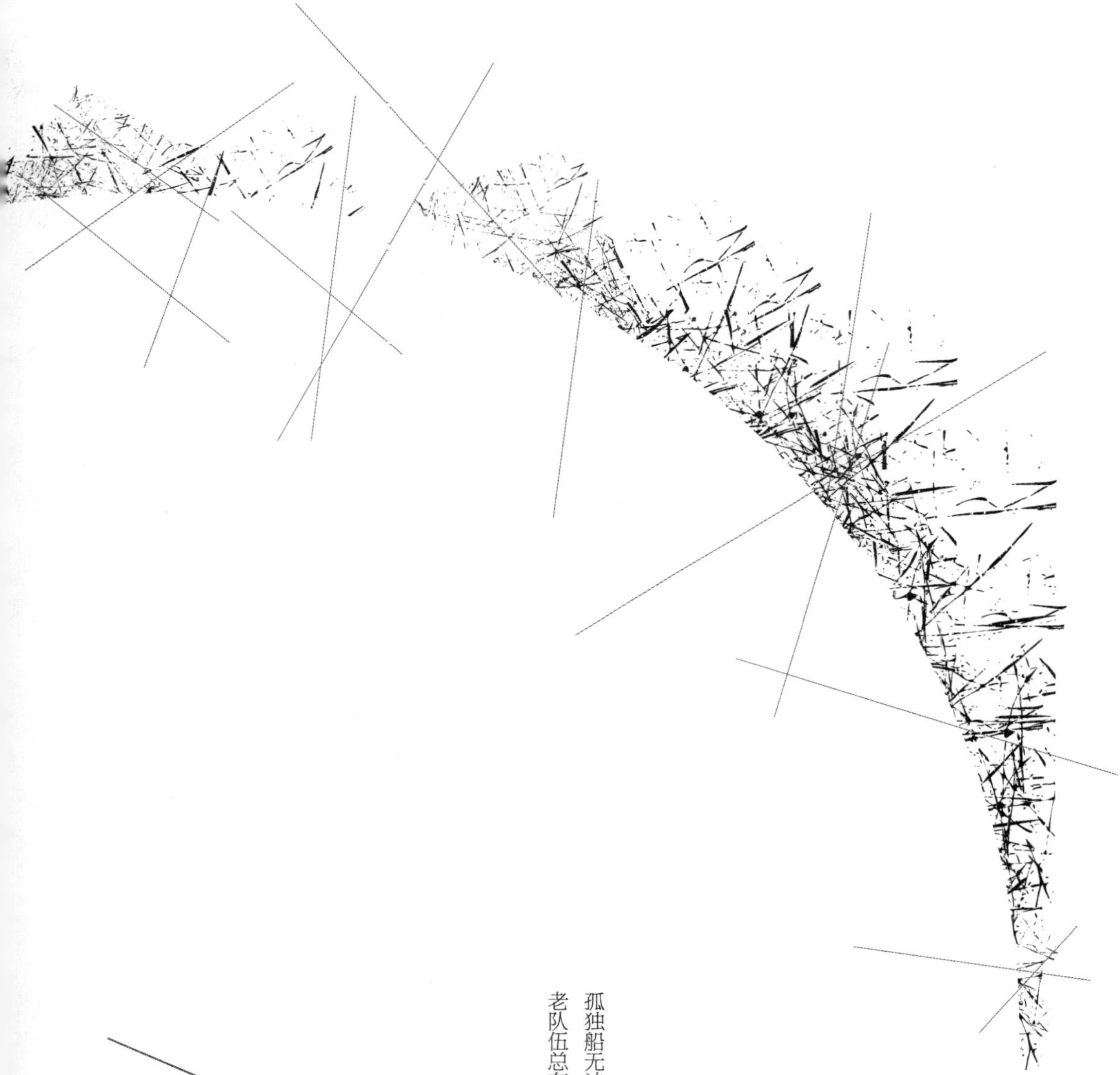

孤独船无法靠岸，
老队伍总有离散。

# 第二章 启程

QI CHENG

鸮，音同“萧”，字典里只有一个词“鸱鸮”，头大、嘴短而弯曲的鸟，种类很多，猫头鹰是其中的一种。

确认过网络字典，午夜零点那几声“咕咕”的真面目浮出水面。

那是猫头鹰的叫声，亦是“魔幻时刻”开启的催命符。

## 1

黑夜将逝，东方泛白，生活总要回归正轨。

孙江是驾校的教练，今天还有学员上课，第一个起身告辞。

况金鑫今年大四，专业是茶学，目前在一家茶楼实习，按照他的说法，茶楼老板对他很照顾，再请一天假没问题，但实际上他们现在除了等待夜晚，也没什么可做了，于是在吴笙和徐望的劝说下，况同学也乖乖回了实习岗位。

送走这俩人之后，徐望很自然地把目光放到吴笙身上，委婉传递“逐客令。”从本心上讲，他当然希望和吴笙多一些相处时间，但从理智上，他清楚明白这种相处没有意义。

吴笙接收到了目光，但没打算执行，反而站起来一派跃跃欲试要“加深重逢之情”的架势：“不领我参观一下？”

没了外人，徐望也不客气了：“又不是博物馆，参观个屁。”而且拢共一室一厅，客厅一览无余，剩下的可不就只剩卧室了吗？一切参观卧室的行为都是耍流氓！

“你那么大反应干吗？还是说……”吴笙不怀好意地挑眉，越不让看，眼神偏越往卧室方向飘，“里面真有什么见不得人的东西？”

徐望一时无言，牙痒痒地盯了他半天，挤出一句：“怎么十年了，你还这么招人烦。”

吴笙瞥他一眼，还是当年的配方，还是当年的嫌弃：“说得跟你有多大进步似的。”

俩人是“王”先生遇见“玉”先生，差别只有一点，又精通对方的黑历史，所以在互怼时，谁也别想取得压倒性的胜利，一个弄不好还容易伤敌一千自损八百。不约而同地意识到这点之后，二人偃旗息鼓，进入了短暂的“春天”。

然而近况聊了没两句，吴笙就对老同学的职业表述产生了怀疑：“置业顾问？”

徐望倔强地梗起脖子：“有问题？”

吴笙靠进沙发里，跷起二郎腿，端着水杯笑得文质彬彬：“卖房的呗。”

徐望眯起眼睛：“那您这位回国创业的老人家又投身在什么行业啊？”

吴笙不紧不慢地喝口水：“软件开发。”

徐望点点头：“码农呗。”

吴笙一口水卡在嗓子里。

徐望也跷起二郎腿，小脚丫抖得开心。

说也奇怪，明明十年未见，一张嘴交锋就好像又回到了高中。徐望想，或许是在该生疏的时候净顾着东逃西窜和熊搏斗了，于是一切寒暄、客套的时机就此错过，直接进入“我俩还是好同学”的新篇章。

日上三竿，徐望看看手机，再不去赶地铁就真成旷工了，干脆也不拐弯抹角了，直接一拍大腿，起身送客：“行了，你该回哪儿回哪儿，我也得上班了。”

吴笙错愕看他，仿佛这种行为十分不可理解：“孙江上班那是有老婆孩子要养，小况上班那是实习单位关乎鉴定评语，你一不用养家，二不用毕业，发生这么大的事不说坐下来好好谋划一下应对之策，还要上班？”

徐望一听这种站着说话不腰疼的语调就想拿鞋底抽人：“我是不用养家，但单身狗也不能靠西北风活吧？从鸮里弹出来不会死，但我今天要是不去上班，那才真的会死人。”昨天请假时，上司已一百个不愿意了，今天再请，除非他打算卷铺盖走人，“算了，和你们有钱人说不通。”

徐望摆摆手，迅速结束话题，再说下去他都觉得自己像在卖惨了。

吴笙蹙眉，眼神透着无辜，语气带着委屈：“我怎么就成有钱人了……”

徐望翻个白眼，起身去卧室换衣服，不愿意再和他扯淡。前两年同学会上，他早听一个外派美国回来的同学说了，吴笙在硅谷混得风生水起，大学毕业没多久就赚了人生第一桶金，按照这个发展势头，分分钟就要比肩扎克伯格。同学的描述固然有夸张的成分，但眼里的羡慕是骗不了人的，他是真心认为吴笙混得比自己好得多。而这位常年驻外的同学，已经算是他们高中同学里奋斗得很不错的了，不到三十，已拿年薪。

西装革履从卧室出来的徐望，发现吴笙仍坐在沙发上，没半点儿动一下的意思，连二郎腿都是之前的弧度，彻底服了："你到底想怎么的，真打算赖这儿不走了？"

吴笙看见他焕然一新的行头愣住了，呆呆看了半天，眼里闪着说不清道不明的光。

徐望被看得不自在，故意粗着嗓子喊："喂——"

吴笙眨巴下眼睛，总算回过神，飞快低头去拿水杯："啊，那个，我和合伙人打过招呼了，今天不去公司了。"

徐望起初的皱眉，是不懂他伸手拿个已经空了的杯子干吗，但后来眉头越皱越深，则完全是因为他的话了："你的意思是你要在我这里待一天？！"

吴笙仰头喝了半天水才发现杯里早没水了，又故作自然地放下，这才缓缓抬头，脸上已是大义凛然的表情："你们的生活重要，那就只能我牺牲了，总要有人去想想该怎么对付鸮吧。"

"你可以换个地方想啊。"

"我在北京没住处。"

"屁！"

"屁也没有。"

"……"

高中三年，徐望与吴笙 PK（PlayerKilling，意为挑战）的胜率一直稳定在 50%，如今大家都是成年人了，经过了十年不同的境遇，徐望悲摧地发现，自己的胜率好像降了。

"不许翻我东西，"徐望站在门外，对着玄关内给他送行的吴笙下了死令，"如果被我发现了……"他危险地眯起眼，"绝交。"

吴笙点头，前所未有的真诚、郑重。很好，卧室里绝对有秘密！

防盗门"啪"地关严。

徐望恨自己不成钢地叹口气，耷拉着脑袋等电梯。吴笙摸着下巴看严丝合缝的卧室门，脑补了无数种不可告人的东西。

一门内外，万千心思。

徐望挤进地铁的时候，已在卧室门前挣扎徘徊了快半个小时的吴笙接到合伙人电话，正在开发的程序遇到一个技术性问题，几个工程师都解决不了，只能找他这个研发总监兼半个 Boss 出马。

吴笙对着电话叹口气，刚积起来的那点儿喜悦都被搅和了："你也是老板，这种小问题就不能自行解决吗？"

电话那头声调骤高："小问题？如果我能解决这种小问题，就不会和你投一样的钱却只占股三，给你七。"

吴笙语塞，那句至理名言怎么说来着，占股越大，责任越大。

"让小穆把我的电脑送过来吧，等下我把地址发给你。"

"你就不能回一趟公司？什么事重要到离开一下都不行？"

"没钥匙。"

"啊？"

"没钥匙，所以不能走，走了就再进不来了。"

电话那头沉默。良久，吴笙听见合伙人问："你不是在干什么犯法的事儿吧……"

笔记本电脑被很快送来，但所谓的"小问题"解决起来并不简单，待到彻底弄妥，已是下午两点。吴笙将数据传回公司，早忘了卧室那茬，看一眼时间，又马不停蹄地打开外网……

徐望这一整天都心神不宁，总怕卧室里的东西露馅，只得一遍遍安慰自己，没事的，都说了翻东西就绝交，吴笙不敢。不知是不是翻来覆去想得太多，午休补眠睡得那么深，他竟还做了一个模模糊糊的梦。梦里吴笙站在他的卧室中央，举着一个盒子状的战利品，像漫威电影里的反派举着宇宙魔方。

或许是这两天倒霉到极点，触底反弹，前期培养的一个客户竟然在下午过来签约了。原本今天接待他的还不是徐望，结果客户指明就要前些天给他耐心介绍了各种楼层、户型，顺带还实事求是展望了一下未来周边发展的徐望，且一签就是楼盘里最大的户型。这一套卖出去，单是提成就两万多，金额还记入总业绩，和年底算绩效、发年终奖直接挂钩。

乘着这一单的春风，徐望一扫先前的疲惫忧虑，精神抖擞地下班了，挤地铁的时候都格外斗志昂扬。

到了家门口，徐望也说不清自己是什么心理，从拿钥匙到开门都小心翼翼的，不知道的还以为这是别人家，他来做贼。开门进了玄关，一片静悄悄，若不是窗外霓虹灯的光隐约照进来一些，他差点儿没看见沙发里的吴笙。

那人坐在沙发里，头歪着睡得正香，茶几上放着徐望没见过的笔记本电脑，屏幕闪着微冷的光，不知是因为吴笙才刚睡着没多久，还是电脑本身就取消了休眠，即便没有操作了，屏幕仍一片明亮。

蹑手蹑脚来到沙发前，徐望微微弯下身子，自重逢后，第一次认真打量这家伙——眼睛、鼻子、嘴巴真的几乎没有变化，笑起来还和从前一样挺招人的。风流相，这是高中的徐望擅自给吴笙的样貌下的定义，虽然后者高中三年根本没谈过恋爱。

随着徐望的偷窥，呼吸洒到吴笙的睫毛上，不知是真的还是错觉，那睫毛忽地颤了一下。徐望一心虚，赶忙直起腰假装看别处，于是就扫到了笔记本电脑的屏幕。

满屏的英文，徐望从上到下啃了半天，总算啃出两个出现频率最高的词——Multiverse，Parallel Universes。徐望就认得一个单词“宇宙”，索性拿出自己的手机上网找在线翻译，第一个单词是“多元宇宙”，第二个词组是“平行宇宙”。

徐望对这些高深的问题没有任何研究，但看多了科幻电影，再联系这两天的遭遇，也大概明白吴笙在查什么了。他是真的在研究，不是随便说说的。

遇见难题必须硬杠，字典里绝对没有“绕着走”三个字——十年前的吴笙就这脾气。

轻手轻脚回到卧室，徐望关好门后的第一件事不是开灯换衣服，而是开灯看衣柜，直到确认放在衣柜最深处角落的某个盒子没有被挪动过的迹象，才安心地拍拍胸口，徐徐吐气。

“翻箱倒柜找什么呢？”门口传来询问，语调微妙上扬。

徐望头皮一麻，立刻“砰”地关闭衣柜门，抬头迎上吴笙探寻的目光，努力让自己从头到脚都散发出神圣不可侵犯的正气：“我找衣服换呢，你管得着吗！还有，这里是我家，你进来之前能不能先敲门！”

吴笙环抱双手靠着门框，优哉游哉地看他：“我敲了，但你可能鬼鬼祟祟得太投入，没听见。”

徐望不想和他在这个危险话题上多纠缠，干脆拿出“地主”姿态，干净利落地将人推回客厅。

同个屋檐下，一个坐沙发，一个坐椅子，隔着茶几你看我我看你，空气突然安静。

徐望面上神色如常，实则心里已咣咣撞大墙。

“你……”

先开口的竟然是吴笙，这是徐望怎么都没想到的，他还以为只有自己搜肠刮肚找话题呢。

“你身体怎么样？”

“……”这是什么神奇的问候，徐望道，“一个打你俩，足够。”

“我问的是肩膀上的伤。”

“……”

## 2

况金鑫和孙江的陆续抵达，终于让大型尬聊事件画上句号。估计白天都偷闲补了眠，两个人看着还算精神。

“咕咕——”

午夜零点，鸮叫声如期而至。

客厅毫无变化，三人看向徐望，后者叹口气，起身将伙伴们带到卧室——一床流沙。

吴笙点点头：“这门……挺别致。”

不同于前两次的生拉硬拽，这一回，四人主动跳入，带着几分奔赴战场的凛然。徐望是最后一个扑进去的，临走前还把书桌上的水果刀收进了口袋。

熟悉的失重，极速的坠落，眨眼间，四人就噼里啪啦落进雪地。落地的瞬间，四人手臂上几乎同一时刻响起“叮”声，且每个人的都不止一声，密集起伏的声音交织成一片急促嘈杂。有了前次经验，这回所有人早在进入鸮之前就撸起了袖子，于是听见提示音后，四个坐在地上的伙伴整齐划一抬胳膊查看。

徐望收到四条新信息。两条来自“文具盒”，原本已空的格子里又多出两个物品图标，分别是‹防›画地为牢、‹武›曹冲称象；一条来自“小抄纸”，提示坐标更新为（109.7395，38.3437）；还有一条来自“成绩单”，和他们曾经见过的别人交卷信息一样的滚屏通知——况金鑫、孙江、吴笙、徐望，1/23 交卷。

从“成绩单”里的信息看，这些东西都该是通关的那一刻就发过来的，很可能是他们交卷后被立刻弹回了现实，才都攒到今天才接收。

“鸮知道我们的名字。”同样看到“成绩单”的吴笙平静陈述，听起来却让人觉得沉重。

“它能把我们吸进来，耍猴似的牵着我们做任务闯关，再显出什么神通我都不会意外。”徐望嘴上自嘲，实则宽慰吴笙，也给自己宽心，“眼下我倒更关心这个，”说着把手臂上的“文具盒”亮给队友，指着上面新出来的两格道，“这‘画地为牢’估计是困住野兽用的，这‘曹冲称象’是个什么鬼？”

吴笙眼中闪过讶异，没回答，而是直接亮出自己的手臂。

徐望这才看见，他“文具盒”里更新的是‹防›金蝉脱壳、‹武›风卷残云。

徐望又去看另外两位队友，“小抄纸”里更新的坐标和“成绩单”里更新的交卷信息完全一致，唯独“文具盒”里，况金鑫的是‹防›狡兔三窟、‹武›泪如雨下，孙江的是‹防›五里雾中、‹武›晴天霹雳。

之前除了“滑板鞋”，大家拥有的物品都是一样的，这就让人产生了思维惯性。不单是徐望，吴笙、孙江和况金鑫也很自然地以为新增物品该是彼此相同。

不过更让他们纠结的是物品特性。前头带‹防›的都好理解，类比同样是‹防›的“铃儿响叮当”和“鱼卷风”就知道了，都是脱困逃命用的，重在防身，不在攻击。但这第一次出现的‹武›打头的物品，却是怎么看都透着几丝诡异。

“风卷残云，”吴笙沉吟片刻，点点头，“懂了，唤来大风当武器。”

徐望也不知道他哪来的信心那么笃定，但又不得不承认，比起自己的“曹冲称象”，人家的武具起码在字面上就有个明确方向。这么一看，孙江的更明确。“晴天霹雳”，那可不就是指谁劈谁吗！

“徐哥，”况金鑫弱弱地出声打断了徐望的胡思乱想，“你要不喜欢称象，咱俩换。”

“文具盒”内的物品能否互换，现在仍是未知，但徐望认真地凝望了况金鑫那格“泪如雨下”好半天，还是摇摇头，坚定地给出回应：“命中注定它就属于你，好好留着吧。”

况金鑫看着那和武具毫不搭边的四个字，现在就想哭了。

“既然是第二关需要用到的文具，为什么我们得到的不一样？”孙江想不通，或者说不愿意接受这个现实，“如果是和之前的‘滑板鞋’一样，需要在特定的情况下发挥作用，那万一我们闯关失败了，第二次再进来不就没文具了吗？”

“也许没那么复杂，单纯就是上一场交卷的奖励。”徐望起身拍拍雪，精神上是紧张的，身体却实在扛不住疲惫，一连打了好几个哈欠，“谁知道呢，走一步看一步吧。”

孙江早站起来四下张望严阵以待了，见吴笙还慢腾腾的没起，简直急死：“我说，你是打算睡一觉再起来？”

“那倒不至于，”吴笙总算站起来，不过语速仍是不紧不慢的，“但我总觉得，咱们今天晚上再着急也没用，除非你们有人能变出一架飞机。”

孙江皱眉：“你什么意思？”

徐望和况金鑫也疑惑地看他。

吴笙把手臂伸出来，点出“小抄纸”上的新坐标：“这个，不在北京。”

孙江原本有点儿和他杠上的意思，一听这话倒乐了，是那种摆明不信的嗤笑：“你倒说说，这地儿在哪儿？”

吴笙不以为意，点几下退至猫头鹰头页面，收回胳膊，笃定吐出两个字：“陕北。”

实践是检验真理的唯一标准。

当一行人在雪原里徒步前行了近两个小时，把前两天去过的没去过的地方都转了个遍，却没再触发任何事件、关卡，也没遇见任何山猫野兽之后，原本完全不信的孙江和半信半疑的况金鑫彻底服了。徐望则早料到了这结果，完全不意外。

四人在距离冰瀑不远的一处山洞里坐下来，岩石地面虽然凉，但总比雪地强。徐望掏出手机看看，才凌晨两点半。

“咱们真要在这里干坐到五点？”徐望两次进来都是被提前弹出，一次受伤，一次交卷，还没经历过无病无灾“到点下班”。

“你也可以边跳边唱杀一下时间，”吴笙拿着不知从哪儿捡的石头在地上画道，随口提着完全不走心的建议，“反正这里就咱们四个，你唱再难听也勾不来妖魔鬼怪。”

徐望磨牙，正要怼回去，就见况金鑫靠到吴笙身边，特认真地看着地上的“作品”，问：“吴哥，你画什么呢？”

吴笙全神贯注，头也没抬：“经纬坐标图。”

况金鑫越看越觉得那横竖经纬线覆盖着的图形轮廓眼熟，可不就是祖国雄鸡吗！他不可置信地瞪大眼睛：“吴哥，你真的把全国经纬度和对应的地点都背下来了？！”

吴笙手上未停：“不算，还差几个省份。”

“那也足够厉害了啊！”况金鑫双眼已放光，“刚才你一看坐标就说是陕北，我都没敢信，我就想，哪有那么神的人啊，看一眼坐标就能定位！”

吴笙终于放下石头，缓缓抬头，浅淡笑意里尽是“谦虚”：“其实并没有你想的那么复杂，无非两张图，一张经纬度，一张地图，你把它们在脑海里重叠，用区域分割法……”

“吴笙——”徐望翻着白眼打断他，拖长的尾音里满满“请不要再装相”的警告。

吴笙悻悻地给了一个“知道啦”的眼神，再面对况金鑫时，就脚踏实地多了：“记忆力这个东西，天生的。”

况金鑫、徐望：“……”

也不用这么实事求是！！！

备受打击的况同学缩到了犄角旮旯，那叫一个可怜兮兮。徐望想上去说两句暖心话，起身的时候手无意中划过衣服口袋，他蓦地愣住，手又回到口袋上拍了两下，仍是没感觉到有东西，最后索性伸进口袋里去摸，果然，空空如也——水果刀不见了。他记得很清楚，进来的时候把刀妥妥放进这个口袋了……

“怎么了？”吴笙被他拍口袋的动静引得抬头，发现异样。

这事儿没什么可隐瞒的，徐望实话实说：“我带了水果刀进来防身，但现在不见了。”

孙江和况金鑫闻言紧张地看过来，在这种什么都可能发生的地方丢了一把刀，这事可大可小。

吴笙皱眉，还算冷静：“是进来的时候仍然有，刚刚才发现不见了，还是进来的一瞬间就不见了？”

“有区别吗？”孙江没跟上这思路，“反正都是不见了。”

徐望倒懂。别看他才跟十年后的吴笙相处了一天三夜，但对于这人的“程序员思维”已感受颇深——凡事1就是1,0就是0,逻辑必须清晰,条件必须明确,就没有0.5的中间项。

“进来之后我就没摸过口袋，所以不能确定是刚刚不见的，还是进来的一瞬间就不见了。”

“那就没辙了,”吴笙懊恼，显然对于没寻出答案耿耿于怀，“条件不够，无法判断是这里会自动屏蔽掉‘攻击性’物品，还是你粗心大意遗落在了这里的某处。”

徐望也不是非要找个真相，毕竟相比一把小小水果刀，“小抄纸”的更新才是更让人在意的：“如果那个坐标点真是陕北……”

“没有如果,”吴笙毫不犹豫地打断他，加重语气强调，“就是。”

要不是怕阵容不整，徐望真想踹他：“行，就是。那请问我们要怎么过去呢？”

“既然这里过不去,当然只能从现实里走了。”吴笙想都不想,答得那叫一个理所当然。

“那我该怎么和领导请假呢？”徐望努力保持微笑，模拟可能发生的职场对话，一字一句，咬牙切齿，“领导，能不能批我几天假？什么事？想去革命老区走一趟。”

吴笙：“OK，理由挺充分啊。”

徐望：“你过来。”

吴笙：“我拒绝。”

徐望：“我保证不打你。”

吴笙：“但是你会抱我。”

徐望：“……”一失足成千古恨啊！

“叮——”

毫无预警的提示音响起，在洞穴里显得格外刺耳。徐望立刻低头查看，这回的新信息来自“花名册”。

他的花名册界面原本是这样的——

1/23 徐望【退】

1/23 况金鑫【踢】

1/23 孙江【踢】

1/23 吴笙【踢】

但现在列表里只剩下三人，而列表上面从左往右滚动着五个字——孙江已退出。

同样低头查看信息的吴笙和况金鑫，也瞧得一清二楚。

没等三人开口，孙江先笑了，带着点儿歉意，带着点儿苦涩：“我不会离开北京，就算单位能请假，家里那边也说不过去。别说一告密就头疼，就算这事儿能说，也不见得有人信，我不可能让老婆孩子天天替我提心吊胆……”说着，他话锋一转，语气轻快起来，“但是我要不去，你们就算到地方了，估计也触发不了新关卡，与其等着被踢，还不如我主动腾地方……”

他故作不在乎的语气好似吊儿郎当，话里却都是真挚：“既然允许退队，肯定就还能加人。放心吧，我有预感，你们再遇上的人绝对比我这个老家伙靠谱。”

孙江退出后没多久，四人就各自收到新提示。

仍组队状态的三人收到的信息来自“花名册”：“队伍人数不足（3/4），是否增员？”

孙江收到的则是：“孤独的船永远靠不了岸。”

诗意般的信息，却是诅咒般的结果——孙江消失了。

徐望、吴笙、况金鑫眼睁睁看着他的身影越来越浅，最终不见，曾坐过的地方空空荡荡，像是本来就没有那么个人。山洞里的空气凝固下来，像被急速冰冻了一样，泛着彻头彻尾的寒意。

“他是弹回现实了还是……”况金鑫讷讷出声，没敢说后面那个字。

回现实意味着解脱，若人彻底没了，那就是另一种意义上的消亡。两种猜测，一念天堂，一念地狱。

“孤独的船永远靠不了岸。”徐望在心里默念着刚刚在孙江胳膊上看到的这句话，一颗心慢慢往下走，这实在不像是送人回家的喜讯。

“他没回现实，但也没消失。”吴笙忽然说。

徐望本能不信，斜眼瞥他：“你又知道？”

“我不像你什么都靠猜，我有逻辑推理。”吴笙耸耸肩，脸上的云淡风轻和队友们的担忧形成鲜明对比。

“那请问你推理出什么了？”徐望白眼翻上了天，但很奇怪，心里密布的阴云忽地散了许多。

吴笙不再卖关子：“选‘增员’。”

徐望心不甘情不愿，动作慢腾腾的，一旁认真听着的况金鑫则毫不犹豫照做。很快，两人胳膊上就出现了相同的增员备选名单——

1/23 孙江【邀请】

1/23 安鹏【邀请】

1/23 白海川【邀请】

……

一连串名字少说也有二三十人，成绩全部都是和他们同步的1/23。除组过队的孙江外，其余都按照姓氏的第一个字母排序。

“这么多人都在鸮里？”况金鑫完全没想到，“怎么我们一个都没遇见？而且他们干吗全单着不组队？”

确认孙江仍然安全让徐望松了口气，闻言好笑地拍了下况金鑫的脑袋：“既然是备选名单，肯定列出来的都是单人啊，要是有队伍的人也在里面，那就不叫邀请，叫挖墙脚。”

况金鑫：“可是不管有队没队的我们都没遇见啊。”

“呃，退队的人可能像孙江一样暂时消失，其他队伍嘛……”徐望歪头想了想，恍然明白，“肯定是有缘无分，正好全和我们错过！”

况金鑫有些为难地皱眉，像是很想要相信，又实在说服不了自己：“那么凑巧吗……”

吴笙受不了地瞥徐望一眼：“不知道就说不知道，别带着人家孩子在歪路上狂奔。”

三人最终也没邀请任何队友。去陕北这件事，别说被邀请者的态度是未知，就连他们三人，还没达成一致呢。

## 3

五点整，那个时不时冒泡的恶劣声音于耳内响起——

鸮：“宝贝儿，天亮了，送你回家。”

三人弹出，却是四人聚首。孙江也一脸诧异。

简短地互换信息后，三人才知道孙江消失后，出现在了另外一个相同的地方，同样的山洞，同样的冰瀑，只是再没有其他人，后来他回到洞里，一直枯坐到五点。就像原本一张麻将桌上的四人被重新分成了两桌，摆在每桌上的麻将还是那副麻将，但一桌三缺一，一桌一缺三，且两桌在不同房间，彼此见不到面。

况金鑫那个“为什么从来遇不见其他队伍或者其他人”的问题，套用这个麻将理论似乎也可以解释了——大家的确都在鸮里，甚至可能面对的都是同样的熊、同样的猜成语，但房间不同，彼此独立。

这一次迎接他们的是柳荫公园，距离上回的青年湖公园不过四五百米，同鸮里冰瀑和洞穴的方位、距离完全一致，也再次印证了吴笙关于地理位置“里外对应”的推断。

孙江招手拦了辆出租车，没再说道别的话，只是坐进车里之后，隔着车窗冲他们笑笑，像是想挥手，但最终只点了个头。

出租车驶远，最终在街道尽头消失，隐没于日出前的黑暗。

公园门口路灯下，三个吹着凉风的青年一时无话。

一片被风卷起的宽大落叶呼到徐望的后脑勺上，徐望不知什么东西，条件反射地抬手一拍，干枯的叶子在他掌下发出脆裂哀号。徐望无语地把枯叶抓下来，心里更烦乱："得，别傻站着了，回家！"

"都回我家"被省略成了"回家"两个字。说者无心，却让听者生出一种"回自己家"的亲切感。很奇妙，就像冷冽凌晨里一缕微暖的风。

还是徐望家的客厅，还是那个沙发，还是那把椅子。

况金鑫刚一坐定，就一声大喝："吴哥，我想好了，和你去陕北！"

徐望险些从椅子上栽下去，再看吴笙，发现对方看况金鑫的表情也没比自己好多少，向来干脆利落的他甚至又确认了一遍："你真想好了？"

况金鑫定定地看着吴笙，毫不犹豫地用力点头："想好了。不把事情弄清楚，我根本没心思实习。不对，应该说有这么一件事悬着，我干什么都不可能定下心。"

吴笙不为所动："实习鉴定怎么办？"

徐望在心里默默为同窗点个赞。头脑发热是青春少年们的专利，但他们作为成年人，即便不能成为正面榜样，也别推波助澜，否则不管坑了谁家孩子，都是作孽。

况金鑫显然也没料到吴笙考虑得这么全面，呆愣半晌，才不好意思地摸摸头："实习鉴定不用担心。其实……那个……哎，我和你们说实话吧，这家茶楼的老板是我家的一个远房亲戚，按家族辈分他还得管我叫小叔呢。"

意料之外的"人物关系"让吴笙、徐望双双呆愣。

"其实我毕业就要回家里帮忙了，不用找工作，我们学校也没强制要求每个毕业生必须有实习鉴定。但是大四没课，同学找工作的找工作、考研的考研，都在努力，我不想每天无所事事地闲晃，就在给家里打电话的时候随口说了想找个兼职，感受一下社会氛围，结果我二叔和小姑隔天就一人给我找了一个实习单位……""走后门"的羞愧让况同学的声音和脑袋一齐越来越低。

徐望却更在意另外一件事。他说的是给"家里"打电话，做出反应的却是"二叔和小姑"……

"吴哥，"况金鑫忽然响亮起来的声音打断了徐望的思绪，只见他重新抬起头，带着少年人特有的单纯和坚决，又重复了一遍自己的决定，"我和你去！"

"行。"这一次吴笙没再犹豫。

收编完况金鑫，吴笙自然把目光投向徐望："你呢？"

徐望别开脸，看窗外星辰。

吴笙起身绕过茶几，来到他仰望的方向，凭借身高优势挡住他的视线："怎么不说话？"

徐望避无可避，只得看着对方英俊的脸，像个智者般一字一句缓慢而庄重地说："我在沉思。"

吴笙一口老血哽在胸口："这有什么可想的？你又不需要实习鉴定，也没拖家带口。"

徐望两口老血袭上心头："单身就不需要尊重了？"

"这和尊重不尊重有什么关系？"吴笙不能理解徐望的脑回路，"单身就意味着牵挂少，你我都一样，正所谓'无房无车单身狗，说走就走一声吼'。"

徐望："美国人是不是都说汉语？"

吴笙："嗯？"

徐望："不然你哪来那么多俏皮话！！！"

"想当然"是吴笙身上除了"装相"外的第二大槽点，当年不知多少同学被他折磨过。这个性格往好听了说叫"我觉得我们都应该这样思考"，大白话就是"你怎么能和我想得不一样呢，你太奇怪了"。虽然事实证明大多数时候吴笙的思路都没问题，也是最优解，但这种过于简单粗暴的纯理性思维实在让人很想抽他。你哪怕稍稍换位思考，迂回着说点儿好听话呢！

月落日升，窗外的天渐渐泛亮。

况金鑫看看"理所当然"的吴笙，再看看"剧烈沉思"的徐望，直觉还是做围观群众的好。

徐望早顾不上况同学了，任何决定都是多方因素权衡的结果，他现在正全神贯注在心里计算着每个因素占的分数。

去还是不去？

工作占5分，安全占3分，花费（钱）占1分，吴笙……徐望偷瞄那货一眼，91分。

徐望心里有了决断，但嘴上不能服软："我请假试试吧，"他对着吴笙挑起眉毛，又补了半句，"你别抱太大希望。"

吴笙一脸"寡人不甚满意"的表情："你就是决心不够，请不来假就辞……哎你轻点儿踢！"

"寡人被踹"为这场走还是不走的旅行讨论画上了休止符。

那把不翼而飞的水果刀，最终在徐望床边的地上发现了。

当时况金鑫已经离开，吴笙在客厅抱着笔记本电脑查新坐标的确切定位，徐望则来到卧室换上班西装，结果打领带的时候不经意一低头，看个正着。

终于被允许进卧室的吴笙拿过水果刀，摆弄两下，分析道："或许不是掉的。如果你确定揣进口袋了，很可能就是鸮不允许携带杀伤性武器进入。"

徐望没言语，算是低调认可了他的推断。

刀的问题告一段落，徐望低头看看自己打了一半的领带，又抬头看看吴笙，再下巴往门外一扬，意思再明显不过。吴笙静静看了他一会儿，居然真的转身离开了。

徐望正诧异这人今天怎么如此听话，已没了人影的卧室门口忽然又探出个脑袋："你穿西装挺好看的。"

# 4

抵达公司，"陕北旅游计划"自然就要提上日程了。

"又请假？"经理的脸上出现阴云，"你怎么一天天事儿那么多？"

徐望低眉顺目，态度好得不要不要的。

经理有火发不出，正憋闷着，一看请假条上的天数，脸干脆黑成了锅底，一嗓子穿透办公室门直达售房大厅："一周？你干脆滚蛋别干了！"

徐望轻轻抬眼，特顺溜地点头："行，我辞职，麻烦结一下这个月工资。"

经理怔住，显然没料到徐望这么干脆果断。

徐望二话不说，直接去找财务领钱。哪承想一个电话之后，财务给他结的工资条上就只剩一千九百块。徐望压着火，提醒对方："我前两天刚卖了一个大户型。"

"辞职要提前一个月通知，随辞随走的一律不结算提成奖金。基本工资三千，扣除缺勤和公司已经为你缴的社保，就是这些。"财务振振有词，显然在电话里已得到明确指示。

徐望定定看了她半晌，蓦地笑了，声音无比温柔："我反悔了，不辞职了。"

嗅到不寻常的员工们原本在窃窃私语，见徐望两手空空从财务室出来，不仅没走，反而又站到大厅里一副正常上班的模样，纷纷诧异侧目。

几分钟后，经理室的门被火急火燎的员工敲开了："经理，你快出来看看吧！"

大厅里，西装革履的徐望正在给一位顾客讲户型："您要选这个真是太有眼光了，三室一厅的格局，我们硬是改成了四室两厅，屋是有点儿小得转不开身，但挤挤就适应了，关键实用啊。你看客厅这个位置，阳光绝对进不来，什么夏天什么夕照日都不怕的，保证阴凉……"

他笑容可掬，声音洪亮，从头到脚散发着惹人注目的气场，即便是别的置业顾问旁边的顾客，也很难不被他吸引，自觉或不自觉地都竖着耳朵听："绿化？绿化不用担心，这个小区周围全是荒地，最近的公交车站都得走半个小时，您想种什么种什么，可以尽情享受丰收的喜悦。配套设施？一定会有的，我保证，最慢三五七八年也起来了……"

“徐望，”出来查看情况的经理，平缓声音下是无尽的咬牙切齿，“跟、我、进、来。”

落地门关上，百叶窗遮下来。经理没废话，直接下通牒：“你被开除了。”

徐望点点头，特好商量：“不是我的我一分不拿，该是我的也一分不能少，结了我就走。”

经理冷笑：“要么你自己滚，要么我让保安把你扔出去。”

“行啊，”徐望也笑，极其温暖和煦的那种，“你把我扔出去，我就去找劳动局告，你无故辞退员工，违反《劳动法》。还有我多提醒一句，员工告公司这种事，就看谁闹得欢。我明天告完了后天就拉一横幅在你售楼处门前，你看是写‘还我血汗钱’好，还是‘黑心开发商偷工减料，苦命业主维权无门’好？”

经理气得腮帮子都在抖，脸涨成猪肝色，再说不出一个字。

深秋气爽，艳阳高照。徐望揣着两万九现金，寻了个最近的银行，悉数存入账户。走出银行的时候，他张开双臂伸了个大大的懒腰，像是对疲惫的过去告别，又像在迎接未知的明天。

“没请下来假？”

“嗯，所以辞职了。”

“行，我这就订机票。”

“你的反应还能更冷淡点儿吗……”

“徐望。”

“干吗？”

“我想养你，但是目前手头还不够，所以不能轻易承诺……”

“滚。”

没好气地挂了电话，徐望特后悔一存完钱就上赶着通知对方自己辞职了。

他垂头丧气地回到出租屋的时候是上午十一点，不料一开门，满室茶香。况金鑫正和吴笙隔着茶几相对而坐，悠然品茶，画面十分佛系。

“徐哥你回来啦！”见他回来，况金鑫立刻招呼，“过来尝尝，我不管遇见什么烦心事，只要喝口茶，心里就熨帖了，你也试试。”

徐望知道况金鑫的专业是茶学，也总听他说茶，却是第一次见他泡茶喝茶，饶有兴味地凑过去，接过茶杯，轻呷一口。

况金鑫还在等着他的品后感，满眼期待。

徐望感觉心中的烦躁、杂念都在茶香里散了，不自觉嘴角往上：“好喝。”他不懂茶，说不出那些个道道，却也分得清好赖。

况金鑫嘿嘿一笑，憨厚眉眼间尽是满足。

徐望忽然特羡慕他。人这一辈子能把时间和精力放到自己喜欢的事情上，是福气。

“机票订好了，”吴笙放下茶杯，和他通报最新进度，“今天下午五点的。”

徐望没想到他动作这么快：“到榆林？”

“嗯，”吴笙说，“榆阳机场。”

徐望点点头，将茶杯喝见底，起身回卧室收拾行囊。

吴笙就一个双肩电脑包，轻便得像要去中关村上班；况金鑫则是一个半人多高且塞得满满的巨大登山包，沉重得像要去逃难；徐望既没吴笙那么潇洒不羁，又没况金鑫那么周全惜命，最终收拾出来一个稍大些的休闲双肩包。

刚收拾好，吴笙就出现在卧室门口，没头没脑地问了句：“工资结了吗？”

徐望想也没想就答：“结了，一分不少。”

吴笙点点头，干净利落离开。

徐望一脸莫名其妙地想了半天，也只有“吴笙还算有点儿良心，知道问问他要没要来血汗钱”这一解释，可再回忆一下对方那张毫无波澜的脸，他又觉得是自己想太多了。

收拾好背包后，三人简单吃口午饭，一齐奔赴南苑机场。

傍晚，航班准时起飞。

新坐标（109.7395，38.3437）在卫星地图上的定位和吴笙判断得丝毫不差，就是陕西北部，再精准一点儿，榆林市城北四公里处，镇北台。

那可不是默默无闻的地方，而是长城遗址中最气势磅礴的景观之一，与嘉峪关、山海关齐名，称为“万里长城第一台”。

要在平时，徐望绝对会兴致勃勃地对这趟旅行展开无尽美妙畅想，但在被连续折磨了三个夜晚之后，他现在只希望尽早结束这种诡异的“夜行生活”，抱着枕头睡到地老天荒。

事实上他也是这么做的，一上飞机就会了周公。同他一道入梦的还有况姓小伙伴。

吴笙也想睡，奈何邻座的某人脑袋一直压在他的肩膀上，实在扰人清梦。就在他琢磨着是把肩膀撤走还是把人推起来的时候，飞机忽然一阵颠簸。飞行中遇见气流是常有的事，吴笙习以为常，而飞机也的确很快又重新平稳下来。

但这一颠把徐望颠醒了，他睡眼惺忪地抬起脸，茫然地问：“怎么了？到十二点了？”

吴笙：“早呢，睡你的吧。”语调是嫌弃，却是他自己都没察觉地放低了声音。

徐望一看就是根本没醒透，听见“早呢”，瞬间安心，把脑袋重新放回吴笙肩膀，继续呼呼。他的动作太过理所当然，把吴笙给看愣了。过了一会儿，吴笙也闭上眼，轻轻歪头把自己脑袋搭到了徐望脑袋上。

你压我肩膀，我压你一头，终于觉得不亏了的吴笙同学，一梦到榆林。

六点半刚过，飞机准时抵达榆阳机场，三人没去榆林市区，而是直接打车去了距离镇北台最近的北岳庙村。镇北台作为国家级景区，晚上不开放，他们倒是很想偷偷潜入直接在坐标点等，奈何心有余而胆量不足，回头别坐标没定上，再被保安逮了，那真是雪上加霜。

下出租车的时候，天已黑了大半。手机显示的温度同北京几乎一致，但风却明显冷冽了，带着西北特有的刚劲与粗犷。这是一个典型的发展中的北方村庄，平坦宽阔的柏油路两边既有整齐的楼房，也有高矮不一、年头各异的平房，既有往来匆匆的私家车，也有房前屋后聊着天的村民街坊。

“一个标间一个单人间？”宾馆前台对于顾客提出的要求有些犯难，“我们没有单人间。”

徐望也想过这种情况，立刻换B方案：“那就两个标间。”说完他又回头看吴笙和况金鑫：“这样行吧？”

吴笙没意见。况金鑫也顺当点头，但还有点儿小小疑问：“那咱们……谁和谁住啊？”

徐望摸摸鼻子：“呃，都行，谁和谁住不一样。”

“嗯，随意，反正也待不长。”吴笙专注地拿着手机当低头族，仿佛那里面有整个世界。

况金鑫总觉得整个宾馆大堂里飘着一种微妙气氛，但又实在辨不出个中深意，正纠结着，就听前台阿姨爽朗出声：“哎呀你们这几个娃，我们有三人标准间嘞！”

问题迎刃而解，况金鑫喜出望外：“太好了！”

吴笙把手机放回口袋，默默远目。

徐望接过阿姨递来的钥匙，“由衷”称赞：“姐，你家房型真全面。”

简单放好行李，三人在附近随便吃了一口饭，因心里惦记着晚上的事，也没尝出什么滋味。填饱肚子再重新回到宾馆才八点四十，反正等着也是等着，索性定好闹钟，再来一觉，毕竟这几天下来他们缺得最多的就是睡眠。

这一次有枕头有床，比飞机上不知舒服了多少，别说徐望、况金鑫这样睡眠质量好的，就连吴笙都一沾枕头就着了。很快，三道呼吸在房内均匀起伏，疲惫了多日的伙伴们在这难得的平静安逸中慢慢恢复着能量。

时间一点点流逝，梦亦越来越香……

## 5

“这个是浑汤饸饹，纯羊肉的臊子，另加了素臊子和荤汤，没吃呢，光是闻味就香得让人受不了了……”

“霍，这汤绝了！”

"吸溜——"

"这面也霸道！用陕西话那叫'撩咋咧'！我刚买面的时候老板和我说，他们家的饸络面还是古法轧的，假一赔十！"

"啊？'肉到吃时方恨少'问我怎么吃出来是不是古法？我哪知道啊，我今天也第一回吃哈哈哈……"

"接下来是油糕喽，炸得金黄金黄的，我来尝尝——"

"咔兹——"

"疯了！这谁啊！"徐望拍床而起，活了二十九年，第一次被人馋醒了。转头一看，隔壁床的吴同学早坐起来了，正抱臂皱眉盯着声音传来的墙壁，浑身每个细胞都在犯愁。反倒是离墙壁最近的况金鑫睡得怡然自得，完全屏蔽掉了外界干扰。

"小况这睡眠质量，得算高科技了。"徐望羡慕地轻叹一句，而后给吴笙使眼色，小声问，"去不？"

就两个字，但吴笙立刻就懂了："走。"

难得遇上让徐望和吴笙同仇敌忾的事，俩人干净利落下床出屋，在从外面轻轻带上房门后，毫不犹豫地叩响了隔壁房门。

门内的热闹戛然而止，连带着走廊都安静了下来，很快，隔着门板传来一声警惕询问："谁？"

徐望和吴笙对视一眼，异口同声："隔壁。"

两个男人的声音似乎让门内越发警觉起来，窸窸窣窣的挂链锁声之后，门才慢慢打开一道窄缝，露出半张男人脸："什么事？"

虽然脸才半张，但一看就是身形健硕膀大腰圆的主儿，徐望决定先礼后兵："你好，我们是隔壁房的，旅游一天挺累，这都晚上十点半了，你看你这边吃东西、聊天什么的，声音能不能小点儿？"

徐望是缓着声音说的，特礼貌特商量的语气，门内的男人显然没料到是这么个温柔开场白，愣了会儿才反应过来，不好意思地挠挠头："对不住哥们儿，我刚才没注意，从现在开始一定小声！"

徐望没想到这人还挺好说话，立刻给出友善笑容："出门在外都不容易，互相理解，互相理解。"

男人连连点头，眼看一场纷争就要化为春风细雨，从头到尾没说话的吴笙忽然开腔："钱艾？"

门内男人愣住，第一次认真打量吴笙，片刻后霍地瞪大眼睛，不可置信道："班长？！"

“不是，等等，这什么情况？”徐望有点儿蒙，目光在吴笙和门内男子脸上移动了几个来回，突然反应过来似的，猛地定在链条锁后面的脸上，“你是爱钱？！”

四目相对，一起同过窗的记忆亦在门内男子脑海中翻涌上岸：“体育委员？！”

徐望算是明白了，他这位老同学靠班委会职务标记青春。

人生四喜之一，他乡遇故知。钱艾迅速放下链锁，打开大门，挨个给老同学拥抱，平均一个抱几十秒，情真意切。

徐望快让他勒断气了，好不容易松开，又上上下下仔仔细细端详一番，末了对着钱艾近一米九的魁梧身板啧啧称奇：“我记得你高中站第一排，走萌系路线啊，这画风突变得也太厉害了。”

“你直接说我胖得了！”钱艾爽朗大笑，“那时候胃口好，光长肉不长个，后来一上大学就开始蹿个头了，天天晚上蹬腿，没一宿安稳觉！”他一边说着一边把人往屋里带，“别站门口说了，快进来快进来。”

徐望进屋才发现里面根本没别人，就一个自拍杆上面架着部手机，手机前面的桌上则摆了好几样当地美食，四溢的香气简直勾魂。

关好门，钱艾又快速跑到手机前面给出交代：“今天就到这儿了哈，这来外地旅游还能遇见老同学，太难得，不招待说不过去，欠你们的明天继续吃！”

徐望终于明白这位老同学在干吗了，转头和吴笙交换了个眼神。后者心领神会：“美食主播。”

看着钱艾迅速掐断直播，徐望有点儿过意不去：“这样没问题吗？会不会掉粉啊？”

“哟，懂行啊，”钱艾把被子掀到一边，一屁股坐床上，“掉粉的前提得有粉，我这样的不怕哈哈。”他这一笑，眼睛眯成了缝，倒有点儿当年圆乎乎的模样了。

“不过话说回来，还是吴笙能耐，”钱艾说着看向吴笙，像要再确认一次似的，“我都变成这样了，你还能一眼认出来？”

吴笙极其自然地耸耸肩：“要不怎么我是班长呢。”

钱艾的眼神里浮出一言难尽的光：“班长，你还真是一点儿没变。”

吴笙同意这一点：“所以我们认不出来你情有可原，你认不出来我们就令人费解了。”

钱艾这叫一个冤：“大半夜俩男的来敲门，又是人生地不熟的，我净顾着警惕了，哪还有心思看你俩长得是圆是扁。万一对视上了，你瞅啥，瞅你咋的，那不是无妄之灾嘛。”

“用不用这么谨慎，”徐望无语，“就你现在这块头一般人谁敢动？”

“出门在外，不谨慎不行啊。”钱艾煞有介事地感慨，说完才后知后觉地回过味来，困惑的目光在吴笙和徐望之间游移，“你俩……一起出来旅游？”

徐望语塞，刚才只是随口一说，谁知道控诉个扰民还会有同窗重逢的后续啊！

“那个，不止我俩，还有……还有我姨家的弟弟，”没辙，徐望硬着头皮瞎掰，“他正好放假，想出来玩儿，爹妈都没空，我就自告奋勇了。”

“什么学校十一月份有假期……”钱艾嘀嘀咕咕，但也没细追究，因为另一个问题更醒目，“你带弟弟出来玩儿，拉班长作陪是个什么组合？”

“我俩在北京遇见的，正好他也想出来转转，就同行了。”一个谎，总要一百个谎来圆，更要命的是人家热情相迎、自己句句瞎话，徐望简直是十二万分愧疚。

钱艾没半点儿怀疑，看看他，再看看吴笙，眼神里既有感慨又有羡慕：“当年你俩就形影不离的，没想到过了这么久，关系还这么铁，真好。”

“铁不铁的，”吴笙轻叹口气，眼里带上一丝哀愁，“看从哪个方面说吧……”

徐望听这话音怎么听怎么不对，又不知吴笙要讲什么，心里十分没底，索性抛出问题打断他，夺取主动权：“爱钱，你呢，怎么跑这里来了？”

钱艾被问得一怔，愣了会儿才赶忙拿过手机晃晃：“这不是刚涉足新行业嘛，我的账号是‘老钱吃神州’，那肯定要说到做到，身体力行啊。”

“吃遍神州？”徐望听出他话里的认真，“你还真准备拿这个当事业了？”

钱艾郑重点头：“活到老，吃到老。”

徐望乐了：“嗯，符合你当年的人设之一。”

“之一？”钱艾问，“那之二是啥？”

徐望说：“爱钱啊。”

钱艾总算逮着机会抗议了：“属性这种东西，隐藏起来才有魅力，你总这么挂在嘴上，显得我多没内涵！”

“隐藏属性也是属性好吗，又不是不存在了。”徐望戳破他的自欺欺人，不过老同学提了，他总要迁就一下，“那我以后管你叫什么？钱艾？听着多生分啊……”

“老钱呗，”钱艾咧嘴一乐，“我粉丝都这么叫，亲切！”

“行……”自己怎么就成对方粉丝了，徐望觉得需要捋一捋。

老同学见面，总有聊不完的话，但高兴归高兴，时间不等人，眼看着十一点半已过，徐望实在绷不住了，重新拿出“弟弟”当由头，起身告辞。幸而钱艾也没热情挽留。

回到房间，况金鑫还在睡，徐望佩服地点点头，然后上前一扯被子，亲切呼唤：“老弟，起床了。”

这厢况金鑫蒙头蒙脑地爬起来，那厢吴笙已经确认了宾馆和坐标点的距离：“不到两公里，我们进去之后一路往北走就行。"

徐望已经重新穿上了羽绒服，望着窗外，真心期盼："但愿这关别再来熊。"

况金鑫总算彻底清醒，迅速套好衣服，从登山包里翻出三袋鱼片，一袋揣进自己口袋，另外两袋递给徐望和吴笙："万一再遇见，咱们就把这个撕碎扔天上当鱼卷风！"

徐望和吴笙把鱼片揣进口袋，前者欲言又止，后者直截了当："我们还是留着自己吃吧。"

23：59：00，连闲话都聊尽了的仨伙伴，看着各自手机上的时间，静待零点到来。

"咚咚——"

毫无预警响起的午夜敲门声，惊悚程度比鸮叫有过之而无不及。三人吓得浑身一激灵，惊吓加做贼心虚，混合成了心脏的狂跳。

"娃都在吗？"

是白天接待过他们的前台阿姨的声音。

徐望最先反应过来，连忙跑到门前，隔着门板假装半睡半醒，懒洋洋地回："在，都睡了，怎么了……"

"别哄我了，楼上电话都打到前台咧，说你们屋一直在说话，吵得很，上面屋都没法睡！"

徐望扶额，虽然从半小时前他们就在等待中聊天闲扯，但这宾馆形同虚设的隔音才是罪魁祸首吧！

"咕咕——"

零点了。鸮叫自远处传来，凄厉、寒凉，就像幽冥世界的召唤。

背后传来紫光，不用回头，徐望也知道是"入口"开了。这让他有一瞬的心慌，连忙搜肠刮肚找能应付门外的说辞，不料越着急越乱方寸。

门外阿姨不清楚门内情况，只知道里面突然就安静了。通常这种安静不是"理亏"就是"心虚"，她立刻警惕起来："哎，我说，你们几个娃半夜不睡觉不是在屋里头做坏事吧！"

"哪能啊，"徐望也顾不上措辞了，掏心掏肺地拿出一百万分诚恳，"我们保证一句话不说了，绝对不打扰前后左右！"

阿姨摆明已经不信了，重新敲起门板来："开门！"

这是私人宾馆，从气质看，徐望强烈怀疑门外的就是老板娘。但别说老板娘，老板来了也没用啊，他们还有几十秒就要被吸走了，这要开门那还……慢着，徐望忽然发现自己陷入了一个思维误区，为什么就不能让人知道他们进了鸮呢？他们无法报警，不代表看见他们被吸走的人不能报警啊！

换个思路，豁然开朗，徐望二话不说抬手就要开门。不料手刚抬起，还没碰到门，头先疼起来，炸开一样的剧痛！从没经历过的深入骨髓般的疼，疼得他整个人直接蹲下来，双手抱头想死的心都有！

“徐望！”不明所以的吴笙一下子变了脸色，立刻跟着蹲下来查看，然而刚刚屈腿，头顶忽然起了疾风，将他连同蹲着的徐望、站着的况金鑫一并卷入紫色旋涡！

掉落在地的手机屏幕上，时间清晰可见——00：02：00。

## 6

一阵天旋地转，三人终于落地，头疼消失了，只残留下些许不适的余韵，然而晕眩又带来了恶心感。

身体忽然被人拉起来，然后就是吴笙既嫌弃又关切的声音：“你到底怎么了？”

“头疼。”徐望还没从伤害里缓过劲来，声音听着有气无力，可怜巴巴。

吴笙想起在被强行拖进这里之前，徐望在一个疑似抬手摸门的动作后忽然蹲下的痛苦模样，瞬间了然：“你想让前台看见我们被吸进来？”

徐望点头，眼里闪过“功亏一篑”的懊恼。

“没用的，鸮既然能阻止孙江和小况报警，自然也能阻止你开门……”吴笙说着说着，忽然轻轻眯了下眼，语气变得微妙起来，“不过我们突然消失，屋里再没有回应，她就算隔着门板也会发现不对的，不知道鸮有没有本事解决这个。”

如果徐望认真听，仔细看，就会发现此刻吴笙的模样和高中遇见难做的题时如出一辙。题越难，吴笙越来精神，这种生来就喜欢硬啃难题的兴奋点完全不在徐望的理解范畴。

不过这会儿的徐望全然没注意吴同学，他所有的心思都放在自己的胳膊上——“文具盒”里的“‹防›画地为牢、‹武›曹冲称象”都还在。

原本提起的心慢慢回落，但又有些不解，按照况金鑫和孙江的说法，他们企图报警，也就是泄露鸮的秘密，所以头痛，然后再进入鸮，“文具盒”就空了，那他刚才也有过和钱艾坦白的念头，也头痛了，为何东西还在？

他还没想出个所以然来，就听见况金鑫讷讷道：“徐哥，吴哥，这里……好奇怪。”

徐望和吴笙本能地去看四周，结果和况金鑫一样愣在原地。

透亮的落地玻璃，密实的钢结构穹顶，往来匆匆的人群，一排排正办理值机的柜台。哪里有什么雪原、黑熊，这就是一个再正常不过的机场，空调温度适宜，空姐笑靥如花。

徐望一遍遍地揉眼睛，最终不得不相信自己没看错，于是他只能茫然地问队友：“咱们四个现在是在鸮里还是在……呃？咱们四个？”

徐望直觉哪里怪怪的，赶忙在心里默默地一个个数，吴笙、况金鑫、钱艾、自己，没错啊，是四个，但又好像不应该是这四个……

“老钱？！”徐望总算发现了不对，主要是钱艾就站在况金鑫身边，那位置那姿势，甚至脸上的表情都太自然了，就像“大白兔”里混进了“大白免”，毫无违和感。

“终于看见我了？”钱艾磨牙盯着两位老同学，声音微妙上扬，“不是带弟弟旅游吗？”

徐望一把揽过况金鑫：“我弟！”

吴笙不甘示弱，挑眉反击：“不是吃遍神州吗？”

钱艾从怀里摸出一个腊汁肉夹馍，吭哧就是一大口，一边嚼一边愤愤不平：“这年头，连老同学都不能信了！”

况金鑫一头雾水，看看钱艾，再看看吴笙和徐望，于肉夹馍的香气里艰难进行着推理：“这是……新 Team 吗？”

短暂交流之后，大家算是把彼此的“心酸”做了一个梳理。

徐望、吴笙、况金鑫这边不用说，就是1/23交卷后，直接奔赴这边；相比之下钱艾更惨些，他的队伍里只有他一个人想来这边，于是只得脱队，可来了这里之后怎么也组不到队伍，于是每天进来晃一圈，清晨五点再出去，如此这般，已过了三天。

俗话讲得好，鸮叫一线牵，珍惜这段缘。要说不震惊是假的，但震惊过后，却也有丝丝惊喜——做生不如做熟，肥水不流外人田，联手几乎是不用犹豫的。

这一次备选的增员列表只有三人，前缀仍是 1/23，不算钱艾，剩下俩没有一个是徐望、吴笙还有况金鑫眼熟的，昨夜见过的那些名字都没了，连孙江也没有。

钱艾比他们多待了三天，也摸索出了更多规律：“增员应该只能是同在一个坐标范围内的人。比如你在北京，能邀请的就只有同在北京的，在这里，能邀请的就只有在这里的，否则一队人分在不同地方，怎么一起过关交卷？”

这话听起来有几分道理，所以昨夜的增员列表里有孙江却无钱艾，今夜则正好相反。

钱艾顺利入队，但心情复杂：“这破地方是不是就可着咱们一个班祸害啊？”

徐望感同身受。散落天涯为生计奔波着的老同学有缘再聚，却是在前途未卜的魔幻劫难里，这场面实在是闻者心酸、见者落泪，要是当年的高中班主任过来，能挨个搂着他们心疼。

吴笙没他俩那么多愁善感，自组完钱艾，他便四下观察寻找可能存在的危机或提示。然而遍寻无果，倒有另外一丝疑惑冒出心头——在雪原的时候他们和孙江散伙，孙江立刻消失，可他们见到钱艾的时候，钱艾分明还没和他们组队，这就前后矛盾了啊！

况金鑫突来的一嗓子打断了吴笙的思绪：“我想起来了！我说这个名字怎么这么耳熟！”他一脸拨开记忆迷雾的喜悦，激动地向吴笙和徐望求证，“吴哥，徐哥，他就是你们在雪原猜成语的时候说过的那个钱艾对不对？吃东西风卷残云的钱艾！”

钱艾的眼睛越听越眯，最后对上两位同窗时，已成两道犀利的缝：“老同学们，给个解释吧。”

吴笙从容摊手：“我们就是陈述事……唔……”

徐望捂住那张破坏队内感情的嘴，冲钱艾报以团结友爱的微笑：“这话吧，说来有点儿长……”

正修补着友谊小船，“四合一”的“叮”声让气氛陡然紧张起来。大家纷纷看向自己的手臂。

**小抄纸：“况金鑫旅客、钱艾旅客、吴笙旅客、徐望旅客，请尽快前往 G4 柜台办理值机。”**

徐望、吴笙和况金鑫的第一反应都是看钱艾，后者一脸蒙：“别看我，我从来没组队成功过，每次进来都是在这里傻站着，今天也是第一次收到这条信息。”

显然，只有队伍组满，鸮才会给出新的提示。而现在，第二关正式开始。

周遭环境没有任何变化，但每个人都感觉到了一霎而起的紧张。



## 7

G4 就在斜前方不远处，一个帅哥坐班，柜台前冷冷清清，并没有办理值机的旅客。四人来到柜台前，没等说话，小伙已经利落打印出四张登机牌，头也不抬地扔到柜台上：“过安检，17 口登机，再晚就来不及了。”他的声音很低，带着某种诡异的磁性。

徐望还想和他多聊两句，小伙却忽然摆出个“暂停办理”的牌子，起身头也不回地离开。他的速度很快，像幽灵一样眨眼便消失在行李传送机的后面。徐望看着空荡荡的柜台，生生起了一身鸡皮疙瘩：“他是……真的人？”

“不知道，反正你要是和他聊天，问什么他都能答上，”钱艾是过来人，三天里他几乎快把地勤们聊遍了，“但你只要一说这里是假的，是不真实的世界，他们要么听不懂，要么看你的眼神就像在看神经病。”

“NPC（Non-Player Character，指游戏中不受玩家操纵的游戏角色），”一路异常安静的况金鑫忽然咕哝出声，“就像游戏里的 NPC 一样。”

“不太对吧？”钱艾说，“NPC 顶多两三句台词翻来覆去说，我可是把他们祖宗十八代都快打听出来了，不管你直来直去聊、迂回着聊，还是哪儿都不挨着哪儿地聊，全能给你答上！”

“人工智能，”吴笙插话进来，眼睛却盯着往来路人，专注得像在审视一行行代码，“现在的科技水平已经能达到人机交流无障碍了，何况这里。”

是啊，何况这里。

一个什么都可能发生的魔幻空间，一个可以强制拖人进来的诡谲之地，别说人工智能，就算说这些人都是心甘情愿过来配合的群演，也没人敢斩钉截铁给个否定。

“叮——况金鑫旅客、钱艾旅客、吴笙旅客、徐望旅客，请尽快通过安检，前往17口登机！”密集的提示音就像急切的催促。

既来之，则闯之，一行人不再犹豫，立即奔赴安检通道。

孑然一身实在没什么好查，四人顺利进入候机大厅，徐望却发现况金鑫一路情绪都不太高。进入这鬼地方当然没人能兴高采烈，可况金鑫向来乐观活泼，这状态实在反常，一问才知道，入口开启时，他是背着登山包乖巧等待的，结果天旋地转落进航站楼后，人在，包却没了。

包里虽没什么值钱物件，那也是况同学精心挑选的“居家必备”，据他说不管环境如何险恶，是需要吃的还是喝的、御寒还是纳凉、过夜还是跋涉、跳舞还是唱歌，他包里全有“设备”。这一丢，着实让人沮丧。

徐望拍拍弟弟的肩膀，自认十分有资格安慰他：“放心，丢不了，根据我的经验，你的包现在肯定好好躺在宾馆地板上呢。”

“可我包里没放任何危险物品啊。”况金鑫眉毛耷拉着，看着就委屈。

“那就是你包太大了！”徐望敲一下他的脑袋，“行了，打起精神来，你就是再哀怨，包也回不来了，赶紧往前看，还不知道飞机上有什么妖魔鬼怪等着咱们呢。”

“我忽然想到一个问题，”走在最前面的吴笙毫无预警地回过头，“如果我们在飞机上被弹回现实，是不是等于客观上的跳楼？”

紧跟在后的徐望差点儿撞他身上，好不容易站稳，就听见这凶残设想，顿时生无可恋：“你能不能说点儿吉利的？”

吴笙歪头想了想，又转了话锋：“应该不能，他既然能在你被熊扑的瞬间把你弹出去，说明‘保护机制’是默认存在的，那就不应该想不到‘飞机弹射’这种Bug（程序漏洞）。OK，我没问题了。”

徐望：“……”

况金鑫：“吴哥，你是没问题了……”

钱艾：“但我们很慌啊！！！”

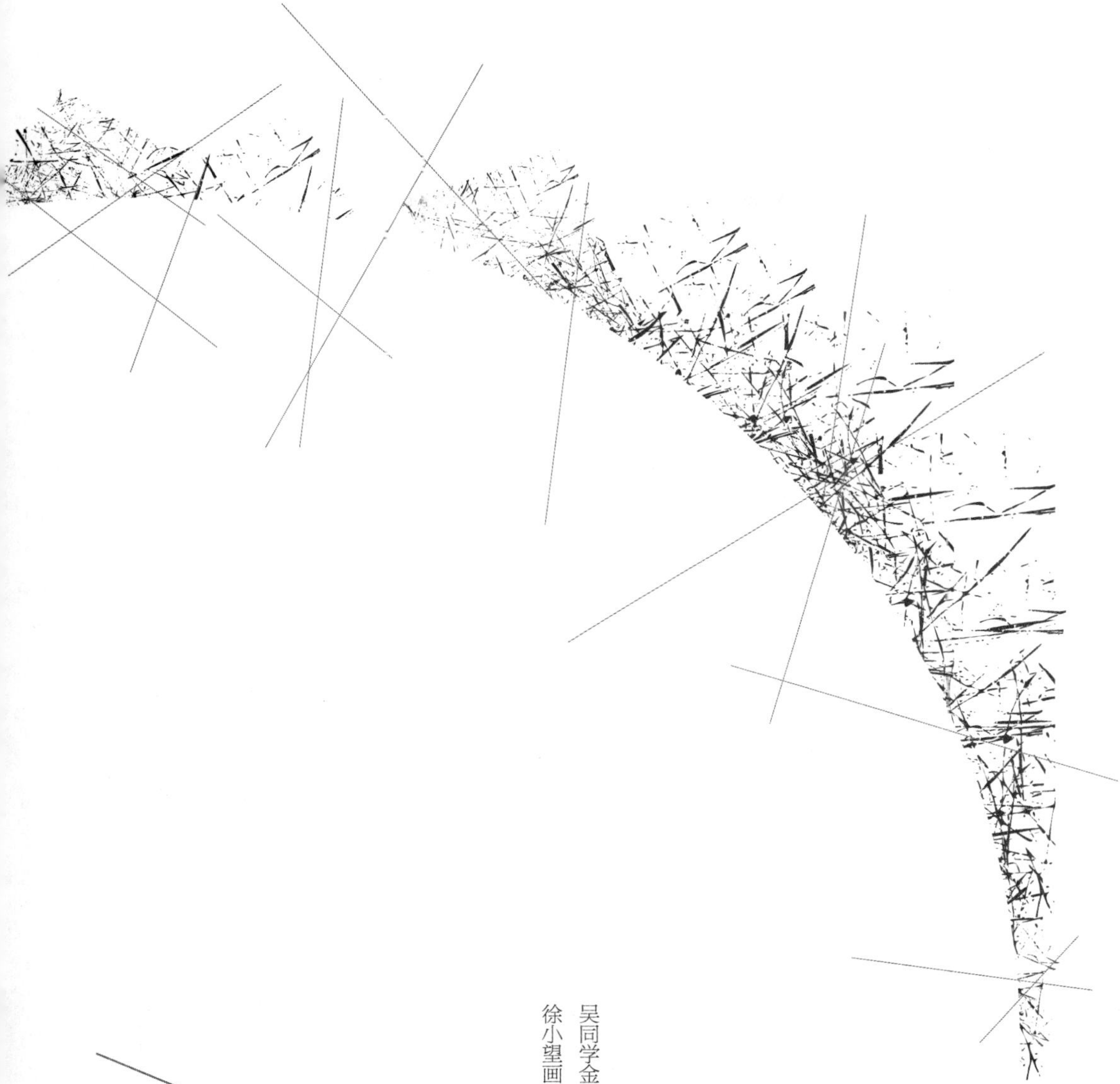

吴同学金蝉脱壳，
徐小望画地为牢。

# 第三章 惊变

JING BIAN

# 1

候机大厅的路仿佛没有尽头，17 登机口更是像个只存在于传说中的存在，因为四人一直在往前走，一路数过了 1、2、3、4，亦见过 20、30，唯独 17 号，直到二十多分钟以后才肯露出真容。

按时间算，他们大概走了 1.5~2 公里。这一次“小抄纸”上并未提供区域地图和坐标，但 1.5~2 公里，正是宾馆和镇北台之间的距离。

检票登机，空姐站在机舱入口，笑得温和美丽。四人按照机票位置，分别坐在了头等舱（吴笙）、商务舱（况金鑫）、经济舱机翼处（钱艾）、经济舱机尾处（徐望）。随着四人落定，飞机开始徐徐滑行，片刻后，徐望感觉到轻微的失重和耳鸣——飞机，起飞了。

“在飞机上被弹出去怎么办？”

徐望恨死了吴笙提的这个问题，因为它现在已经在自己的潜意识里生根发芽，连带着肩膀已经半愈合的伤口都重新隐隐作痛起来。

“别紧张，不适感只在起飞和攀升阶段，一会儿飞机就平稳了。”耳边传来一个和善而宽厚的声音。

徐望转头，是邻座一个戴着眼镜的中年男子，斯文儒雅，看气质像学者或老师。

“第一次坐飞机吗？”见徐望不语，男人又问了一句，不过听着不是真想打探，更像随便说些什么缓解沉默带来的尴尬。

他的声音同先前的地勤不同，自然亲切，与寻常人无异。可徐望还是不安，残留的阴影让他很难再次信赖，思绪混乱间，他突兀地问了句："你叫什么名字？"

男人眼里闪过一丝错愕，就像在说"还有这么聊天的"？

徐望看着那细致至极的微表情，某个刹那，真的要相信他是"人"了，直到听见他的回答："我叫尹一零零，你呢？"

得是多不靠谱的爹妈才能给自家孩子起这名字！徐望不死心，又问自己右边的年轻姑娘："你叫什么？"

姑娘嫣然一笑："穆九八。"

徐望越过她，再去问隔着一个过道的旅客："你们叫什么？"

同在最后一排的仨旅客齐齐看过来，皆大方地自报家门："平九五。""黄九六。""和九七。"

徐望看着他们的笑脸，自己却怎么也笑不出来。

"还有四小时哟。"一道透着幸灾乐祸的声音在耳内骤然而起，欢脱中透着诡异，顽皮底下藏着阴冷。

徐望太熟悉这声音了，它送他回家，它恭喜他们交卷。

还有四小时？什么意思？

疑惑刚起，前方机翼附近的某位靠窗旅客便惊声尖叫起来："有炸弹啊啊啊——"

还能提示得更生硬一点儿吗！！！

尖叫声让整个经济舱骚动起来，在机尾准备餐食的两男两女四个空乘人员立刻停下手上的工作，沿着过道快步朝"事发处"去，一边走一边对着左右提醒："请各位旅客在自己的位置上坐好，系好安全带。"他们很努力让自己的声音听起来镇定有力，然而还是带着难以克制的恐惧和颤抖。旅客们倒都听话了，嘈杂渐渐低下来，很快走向另外一个极端——整个机舱陷入窒息般的死寂。

徐望不再观望，直接起身抬腿，愣是从穆九八姑娘的腿上跨了过去，而后一路往前小跑到机翼处，奈何四个空乘堵在身前，根本什么都看不见，他只得伸脖子问里面的钱艾："什么情况？"

钱艾挨着尖叫者坐着，看得比空乘都清楚，当下提供情报："一个带密码的定时炸弹，用胶带贴在窗户底下，倒计时还有三小时五十八分钟！"

徐望头皮一麻，嘴比脑子反应得更快，脱口而出："都让开，都让开，我会拆炸弹！"

空乘果然很配合地闪到两边，连挨着过道坐的旅客都站起来给徐望让地儿。

"你也出来！"徐望一指坐在最里面靠窗、也是发现炸弹并尖叫的旅客。

旅客巴不得赶紧闪呢，立刻蹿出来，徐望二话不说挤进去，和这一排仅剩的钱艾凑成一圈近距离观察，几乎要把鼻子尖顶到炸弹上。

就是一个黑色盒子，用银色胶带横向竖向以一个“十”字贴在了机窗下方接近地面的位置。胶带很宽，泛着冷光，像银箔。“倒计时”不在黑盒子上，而是在横向的银箔上，猩红色的数字已规律减少到了 3：57：08；竖向银箔则被横向覆盖，分割成了上下两部分，上部分是显示屏，竖着排列着四个空位“_ _ _ _”，下部分是 1-9 的数字按键和 A-Z 的字母按键，按照 5×7 的方块排列。再明显不过的“请输入”的意思，难怪钱艾直接就说这是一个带密码的定时炸弹。

“你什么时候会拆炸弹了？”熟悉的欠揍语调响起，不用回头，徐望也知道是头等舱那位过来了。

“我会拆炸弹是假的，但你这乌鸦嘴绝对是真的。”他没好气地回头白一眼，“借你老人家吉言，我们真要被炸飞了！”

“急什么，既然是关卡，就一定有闯关的办法。”吴笙也挤进来，狭小的空间顿时“亲密无间”。

徐望努力忽略掉拥挤的气息，全身心地投入到对炸弹的“观察”里，而吴笙在难题面前向来自动聚焦，目不斜视。

“35 选 4，”只看一眼，吴笙便沉声开口，“如果四位数字不能重复，密码有 1256640 种，如果可以重复，则还会额外增加 243985 种。”他的语气冷静且笃定，单是听着，都能感受到智慧光芒。

徐望顾不得“宿怨”，惊喜回头：“你能破解？”

“怎么可能！”吴笙理直气壮地耸肩，“一百多万种，我就是用穷举法挨个试，时间也不够用，就是时间够用，我手指头也得磨没了。”

徐望：“……”他为什么要对这货抱有期待！！！

况金鑫是最后一个跑过来的，炸弹这排已没多余空间，他只得站在吴笙旁边的过道上，一边和想拉开他的空乘“搏斗”，一边竖起耳朵听队友们讨论，生怕遗漏一句影响后续配合，结果听来听去发现仨队友都围着“破译密码”这条极高端的学术道路转悠，终于忍不住在单手撑开一个空少后，探脑袋进来：“按照‘小抄纸’上的意思，咱们是不是应该问问那些乘客？”

快想破头的“艾笙望”哥哥们一齐转过脑袋，纳闷儿看他：“小抄纸？”

“对啊，”况金鑫从来没想过自己还能成为智商担当，“嘴勤能问出金马驹，意思不就是让我们多问吗？”

“呃，等一下，好像我们的信息不太对称。”徐望说着伸手把况金鑫的胳膊拉过来，点两下进入“小抄纸”。果然在一系列催促登机的信息末端，多出一条他们仨都没有的“嘴勤能问出金马驹”。

况金鑫一看队友的表情，也有点儿悟了：“你们都没收到？”

“你刚才都干什么了？”吴笙跳过浪费时间的问题，直接问重点。

况金鑫一脸茫然，陷入无尽思索。

费脑子的事情队友都干了，钱艾只剩旁听的份儿，但眼睛尖，一下子瞄到刚被况金鑫弄开的空少又要上手拉扯，立刻拍案而起，撑着座椅靠背就一个腾空，从吴笙和徐望脑袋顶上飞出去，重石一样稳稳落进过道，一把揽住空少脖子：“嘿，哥们儿，有能耐和我动手，别欺负小孩儿！”那霸气，那彪悍，和不久前隔门上链锁的他简直判若两人！

不知是不是受了队友鼎力相助的鼓舞，况金鑫也终于在杂乱思绪中抓住线索：“我和邻座聊天了！聊了十几句之后‘小抄纸’就响了，我一看，更热火朝天继续聊了，要不是听见这边有炸弹，我能把他们从哪儿来到哪儿去做什么职业有什么社会关系都聊出来！”

这就是了。

第一关的时候徐望丢了鞋，所以“‹防›我的滑板鞋”给了他；这一关和“旅客”真正聊天的只有况金鑫——徐望问了名字，便直接断了深聊的念头——所以“小抄纸”的特别提示给了他。一切都没法提前预知，事后追溯却又有迹可循。

徐望看向吴笙，不是疑问，是肯定：“知道密码的人就在乘客里。”

吴笙点头，目光炯炯：“问出来这关就能过。”

徐望嘴唇抿成直线，忽地有了一丝犹豫：“真的这么简单吗？”

聊天谁不会啊，一路问问问就能过关？

“你就是想太多，做太少，”吴笙站起来活动活动肩膀，“有这时间，都能问好几个人了。”他前后一扫，当即拆分任务，“我去问头等舱，小况问商务舱，你和老钱还在经济舱，一个从前往后问，一个从后往前聊，效率最大化。”

“收到！”钱艾几乎是条件反射地应声，应完了才感慨，“班长的飒爽英姿不减当年啊。”

“你现在再拍马屁他也没卷子借你抄了。”徐望没好气地吐槽他一句，随后站起来和四个空乘说：“我们能解除炸弹危机，不需要你们配合，但也不希望你们帮倒忙，否则炸弹炸了，谁也跑不了。等下你们该送水送水，该送吃的送吃的，尽量安抚旅客情绪，剩下的交给我们。”

惯常笑脸迎人的，一严厉起来才越发有震慑力。两个空姐不住点头，等徐望说完，一个立刻转身去取饮料车，一个则开始软语温言地宽慰周边旅客。两个空少警惕性高一些，脚下没动。

徐望定定看着和钱艾较劲成一团的那位，片刻，后者松了力道，释放和平信号。钱艾也松开铁索一样的胳膊，掸掸身上的灰，一派高手风范。

徐望有点儿看不懂了：“你有这两下子，之前听见我们敲门还㞞叽叽地挂什么链锁啊？”

“我又不知道门外几个人，当然安全第一！”钱艾说着看一眼俩空少，满意一笑，“必须得确认眼神，是打得过的人。”

“……”拨开清新脱俗的修辞外衣，这不就是欺软怕硬吗！！！

吴笙瞄着炸弹上的倒计时，刚想提醒那两位别废话了，赶快分头行动，却忽然觉得头顶一暗。他本能抬头，只见一张大网凭空罩下！

他们四人尚未分开，在疾风般卷下的罩网面前根本没有应变的机会，那细密大网仿佛带着某种神力，遇见座椅靠背一类的都穿越而过，只冲他们四人而来。转瞬，网落，随后一刹那兜起，将四人都网罗其中，吊至半空！

“这是什么鬼东西！”钱艾在网中挣扎，一米九的身板竟奈网不何。

“哎，你别蹬我啊！”况金鑫本就被兜得晕头转向，又挨了挣扎中的钱艾一脚，这叫一个狼狈。

徐望和吴笙也没好到哪里去。四人就像网兜中的鱼，任你活蹦乱跳，也难逃出生天。

熟悉的戏谑之音在四人耳内同时响起：“有人对你使用了〈武〉一网打尽哟。”

四人一怔，没等反应过来，网兜忽然甩起，就像被人用力向前抛的塑料袋，沿着过道朝机尾风驰电掣般飞去！机尾正在准备餐车的空乘见状惊恐万分，本能往两边闪开。

钱艾：“我还不想死啊啊啊——”

况金鑫：“猜完成语后面不应该是飞花令对诗吗，难度应该循序渐进啊！”

吴笙：“闭眼，闭气，做好高空摔落或者入水的准备，死应该是死不了的。”

钱艾：“真的？！”

吴笙：“猜的。”

况金鑫：“……”

钱艾：“救命啊——”

老钱的最后一声长嚎，为网兜与金属壁的抵死相撞，配了一曲悲壮的 BGM( Background music，指背景音乐 )。

也正是在这最后的一瞬间，自网兜飞起便死死回头的徐望，终于捕捉到了四张不同寻常的脸。那四人的位置很分散，混在旅客之中，和所有不明真相的旅客一样，起身张望“诡异网兜”，若不是徐望一开始就抱着“抓人”的目的，怕是到最后也揪不出他们——所有旅客都在惊呼，在恐慌，只有他们几个表情微妙，眼神闪烁，透着做贼的心虚，又泄露出几丝屏息待结果的忐忑。

网兜撞上机尾的一瞬间，四人都感受到了巨大的冲击力，仿佛全身骨头都被撞碎了，疼得没了魂儿。

世界瞬间安静了。温度骤然降下来，冻透骨髓似的冷，空气也变得稀薄。疼痛在身体上叫嚣，人却只能抓着网兜的眼孔大口呼吸。

仿佛觉得他们还不够惨似的，那戏谑之声再度提醒：“有人对你使用了<武>九霄云外哟。”

## 2

吴笙第一个睁开眼，忍着剧痛和极寒举目张望。他们仍在网兜里，但网兜不在飞机里了，它像一个球停在几万米的高空，下面是厚厚云层，上方是刺眼阳光。

为什么没组队的情况下就能看见钱艾？吴笙终于寻到了答案。

他们被一网打尽。他们被扔到九霄云外。他们以为这是闯关，结果，这是战场。

鸮：“有人对你使用了<防>金蝉脱壳哟。”

耳内响起提示的时候，徐望、况金鑫和钱艾的第一反应都是：还有完没完？！结果下一秒，他们便“咚咚”几声落到了地上，就像从破了的塑料口袋里掉出来的几颗土豆，滚得四散开来。摔得虽然疼，但高空的极寒和缺氧瞬间缓解，他们本能地大口呼吸，僵住的思绪也慢慢复苏，重新活络起来。

“难为你还能反应过来用文具。”徐望缓过了劲儿，迅速爬起来活动活动胳膊腿，自然，每个关节都疼得要死，但并没有真正的伤筋动骨。看来他们先前的猜测是对的，鸮会有意将伤害控制在适当范畴。

吴笙已先他一步起身，这会儿正四下环顾，查看情况：“是我的错，在遇见钱艾的时候我就有过疑问，应该细想的，不应该被‘小抄纸’带乱节奏，没头没脑往前冲。”

“认错的吴笙”绝对是珍稀动物，徐望蓦地心一软，温柔话已经出了口：“哪有什么错不错的，要真说错，我们仨还不如你呢，遇见老钱的时候我连疑问都没有过，净顾着惊讶和高兴了。”

吴笙还是摇头：“你们没想到正常，我实在是不该犯这个错误。”

“……”徐望看着他脸上的诚恳与认真，想一脚三百六十度回旋踢上去。再对这货心软他就是猪！！！

说话间，况金鑫和钱艾也陆续爬起来。前者看模样最可怜，鼻头被冻得通红，原本白净的脸一片灰扑扑，让人强烈怀疑刚刚脱困时是脸先着地；后者则好很多，抡抡胳膊，动动脖子，又是一条魁梧好汉。

“咱是……被人坑了？再被班长救了？”钱艾趴地上的时候就听见徐望说的那句“难为你还能反应过来用文具”了，前后一关联，事实再明显不过。

“老钱，”徐望问，“你在机场待了三天，一个人没遇见？”

“真没有。”钱艾举起双手，从头到脚每一个细胞都恨不能自证清白，“但凡有一个像咱们这样看着胳膊风风火火往前跑的，我也不能放过啊，就算拉不来组队，聊两句也解乏。”

徐望懂了：“不是你没遇见，是人家没想让你遇见。”他叹口气，“就咱们傻，别人队都精着呢。”

况金鑫听到这里才明白过来怎么回事儿，一脸震惊：“在飞机上还有其他的队伍？！”

徐望扶额，况金鑫这样的，走不出二里地就能让人给卖了。

“可是不对啊，”况金鑫又疑惑嘀咕，“我们都是被吸进来的，都想交卷，不是更应该互相帮忙共同闯关吗？”

徐望问他：“如果最终交卷通关的队伍只能有一支呢？”

况金鑫想都不用想：“那就公平竞争各凭本事呗。”

徐望：“但是你有先发制人的机会。”

况金鑫不认同地皱眉：“这不叫先发制人，这是卑劣的偷袭，放在田径场上就是抢跑，要被罚下的！”

徐望：“……”好了，他收回前言，不用二里地，这娃走出去两米就能让人卖了，回头还帮人数钱。

“这里是飞机货仓。”已观察完毕的吴笙给出笃定结论。

闻言，三人才认真打量四周。这是一个狭长的宽敞空间，由类似金属的板材精密拼接而成，地面平坦，遍布纵向轨道。说是飞机货仓，的确很像，但货物极少，只两个木架子堆在货仓尽头，剩下的都是大片大片的空旷。

“和刚才的是同一架飞机？”钱艾不太确定地问。

“应该是，”吴笙说，“否则在哪儿都是干等到五点弹回现实，‘金蝉脱壳’送我们过来就没意义了。”

钱艾紧张地咽了下口水：“所以我们要重回客舱……拆弹？”

“老钱，你的思想很有问题，”徐望凑过来，叉腰批评队友，“都什么时候了还想着拆弹。我们刚才被虐了好吗，难道你不想虐回来？”

“能虐回来当然好，但显然对方比我们有经验，所以我们是不是应该多谋划几套方案……”在敌我不明的情况下，钱艾永远是那个隔门上链锁的谨慎男同学，“别光想着报仇，也设计个跑路、保命什么的……”他的声音越来越低，因为连况金鑫都凑过来了，现在是三瞪一。

况金鑫：“我不赞成偷袭，但对方已经打到脸上了，当然要拿出我们的气势回应！”

徐望：“被坑一次不出声，就会被坑第二次，宁可输，不能逃。”

吴笙：“什么叫输？为什么会输？我的字典里没有这个字。”

钱艾：“……”第一关交卷的时候也没人告诉他，接下来是单机转联机的大型群战现场啊！他只是一个热爱猜成语的和平主义者……

“话说回来，”徐望忽然道，“我看见他们了。”

一句话，拉回了钱艾的心神，也拉来了吴笙和况金鑫的注意力。

“男女老幼高矮胖瘦？”吴笙直截了当问核心，毕竟知己知彼，才能报仇雪恨。

徐望仔细回忆，力图用最简洁的语言勾勒出最精准的“敌相”：“男，男，男，男……高帅瘦白！”

况金鑫愣住；钱艾总觉得哪里怪怪的；吴笙则直接皱起眉头。

徐望回过味来，有点儿后悔，怕风格这么独特的描述容易暴露出一些择偶上的倾向性，正紧张着，就见吴笙摸着下巴疑惑咕哝：“高、帅、瘦、白……那不是和我们一模一样吗？”他一本正经地抬头，“难道在鸮里组队还有外形配置标准？”

呃，等一下。徐望有点儿跟不上他的思路，下意识左右环顾队友。

钱艾……真高。

吴笙……很帅。

况金鑫……的确白。

自己……他就知道没剩下什么好词儿了！！！

确定了“报仇”的大方向，接下来要做的就两件事：一，重新回到客舱；二，隐蔽自己，搜寻仇家，伺机动手。但所有这些都要建立在自己的“战斗力”基础上。

四条手臂一同伸出，“文具盒”里所有“战力”一目了然。

徐望：<防>画地为牢、<武>曹冲称象。

吴笙：<武>风卷残云。

况金鑫：<防>狡兔三窟、<武>泪如雨下。

钱艾：<防>一叶障目、<武>字字珠玑。

相比武具，防具显然更容易通过文字理解其作用，但只有这几个防身总觉得不够。

“要不我们再顺手搜刮点儿？”徐望瞄货仓尽头那两个木架子很久了，总觉得像“宝箱”，能开出惊喜。

“这是别人的东西，我们不好动吧……”虽然并非现实世界，但况金鑫还是坚持自己“五讲四美三热爱”的道德标准。

不过好像没人听见他的话，仨伙伴已经把第一个木架子上蒙的布扯开了。况金鑫无奈地走过去，先看见了队友错愕的神情，然后才看见了木架子——不，应该是木笼子里的东西。

一头沉睡着的雄狮！

它枕着前爪，睡得酣然，威风凛凛的鬃毛随着它的呼吸微微抖动，彰显着傲然霸气。

仨伙伴扯出友善微笑，仿佛睡梦中的百兽之王能看见似的，然后蹑手蹑脚捡起布，毕恭毕敬地又给人蒙了回去。

“好梦。”徐望用口型无声地送上祝福。

况金鑫一言难尽地看着仨队友，眼神再明显不过——让你们乱翻。

然而吐槽刚飞过去，第二个木架子就被扯下了布。

这一回不是笼子了，就是一个木头货架，但里面空空如也，只一个深棕色的盒子孤零零放在底板正中。钱艾颤巍巍后退一步。徐望和吴笙好一点儿，原地没动，但也呼吸一滞。

一个漆木骨灰盒……盒身雕花，右刻“山明水秀”，左刻“万古长青”，中间一个老太太的黑白照片。老人没笑，只微妙地盯着前方，目光似能和所有看着她的人对上。

不知是不是错觉，货仓好像突然冷了下来，明明先前流通的空气凉热适宜，现下却是一股股寒意。徐望头发丝儿都快立起来了，连忙七手八脚将布重新蒙上，特虔诚地说了句：“打扰了。”这一次他出声了，因为总觉得光用口型心不诚。

况金鑫要哭了：“咱们回上面客舱吧……”

这回钱艾举双手双脚同意。既不能驭雄狮、也不敢打扰老奶奶宁静的徐望和吴笙也终于收心，乖乖把注意力放回“自身”。

## 3

文具盒：“确定使用 <防> 狡兔三窟？”

况金鑫在队友的鼓励目光中，点击确定。

其实没人知道“狡兔三窟”究竟是什么，只是从字面上猜，或许能助他们一臂之力。

文具盒：“请选择三处藏身地点。洗手间／茶水间／头等舱／商务舱／安全门／驾驶舱？”

果然！四人眼睛一亮，简单商议后，迅速做出选择——茶水间、安全门、驾驶舱。

随着况金鑫点击最后一个藏身点，四人脚下骤然一空，身体迅速失重，如坠深渊！

鸮：“有人对你使用了＜防＞狡兔三窟哟。”

随着这声提醒，他们被一股温和的力量托住，下坠渐缓，半晌之后，稳稳落进一个四四方方的狭窄空间。这地方像个盒子，除了“盒盖”——也就是头顶盖板——有直径一人宽左右的圆形透明玻璃。四周与脚下都黑漆漆一片。玻璃外似乎是客舱，时不时有人走过，透过玻璃能清晰看见他们鞋底的花纹。然而坐井观天似的视野实在有限，别说认脸，就连走过去的是男是女，都很难在一闪而过的身影上判断。

幽幽的风从某处吹拂而来。四人一怔，摸索着周围的漆黑墙壁，赫然发现有两面墙壁上有洞。他们兵分两路，顺着漆黑洞道一点点爬过去，很快便分别到了另外两个空间，同样的一片漆黑，只头顶一抹圆形透明。不过他们发现那透明玻璃是可以打开的，就像给这隐秘空间留了一个能见天日的出口。

至此，“狡兔三窟”的作用彻底明了。

它在使用者所选择的三处位置——茶水间、安全门、驾驶舱——的地板下方各开辟出一个隐秘空间，可藏身，可瞭望，头顶上的“透明玻璃”类似警察局审讯室的单透玻璃，底下的人可以抬头看上方动静，上面客舱低头看就是普通的地面，对于下方有人窥伺这件事，全然不知情。而三个地点彼此间是连通的，可以让使用者来回转移阵地。

驾驶舱里没有任何动静，安全门靠近炸弹，但太靠边，视野极窄，只剩下机尾的茶水间这一处，趁空乘离开的间隙稍微冒头顶开一点儿“圆玻璃”便能一目了然，径直观望整个经济舱过道。于是接下来的二十多分钟里，这一处地面像潜艇盖子一样，只要机尾没人，或者空乘稍不注意，那一小块地面便时不时被顶开一丝缝隙，露出两只窥伺的小眼睛。

十几轮观望下来，四人基本锁定了“仇家”。这实在没有任何难度——徐望记得他们大概的体貌特征，而且除了空乘，他们来来回回奔波得最勤。

“准备好了？”徐望站在正当中，举手握住头顶玻璃圆盖的横杠，回头最后和队友们确认一次。

已经迫不及待要动手的吴笙立刻点头：“你就放心走吧！”

“……”徐望总觉得自己并没有从这份保证里收获安慰。深吸口气，他掀开玻璃盖子蹿了出去，手舞足蹈地招呼：“嘿，我可没到九霄云外，我还在这里呢——”

经济舱众旅客纷纷回头，就见机尾平地冒出个人，疯子似的张牙舞爪。那四人也看见了，反应却远比旅客惊骇——徐望之于他们，就是回魂夜的恶灵，没有任何道理去而复返啊！

原本分散在经济舱里的四人迅速聚拢在机舱中部，隔着十余米的距离和徐望警惕对峙。

徐望等的就是这一刻，嘴角勾起，脚下“砰砰”一跺！

他蹿出来的时候并没有重新把盖子盖好，故而早已在下面准备多时的吴笙立刻如闪电般跳出，直接冲着远处四人使用“‹武›风卷残云”！

经济舱内一刹那飞沙走石，天昏地暗！

那四人不靠在一起还好，聚在一起，便是被打包带走的节奏。只见四人瞬间腾空，被疾风卷着飞快吹向机尾，与先前他们四个被抛到九霄云外时如出一辙！

徐望知道他们有经验，所以已做好了应对新攻击的准备，不料那四位竟真的就乖乖飞驰而来，眼看就要与他和吴笙来个火星撞地球！他连忙使用“‹防›画地为牢”，电光石火间在脚前画出个紫色圆圈！疾风骤停，四人叠着罗汉落到徐望面前，怒目圆睁，奈何就是不能出圈。

依然在倒计时的炸弹已让整个飞机人心惶惶，所以当徐望从地底下冒出来大喝那一声之后，所有坐着的旅客回头归回头，却没一个人离开座位，更有几位条件反射地系紧了安全带；而那些恰好正在走动的则立刻离开过道，就近闪入旁边座位，也不管是不是压住了别人的大腿。

旅客“自动清场”，“斗殴”快起快落，结果就是分出胜负的同时，空气彻底安静了。

紫圈内的四人清一色男性，年纪从二十二三岁到二十八九岁不等，虽都表情不善，但高帅瘦白，分工明确。

围观者大气不敢喘，被擒者不愿开口先示弱，无声的对峙僵持是最考验胜利者的。

但这哪能难得住徐望。他从容蹲下，低头朝地上的圆洞里有条不紊地指挥：“小况，老钱，驾驶舱方案，Go！”

那本不应该出现的洞里传出两声精气神十足的应和：“明白！”

四分钟后，广播响起，那个只在航班起飞时和大家打过招呼的磁性沉稳的嗓音再度传遍机舱：“各位旅客好，我是本次航班的机长。之前因为一些突发情况，给各位造成了不必要的恐慌，我代表全体机组人员对您表达诚挚的歉意。现在，危险分子已被四个见义勇为的青年成功抓捕控制，危险物也会很快拆除，各位旅客可以安心享受接下来的旅程了。祝您旅途愉快。”

最后一句祝福铿锵有力，与其说是祝福，更像是正义必胜的决心和永不低头的信念。机舱内顿时响起热烈掌声，一些情绪激动的旅客已经开始欢呼庆祝。气氛松弛，喧嚣重起，空乘不失时机地推餐车出去送水，好让旅客有可以碰杯的“佳酿”。没人再担心机尾的“四个危险分子”，反正有俩“见义勇为的青年”守着呢。

圈内四人在听见广播的时候就已瞪大眼睛，脸部肌肉抽动，到了这会儿，最帅的那位终于绷不住了，悲愤控诉：“你们技高一筹，我们认，抢占道德制高点就太无耻了吧！”

徐望保持着蹲姿，和他们眉眼齐平，乍看是个想要好好沟通的架势，实则是为了方便“互喷”：“你一个偷袭分子和我谈道德？！”

帅哥一脸不忿，还要反驳，却被个子最高那位拦住。他看着比帅哥大两三岁，但也就二十五六，不过从头到大长腿都散发着沉稳气息，包括被擒的时候，也是最平静的那个。

“你们怎么进到驾驶舱的？”他压根儿不纠缠无谓的争执，开口就问，“用了文具吗？”

吴笙最喜欢这种聊干货的，毫不犹豫蹲下，与他平视，但并非回答，而是反问：“为什么偷袭我们？开放共享平台的关卡交卷是排他性的？”

大长腿愣了愣，一没料到吴笙突然说话，二没反应过来他说了个啥玩意儿。

徐望叹口气，人工翻译：“这种不同队伍彼此能看见的关卡，最终只有一队可以成功交卷？”

大长腿没有立即回答，不像是这个问题难，更像是在思忖谈判对策。最瘦的那个一看脑子就快，这边大长腿还沉吟呢，他眼里狡黠一闪，已抓住情势要害：“你们是刚从第一关过来的对吧？不用否认，不然也就不会那么轻易地暴露了。”他盘起腿，正襟危坐，侃侃而谈，“但我们不是。我们不说身经百战，至少经验比你们丰富得多，知道的东西也比你们多。现在你们武力占优，我们信息占优，何不各退一步，共享双赢呢？”

徐望也学他盘起腿，坐而论道似的：“洗耳恭听。”

瘦子满意地点点头，像是很欣赏他的识时务：“我们可以把知道的所有关于这里的明规则、暗规则、潜规则告诉你们，作为交换，你们要放我们出来，大家公平竞争。”

“如果出来之后你们又对我们动手呢？”

“要能动手刚才就动手了，我们所有的文具都用光了。再说，要论风险也是我们风险高，万一你们得到信息之后不放人呢？”

“你们可以先透露 50%，然后我们放你们出来，你们再补完最后 50% 的尾款。”

“我就是这个意思！”

“那我也有一个提议，你听听看。”徐望歪头，胳膊肘顶着腿，用手撑起脑袋，老神在在地说，“我们问问题，你们答问题，如果拒绝，一刀一个，我们替鸮送你们提前回家。”

瘦子变了脸色，好半天才出来一句：“你们身上不可能有刀。”

徐望微笑地挥挥手臂：“但我们有文具呀，要不要试试？”

“你问，我们答，”大长腿再度沉稳出声，“条件是你们不必放我们出圈，但也不可以送我们回家。”

“如果我毁约呢？”

“我们已经被困住，没有任何威胁，你没必要多浪费一个文具，况且地球是圆的，这里更圆，迟早还会遇见，你不会希望多树一个敌人的。”

徐望点点头，相比瘦子的狡猾、帅哥的冲动，他更喜欢和这位明白人沟通。

“拿来。”他朝吴笙伸手。

被剥夺了“提问权”的吴同学一脸不情愿，但还是把那张在下面瞭望时就拟出来的疑问清单递给了徐望——谁让自己先前刚问一句就遭遇了滑铁卢呢。他灰心丧气地想，遇上理解能力差的对手，真是一把好刀砍在破瓦罐上。

“姓名。”吴笙的“清单”上没这种聊家常的问题，这是徐望自己加的第一问。

大长腿却不太想配合：“名字就不必了吧，这里事这里了，别牵扯现实。”

徐望很好说话：“行，那我就叫你们大长腿、小帅哥、瘦麻秆、冷白脸。”

高：“……”

帅：“可以啊。”

瘦：“……”

白：“无所谓。”

“徐望，”毫无预警的，徐望自报家门，而后又一指旁边，“吴笙，魏蜀吴的吴，鼓瑟吹笙的笙。”

吴笙：“为什么轮到我这儿这么详细……”

似乎没打算等对方礼尚往来，徐望说完，直接拎起清单提问。第一个问题还是先前那个：“这种不同队伍彼此能看见的关卡，是不是最终只有一队可以成功交卷？”

大长腿：“是。”

徐望：“你们怎么知道的？”

大长腿：“在偷袭你们之前，我们也是偷袭的受害者。”

徐望：“你们的第一关也是只有自己队？”

大长腿：“应该是每个队的第一关都只有自己，所以一看就知道你们才从第一关过来。”

徐望：“你们也是被强制吸进来的？”

“嗯。”大长腿几不可闻地叹息，似乎想笑，勾起的嘴角却是苦，“这鬼地方，想逃逃不开，想告状都没处说理去。”

徐望见不得人这样惨淡，尤其这事儿他还能感同身受，虽没到大长腿这样苦楚的地步，终究也是闹心耗神的，故而连忙换下一个问题：“第一关也在北京？”

大长腿点头。

徐望：“坐标对应的事情你们知道吗？”

大长腿：“上网一搜卫星地图，再迟钝也明白了。”

徐望："第一关里面各队相互独立没问题，但既然都在北京，都在同一个坐标，为什么回到现实的时候也没遇见其他队伍？"

大长腿："因为触发点不一样。"

徐望："你们猜成语的地方不是冰瀑？"

其实这个问题，刚在下面瞭望时，他们已经找钱艾问过一次了，不过按照吴笙的说法，只钱艾一人样本不够，所以还需要找这四位进行二次印证。

"冰瀑？"大长腿仿佛第一次听见这个地名，摇头道，"见都没见过。我们都住西五环开外，成语触发点的坐标也在那附近。"

"西五环啊，"徐望对这个答案已有心理准备，"我们都在北三环，还有一个新队友在大兴进的，都南六环了……"

"所以怎么可能见到。"大长腿无奈地叹口气，"一个大北京，足够隔离出十几甚至几十支队伍了。"

第一关拼了命地把人分开，造成相互屏蔽的既定印象，第二关又刻意让人聚起竞争，还有比这更恶意的吗！徐望心里火起，但一码归一码，这是鸮的锅，深陷其中的他们其实都是受害者。

深呼吸几下，稍事平静，徐望继续询问："这是你们闯关的第几夜？"

大长腿："N。"

徐望："什么？"

大长腿："数不清了，N ≥ 20。"

徐望："呃，你们队这战斗水平……"

小帅哥："提问就提问，不带人身攻击的！"

"每一次进来，整个航班的人物关系都会变，上一次积累的任何线索都没用。"整个人白皙到发光的那位难得一口气说这么多字，语调还是冷淡得无任何起伏。

但显然，他这话是帮着帅哥队友的，因为后者立刻拿到了辩驳的有力依据："对啊，所以这等于每回都是新卷子，都要从零开始，换你们还指不定折腾多少天呢！"

"行行行。"徐望见好就收，不和他们费口舌，直接看向大长腿，继续下一个问题，"为什么那么急着动手？如果等到我们把线索搜集得差不多了，甚至密码呼之欲出的时候再动手，不是可以坐收渔利吗？"

大长腿："坐收渔利的前提是你们能钓上来鱼，但是时间有限，我们更相信自己。"

"……"算了，一进机场就暴露的他们也的确没资格炫耀什么闯关效率，"交卷失败会有什么……"徐望忽然顿住，因为脑子是在一边翻译吴笙那非人类用语，一边循着提问路线思考，于是乍看到自己从来没想过的两个字，就有了一瞬的卡壳。

良久，他才严肃地重又完整问了一遍："交卷失败，会有什么惩罚？"

大长腿的眼里第一次出现了波动，像是记起了不太美好的事情，半晌，才缓缓吐出四个字："退回原点。"

徐望怔住："第一关？"

大长腿点头："对。"

吴笙忽然插话问了个清单里没有的问题："瘦麻秆刚刚说你们可以告诉我们第三关的内容,也就表示你们去过第三关,所以不管是这里还是下一关,交卷失败都会退回第一关？"

瘦麻秆："那个，我不说话不表示我默认这个昵称好吗……"

大长腿："是的，都会退回第一关。"

吴笙："重复关卡再交卷就没有奖励了？"

大长腿一脸意外："你知道？"

"这不明摆着吗。"吴笙说，"N ≥ 20，失败就后退，那你们至少有十天都在 1/23，如果交卷就有奖励，你们现在的文具盒就该满了，还用得着被我们威胁？"

大长腿："……"眼前这位思维的确敏捷，但他还是想继续和另外一位沟通！

"退的时候会给什么提示吗？"吴笙忽然问。

大长腿叹口气："如果嘲笑算的话。"

吴笙皱眉："什么意思？"

"交卷失败，成绩单里就会滚动一句话，"大长腿轻嘲地扯了下嘴角，一字一句地道，"后退是无能者唯一的出路。"他的咬字很清楚，音量却很轻，带着蔑视和不屑。如果这句话不是文字，而是由鸮来说，那么也就该是这样的调调——让人生气，却又无处反击。

吴笙没有问题了，徐望的清单也已经问得差不多，可心里再难安静。他列不出吴笙这么详细的、每个点都考虑到了的提问，于是消化起这么多的答案来，也需要时间。

相比之下，吴笙的大脑处理器显然高出几代，他这边还心里翻腾着呢，人家那边已经一身轻松地站起来，拍裤子上的灰尘了。想知道的都知道了，这场"对话"之于吴同学，只剩下最后一个环节——他双手扶膝，身体前倾，凑近圈内对手的脸，优雅一笑："偷袭我们不是你们今晚犯的最大错误，不相信我们的闯关效率才是。"

圈内四人先是愣住，然后慢慢地，眼神变得一言难尽。

徐望默默转头，在灵魂深处无语问苍天，为什么别人家的霸总装起来那么酷炫，他的班长就永远散发着一抹中二气息啊！更愁人的是，他还觉得特带感！

来自"过来人"的答疑解惑，让一直蒙头蒙脑跟着鸮的节奏走的"笙望金钱"小分队第一次踩着了鼓点，就像一艘行驶在大雾中的船，忽然雾散大半，不仅回头看清了来路，亦远眺望见了前岛。

对，还有前岛呢！

徐望一拍脑门："差点儿忘了！"他忙重新凑近紫圈，问大长腿，"第三关到底有什么？"

不料大长腿不紧不慢地摇摇头："现在不能告诉你。"

"现在不能？"徐望拧眉，"那什么时候可以？"

"快到五点的时候。"大长腿条理清晰地说，"根据约定，我们提供情报，你们不能送我们提前回家，现在情报我提供了，但你们是不是真的不会提前送我们回家，谁也说不准。主动权掌握在你们手中，我们当然要留点儿情报当你们的履约质保金。"他笑得和气，却也透着"来呀，大家一起来发财呀"的精明。

瘦麻秆的狡猾是写在脸上，大长腿的却是藏在"稳"里，徐望强烈怀疑这位现实中就是一个扮猪吃老虎的奸商。

"徐哥，吴哥，我回来了。""狡窟"里传出况金鑫的动静。话音刚落，他已经三两下爬上来了，灵巧得跟个土拨鼠似的。

见只有他一个人，吴笙纳闷儿地问："老钱呢？"

况金鑫下意识看了眼紫圈内的四人，当着对手的面，事关形象，有些措辞必须斟酌："呃，那个，还在和机长谈人生！"

## 4

驾驶舱内。

钱艾站在机长和副驾驶的驾驶座后，跟领导视察似的远眺航线，时不时还要敲打两下二人的肩膀："哎哎，偏了，这边这边，看着有云团你还往里扎。"

副驾驶想回头，奈何脖子被卡住，只能对着前方苦口婆心："麻烦你睁大眼睛看看，我手就没动过好吗，现在都自动驾驶了……"

机长同样行动受限，同样心力交瘁："这位先生，我们已经按照你说的进行了广播，能不能请你离开驾驶舱？不为别的，至少能让我们专心驾驶，保证飞行安全。"

一对二，钱艾被搅和得有点儿乱，抓抓头咕哝："我又没干什么，再说不都自动驾驶了吗……"

机长说："但是你在身后给了我们巨大的压迫力，人在高压情况下很容易做出失控举动，例如突然转为人工驾驶然后航线偏离引擎关闭飞机失速……"

钱艾越听越冒汗，连忙出声打断："不许威胁我！"

副驾驶忍着剧痛奋力回头："是你在威胁我们！"然后，他就维持着猛回头怒视钱艾的姿势，脖子卡住，再动不了了。

并非副驾驶颈椎有什么问题，而是他和机长的脖子上都被钱同学套上了"沉重枷锁"。那是两个木头打造的立体汉字，就和古代枷锁差不多大，但要更厚重些，一个"囡"字，一个"回"字，被分别套在了二人脖颈上，犹如卡扣，钳制得二人连转头都费劲。

更重要的是，这两个"字"和钱艾是有感应的，但凡有人企图摘掉或者破坏它们，钱艾都能收到提示——能凭借大喝创造出任意立体汉字作为武器，这就是他第一关获得的奖励，‹武›字字珠玑。

只可惜对于创造出的立体汉字，钱艾的"感应力"和"消除力"是一直存在的，但"操纵力"只存在于刚刚创造出它们的一瞬间，所以他可以随时感应到它们有没有被人动、被人破坏，随时让这些占地方的立体汉字消失，但要想隔空让它们动起来，或成利剑，或成枷锁，机会只有它们降生的那一瞬。不过这些都是后话了，在最初试探性地使用这个文具时，钱艾就一个感觉——这匪夷所思的功效谁能参透啊！

未免副驾驶真的受到伤害，钱艾还是迅速上前"温柔"地帮对方转回了头。就这，副驾驶依然不满意："你就不能喊个'口'，非喊'回'？"

钱艾不轻不重地敲了一下他的后脑勺："那么大个口，那还叫枷锁吗，那是项链！"

虽然文具匪夷所思，然而机长和副驾驶竟毫无障碍地接受了，钱艾只能理解为"同一个世界观，同一群神经病"。

"从现在开始一直到降落，都是自动驾驶，再不需要手动？"钱艾忽然提问确认。

机长答："降落时需要切回手动。虽然自动驾驶也能完成盲降，但毕竟降落受气流、环境、地面情况等众多因素影响，一个微小的计算失误也能酿成巨大事故，所以还是切回手动驾驶更放心。"

钱艾不懂开飞机，但机长这么说了，他就信。

深吸口气，钱艾大喝："OOOOOO——"

如果非要在这个文具上挑出一个最大优点，那必须是时效性。先前他们被袭击时的"一网打尽"和"九霄云外"，包括吴笙后来的"风卷残云"，都是一次性攻击技，威力虽大，但用完就完了。他这个用起来是有点儿麻烦，甚至不那么趁手，杀伤力更是看心情，但有一点好——随吼随有。

至于这文具能用到什么时候，时效性究竟是按时间算、按关卡算、按字数算，管它干吗。不是有句诗吗，人生得意须尽欢，何必想得那么宽。

随着吼音砸落，六个木质的立体阿拉伯数字“0”瞬间凭空出现，就像天上突然下了数字雨。钱艾凝望“0”们，奋力挤眉弄眼，传达意念！下坠到半路的“0”们戛然停住，下一刻“咻”地散开来，分别将机长和副驾驶牢牢套在了他们的座椅上，从胸到腰，再从腰到腿，一人三个，牢牢禁锢，不偏不倚——镣铐完成！

虽然炸弹的倒计时是四小时，按道理，飞机也应该航行满四小时才对，但这里是鸮，鬼知道会不会来个“提前迫降”的插曲，所以还是稳妥点儿好。

“下降之前我再来给你们解开哈。还有，我不是坏人，我真是见义勇为的热血青年！”钱艾一股脑做完总结，也不管人家飞行员理不理解，反正他自己痛快了，便不再耽搁，掀开玻璃圆盖爬回“狡窟”，顺着幽暗通道很快爬回机尾茶水间之下。

“吴笙，”站在洞口下抬头只瞄见一人的钱艾小声呼唤队友，待看见吴笙低头，立刻警惕地问，“他俩呢？”钱艾的危机意识永远和他的健硕体格成正比。

“茶水间最里面，已经进去半天了，”吴笙先陈述事实，再附上自己的推理，“可能在谋划什么惊天战术，也可能在偷吃飞机餐。”

钱艾继续问：“用我上来吗？”

“你问这个问题就很没有道理，”吴笙蹲下，就像操碎心的班主任教育不开窍的学生，“距离爆炸还有三个小时，整架飞机不算我们和他们，还有 92 名乘客和 6 名空乘，从头到尾问一遍，每个人最多只能对话 1.8 分钟，如果我们多路同时进行询问排查，每个旅客的询问时间就会根据我们投入排查的人数翻倍增加……”

“不用说了我懂了！”钱艾打断队友，闪电般爬出来，人生第一次拼搏出了风的速度。

吴笙看着他不仅一点就通，还身体力行，欣慰地点点头。

钱艾冲他笑笑，然后伸脖子往茶水间里探头：“徐望，小况，你们弄完了就快点儿出来，时间不多了！”更重要的是，我想你们……

或许是钱艾的心内呼唤太真挚，没过一分钟，徐望和况金鑫还真从里面出来了。他们手上没拿任何东西，但看神态，的确很像制定了什么“秘密战术”。回到紫圈前，徐望还特地揽了揽况金鑫的肩膀，语重心长地说：“交给你了。”

况金鑫一拍胸脯：“包我身上！”

徐望放下心来，转头见钱艾已返回，便知道驾驶舱那边已经摆平了，也不多打听“摆平经过”，直接说当前情况：“小况守着他们四个，我们仨问密码线索。”

“没问题，”钱艾一口应承，“我从哪边问起？”

徐望没答，而是看吴笙——对外沟通这位不行，但对内制订计划，吴同学还是值得信任的。

吴笙心领神会，或者说被架空半天了就等着一展拳脚呢，立刻道：“就像我刚才说的，还有一百八十分钟，不，现在是一百七十八分钟了，一共九十六个人，我们三线并行，最好把每个人的谈话时间控制在四分钟以内，这样还能留出来五十分钟推理和拆弹。如果没问题，”他迅速扫了一眼整个机舱，最后目光落到徐望脸上，“老钱问头等舱，我问商务舱，你问经济舱，我俩结束后如果没有线索，直接过来经济舱继续。”

徐望没任何异议，就是单纯的不太理解：“为什么我负责人最多最杂的经济舱？”

“你们今天怎么都爱问这么简单的问题？”吴笙一脸莫名，“你话痨，语速快啊。”

钱艾转身，默默走向头等舱，以免被体育委员抓到他脸上欣慰的笑容——原来不是他一个人被班长折磨，那他就平衡了。

就在心境开阔的钱艾穿过商务舱，被蹬了一脚的吴笙走到经济舱尽头，后悔只蹬一脚的徐望也前进到经济舱前半部的时候，机尾紫圈内的小帅哥忽然大声提醒：“发现苗头不对赶紧结束谈话，不要留恋——”他真是铆足了劲喊的，别说钱艾只走到商务舱，就是进了头等舱，怕是还能听见。

徐望是听得最清楚的，也是对提醒中的“担忧”感受最强烈的。但这是来自对手的担忧，真假虚实就比较微妙，而且他们也没更多的时间耗在那几位身上了，不过小心谨慎总是没错的，且听且行吧。

## 5

头等舱。

这是整架飞机最安宁的所在，空间舒适宽敞，空气通畅清澈，座椅可一百八十度放平，座与座之间绝不会彼此打扰。钱艾走进去的时候，四位乘客里，两位都在躺平的座椅上睡着。全部放下的遮光板让这里蒙上一层静谧，先前的广播消除了他们最后一丝惊虑，此刻正梦得香甜。

第三、第六两个位置应该有人，但现在是空的——前者是吴笙的座位，后者不知道是谁的，座椅也已经放平，但上面只有毛毯，不见人。

第一号座位和第二号座位上则是唯二没睡的两个姑娘。一个过耳短发，鬼马精灵，百无聊赖地摆弄着空水杯，其实已经半睡不睡了，只是没放倒椅背，依然坐在那儿，时不时点一下头，哈欠连连；一个长发及肩，戴着眼镜，侧脸文静秀气，正低头安静地看着电子书。

时间有限，钱艾也顾不得什么开场白，直愣愣凑到短发姑娘那里，努力扯出无公害的笑容：“你好，你知道炸弹的密码吗？”

姑娘吓一跳，猛地抬头，彻底精神了，整个身体恨不能缩进座椅靠背里。

钱艾一看自己的身板都快把人罩住了，连忙后撤一点儿，减少些压迫力："姑娘你别害怕，我不是坏人，我就想问一下你知道炸弹的密码吗？"

短发姑娘惊魂未定，但总算回神，疑惑地问："炸弹不被拆完了吗？"广播里说凶徒已被抓住，炸弹即将拆除，而现在过去二十来分钟，听见广播的旅客们自然就默认炸弹危机已经解除了，这个逻辑没毛病。

钱艾答不上，总不能说那是骗你的吧，没准更节外生枝，于是也顾不得生硬不生硬了，直接尬转话题："我逗你玩呢，炸弹早拆了，呵，呵呵，你叫什么名字呀？"

正常世界里，女孩儿八成就要一皮包甩过来，骂一句"你有病吧"。但这里是鸮，随着钱艾改变提问，女孩儿竟也无缝切换，瞬间化惊恐为灿烂笑靥："赵一。"

这名字好记。

"你这是坐飞机出来旅行啊、上学啊、探亲啊，还是回家啊？"心里焦灼算着时间，聊天却只能循序渐进，钱艾简直急死。

不料对方却活泼一笑，露出贝齿："工作。"

钱艾对这答案毫无准备，脱口而出："我还以为你是学生……"不是他眼神差，实在是这姑娘看着年轻，顶多一七八岁的模样。

"嘘，"姑娘忽然四下张望，大眼睛灵活地转，确认没人注意到这边，才神秘兮兮地凑近钱艾，小声说，"告诉你个秘密，其实我是个魔术师哦。"

钱艾心里一万个不信，但只能顺着话尬聊："那你能变出炸弹密码吗？"

"这个真不行。"赵一倒是痛快摇头，脸上洋溢着活泼的笑，分明还是当钱艾开玩笑，"不过我可以变出这个哦。"她话锋一转，手上的杯子不知怎的一翻，竟然就成了一个纸杯蛋糕！金黄色的蛋糕，上缀一点儿纯白奶油，冒着丝丝刚出炉的热气和香甜。

"送你。"赵一笑眯眯地将小巧蛋糕递给钱艾。

钱艾在心里不住地提醒自己"不能随便吃陌生人给的食物"，但手和嘴揭竿而起——拿过来，塞进去，嚼一嚼，咽肚里，行云流水，一气呵成。身心熨帖里，钱艾相信她是个魔术师了。

短发姑娘似也在钱艾的满足里收获了满足，悠然一叹，打开遮光板，托着下巴欣赏窗外白云。

密码和这个赵一姑娘没关系。蛋糕香甜的余韵里，钱艾坚定地做了判断。

这一次有了经验，他在座位旁边站定，微微欠身，跟空乘似的，礼貌出声："不好意思，打断你看书了，我叫钱艾，你叫什么名字？"

眼镜姑娘微微转头，并没设防，客气给出回答："钱二。"

得，还是本家。

"你坐这趟航班不会也是要去工作吧？"

不想随口的打趣，竟惹得姑娘垂下眼睛："旅行。"她的叹息很轻，却透着悲伤。

钱艾愣住，不必再刻意想，循着感觉很自然地发出疑问："旅行不是应该高兴吗？"

姑娘笑了下，嘴角却是苦的："分手旅行。"

钱艾听过分手后的散心旅行，但这个"分手旅行"，是个什么新概念吗？

"自己？"

"不啊，都说了分手旅行，当然是和男朋友。"

他就知道是个新概念！

"那个就是他，"姑娘一指旁边，也就是顺序第四号位置，温柔一笑，"我们说好了，旅行结束就分手。"

钱艾原本还嘀咕吴笙这座位不好，正隔在人家小情侣中间，那不成银河了吗，结果顺着姑娘指的方向看过去，那个没心没肺的小青年睡得鼾声如雷、四仰八叉，就算给他搭个鹊桥，也不见得能起来走两步。

钱艾老了，不能理解为什么分手还要搞个旅行再分，速战速决不好吗？比如见面谈一下最后泼杯咖啡或者雨中决绝转身再一个上车一个追追公交，也挺有仪式感啊。

不过这些都不是重点。

"姑娘你继续看书吧，我找你男朋友聊聊。"

直觉炸弹和这位伤心旅行的钱姑娘也无关，钱艾决定立刻转移阵地。

"嘿，醒醒，"钱艾毫不留情推了两把放着女朋友不管、独自会周公的小青年，"别睡了，起床聊天！"

也不知道是他没控制好力道，还是小青年实在身体单薄，最后一下直接把对方怼到了地上。"咣当"一声，小青年睡眼惺忪地坐在地上，手臂还挂在座椅上，一时分不清今夕何夕。

钱艾对他就没那么温柔和耐心了，直接伸手在他眼前晃："哎，看这里，你是出来旅行的？"

小青年总算元神归窍，三两下站起来，莫名其妙地瞪钱艾："你谁啊？"

又不会被这位追击到现实，所以他不怕自报家门："钱艾。"

小青年却在听见这名字时立刻黑脸，转头语气不善地冲钱二嚷："你把家里人找来也没用，我俩又没结婚，谈恋爱不受法律保护，我已经说了不爱你了，你什么时候才能认清现实！"

爱时，句句似蜜，不爱时，字字如刀。钱姑娘低头不语，肩膀轻轻颤抖，仔细听，能听到极微小的抽泣声。

钱艾单身了二十九年，做梦都想找个软妹子捧手心里疼，哪儿忍得了这个，一时也忘了这并非现实，无比真情实感地一巴掌拍小青年脑袋上：“你会不会好好说话！还有，分手就分手，旅个屁行啊，吃饱了撑的！”

小青年飞快衡量了一下自己和钱艾的体格差距，最后含恨忍住反击冲动，只捂着脑袋喊冤：“是她要来旅行的！你当我乐意？”

钱艾猝不及防，下意识看钱姑娘。后者终于抬起头，一脸泪痕，声音哑得厉害：“是，是我要来分手旅行的，但我没让你带着新欢。”说到最后，她的声音越发的轻，却在极轻里飘出一丝恨。

钱艾瞪大眼睛，这不就是人渣吗！

小青年也一脸错愕，显然没料到女朋友还有这种洞察力。不过很快，他又坦然起来，反正已经败露，索性一口气说明白：“我之前就和你说过，变心是我不对，但感情是没办法控制的，我就是爱上她了。我从来没有这样爱过一个人，爱到可以为她付出生命，你懂吗？我不能背着她和你来旅行，那是对她的背叛！”

钱艾看着小青年一脸义正词严，感觉自己的世界观正在颤抖。这是什么歪理邪说？！

钱姑娘忽然站起来，眼带泪痕，却步伐坚定地朝小青年走去。小青年先前的气焰瞬间湮灭大半，似乎也知道自己理亏，不自觉后退半步。然而钱姑娘走到两个座椅中间的过道便停住了，隔着不远不近的距离，定定地望着小青年，问：“你真的那么爱她？”

小青年毫不犹豫地点头：“当然。”

他答得太过笃定认真，目光炯炯，连嫌弃死他的钱艾也不得不客观地说一句，对那位“第三者”，这货可能的确是真爱。

理论上讲，这句回答应该会给钱姑娘造成二次伤害，然而出乎意料的是，她反而笑了，淡淡的，甚至有丝甜。

“你觉得她爱你吗？”她又问。

“当然。”同样的回答，同样的笃定。

钱姑娘歪头，天真地眨了下眼：“那为什么我们吵了这么久，她还装睡不起来呢？”

小青年被问住了，目光下意识往斜后方的座位上瞟。

钱艾也呆愣愣地随着他往那个蒙着毛毯、根本看不清下面人的第五号座位上看……这是什么情况？分手旅行，现任、小三、渣男买连座票？！

“也许，也许是她不想让你难堪。”渣男终于为“真爱”寻到了借口。

钱艾毫不避讳地翻个白眼，连他这个没谈过恋爱的都知道，人家“三儿”这时候装蔫那是怕麻烦好吗！你能为她献出生命，人家说不定只拿你当消遣甚至是备胎呢！

“呵，你把她想得真温柔。”钱姑娘重新走起来，不过不是走向渣男，而是走到第五号座位跟前，伸手轻轻捏住毛毯一角，“她是怕让你难堪。”随着这声低柔呢喃，钱姑娘将毛毯用力往上一掀！毯子下的宽敞座位里，一男一女，黯然销魂。

钱艾人高马大，不用走过去，只低头一扫便一览无余。姑娘微卷波浪，蜂腰红唇，男士英俊健硕，胸肌发达。二人没轻举妄动，而是镇定地维持着“亲密姿势”，目光扫过掀开毛毯的钱二、瞠目结舌的钱艾，最终落到脸部颤抖的小青年身上，尴尬笑笑：“嗨。”

打脸来得太突然，还夹着丘比特的心碎剑，小青年双腿一软，一屁股坐回椅子上，浑身每个细胞都在拒绝这样的峰回路转。

钱艾也双腿一软，一屁股坐到吴笙的椅子上。他现在知道六号座位为什么空着了，但什么消遣、备胎只是随便说说的，剧情不用这么刺激吧！而且他俩盖着的那是隔音毯吗！

“你真行。”一直看着窗外的赵一缓缓站起，转过身来，静静看着后方的男女，五官精致的脸上再没活泼笑容，只剩一抹讥诮，“我还真以为你是陪我来工作的。”

健硕男士这回没法再淡定，慌忙推开女人：“不是，你听我解释……”

钱艾脑瓜疼，他的生活里还没出现过这么烧脑的人物关系。短发赵一和健硕男人是一对，眼镜钱二和小青年是一对，波浪美女“三”了钱二，拿到了变心小青年的真爱，然后和赵一的男人搞“一机情”？简单过日子不好吗！

“等等，赵一，别——”健硕男子忽然惊慌失措地大叫。

钱艾虎躯一震，直觉姑娘要做傻事，刚要扑过去——不管她拿出什么自残利器，他都有信心夺下——结果发现姑娘手里还是最初那个空杯。钱艾及时刹车，没鲁莽行事，毕竟摆弄个空杯不算什么大事……呃，等一下，她的职业是什么来着？

一闪神，赵一手中的空杯已再次神奇一翻，凭空消失。下个瞬间，六号座位上发出百兽之王的怒吼。那吼声气势震天，竟在头等舱里卷起一阵疾风！

所有人都被吓傻了，浑身僵硬，一动不敢动。钱艾算是胆大的，但也深吸口气，后背不自觉贴紧座椅，目光尽量不去和盘踞在六号座位上的雄狮对视，同时在心里盘算着拔腿就跑和原地装死哪个获救的成功率更高。

然而结论都很悲观。因为这头在货仓睡得安详犹如小猫的狮子已彻底苏醒，且怒发冲冠，目光锐利凶猛，俨然金毛狮王本王。

他想起来了，赵一姑娘是魔术师。但你是不是应该多说一句，你是马戏团的魔术师啊！！！

商务舱。

最初发现炸弹的人尖叫时，吴笙是一路从头等舱冲进经济舱的，虽然途经了商务舱，但根本没多看一眼。这次分工之后的二探，才算真正意义上第一次进了商务舱。

这是一番何等繁荣的景象啊。遮光板全开着，整个机舱透亮得像落地玻璃围成的办公区。不算况金鑫，这里的旅客一共十五人，全都在自己的座位上忙碌，或敲笔记本电脑，或捧 iPad，或认真专注聚精会神，或喃喃自语苦思冥想，急促的键盘敲击和只有同道者才能看见的于机舱半空时不时炸开的灵感花火交织成务实高效、欣欣向荣的大型奋斗现场。

吴笙站在商务舱的门口，就一个感觉——谁能把他的电脑拿来？他也想开工！

幸而吴同学还是个分得清主次的，想归想，但在深呼吸两下之后，还是艰难压下为事业沸腾的热血，迈步向前。商务舱的过道宽敞些，走起来比经济舱从容，每排四个座位，两两分列左右。没人注意到这里多了个“外人”，心无旁骛的大家忙碌依旧。

按照况金鑫的说法，这里的人的名字都是按顺序起的，从郑七、冯九开始，陈一零、褚一一、卫一二……一直排到何二一、吕二二，唯一跳过的八号位，是他自己占了。这和徐望反映的情况很相似——炸弹危机发生前，他跟五个人聊过，名字依次是尹一零零、穆九八、和九七、黄九六、平九五，跳过的九九，正是他自己的座位。

如果不出意外，吴笙相信那些还没有交流过的旅客，名字也应该遵循“姓氏 + 序号”的格式。序号，即是从头等舱开始，依次排下来的序号；姓氏则很可能就是百家姓的顺序，赵钱孙李，周吴郑王……直至和穆萧尹，正好是百家姓前一百个。吴笙念高中的时候曾因为好玩背过，至今记得清楚。他曾怀疑密码和旅客的名字有关，但看现在这架势，就算真有关，想凭空靠脑袋想出来其中的关联根本不可能，还得按照小抄纸走——嘴勤。

时间有限，吴笙采取“一对多”“按排聊”的策略，结果刚和第一排搭上话，就明白为什么况金鑫把整个商务舱都聊了个遍，却还没得到任何有效信息了。

“你是小况的朋友？那孩子太招人喜欢了，懂的也多！”

“对的，听他讲完，我都有点儿想喝茶了。”

交换完名字就开始讲茶——况同学哪儿是和人“聊天”，分明是单方面的“传道”。

不过也不是一点儿好处没有，至少把这一排的三位女士都聊成了“姐姐粉”，让吴笙这个“套近乎苦手”省了许多事。

有一搭没一搭“群聊”的同时，吴笙也在仔细观察这第一排的三个人。

靠窗坐的是郑七，一身休闲打扮，笔记本电脑上开着文档，像在写文章。她旁边的空位是况金鑫的。这边临着过道的是冯九，亮起的 iPad 上是一堆柱状图、饼状图的分析资料。她旁边靠窗的陈一零，正拿着触控笔在 Surface 上批改涂写。

作家，市场营销，老师。吴笙几乎是一瞬间就对三人的职业有了清晰判断。

职业并不会让她们洗脱嫌疑，却可以让“询问”有更针对性的方向。吴笙勾起嘴角，这是他得意或者说胸有成竹时的小动作，通常情况下，这表示他已经一切尽在掌握了。

提问三连击！

“我从小就想当作家，可惜后来弃文从理，能和我聊聊你写的文章吗？”

“巧了，我现在就是做市场的，咱俩是同行。”

“当老师很辛苦吧，您是教什么的？”

什么叫高效，别人三分钟完成的他可以三线并行，压缩在一分钟内搞定，这就是实力！

连珠炮似的提问并未引起三位女士的厌烦，相反，她们很欣然地给出了回答——

郑七：“我不是作家，我是一名体验师，这是我写的‘第一次上天体验感’。”

冯九：“我是搞财务的，你是搞市场的，同行在哪里？”

陈一零：“这是我儿子的作文，学校要求家长先帮着看看改改……”

俗话说得好，步子迈太大，容易扯着蛋。完美避开所有正确答案的吴同学悻悻地收回三条线，坐到况金鑫的位置上缓了半分钟，轻轻拍拍脸，再抬头，又是一名睿智青年。

“体验师？我都没听过。”二度开口，他的语气自然得就像先前被打脸的是别人。

“其实应该叫‘初体验师’，”郑七冲他笑笑，“我只记录第一次做某件事的感受。第一次上天、第一次下海、第一次坐火车、第一次骑摩托、第一次吃帝王蟹、第一次喝莫吉托、第一次恋爱、第一次接吻、第一次上……”

“OK！”吴笙及时打断，作为一名单身男同学，莫名其妙被扔到这样的关卡里已经很悲摧了，他不想再被NPC塞狗粮，“所以这是你第一次坐飞机？”

“嗯，我之前一直有点儿害怕，虽然总说飞机是最安全的交通工具，但真要摊上事，那就百分之百没得逃了。”

“可你现在还是来了。”

“既然做了体验师，总要有一点儿职业道德，我希望能给像我一样害怕坐飞机的朋友一些有益经验。”

郑七说话时的神情、态度都很自然，至少吴笙找不出破绽。他坐在况金鑫的位置上，其实就算是郑七的同桌，一侧目，便能看见郑七电脑上的文字——

和想象中的不同，如果闭上眼睛，不会有正在天上飞的真实感。飞行之前我害怕发生“惊险”，飞行之后却忽然觉得如果真发生些什么就好了。对于真想体验飞翔感觉的朋友，包括我自己，或许

光标在“或许”两个字的后面闪啊闪，郑七究竟想输入什么吴笙猜不出，但“真发生

些什么就好了”这句话太可疑了。时间一分一秒地过去，这才是商务舱的第一个人，他耗时太久了。思及此，吴笙索性抬手轻点了一下光标位置，直截了当地问：“或许什么？”

他的声音里带着毫不掩饰的怀疑。如果郑七因此恼羞成怒，彻底摊牌，那更好了。然而出乎他的预料，郑七不仅没生气，反而喜上眉梢，满眼“我就等着你问呢”的兴奋，那洋溢的悦然之光将她整张脸映得熠熠生辉。“当当当当——”她自带伴奏地从座位底下掏出个大包，献宝似的捧到吴笙眼前，迫不及待地问，“你猜这是什么？”

“降落……伞？”吴笙在美国的时候玩过这个，但谁会在飞行中的客机上跳伞？就现在的高度、气压，连舱门都打不开！

他这边蒙着，那边郑七已经按了呼叫铃。

空姐很快过来，亲切微笑：“您好，需要什么帮助？”

郑七已经把伞包背上了，一本正经道：“麻烦开一下窗户，我要跳伞。”

空姐愣愣地眨了眨眼，看模样是这辈子第一次听见这样的要求。

吴笙终于反应过来，努力扯出笑容：“你别开玩笑了……”

郑七歪头，皱眉看他：“我没开玩笑啊。我说了我是体验师，要把有限的生命投入到无限的体验中去，坐飞机我已经体验过了，现在我要飞翔。”

吴笙：“……”徐望、老钱、小况，遇见神经病有没有什么好的应对建议？急，在线等！

“不给开算了，我自己来。”郑七弯腰又在座位底下掏，片刻后，手里多了个无线电钻。

吴笙看呆了，这座位底下是随身空间吗！！！

“凿壁听过吗？”举着电钻的郑七忽然转头过来问。

吴笙条件反射道：“凿壁借光？”

郑七微笑：“凿壁破窗。”

“发现苗头不对赶紧结束谈话，不要留恋——”曾经有一句真挚的提醒响彻耳畔，他不知道珍惜！

“嗞嗞嗞——”钻头与机窗亲密接触，发出“激情四射”的声响。吴笙一把抓住对方的手腕，也不管绅士不绅士了，用力把电钻夺过来，关掉，惊出一身冷汗。

郑七一脸不满，刚要开口，吴笙比她更快一步：“你的体验感根本不全面！”

闻言，她怔住，也不去抢电钻了，直接回呛：“你凭什么这么说！”

你可以侮辱我的人品，但你不能侮辱我的作品——有志青年都这毛病，吴笙不用了解郑七，了解自己就行了，一戳一个准儿。

“你只有感性体验，却没有理论支持，”吴笙把电钻递给空姐，让她收到安全的地方，回过头来继续，“你说飞机的飞行体验不好，那不好在哪里？机舱内的气压、气温、餐食，还有密闭空间对人生理和心理造成的影响，都会关系到最终的乘机体验，这些你有吗？”

郑七：“我……”

吴笙：“飞机现在飞多高？七千到一万两千米。你从这个高度跳伞，下去也成冰尸了。机舱内现在气压多少？一标准大气压 101.325 千帕，现在舱内相当于海拔两千米左右的气压，你自己拿公式去算，我要再提醒，你的体验感落款就得加上我的联合署名了。”

郑七：“你……”

吴笙：“记住，感性谁都有，想脱颖而出，过硬的数据支持才是你的核心竞争力。”他拍拍她的肩膀，“写吧，写好了叫我，咱们再研究凿壁破窗的事儿。”

郑七闭上嘴，再无辩驳。久久不语的静默对视后，她彻底醍醐灌顶，飞快卸下伞包，一头扎进电脑奋笔疾书去也。吴笙长长舒出一口气，关键时刻，还得靠知识啊。

“小况是可爱，你是聪明。”过道那边传来轻声调侃。

吴笙转头看过去，是冯九。她一身职业套裙，潇洒干练，化着淡妆，五官姣好，头发简单挽起，并没有因为乘机而凌乱。

“她都要凿玻璃了，我再不灵光点儿，命都没了。”吴笙再不绕弯子，说话简单直接。他算是发现了，这帮旅客根本不按套路出牌，连旁边有人要跳伞了，这位还看热闹呢，他要再按着社交礼仪客气来客气去，不累死也要冤死。

“不是她。”冯九忽然轻喃。

吴笙以为自己听错了，又问了一遍：“你说什么？”

冯九浅笑，这一次完整又清晰：“我说放炸弹的不是她。”

吴笙的神经一瞬间绷紧：“你知道是谁？”

冯九却又摇头，拿起放在 iPad 旁边的高脚杯，轻轻抿了一口：“我不知道，但我觉得凶徒不是她。”

吴笙皱眉：“你觉得？”

“对啊，我觉得，”冯九冲他风情万种地一笑，“你要相信女人的直觉。”

吴笙：“……”他现在怀疑全世界。

“对了，你看着我像多大岁数？”冯九忽然风马牛不相及地问了一句。

吴笙莫名其妙，看了她一会儿，也没客气，实话实说：“三十七八吧。”

冯九笑靥更开了，高脚杯里的红色液体随着她的笑轻轻晃动。

“你嘴真甜，”她带着未尽的笑意，声音很低，很轻，甚至整个身体往吴笙的方向侧了侧，像接下来要说的是个天大的秘密，“我六十了。”

幸亏隔着个过道，吴笙身体未动，只艰难地咽了下口水。

"想知道我怎么保养的吗？"

"不想，谢谢。"不是只有女人有直觉，比如现在，直觉告诉吴笙，请中断这个危险话题！

冯九不开心地嘟嘟嘴，重新坐正，继续品酒——如果那鲜红色液体真是葡萄酒的话。

吴笙越过她，看陈一零。这位家长还在专心改作文，简直称得上是这一排最可爱的人。

接下来的三分钟，吴笙努力让自己徐望上身，脚下一步不停，语速快如闪电，以迅雷不及掩耳的速度把商务舱过了个遍。

褚一一："你想听我唱歌剧？"

吴笙："并没有！"

卫一二："为什么随身携带试管？我是一名化学老师，有学生问我在密闭机舱里能否做高浓度无害气体的生成试验，会否影响舱内氧气的分布与消耗，我觉得只给个结论远远不够，作为老师，必须拿出科学的实验过程……"

吴笙："试管没收，你给我老实坐着！"

蒋一三："嘘，小点儿声，否则会被我媳妇发现我也上了飞机。"

吴笙："为什么要瞒着她？"

蒋一三："我不想给儿子改作文。"

吴笙："……"

蒋一三："你说对了，我媳妇就是陈一零，其实我们……"

吴笙："我什么都没说，谢谢。"

沈一四："叔叔，炸、炸弹真的拆了吗……我好害怕呜呜呜……"

吴笙："真的，机长都广播了，你不信叔叔，还不信机长吗？"

沈一四："嗯，我信！叔叔，我想吃糖。"

吴笙："呃，叔叔没有……"

沈一四："呜呜呜哇——"

好不容易从空姐那套来一颗薄荷糖安抚了熊孩子，吴笙站在过道里，身心俱疲。

他收回前言。那个正看守着高帅瘦白的况金鑫，那个在商务舱里拿着"小抄纸"却什么都没问出来的况金鑫，那个只顾着"谈茶论道"的况金鑫，不是迟钝，是真·命运宠儿！

"嘿，哥们儿。"身后有人轻拍他肩膀。

吴笙连回头的力气都没了，摆摆手打发："不管你是十五十六十七，都等我喘口气再说。"

背后人没走，反而凑近他耳语："我知道谁是炸弹凶徒。"

吴笙呼吸一顿，猛然回头，对上一张嘚瑟的笑脸——一个二十七八岁的青年，穿卫衣、运动裤，双手插兜，五官阳光帅气，就是眉宇间那抹自负有点儿碍眼。

“许二零。”对方伸出手。

“吴笙。”他回。

“知道，”许二零耸耸肩，“刚才都听你介绍好几遍了。”

吴笙没和他进行多余寒暄，直接把人拉到商务舱和经济舱的交界处，两边都远离着点儿，然后开门见山：“你知道谁是凶徒？”

许二零耸耸肩，一派云淡风轻：“我不只知道谁是炸弹凶徒，我还知道炸弹根本没解除，刚刚的广播不过是障眼法。”他嘴角缓缓勾起，伸出一个指头左右轻摇，“你们这招太小儿科了，骗骗别人或许行，想瞒住我，难。”

吴笙不语，只定定地看着他，总觉得这个欠揍的模样在哪里见过，而且经常见、频繁见，特别熟悉。

“那小孩儿，”许二零忽然压低声音，瞟了一眼不远处乐呵呵吃着薄荷糖的沈一四，一字一句，无比笃定，“他就是炸弹凶徒。”

吴笙：“他才六岁……”

许二零：“华盛顿这么大的时候已经砍了樱桃树。”

吴笙：“那故事是假的。”

许二零：“爱迪生也用镜子帮他妈顺利进行了阑尾炎手术。”

吴笙：“那故事也是杜撰的。”

许二零：“骆宾王七岁咏鹅，曹冲五六岁称象，这总是真的了吧？”

吴笙：“为了给一个熊孩子定罪，你这是准备搬出古今中外的神童？”

许二零被堵了个哑口无言，闷闷看了他好半晌，一咬牙：“我是没有直接证据，但就凭一个六岁孩子自己坐飞机，这一点就足够可疑了！”

这一次，许二零的论据终于有了那么一点儿力道。吴笙看了眼西瓜太郎头的沈一四，理智和情感开始交战：“他真是一个人坐飞机？”

“你刚刚聊好几个人了，没有他父母吧？”许二零说，“不信你就再把剩下的人都聊了，肯定也没有他的监护人。”说完这些，见吴笙还是半信半疑，他索性一股脑都讲了，“我都问过空姐了，就他一个人登机的，太可疑了，我已经嗅到了犯罪的味道。”

吴笙脑子很清晰，所有问过的人、说过的话，一个个，一句句，都明明白白列在脑子里，但心有点儿乱，一时拿不定主意是不是要往那么凶残的方向推理。

如果沈一四是凶徒……他要对一个小孩儿逼供密码？！

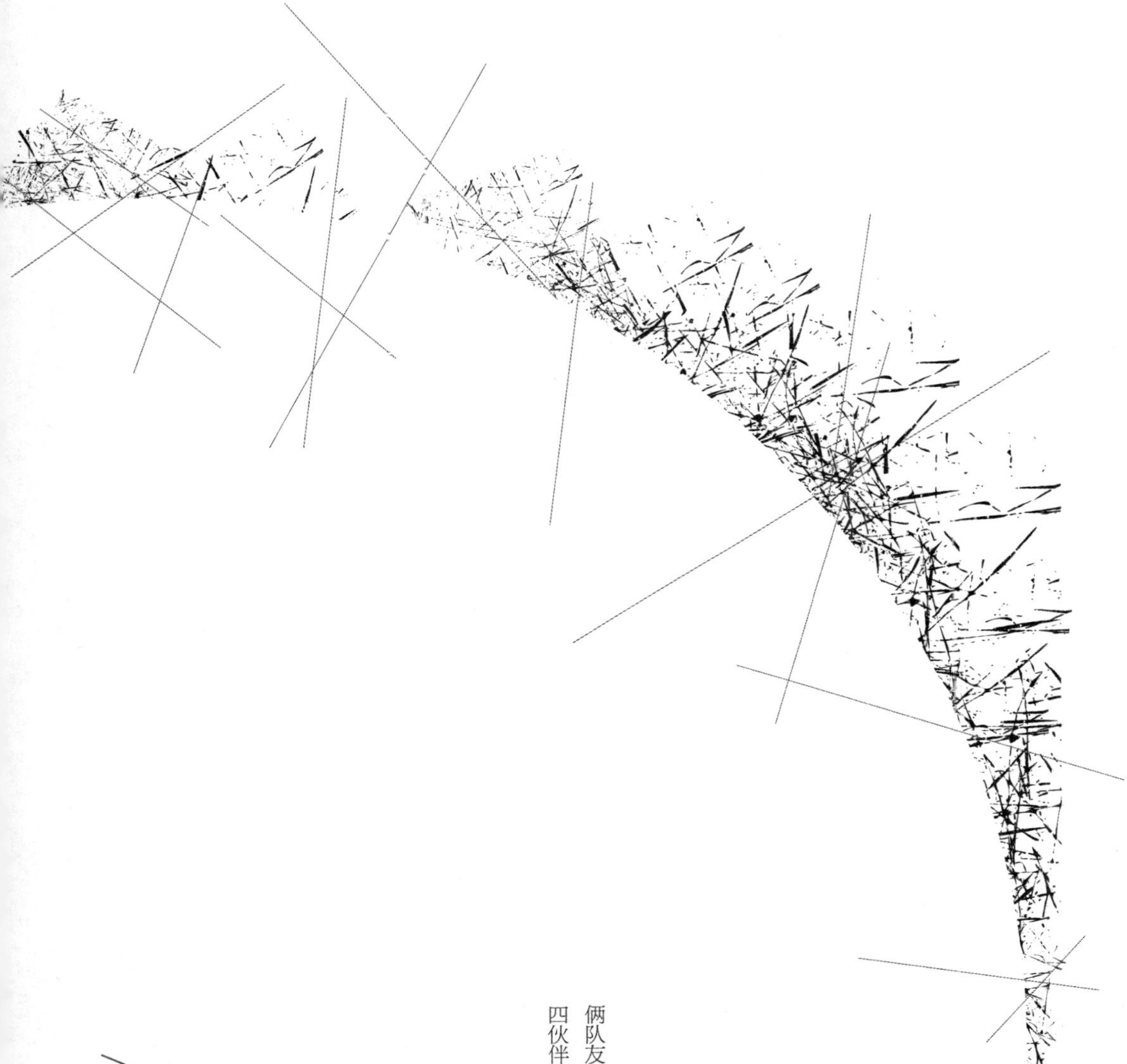

俩队友雪上加霜，
四伙伴应接不暇。

# 第四章 密码

MI MA

# 1

“咣当——”

“咔嚓——”

“啊啊啊啊——”

猝不及防的动静自头等舱传来。

这架飞机的头等舱与商务舱并不是简单用遮帘分隔，而是隔着一层白色拉门，门关着，根本看不见里面发生了什么，但那些声音冲破门板，侵袭到每一个商务舱的乘客耳中。重物砸地的声音、人摔落的声音、一些物件打翻破碎的声音，还有女人的尖叫、男人的呼喊，即便吴笙站在商务舱与经济舱的交接处，距离头等舱门有一段距离，依然听得一清二楚。

“咔”的一声，门板被人大力拉开，一个高大身影风驰电掣地从里面出来，又迅速回身猛然拉上门板，然后大步流星朝吴笙这边奔来。吴笙纳闷地看着钱艾朝自己狂奔，疑惑之余也倍感欣慰，那是一种无人区里遇见伙伴的温暖与踏实。

虽然知道头等舱肯定也不太平，但毕竟人少，从绝对值上看，是非就少，所以吴笙觉得自己还是有资格诉苦的：“老钱，我和你说，这边一堆神展开，现在竟然要开始怀疑一个学龄前儿童了，当初分舱的时候我就应该选头等舱……”

说话间，钱艾已经奔到他面前，把他的苦水悉数接收，然后毫不犹豫地抓起伙伴的双手：“那我现在和你换。”

吴笙一时没反应过来："嗯？"

钱艾目光炯炯地看着他："你会驯兽不？"

吴笙更蒙了："啊？"

"砰"，拉门再次开启，不过这一次不是拉开的，是撞破的。一头威武雄壮的狮子跃上空着的况金鑫座位的椅背，傲慢地环视整个商务舱，发出一声震动山林威慑草原的狂吼！

许二零最先回过神，尖叫一声"什么鬼"，转身就往经济舱逃。经他这一提醒，整个商务舱惊叫四起，旅客纷纷跳起来拔腿就跑，眨眼逃窜了个干净！

狮王仿佛根本不在意他们，只与剩下的吴笙和钱艾隔空对视。说对视也不恰当，因为人家雄狮的眼神半眯，透着睥睨天下的气势。呃，如果它脖子上没套着一个"靠"、身体上没套着一个"开"、尾巴上没卷着一个"啊"的话。

吴笙："老钱，我需要一个解释。"

钱艾："聊啊聊，就把它聊出来了……"

吴笙："这个造型呢？"

钱艾："字字珠玑。"

吴笙："啊？"

钱艾："我的心路历程。"

吴笙："那你也算镇定了。"

钱艾："中间喊的'救命''别戕我''又不是我劈腿''啊啊啊啊啊'都被它挣开碎没了。"

吴笙："……"

就在吴笙、钱艾同雄狮"深情凝望"时，机窗外的天忽然黑了。这黑暗来得很突然，就像有人在外面用黑布蒙上了整架飞机。吴笙被这变故打了个措手不及，一时茫然。

蓦地，迎面吹来了一丝风。

"小心！"

没等他反应过来，整个人已被钱艾扑进座椅，与此同时，头顶有什么东西呼啸而过，又"咚"地落在了极近处。机舱内的灯一霎亮起！越过钱艾，吴笙看见了落在过道里的雄狮，但凡晚一秒，他现在就得在狮爪下面！然而此时此刻，它与他们也只有一步之遥！

"吼——"一扑不中的狮王发出暴躁咆哮，身体微弓，下一秒如闪电般高高蹿起，凌厉扑来！这一次它居高临下，吴笙和钱艾则卡在座椅缝隙中，怎么看都再没有侥幸逃脱的可能！然而出乎吴笙预料，向来保命要紧的钱艾虽面露惧色，却并无绝望，眼神里反而有种硬杠的孤注一掷："𰻞𰻞面！"

吴笙心里一抖，都生死一线了你还给我报菜名？！但永远高速不停歇的大脑已在听见这三个字的瞬间就转换成了一碗热气腾腾的“陕西裤带面”。这么具体的影像还是拜况金鑫所赐——晚上三人在旅店附近的小馆子吃饭，况金鑫拿起简易菜单，一眼就相中了名字最特别的这个。等等！吴笙中断脑补，有点儿明白过味来了。他一直有一个思维定式，那就是“文具都是一次性的”，但看眼下这架势，钱艾的“字字珠玑”还没用完？！

仿佛为了印证他的推断，钱艾的吼声刚炸开，座椅上方就凭空出现三个木质的立体大字！除了“面”字，剩下两个一模一样的字笔画多到令人发指，与其说是字，更像是一大块木头雕成了繁复花纹，而这花纹密密麻麻，简直看不出镂空感了，完全就是盖板！

电光石火间，这极速坠下的三个大字在与猛兽的争霸中取得了千分之一秒的优势，先一步盖在了座椅上方，随后扑来的狮王重重撞到竖向紧密排列的三个大字上，发出“咚”的一声闷响，后爪直接踩碎了“面”，前爪却无论如何也奈那两个“𰻞”字不得！

不是狮王不中用，实在是这字太凶残——笔画繁多，结构紧密，字典里根本查不到，但当成盔甲绝对“一字顶仨”，那仨字还不能是笔画低于十五的！按照小馆子里老板的说法，想写“𰻞”，来，背段口诀吧：“一点撩上天，黄河两道湾，八字大张口，言字往里走，你一扭，我一扭，你一长，我一长，当中夹个马大王，心字底月字旁，留个钩挂麻谈糖，推个车车逛咸阳。”

吴笙：“我数一二三，连木板带狮子，我们一起掀翻。”

钱艾：“然后呢？”

吴笙：“往经济舱跑。”

钱艾：“我喜欢这个方案。”

## 2

五分钟之前，经济舱。

老婆哭，孩子闹，行李噼啪往下掉；气球飞，空姐追，一箱现金烧成灰。

徐望凭借强大的意志力和心理素质聊到了凤五四、花五五这一排，身体终于被彻底掏空。嘴勤能问出金马驹？反正他没问出来，他就觉着累得肾要虚。

“你怎么了？”侃侃而谈到一半的凤五四忽然停下，有些怯怯地看徐望，“你是不是也觉得我有点儿怪？”

徐望疲惫地叹口气，努力扯出笑容，摆摆手：“哪有。”

凤五四低下头，讷讷道：“大家都觉得白天飞行的安全指数更高，可我就是喜欢红眼航班。”红眼航班即夜间飞行的航班，由于很难在飞机上休息好，下飞机的时候很多人的眼睛都是困倦发红的，故此得名——徐望刚刚被这位旅客科普过。

"你们文青就喜欢追求这些虚无缥缈的仪式感啊，"没等徐望说话，坐在凤五四旁边的花五五已插嘴进来，融入谈话融入得特自然，"白天飞和晚上飞有什么区别，又不是你驾驶。"

这是一位十分自来熟的男青年，人瘦腿长，衣着洋气，头发染的奶奶灰，五官精致清秀，让人莫名地心生保护欲——前提是他别开口说话。然而"沉默是金"对这位来说实在是太难了，徐望和凤五四拢共聊了没两分钟，他插话不下五回，每次都能把话头特顺当地拿过去，行云流水就拐成了自己的"故事线"。但是徐望真心不想和这位有故事的男同学多聊啊！

"学学我，追求一些脚踏实地、看得见摸得着的东西。"或许是前几次徐望的冷淡起了效果，这回花五五不找他了，转而用自己的"人生观"荼毒凤五四，"人的生命不在于长度，在于宽度，当你回首往事，不会因为色彩苍白而悔恨，也不会因为干干巴巴而羞耻，这样在临死的时候你就能够说，我的整个生命和全部精力，都已经献给世界上最壮丽的事业！"

凤五四先前都缩着，这是第一次抬头，和花五五对视，眼里闪着向往的光："什、什么事业？"

花五五凑近他，一字一句，无比郑重："声、色、犬、马！"

凤五四："……"

徐望捂胸口，就在刚刚的一瞬间，他竟然对花五五的三观升起了一丝希望和幻想。不用别人，他这就自己抽自己！

"不过我也没资格说你，"花五五忽然话锋一转，微微仰头，望着灯光哀然叹息，"我说得那么热闹，其实也是思想上的巨人，行动上的矮子。唉——"他轻轻呼气，就像吐着虚幻的烟圈，"我也想在这三万英尺高空上来场速度与激情啊，可惜，一朵梨花空落雨，遍寻不到海棠压……"

"你给我差不多得了！"徐望实在听不下去了，这都什么乱七八糟的，不只内容不健康，连逻辑也不通顺啊，"你到底真懂假懂，我没试过都知道这事儿上速度和激情成反比！"

花五五怔了怔，下一刻似醍醐灌顶，看着徐望的目光亮如灿星，仿佛这会儿才真正参透了生命的大和谐："哟，你……"

他应该是想要夸徐望的，但一个"你"字刚出，商务舱里忽然冲出一群惊声尖叫的旅客。大概十几二十号人，魂飞魄散地狂奔到机尾，聚在那儿直接把紫圈内的高帅瘦白和守着他们的况金鑫给挡人海里了。但慌乱中的旅客们可能根本没注意到这几位，因为自始至终他们都是回着头地狂奔，跑到前方无路，又迅速转过身来，目光惊恐地盯着长长的过道尽头——经济舱与商务舱的交界处。

徐望所在的位置是经济舱中部，这会儿维持着侧身给狂奔人群让出通路的姿势，看看左边尽头的惊恐者们，再看看右边尽头的两舱交界处，不自觉咽下口水，有一种不大妙的预感。就在他最后一根汗毛竖起的瞬间，黑暗突然降临。徐望一动不敢动，努力保持镇定站在原地，心却已经提到了嗓子眼。

幸而只几秒，舱内便亮起了灯。座位、旅客、行李架等一切重又变得清晰可见，但和先前明亮白昼下的机舱感觉已截然不同。窗外还是黑的，恍若茫茫暗夜，舱内再亮也是灯光，何况还没有很亮，只维持着基本的可见光线，透着夜的静谧和诡谲。

“红眼……航班？”凤五四忽然喃喃自语，透着不确定，又透着一丝小期待。

徐望无语望灯，终于勾连上了前因后果，转身摸摸凤五四的头：“恭喜，你的愿望实现了。”经历过先前的种种糟心事后，徐望发自肺腑地觉得凤五四这个小愿望完全可以包容，既没引火焚烧，亦没大打出手，不见夫妻斗殴，更无行李箱砸头，简直可以归到儿童乐园里了。相比之下，他更担心商务舱的情况，这么多旅客跑过来，必然是那边触发了什么“大事”。虽然有吴笙在，他还是比较放心的，但不管是作为队友还是老同学，听见动静了不过去看看，似乎于情于理都……

“吼吼吼——”

要不他还是别去了！

“徐望，闪开——”

吴笙的身影和他的呼喊同时出现，徐望不假思索地本能听令，一个用力硬生生挤进了花五五的位置。就在他刚刚落座的一刹那，吴笙和钱艾已跑进经济舱，身后一米处还跟着一头紧追不舍的雄狮！

“什么情况啊？”徐望崩溃，他要向整个经济舱的旅客道歉，和这条“故事线”比起来，他们的喜怒哀乐简直就是和谐友爱！

眨眼间，吴笙和钱艾已跑到机舱中部，随着吴笙一声“闪”，二人像提前约好似的，一个向左，一个向右，飞速扑进两边座椅之中，瞬间将过道让出一条康庄大路。

吴笙扑的正好就是徐望这排，徐望连忙张开双臂把人接住，还没接稳当，吴笙已抬起头，飞快道：“渣男劈腿又被小三儿搞一机情戴了绿帽，配合小三儿一机情的另一个渣男的女朋友是马戏团魔术师。”

徐望蒙头蒙脑地意识到吴笙应该是在回答他先前的问题，但——

“这是你触发的？”

“钱艾。”

“头等舱一共才几个人啊！！！”

“他可能用了群攻。”

吴笙和钱艾早有预谋，各自分散，但雄狮没有，于是在二人分开之后，它仍在惯性的作用下沿着狭窄过道往前狂奔。徐望和吴笙说这两句话的工夫，雄狮已接近机尾。它的到来让聚在机尾的原商务舱旅客再度惊慌尖叫，四散而逃。只一瞬，机尾就空下来，重新露出它的原住民——紫圈中的高帅瘦白，以及守着他们的况金鑫。

这一刻，他们才第一次看清了迎面狂奔而来的到底是什么。

况金鑫吓傻了，木然不动，但他站的地方本也不是正对着过道，所以雄狮一路冲过来顶飞的也不会是他。

过道正对着的是紫圈。高帅瘦白现在的脸色统一成了白白白白。

眼看雄狮直面而来，小帅哥仰天长啸："都说了发现苗头不对赶紧结束谈话，不要留恋啊啊啊啊——"

二度声嘶力竭的呐喊里，徐望终于领悟了这句提示的真意。那不是为对手雪中送炭的暖手宝，是为自己熊熊燃烧的求生欲。

哀号未落，完全没减速的雄狮已冲入紫圈——这一刻，它不像狮子，倒像斗牛。

高帅瘦白在这一刻灵魂附体，纷纷倒向旁边。原来画地为牢圈的只是脚，而他们现在就像一个盆栽里忽然蔫了的四棵草，根还在盆里，但身体东倒西歪，尽情舒展向四面八方。

雄狮冲过紫圈，重重撞在机尾金属壁上，发出震耳欲聋的声响！

高帅瘦白躲过一劫，惊魂未定，好在安然无恙，只大长腿的裤管被雄狮爪子稍微刮到，扯破一个口子——谁让他腿长呢。

紧盯战局的吴笙忽然冲过道那边喊："老钱，上手段！"

钱艾得令，果断出招："8888888！口口口口口口口！"

钱艾在过道那边的座椅里大喝，偷偷摸摸的身形和震彻九霄的声音形成鲜明对比。几乎在同一时间，机尾，确切地说是雄狮的头顶上方，竟凭空出现七个"8"和七个"口"！

徐望看傻了，况金鑫和高帅瘦白看呆了，而瘫卧在地的雄狮还没从撞击中回过神。

下个瞬间，"88 口口"们飞速下坠，如巡航导弹般准确找到自己要攻击的方位——狮子的四肢和躯干！一个挨一个的"口"套上它的身体，就像无数个呼啦圈，三个"8"上下叠着锁住它两个前爪，三个"8"锁住它两个后爪，剩下一个"8"给它的尾巴又打了个结。雄狮被层层叠叠困住，加上还没彻底从先前的撞击中缓过来，一时竟挣脱不开。

高帅瘦白看得瞠目结舌。这能力，这效果，这视觉冲击……这是花钱买的文具吧！

伙伴赞叹，对手惊诧，钱艾却不敢掉以轻心，暗搓搓从座椅中爬起，运足中气，再次咆哮："蒸羊羔、蒸熊掌、蒸鹿尾儿、烧花鸭、烧雏鸡、烧子鹅、卤猪、卤鸭、酱鸡、腊肉、松花小肚儿——"

无数木质立体汉字噼里啪啦往下砸，竟将受困雄狮彻底埋住，最终堆出一座汉字小山！雄狮似乎挣扎了两下，但很快就放弃了，只呼哧呼哧的粗气从木头缝隙里传出来，表达着它最后的愤怒。

钱艾松口气，小心翼翼地从座椅空隙中冒头，眺望机尾。

他可以慢腾腾，但被他坐大腿的任五八受不了了："这位大哥，能换个地儿再瞭望吗？"

这厢钱艾歉意地起身，一个劲儿给被他当了肉垫的旅客赔不是，那厢徐望问吴笙："你刚说狮子的主人是谁？"

吴笙从徐望身上起来，回答道："赵一，"逃命间隙，他已经从钱艾那儿问明了罪魁祸首，"头等舱的一个姑娘。"

"她被渣男劈腿了？"

"对。"

"那狮子应该追着渣男咬啊，祸害你们干吗？"

"在这架飞机上，你还要讲逻辑吗？"

"对不起，是我年轻幼稚了。"

眼看徐望要往经济舱外走，吴笙不解，问："你去哪儿？"

"头等舱，"徐望头也不回，一边往前走，一边备战似的活动筋骨，"谁知道那几个木框子能困它多久，解铃还须系铃人。"

吴笙没片刻犹豫，直接对钱艾道："你和小况看着经济舱，有任何情况，随时沟通。"语毕追着徐望的脚步而去。

况金鑫完全不了解这边情况，蹲那儿拿着滑落到一旁地上的"儿"字研究呢，一会儿举起端详，一会儿勾自己脖子上转转，研究得全神贯注，不亦乐乎。

钱艾看看他，再看看吴笙愈行愈远的背影，顿时失去了所有安全感。

## 3

头等舱。

一个短发姑娘安稳坐在一号座位上；一个眼镜姑娘站在舱角，背对着整个世界；一个看起来就满脸写着"渣男"的男人站在眼镜姑娘身后，轻言软语地哄着；另外一个同样满脸写着"渣男"但比前者多了"健硕"二字的男人跪在短发姑娘面前，假模假式地抽自己耳光，演技弱到尴尬；唯一单着的是个波浪微卷发的美艳姑娘，坐在五号位置，她没跟任何人互动，但看模样也不是很好，一张脸惨白，妆已经花了，显然受过不小的惊吓，这会儿看着窗外的眼神都是茫然里透着恐慌。

徐望没见过赵一，但不管是按照座位还是根据这满场阵容，都可以对号入座。

“别抽了，脸不疼手也酸了。”他走到短发姑娘面前，一把将健硕渣男拉起来丢到旁边，然后自己蹲到了她的面前。

赵一低着头，没哭，但眼神灰暗。

徐望歪头，从下往上看她，露出调皮笑容：“坏蛋，你好。”

赵一原本对这突来的笑脸嫌弃皱眉，闻言愣住，本能反问：“你叫我什么？”

“坏蛋啊。”徐望说，“你是魔术师，那头狮子一定信任你、喜欢你，才会听你的话。你们应该是搭档，是朋友，但你现在放它出来横冲直撞，不在乎它伤到人，也不在乎它被别人伤。”他无辜地眨下眼睛，“我叫你坏蛋，叫错了吗？”

赵一的脸上终于出现了情绪波动，那是紧张和担忧，装不出来的那种：“它受伤了？！”

“没见血，但是应该撞得不轻，砸得挺疼，”徐望叹口气，“估计全是内伤。”

赵一着急地站起来，想往外走，却被同样起身的徐望拦住：“你直接把它变回货仓不就好了？那里安静，空气也流通，更利于休养生息。”

赵一抿紧嘴唇，不语。

徐望没有放过她的任何一丝情绪，包括眼底的不甘。他扯了扯嘴角，无奈轻笑：“你这口恶气还没出完，还不想把最有威慑力的手段收回去，对吗？”

赵一终于看他，第一次正式地四目相对：“你到底是谁？”

这问题来得有些晚，但徐望乐于回答，他这些年纵横售楼中心的秘籍就是“只要顾客肯沟通，没有签不下的购房合同”。他大大方方报上名号：“徐望。”

赵一直截了当摇头：“我不认识你。”

徐望更直接：“我也不认识你，但我刚才差点儿因为你的失恋而葬身狮口。”

“我没失恋。”赵一眼里浮出倔强。

徐望等的就是这句话：“既然没失恋，闹给谁看呢？”

赵一瞪大眼睛，气鼓鼓的模样反倒多了一丝萌。

徐望二度拎过健硕渣男，刚要继续说话，却被对方一把挣开：“我忍你很久了，你谁啊！”健硕渣男还嫌挣开不够似的，又狠狠推了徐望一把。他早就憋了一肚子火，不敢对着赵一发作，这下总算寻到发泄口了。徐望猝不及防，直接被推了个跟头。

随后赶来的吴笙见状直接黑脸，刚要上前，就见徐望一跃而起，抬腿照着健硕渣男腰眼就是一记飞踹：“你一个劈腿的 NPC 还敢打我？！”健硕渣男“啊”一声痛叫，踉跄着后退两步，脸上因疼痛而扭曲，又因愤怒而狰狞。

吴笙生生收住脚步，下意识抬手护住了自己的腰。

角落里正对着女朋友背影哄的渣男一号或许是想起了“同是天下劈腿人”的情分，竟暂时中断“求复合”，转身面色不善地朝这边过来。他压根儿没看吴笙，眼里不怀好意的光直指徐望。可徐望背对着他，且这会儿正全神贯注对付健硕渣男呢，哪里看得见。电光石火间，吴笙从容伸出大长腿。正好走到他旁边的渣男一号结结实实绊了上去，“扑通”一声，面朝下直挺挺摔到地上。

徐望吓了一跳，回头看见这场面，蒙了：“什么情况？”

“不知道，”吴笙摊手摇头，“可能他鞋底有点儿滑。”

徐望总觉得哪里不对，但也没时间多想，收回目光，直接上前揪起健硕渣男衣领，转头对着赵一说：“你仔细看看，就这么个东西，垃圾堆里翻一天能找出一卡车。他劈腿了，你应该放鞭炮庆祝，谢他不娶之恩！这么大的喜事儿，你不赶紧让他死远远的，还要揪着他出气，你是不是吃饱了撑的？你就不怕再被他缠上？”

健硕渣男不甘心，但腰上的疼痛让他只敢象征性地挣扎。

“还有你，”松开健硕渣男，徐望朝地板上那位招呼，“别趴着了，就是你，过来。”

渣男一号原本是想来增援的，结果出师未捷身先死，现在摔得头昏脑涨哪儿哪儿都疼，那难得燃起来的一丁点儿勇气早散了，这会儿又被点名，更是一动不动地装死。

徐望无语，直接提问：“劈完腿又被戴绿帽的是你吗？”

渣男一号别过头，总结得实在太精准，精准到他浑身每个细胞都在抗拒承认。

不用回应，看对方那个死样徐望已经有答案了。他一把薅起渣男一号，像拖死鱼似的把他丢到角落里，和健硕渣男送作堆：“你俩爱找谁找谁，互相解决也没人管，总之，以后离好姑娘远点儿，人家和你不是同一个世界，没有同一个梦想，谢谢。”

教育完两个渣男，徐望直接转回赵一面前，也不给姑娘思考时间，直接问：“你喜欢什么样的男人？”

赵一被这一番操作弄得脑袋有点儿短路，下意识又看健硕渣男。

徐望用力扳正她的脑袋：“那种跳过，换下一个！”

赵一懵懂地眨眨眼，还真开始思索起来，渐渐地，眉宇间染上一抹羞涩，低声道：“开朗，聪明，能说上话的……”

“那就这么说定了，我帮你找男朋友，你把狮子收回货仓。”

“……”赵一没反应过来怎么就风风火火说定了，但在徐望热切的眼神下，想到人家刚刚帮她一脚飞踹出了气，还是鬼使神差抬起手，轻轻一翻。眨眼，手中多出一个空杯，她把空杯放回桌面，再看向徐望，眼里已尽是温和：“回去了。”

徐望长舒口气，正琢磨着怎么把“找男朋友”这件事描绘成持久战，至少搪塞过拆弹时间——他总不能真放着炸弹不管，帮赵一相亲吧——却听见吴笙说：“等我一下。”抬起头，对方已匆匆消失在商务舱。

徐望纳闷儿，还没想出个所以然来，吴笙已经返回，身边还多了一位男青年。

“许二零，”吴笙拍拍青年的肩膀，向徐望介绍，“开朗，聪明，思维敏捷，不仅话多，而且话多，绝对符合她的喜好。”

徐望没想到吴笙这么默契，自己这边刚犯愁，他已经把解题公式都推来了，只是……

“吴同学，”他有些一言难尽地看着默契队友，“我们通常在‘不仅’和‘而且’后面接不同的词，以表示递进。”

吴笙耸耸肩：“但我觉得这样强调更能突出重点。”

徐望：“……”

他俩配合默契，许二零却不乐意了：“你究竟叫我过来干吗！”话是这么问，但他那不逊于吴笙转速的脑子已经分析出了当前情况，所以不等回答，他直接瞪吴笙，义正词严，“没找到炸弹凶徒之前，我不谈儿女私情！”

“你的嫌疑人才六岁，”吴笙翻个白眼，不由分说地把许二零往赵一身边推，“我觉得你还是谈谈儿女私情吧。”

“你就是怕我赶在你前面查出凶徒！”许二零是真怒了，显然质疑他的推理只会让他不快，但阻止他行动真真触碰到了他的底线，“你再推我，我就不客气……哎？”

拉扯间，许二零和赵一四目相对。一个狼狈烦躁，一个安静低落，可就在彼此不经意的一瞥里，怔住了心神。这要是在少女漫画里，就得撒花瓣。

“呃，那个，我、我叫许二零。”松开吴笙，确切地说是把人推得老远，许姓青年整理整理仪容，自报家门。

赵一低下头，没说话。

徐望一看就懂，这分明是有门啊！如释重负地松口气，他悄悄往吴笙这边走，并用眼神示意队友：“搞定。”

吴笙点点头，领会了完整信息——既然这里搞定了，当然就要回经济舱继续争分夺秒。

不料原本已自来熟地在二号位坐下的许二零忽然又站起来，大步流星朝吴笙这边来，速度之快，竟比悄悄后撤的徐望还早了一步。

吴笙看着眼前一扫“不着四六”气息、莫名严肃认真起来的许二零，疑惑挑眉。

许二零也不卖关子，直接道：“说沈一四有问题是我故意扰乱你的，我怕你们在我之前查出来炸弹凶徒……”吴笙不语，总觉得对方还有后话。果然，许二零凑近他，压低声音：“我问过空姐了，起飞前检查的时候还没有炸弹，所以炸弹只能是旅客登机之后安放的，鉴于刚起飞就发现了炸弹，凶徒应该是趁着刚登机、大家都在放行李的混乱偷偷安置的。而据当时站在那一片帮忙放行李的空少说，刚登机的那段时间里，有三个人在安放炸弹的位置徘徊过，并且他们没有一个人的座位是在那附近的，空少觉得奇怪，所以对他们印象深刻。”

吴笙讶异：“这些都是你调查出来的？”

许二零嘴角一扬，又是那个自负而嘚瑟的模样。

“既然已经查到这个份儿上，你又怕我们抢在你前面抓住凶徒，为什么还要告诉我这些？”吴笙捋不通这个逻辑。

“因为他现在有了比抓凶徒更重要的奋斗目标。”徐望推理不行，但察言观色是看家本领，一瞧见许二零眼里的粉红泡泡，他就知道这位“青年侦探”的人生列车拐弯了。

“案子是永远查不完的，这桩解决了，还有下一桩，但脱单的机会……”许二零摸摸鼻子，脸上竟罕见地出现一丝羞涩，好半晌，他才清了清嗓子，重新正色起来，“咳，总之，接下来就交给你们了！”

吴笙看看他，再看看赵一，总算悟了。万没料到自己随手一点鸳鸯谱竟还促成一段真爱，这让他的心情微妙而复杂，就好像帮别人收完了麦子，回家发现自己地头还荒着呢。

“那三个人到底是谁？”徐望不知道吴笙走神想什么呢，索性自己提问。

许二零抬眼，语气缓而低沉：“姜三二，酆六一，安七九。”

距离爆炸，还有 02：19：43。

吴笙原本只是希望找一名符合赵一喜好的男青年，彻底解决头等舱的问题，就算赵一和他成不了，至少也能说说话、散散心，省得再被前任骚扰，一个没注意心态又崩了，他们就不一定能死里逃生了，却不料这许二零身上还有意外收获。不过许二零也是刚刚从空少那儿圈定了这几位嫌疑人，还没有和他们仨进行任何实质性的接触。

从头等舱出来，十几位逃到经济舱的旅客正在空姐的安抚下陆续回到商务舱。他们的惊魂未定里带着一丝劫后余生的庆幸，想来狮子是真的消失了。

这边商务舱重新安稳，那边吴笙将徐望拉到商务舱和经济舱的交界处，若有所思地问：“姜三二、酆六一、安七九，你聊过哪个？”

经济舱从二三开始，徐望清楚记得他聊到花五五，故而答案再明显不过：“姜三二，我只和他聊过。”

吴笙问：“有什么异常吗？”

徐望仔细回忆，却怎么也想不起来这个人的脸，更别说聊天内容。没辙，他只得回到经济舱，远远数着座位号捋到这位背影，才终于有了一丝印象。那是一个极普通的中年男人，穿着一件灰突突的衬衫、深色裤子，稍微有些发福，话不多，略显沉默，五官毫无特色，普通到不用扔进人堆里，就随便站在什么地方，你也不会注意到他。

“他说远嫁外地的女儿刚生了孩子，”徐望在记忆中提取出有效信息，“他去看看女儿和外孙。”连搭乘航班的理由都简单朴素，且没有引出任何妖孽的“剧情线”。

“你觉得有可疑吗？”吴笙看着那个背影问，确切地说，隔着椅背，其实顶多看个后脑勺。

徐望摇头。如果觉得有，他当时就会深入聊了，怎么可能连这个人都要再数座位号才想起。

“那你觉得许二零可疑吗？”吴笙忽然又问。

这完全出乎徐望的意料，他下意识回头瞄了眼头等舱的方向，然后抬头看吴笙：“你怀疑他？”

“一半一半。”吴笙头脑清醒地分析着，“在这架飞机上什么都可能发生，他或许是‘提示项’，也可能是‘干扰项’，甚至就是凶徒本人。”

徐望沉吟片刻，缓缓摇头：“我觉得他不是。”

吴笙对他的“自信来源”很费解：“这么笃定？”

徐望歪头，问：“以你的性格，如果已经安好了炸弹，会再跳出来迷惑对手吗？”

“怎么可能。”吴笙的否定几乎不假思索，“只剩两个小时，安静地藏在旅客里等着炸弹爆就行了，多此一举跳出来，主动进入搜寻者视线，无论用多高明的说辞、多避嫌的身份，这一举动本身就很愚蠢。”

“那就是了，”徐望拍拍他的衣领，“你和许二零说话的时候没觉得特熟悉特有亲切感吗？”

吴笙刚想猛点头，忽然顿住，警惕起来。

“他那欠抽的性格简直就是你的翻版。”徐望看进老同学的眼眸深处，悠悠一叹，“而我觉得以和你同样的智商，他如果真是凶徒，不会自作聪明跳出来。”

吴笙无言以对。要么你就夸，要么你就损，这种连夸带损，让人怎么接？

回到经济舱，这里也已经恢复秩序，空姐空少在机尾忙碌着整理饮料餐车，应该是等下就会推出来给各位乘客倒水压惊。狮子已经消失，连带着那些立体汉字也没了，整个机尾只剩下紫圈里的高帅瘦白，见徐望回来，小帅哥看着他的眼神简直如愤怒之剑。

“你是不是人啊！”隔着长长的过道，小帅哥扯着嗓子对徐望吼，“狮子都扑过来了，你就不能把紫圈解除？这是我们命大，但凡运气差点儿就死了好吗！”

“行了行了，”瘦麻秆推他两下，似乎觉得这样控诉既傻又丢人，“死了就弹出去呗，又不会真没命。”

“但是会受伤会疼啊！”小帅哥仍义愤填膺。

冷白脸淡淡瞥过来一眼，冲小帅哥嗤笑：“说你傻你就开始流鼻涕。这是战场，我们是俘虏，人家刀下留情已经仁至义尽了，你还指望人家为了怕你疼，特意解文具放你？”

“都少说一句吧，争赢了能交卷是怎么的？”大长腿听不下去了，有种丢人丢到隔壁班的狼狈。

这时徐望已经来到他们面前，也大概闹明白关键问题了：“狮子扑过来的时候我不是故意不解紫圈……”他挠挠头，有些歉意地凑近高帅瘦白，问得认真，“文具还能解除？”

高帅瘦白：“……”他们没冤死，真是生命的奇迹。

接下来的五分钟，钱艾分享了“用意念解除使用中的文具效果”的操作经验——他堆在机尾的那些字就是这样消除的，其实很简单，只要盯住想要消除的部分，在心里默念已使用的文具名字便可以；徐望和吴笙则把许二零那边获得的关键信息告诉了钱艾和况金鑫。

“小况，你还是继续看着他们四个，不过关于嫌疑人的事，绝对不能泄露。”徐望嘱咐。

其实所谓的“不透露”，也不过就是个心理安慰，都在一个机舱，任何风吹草动皆一览无余，他们三个去找谁，不可能瞒过高帅瘦白，顶多就是听不见他们的谈话罢了。他们也曾想过将人带到况金鑫的“狡兔三窟”里询问，结果先找了个空少实验，对方根本进不去“狡窟”，任凭他们怎么在下面拉拽，就像有道无形却坚韧的网似的，他们进入无忧，外人不得其门。

况金鑫没队友们想得这么多，得到指令，便非常认真地用力点头：“保证完成任务！”

徐望莞尔，末了看吴笙和钱艾一眼。

队友心领神会：“走。”

第一站，姜三二。

虽然徐望觉得他没可疑，但安全起见，还是再聊一次。不想三人刚走近，姜三二忽然站起来，看也不看他们，一边往前走一边说：“借过，去卫生间。”

钱艾本能让开路，吴笙却一把抓住姜三二的胳膊，厉声问：“你刚刚把什么东西放口袋里了？”

姜三二缓缓抬头。这个在徐望记忆中无害的中年男子，眼里却透出阴鸷的光。

吴笙不再废话，直接用另外一只手上去搜他口袋，姜三二却忽然一拳挥过来！他本能闪躲，姜三二趁机甩开他的手，一路朝机尾狂奔。吴笙奋力去追，慢半拍反应过来的徐望和钱艾也紧随而上。

紫圈内四人刚从狮子惊魂中缓过半口气，就见一个男人跟先前的雄狮似的也朝着他们夺命狂奔，心塞吼道："还有完没完啊！"

咆哮归咆哮，在姜三二冲过来的一刹那，四根小草又朝四面八方栽歪下去。姜三二却并没有像狮子那样从他们中间冲过，而是一个急刹车，进了他们旁边的洗手间，随后就狠狠关上了门。然而预期中的关门声并没有出现，取而代之的是门撞在手臂上的闷响——吴笙追上来了。

姜三二气急败坏，用力拿厕所门挤吴笙，吴笙半个肩膀都在门内，毫不退让。徐望和钱艾随后赶到，用力一撞！姜三二再顶不住，被撞飞。不过洗手间内空间狭小，他也只是踉跄着后退一步，后背就重重磕在了墙壁上。吴笙第一个挤进来，直接伸手进他的口袋，很快摸出三小包白色粉末和一块锡纸。姜三二见已败露，再不挣扎，颓丧地垂下了头。

这回轮到吴笙、徐望和钱艾傻眼了，从小在学校的带领下参观过禁毒教育展，没参观过的看点儿法制节目也知道这是什么了。携带这种东西上不上飞机都是犯法的，超过一定数量甚至可以判死刑，难怪姜三二要往厕所里跑——直接在几万米的高空冲走，神不知鬼不觉。但这和他们要找的炸弹密码完全是两码事！

"喂，"徐望不甘心地踢了他脚一下，还是问了一遍，"刚上飞机的时候，你在机翼那边转悠什么呢？"

姜三二无精打采地抬起头，整个人已经没了神，但话还是答了："登机晚，行李架满了，一路找放行李的位置找到了那边。"

三人面面相觑，失望至极。这种查一下行李就能验证的事情，姜三二实在没理由撒谎。

叹口气，他们从外面关上卫生间的门，再不管姜三二那货，转过身来，正对上三双幸灾乐祸的眼，也就大长腿还算个人，依旧面色如常。

钱艾对着乐得最开心的"帅"磨牙："信不信我给你脖子上也套个'井'。"

小帅哥"嘁"了一声，不看他了。

徐望忽然想到另外一个问题，便问大长腿："如果同在一个关卡里的队伍都交卷失败，会怎样？"

大长腿耸耸肩："那就大家一起退回原点呗。"

果然。徐望还寄希望于"平局不退"呢，看来鸮并没有这种好心。

"现在怎么办？"钱艾问，"去找下一个？"

当着高帅瘦白，他还是隐去了酆六一和安七九的名字，不过如果等下他俩和姜三二一样到处乱跑，那这个秘密也捂不了多久了。

"先去看姜三二说的行李吧，"吴笙想了想，道，"都查到这里了，看一下行李是不是真像他说的那样在机翼附近，如果在，我们也就彻底安心去找下一个了。"

徐望同意。除了与人沟通交流上有点儿神奇的障碍外，吴笙的逻辑性和缜密性，实话实说，都可以打高分。

距离爆炸，还有 02：10：04。

三人拎着姜三二来到机翼附近，打开行李架，让他自己找。姜三二就像被押解回犯罪现场进行指认的嫌疑人，特配合地三两下就找到了自己的包。

包的位置证明他没撒谎，但安全起见，徐望还是当场翻包，不料刚拽出一件衣服，就带出了一本小册子，“吧嗒”一声，清脆落到地上。

吴笙将之捡起，递到徐望和钱艾面前。那是一本自印的简易册子，很薄，封面上印着“灵真会”三个字，还有一个符咒似的图案。

钱艾盯着那图案看了一会儿，总觉得不太舒服。

吴笙翻开册子，第一页就是一个仙人打坐图，鹤发长须的仙人坐在莲花座里，闭目修炼，下面一行小字——灵真居士，法力无边。

没等徐望他们发问，姜三二倒先问起来了：“这是什么玩意儿？”

口袋里翻出的能判刑的东西认，行李里翻出的不起眼的小册子倒不认了？

三人凑在一起，将小册子草草翻了一遍，越翻疑问越少，心却越沉。

那是一本宣传册，或者说，传教册。册子里将灵真居士塑造成了无所不能的神，信仰灵真居士，可渡一切灾厄，身体不再病痛，灵魂获得永生。更令人生寒的是，册子中还讲了一个“信徒获永生”的故事——

清朝末年，一身患重病的村民在梦中获灵真居士点拨，醒来后发现脖间多了一红丝系的琉璃葫芦，一寸大小，通体透彻。自那以后，村民皈依灵真居士，为居士献祭猪牛羊等，每次宰杀完牲畜，葫芦里就会生出一点儿血。然而等到只差一滴就可将葫芦填满时，无论村民杀多少牲畜，葫芦内的血都再不增加。于是在灵真居士诞辰（农历九月十四）这日，村民大摆流水席宴请全村人，却在菜中下毒，最后全村百余人口无一幸存，葫芦内的最后一滴血由此而满。村民因“献祭有功”，被灵真居士召唤，不仅一身病痛解除，还获得了不老不死的永恒生命，而在这场“献祭”中受害的人，则被描述成了“被选中的幸运者”，灵魂得以升天，永随灵真居士左右。

“这是什么鬼东西啊！”钱艾看得起了一身鸡皮疙瘩，再回忆一下封面图案，顿时觉得更诡异了，“神经病吧，这么假的东西谁信？”

“你没病没灾的当然不信，但那些处于痛苦中、急需心理安慰和精神寄托的，就会信。”徐望干了这么多年销售，接触最多的就是人，看得最多的就是人心。

“农历九月十四……”吴笙合上册子，看向队友，“就是今天。”

“你什么意思？”钱艾不可置信地瞪大眼睛看看吴笙，又扫了下姜三二，浑身汗毛都立起来了，“你该不会想说这家伙安炸弹，是想拿整架飞机的人命给这个什么居士献祭吧？”

三人的讨论悉数落进姜三二耳中，事已至此，他们也没想避他。不曾想姜三二倒先一脸惊恐地嚷着撇清了：“这东西不是我的，和我没关系！”他嚷嚷的时候声音都是颤的，脸上的肌肉也在抖，“拿整架飞机上的人命献祭这件事”似乎对他造成了不小的惊吓。

钱艾却已经把这位当成“丧心病狂的教徒”了，义愤填膺地一把薅起他衣领：“在你包里发现的，不是你的难道还是我们的？！”

姜三二虽然中年发福，但身高不高，浑身那点儿虚胖的肉合起来也就能顶钱艾俩肱二头肌，被这么一薅衣领，脚后跟直接离地，就剩脚尖还挣扎着往地上点。

徐望不失时机地凑过来，趁姜三二心理防线最薄弱的时候见缝插针：“密码。”

姜三二不知是被冤枉太委屈，还是天降一飞机人命的大锅太害怕，涕泪横流地说：“我真的不知道什么密码，我就是带了点儿粉上来，你就是给我一百个胆子我也不敢干炸飞机这种事啊……”

徐望定定地审视了他半晌，叹口气：“老钱，放开吧，不是他。”

“可册子在他包里……”钱艾不想死心，被折磨了两个小时，好不容易才见点儿眉目啊。

“他的座位离这里很远，”吴笙冷静分析，“谁想对他的包动点儿手脚，都是轻而易举的事。”

“但他不是上飞机晚吗？”钱艾说，“如果他上飞机的时候行李架都放差不多了，等他放完，这边彻底满了，谁再过来翻动不是很奇怪？”

徐望想起什么似的，幽幽看向队友：“如果飞行途中行李架因为颠簸开启，旅行包、登机箱噼里啪啦掉一地呢？”

钱艾还在消化吸收，吴笙已经懂了：“行李中途掉过？谁收拾的？”

“两个空少、我，”徐望顿了下，“还有两个旅客。”

“谁？”吴笙迫不及待地问。

“不知道名字，”徐望摇头，而后目光炯炯，“但我能把他们认出来。”

“徐哥，吴哥，钱哥——”突来的呼唤打断紧张氛围，也让三人心里绷紧的弦蓦地松了下。

是远在机尾的况金鑫。也只有这位伙伴有这种神奇的感染力，让人一听他的声音，不管说的是什么，都不自觉松弛下来。

把彻底蔫了的姜三二送回座位，用安全带捆好，三人快步奔向况金鑫。他们以为是高帅瘦白弄出了什么幺蛾子，不料刚接近机尾，就听见一阵轻音乐从茶水间传出来，乐曲很柔和，音质却很粗糙——是旅客的呼唤铃。

“一直响，我又不敢接。”况金鑫在经济舱里全程围观了徐望的“坎坷”，对这种突发事件已经留下了不可磨灭的心理阴影，加上深知自己的应对能力比较稚嫩，所以第一时间叫回伙伴处理。

三人互相看了看，预感皆不太祥。响了这么久的呼唤铃，却没有一个空乘人员回来应答，分明就是留给他们的坑啊！

然而坑是一样的，人们对坑的好奇心和探索力却有着微妙区别。

钱艾第一个举手，商量着的语气里全是被摧残后的心有余悸：“多一事不如少一事，要我说还是算了。”

“接吧。”吴笙双手插兜，看似云淡风轻，实则眼角眉梢全是不服输的劲儿，“八十难都过了，不差最后这一关。”

两个人都表达了观点，却都没有真的采取什么行动，徐望顿时生出一种使命感，这不就是等着他这个“队长”裁决呢吗，当下热血上涌，豪情翻天，伸手过去就按下了接听键！

扬声器里传来一个阿婆的声音，语速极快，透着浓浓不满：“为什么个个都有毯子就不给我发？欺负我一个老太婆是瓦！还有我给你讲哦，你们这个空调开得太厉害了，困觉的时候最容易受风晓不晓得？”吴侬软语愣是让这位阿姨讲出了暴雨梨花针的气势。

徐望连忙好言好语地哄：“阿婆您别着急，把座位号码告诉我，我这就把毛毯给您送过去。”

“哪里有什么号码，这下面空落落的就随便坐呀。”

徐望没懂：“下面？”

“是的呀，灯嘛也暗暗的，黑漆漆吓死个人。”

“……”

“哦对，还忘了讲，你们这个飞机怎么搞的，狮子也可以随便带上来吗，笼子破掉会死人的晓得吧！”

仨伙伴齐齐后退一步，肩并肩手挽手，仿佛这样就能汲取更多温暖。

“喂？我讲话你们有没有在听呀？喂——”

咔嗒。徐望按掉通话键。

“我早说别接了……”钱艾想哭。

吴笙面色如常，仿佛无所畏惧，然而还是偷偷瞥了眼通话键，确定灯真的灭了，才暗暗舒口气。

“没事，不怕。”徐望强撑着精神，捋顺老钱同学竖起的头发丝儿，“别在意这些不重要的‘灵异线’，咱们继续去找那两个帮忙捡包的。”

带着来自货仓的挥散不去的凉意，仨队友从头到尾又从尾到头地在飞机上走了个来回，最后徐望把俩伙伴拉到经济舱与商务舱的交界处。

“认出来了？”吴笙一看他这架势就明白了。

徐望点头。

钱艾紧张地咽了下口水：“可是你的表情像大难临头……”他不太会看人脸色，实在是徐望的“凝重”强烈到让人想忽视都难。

吴笙直接问重点：“几号座位？”

徐望缓缓抬眼：“六十一，七十九。”

钱艾皱眉：“怎么感觉这两个数在哪儿听过？”

“酆六一，安七九。”吴笙的声音沉下来，“我们原本要去问的两个嫌疑人。”

钱艾后知后觉，恍然大悟，事情已经明摆着了：“那还问啥啊，炸弹凶徒就在这俩人中间……等等，”他忽然变了脸色，“不会俩都是吧？”

徐望和吴笙沉默。为什么不会呢？没有规定说炸弹凶徒只能是一个人。

钱艾在队友的沉默里，再难乐观：“我不想三打二啊……”他哀号得十分真挚，就好像人少的那方是他们自己。

## 4

距离爆炸，还有 01：45：37。

经济舱一片安宁，只空乘人员偶尔走过，为有需要的旅客提供服务。某个不经意的时间点，两位走向不同位置的空姐同时停下脚步，像是一个再寻常不过的巧合，她们不约而同地弯下腰，和旁边座位的旅客说话。但如果有顺风耳，就能听见她们讲的是一个说词：“这位先生打扰了，您的行李占了其他旅客的行李位，能麻烦您挪一下吗？”

两位旅客的反应如出一辙，皆不大耐烦——

酆六一：“行李还有固定位置？”

安七九：“行李放哪儿不都一样吗？”

话是这样说，但二人还是在空姐的陪同下起身，不过一个是打开座位顶上的行李架，一个是往前走了两排才打开行李架。二人的行李都很简单，酆六一是双肩旅行包，安九七是个拉链登机箱。就在他们拿下自己行李的那一刻，不知哪里忽地蹿出两个人影，一个抢酆六一的包，一个抢安七九的箱，抢完就往机尾跑。

空姐只是被拜托让二人主动找到自己的行李箱——毕竟茫茫行李架，想辨别出哪个箱子是谁的实在有难度——却不知道还有这种“抢劫”后续，一时吓傻。酆六一和安七九则很快反应过来，拔腿就追：“给我站住——”

然而他们终是慢了几秒，待追到机尾，只来得及听见两边洗手间的关门声。二人不甘，奋力砸门，仿佛被抢的不是行李，而是命：“开门！快点儿开门！”

左侧洗手间内，徐望轻而易举地把双肩包翻了个底儿掉，一地散落的都是印刷品，什么小册子、小本子、宣传单，甚至还有一卷“灵真会灵，法力无边”的横幅……制定计划的时候，徐望就想到了两个人的包里肯定有线索，但没想到这么“海量”。

右侧洗手间内，钱艾使出吃奶的力气也没把拉链从密码锁里抠出来，最后怒了，直接跳到行李箱上一顿蹦！没几秒，行李箱彻底“垮掉”。钱艾“哼”了一声，掀开已经瘪得没了形状的箱盖，里面是叠得整整齐齐的衣服，整齐到和门外那个油腻的安七九完全搭不到一起。钱艾一把将箱子翻过来，衣服应声而落，同时落下的，还有一张泛黄发黑的羊皮。

那羊皮 A4 纸大小，上面用暗褐色画了一幅让人头皮发麻的场景——地上尸横遍野、血流成河，而天上，一个手拿屠刀的人正在飞升。画很简陋，然而草草几笔，竟恍若能从飞升者眯着的眼里看出癫狂喜悦。羊皮正上方写着这幅画的名字——《献祭成仙图》。

狂乱的砸门声持续不停，就在周遭旅客快把这砸门声习惯成背景音的时候，两边卫生间的门忽然同时打开。徐望抱着一叠“邪教传单”，钱艾拎着那张羊皮。

酆六一和安七九变了脸色，再没先前的气势，似乎忘了这是封闭机舱，竟慌不择路地转身往回跑！

然而早有准备的吴笙已推着餐车等候，眼看二人迎面而来，他推着餐车疾速向前，奋力冲撞。较瘦的酆六一直接飞到空中，又重重落下，砸在过道地面上。较强壮的安七九则直接被顶得失去平衡，向后踉跄，最终竟一屁股坐到了紫圈内。高帅瘦白躲开了身体，没躲开脚，被这一屁股坐得脚踝差点儿骨折，立刻发出“四合一”的哀号。

“老钱！”徐望和吴笙同时大喝。

其实不用同伴召唤，先前制定战术的时候，钱艾已经对自己的分工非常明确，故而这厢队友话音没落，他已经大喝出六个“0”，牢牢箍到酆六一和安七九的脖子上，一人三个，叠起来正好将他们的脖子完全撑住，从脖颈到下巴没任何空隙，低头、摇头、仰头皆成为不可能，肩膀以上只能目视前方，一动不动。

“密码。”徐望走到二人面前，也顾不得是当着高帅瘦白的面了，直接问。

酆六一沉默。安七九还在讨价还价：“你把这玩意儿拿下来！”

徐望弯腰，凑近他俩，幽幽一叹：“拿掉是不可能了，增加一个倒容易。”他说着回头，声音轻扬：“老钱……”

钱艾没动，脖颈已被禁锢得酸疼刺骨的二人倒真真实实被吓到了。再增加一个？那脖子直接就和身体分家了！

“0914！”二人几乎是同时喊出了密码。

徐望和吴笙对视一眼，0914，正是灵真居士的诞辰，九月十四。

鸮：“有人对你使用了 <防> 突出重围哟。”

耳内的声音让徐望浑身一震，然而身体并没有迎来什么攻击，而旁边的吴笙则像完全没听见这提示一般，疑惑地看着他突变的脸色：“怎么了？”

“不好！”徐望意识到了什么，立刻看向身后，只见困着高帅瘦白的紫圈已经消失，而冷白脸手中不知何时已经攥上一把防色狼电击枪。

明明已经检查过他们的手臂，明明已经确认过文具盒都是空的，为什么还会有文具？！徐望想不通，而冷白脸已伸手去抓况金鑫的胳膊，眼看就要把他薅过来做人质。

“小况！”徐望一个箭步冲上去，奈何终是晚了一步。

冷白脸已经抓住了况金鑫的手臂，用力一拽——呃，脱手了。冷白脸怔在当场，滋滋啦啦的电击枪火花映亮了他怔住的脸。

而钱艾则已经反应过来，一口气后跳好远，胸口惊魂未定地起伏，但脸上全是气愤：“果然吴哥说的没错，你们明明已经输了还非要用情报换不回家，肯定就是有阴谋，就为了坐收渔翁之利！”

高帅瘦白已经站起，背靠背围成一圈。除了冷白脸，其他人并没有武器，但没了紫圈围困，个个都不是好惹的主儿，目光也重新充满攻击性，哪儿还有先前插科打诨的散漫。

吴笙、徐望、钱艾、况金鑫也凑到一起，与他们对峙。

冷白脸依然对先前失败的“胁迫人质”耿耿于怀：“你到底用了什么？”

况金鑫看徐望。徐望耸耸肩：“告诉他，也让他们输得心服口服。”

况金鑫得令，立刻把两条白溜溜光滑滑的手臂亮给高帅瘦白看，一边展示一边嘚瑟：“猜不着了吧？徐哥就怕你们拉我胳膊，乱点我文具，让我把茶水间里所有的黄油都抹胳膊上了。切，和徐哥斗，他卖房的时候你们还没断奶呢！”

吴笙、钱艾：“……”

徐望：“呃，放狠话什么的，以后让我们来。”

高帅瘦白已反扑而起，自是不能再缩回去，虽然一击未中，但四对四，他们并不吃亏，而且他们也不是真要置对手于死地，他们要的只是交卷……

毫无预警的，大长腿忽然往过道里跑去！

吴笙反应最快，立刻意识到他要去炸弹处输密码，赶忙追上去，但已经慢了半拍。

关键时刻钱艾深吸口气，刚要大喝，忽然觉得脖侧有风，下意识转头，就见那个闪着电火花的电击枪竟然被冷白脸丢了过来。更要命的是它并没有因为腾空而失去电力，仍处于滋滋啦啦中。钱艾躲闪不及，生生被电击枪撞了个实在，一瞬只觉得通体酥麻，然后就是剧烈的疼痛，连脑袋都木了。

“老钱！”徐望焦心大喊，想去捡电击枪，不料刚低头，就被瘦麻秆扑倒。

瘦麻秆有备而来，扑倒后的第一个动作就是撸徐望的袖子。徐望挣脱不开，只能眼睁睁看着他打开自己手臂上的“文具盒”，对着仅有的“曹冲称象”点击使用！

徐望不知道自己的文具能否攻击自己，就算攻击不了，也可以随便用在哪个旅客身上，总之瘦麻秆的目的很明确——消耗掉他的文具。然而奇怪的事情发生了。“曹冲称象”的图标没有动，没有消失，没有变形，甚至连闪一下都没有，如果不是图案仍然鲜艳着，真的会让人产生“它已经被使用过了，所以才点不动”的错觉。

徐望不解，瘦麻秆更是傻了。

趁着瘦麻秆分神的一刹那，徐望用力撞开他，而那边钱艾仍躺在地上没回过神，况金鑫和小帅哥隔着一步之遥紧张对峙，冷白脸则从容拾回电击枪。

而在机翼，大长腿的指尖已经按下一个“0”。

小聪明在“玩命儿”面前不堪一击——高帅瘦白对这场交卷的重视程度碾压他们，就好像这不是一次“尽量成功”的闯关，而是一场“绝对不能失败”的生死战。

成败只在一瞬，而这一瞬在徐望的眼里忽然慢了下来。他看见大长腿的指尖离开“0”，看见那按键带起的粒粒灰尘，看见他指肚微微颤抖，看见他又朝着“9”慢慢点去……忽地，那即将碰到“9”的指尖迟疑了，就在“9”前几毫米处停滞不前。

鼻尖忽然一凉。徐望抬起头，时间在这一刹那回归常态，淅沥沥的雨滴落在他的眼角眉梢——机舱里，下雨了。

“啊！”瘦麻秆痛叫一声，只见雨滴落到他脸上，嘶地就起了一丝白烟，脸倒没破，却烫起了个红点。小帅哥和冷白脸也没好到哪里去，疼得再顾不上战斗，本能地四下躲藏，然而无论哪里都避不开如影随形的雨！

机翼那边，吴笙已经扑到了大长腿身上，二人扭打成一团，然而混乱里，还是能听见大长腿时不时被雨点砸得“哎呀”一声。

徐望一脸莫名其妙，他伸手接了一滴，大着胆子舔了一下，舌头没受到任何伤害，只是这雨……咸的？

再看旅客，虽然被浇得狼狈，为了遮雨也各使奇招，什么清洁袋、杂志、衣服、毛毯纷纷上阵，但还没听见哪个座位上有和高帅瘦白一样的哀号。

情况再明显不过，那雨砸在他们这边还有旅客身上，都是普通的雨，可落在高帅瘦白身上，就跟腐蚀性液体似的，沾衣服上，一滴一个洞，落脸上、手上，不见血，但灼一下就泛起个红点，疼得要命。

“老虎不发威，你、你当我是……傻白甜……”真情实感的抽噎声传进耳朵，听得人很难不动容。

徐望循声望去，只见小况同学泪流满面，快哭背过气去了，可就这，还一边抽抽一边放着狠话呢：“我、我让你……电钱哥……我钱哥做鬼……做鬼也不放过你……”

钱艾躺在地上，四肢百骸还没从“电击”里恢复，但大脑是清醒了的，他很想告诉队友，我还活着啊！

徐望终于明白了大长腿在按“9”前的那一下迟疑。那个瞬间，对方耳内必然响起俏皮提示：“有人对你使用了〈武〉泪如雨下哟。”

所以说，他不是随随便便安排况金鑫看守高帅瘦白的，这都是有套路的。那句话怎么说来着？不能欺负老实人，否则让你欲断魂。

况金鑫足足哭了五分钟，这五分钟里，他想尽了一切伤心事。

然而五分钟之后，他哭不出来了。

高帅瘦白已经被灼成了“花脸”，终于挨到雨停，再看况金鑫的眼神，那就是赤裸裸的仇恨了。四人也不按密码了，缓缓聚到一起，朝机尾逼近。

吴笙还在机翼炸弹处，钱艾还趴在地上，机尾只有况金鑫和徐望。

大长腿掰着手腕：“我们不想闹得太难看，这都是你们逼的。”

小帅哥磨牙：“你们动我什么都行，就是不应该动我的脸……”

瘦麻秆抡起胳膊：“有被以牙还牙的觉悟了吧？”

冷白脸竟然在逃窜过程中捡回了电击枪，滋滋啦啦的电流音代替沉默的他发出复仇的号叫。

四人步步逼近，徐望不自觉后退，后背已经贴上了金属壁。他再次按“曹冲称象”，依然没有反应，身旁的况金鑫则还处于号啕后的恍惚里。钱艾趴在地上起不来，但还是努力声援：“有能耐冲我来……”

高帅瘦白直接踩过他，距离徐望和况金鑫只剩两步之遥。

徐望屏住呼吸，突然伸手一拧况金鑫的大腿。况金鑫“嗷”一嗓子，眼泪立刻二度决堤。

泪珠下来了，雨滴就下来了。高帅瘦白的心理阴影在雨水中复苏，他们异口同声骂了句脏话，气急败坏里透着无可奈何，无可奈何里又透着可怜巴巴。

“小况，别怪哥，”徐望连忙解释，“哥这都是为了队伍。”

不想况金鑫压根儿没听见他说话，正忙得热火朝天——掐胳膊，拧大腿，反正身上哪儿怕疼，就往哪儿自残。

“不是，”徐望连忙上手阻拦，“也不用对自己这么狠……”

好嘛，一眼没照顾到，人家孩子自学成才，极彻底地实践了伤敌一千，自淤青八百。

找到秘诀的况金鑫这一次哭了个彻彻底底，从“迷蒙细雨”到“瓢泼大雨”，再到“暴雨倾盆”，雨势越来越大，雨滴的腐蚀性也随之越来越强。

雨一直下，气氛不算融洽，在同个机舱下，高帅瘦白们渐渐感到身体在变化。

又一个五分钟后，高帅瘦白在如注的“恐怖大雨”中，热泪盈眶地等来了那句亲切的“宝贝儿，提前放假，送你回家”。

高帅瘦白在暴雨中一瞬消失，没留下任何痕迹，仿佛从来不曾在这架飞机上出现过。

“他们……不会死吧？”况金鑫的嗓子都哭哑了，还替对手担心呢。

徐望答不上，因为他心里也没底。

“不能，”钱艾仍趴在地上，酥麻的余韵让他一时爬不起来，只好继续缓，幸而语言功能恢复了，“这地方就这样，一旦评估你受到的伤害过大，就会送你提前回家。我被熊扑一回，被鱼卷风卷上天一回，都被弹回现实了。”

“鱼卷风不是你自己或者队友的文具吗，”徐望想不通，“为什么你会被鱼卷风送回家？”

钱艾别开脸：“我拒绝回忆。”

## 5

机翼处，紧挨着炸弹坐的旅客对突然消失的大长腿毫无反应，倒是对着炸弹面无血色，控诉的声音都透着哭腔：“机长不是说马上就能解除炸弹吗，这都一个多小时了……”

吴笙没多此一举同他搭话，直接把大长腿没输入的三个数字按完——9，1，4。

01：40：00……

01：39：59……

倒计时，停住了。

吴笙不敢相信这样顺利，但又控制不住内心升起的狂喜。

“怎么样，停了吗？”机尾的钱艾在徐望和况金鑫的搀扶下站起来，摇摇晃晃的，还不忘关心这边的情况。

吴笙松口气，刚要回应，余光里忽然有什么一闪。他本能回头重新看炸弹，原本已经定住的倒计时，不知怎么又动起来了！

01：39：49……

01：39：44……

01：39：39……

还是一秒一变的频率，时间数值却是五秒五秒的退——倒计时，提速了五倍！

“这是要玩死我们啊！”被吴笙叫过来的徐望接受不了这个现实，他现在就想一脚把炸弹踹稀烂。

“不对，”吴笙忽然想起什么似的，一个劲摇头，“不对，不是他们俩。”

“不是他们难道是我吗！”徐望抓狂。

吴笙忽地凑近，鼻对鼻眼对眼，一个字一个字缓慢却清晰地说：“他们没有血葫芦。”

徐望嗓子眼莫名发干，轻声重复了一遍：“血葫芦？”

吴笙点头：“对，那本小册子里献祭后会生出血滴的琉璃葫芦。按照传说，葫芦里的鲜血满了，才是献祭完成的证明，才可以升仙，他们既然对此深信不疑，甚至不惜拿整个飞机的人献祭，不可能不弄个一模一样的葫芦在脖子上挂着，但刚刚老钱往他们脖子上套圈的时候，根本没什么红线葫芦。”

“会不会是他们藏起来了？”

“如果他们能考虑得这么远，就不可能一直敲门敲到我们拿着证据出来，才想到要跑。”

“时代在发展，社会在进步，说不定他们现在献祭有更先进的统计工具呢？”

“你如果处处拿现实中的思考模式套到这里，那事情就无解了。你仔细想想，为什么那么巧，你在行李舱询问的时候就触发了行李掉落，为什么只有他俩过来帮你捡行李，如果这是现实，仅有的两个‘乐于助人’的竟然都是犯罪分子，这概率得有多低？”

徐望定定地看着吴笙，烦躁渐渐冷却，理智慢慢回笼：“所以这里给出的每一条和主线相关的信息，都不是无用的，小册子里特意说了那人戴着血葫芦，就一定意有所指。”

吴笙舒口气，赞许地摸摸他的脑袋：“你总算开窍了。”

徐望很想拍开这货的爪子，但因为刚刚的“失态”，总觉底气不足，便任由他去了。

对于不管什么情况下都能保持、至少是基本保持理性冷静的吴笙，徐望是真心佩服的，虽然这话他从没和对方说过。记得以前考试，他只要遇上不会做的题目就开始闹心，分分钟想掀桌，后面整张卷子都不用答了，答了也是心浮气躁，一塌糊涂。就这个问题，他曾虚心向吴笙请教破解之法，吴笙慷慨分享经验：第一步，跳过这一题，继续答其他题目；第二步，所有题目都答完了，再回过头来答这些跳过的。徐望总觉得这经验说了等于没说。

“即使跳过了心里也会惦记啊，到头来还是影响状态，而且回头再答这些不会做的题，难道就能突然醍醐灌顶了吗？”他当时这样问班长。

如果没记错，那一年他们高二，班长大人吹了一下刘海，浑身上下透着迷之帅气地给了他永生难忘的答案：“为什么会影响心态？这世上没有我解不开的题，早答晚答，只是顺序问题。”

“死人了啊啊啊——”机尾忽然传来旅客的尖叫，拉回了徐望的思绪。

吴笙已经先他一边站起，留下一句“看住炸弹”，便飞奔去了机尾。徐望原地待命，只能和所有好事旅客一样，伸长脖子往机尾看，只见原本坐在地上的酆六一和安七九已双双倒地，空姐们在给两个人做按压急救。

三分钟后，吴笙返回，脸色黯然：“没救回来。”

徐望心下骇然，却又生出一丝荒诞感，虚幻的世界与现实的情感交错成一种迷乱体验。

“服毒，”吴笙道，“他们的动作太快，老钱和小况都没反应过来。”

徐望耷拉下脑袋。原本他还指望从这俩人嘴里撬出血葫芦的线索呢，现在好，又得从零开始。

距离爆炸，还有 01：20：04。

吴笙突然问：“经济舱里的人，你还有多少没聊？”

徐望不解其意，但如实回答：“聊到花五五，还剩四十几个。”

“来不及了，”吴笙看一眼时间，“按五倍速走，再有 16 分钟倒计时就要结束，只能赌一把了。”

徐望问：“赌什么？”

“头等舱所有人都有故事线，商务舱我也都聊过了，并没有发现可疑，而经济舱人多，所以我想压大概率事件，即凶徒就在经济舱。”吴笙说，“但我们现在剩下的时间只够做一件事，要么你把聊过的人的信息以最快速度讲给我，我们抽丝剥茧，寻找线索，要么我们兵分两路，直接去聊剩下没说过话的那些。所以你也得赌一把，凶徒究竟在你聊过的人里，还是没聊过的人里？”

如果凭本能回答，徐望绝对会说凶徒在没聊过的人里，可鉴于已有“对于聊过的姜三二仍没有察觉出任何端倪”这一惨痛教训，他难得生出一丝“反省”，沉思过后，抬头郑重给出自己的选择：“在我聊过的人里。”

吴笙微微蹙了下眉：“你聊过三十几人，还剩四十几人，确定赌少数这边？”

徐望耸耸肩，老实交代：“不确定，但你让我选，我只能信直觉。”

吴笙看了他两秒，扬起嘴角：“你信直觉，我信你。”

徐望毫无防备，心里一甜，差点儿绷不住表情，正和死活想要弯下来的眉眼进行着拉锯战，忽然听见一声奶声奶气的呼唤："叔叔。"

徐望和吴笙一起转头，只见一个五六岁的小男孩儿站在过道里，歪头眨巴着大眼睛看他们，脸蛋粉雕玉琢，白里透红，可爱至极。

"小一四？"吴笙自然认得这孩子，小家伙可是在许二零的疑凶名单里徘徊了很久，还被拿来和华盛顿、爱迪生、骆宾王、曹冲相提并论来着。

"叔叔，"沈一四找的就是吴笙，见他回应，立刻笑成一朵牛奶花，"外婆说她冷，让我过来要毛毯。"

"外婆？"吴笙愣了下，"你不是自己坐飞机吗？"

"等等，"徐望用力拍拍吴笙的胳膊，待后者转过头来，他挤眉弄眼得睫毛都快飞了，"毛、毯。"好端端两个字，让徐望说得支离破碎。

吴笙瞬间福至心灵，耳边仿佛又响起那暴雨梨花针似的吴侬软语。

"我不是自己坐飞机呀，"沈一四不明所以，仍甜甜笑着，"我和我外婆一起，不过我们的座位不挨着，我在上头，她在下面。她说下面可宽敞了，就是有点儿冷。"

徐望、吴笙："……"

空气凝结。

老奶奶、小朋友，恐怖电影里最致命的两个元素，占全了。

"叔叔？"

"呃，这样，"徐望找回自己的声音，虽然嗓子仍然紧得厉害，但他还是努力和蔼可亲，"小朋友，你去机尾找空乘姐姐，她那里有毛毯。"

沈一四倒是听话，用力一点头："谢谢叔叔！"然后一摇一晃朝机尾走去。灯光将他小小身体拉出长长背影，徐望总觉得那阴影里像是随时要蹿出什么东西。

目光循着沈一四去到机尾，就见一个空姐正好从茶水间里出来，沈一四好像叫了，又好像没叫，总之那空姐并没有听见，绕过沈一四，继续往前走。沈一四茫然站在那儿，单是望着背影，都能觉出他的无助。

酆六一和安七九的尸体已被钱艾挪到角落，用衣服盖着。机尾现在是钱艾和况金鑫两人，一个守着尸体顺带瞭望全局，一个没了任务，索性帮着钱艾瞭望，其实就是四下乱瞅。于是很快，况金鑫就发现了沈一四，他往前走两步，笑容可掬地弯下腰跟小孩儿说话。钱艾没动，但也注意到了这边，竖起耳朵听动静。

以吴笙和徐望的距离，听不见他们对话，却看得清楚沈一四比画了几下之后，况金鑫点点头，转身就去了茶水备品间，不远处的钱艾也明显听见了对话，和不知情的况金鑫不同，他是接过阿婆电话的，于是这会儿整个人绷着紧贴在机壁上，满脸“我真的不想看恐怖片啊为什么要逼我”的绝望。

徐望和吴笙不约而同叹口气，隔空对钱艾送上真切理解。

眨眼工夫，况金鑫拿着毛毯出来，递给小家伙。沈一四应该是和他说了“谢谢”，所以况金鑫笑着摸了摸他的头。小孩儿捧着毛毯快乐而归，况金鑫看着他，油然生出一种“尊老爱幼”的满足。

况金鑫看着小孩儿，仨队友看着他，心情微妙——运气这种事，和年龄、人品、颜值、身高、性格、爱好都可能挂钩，有的同学就是综合分数比较高，羡慕不来的。

距离爆炸，还有 01：10：09。

“我们可以让所有人把衣服脱掉，看谁脖子上挂着葫芦，那不就是凶手吗？”

“在你发出‘请大家脱掉衣服’号召的一瞬间，他就可以从容摘掉葫芦了，还等你发现？”

“……我没问题了。”徐望闭嘴，然后用了半分钟回忆，又用了两分半钟，以人生的最快语速把他所有聊过的经济舱旅客的情况复述一遍。其间吴笙一句话没说，沉默得徐望近乎绝望，直到聊过的最后一位同学花五五浮出水面——

“你说什么？”

徐望猝不及防被吴笙抓住手腕，吓一跳：“什么什么？”

吴笙火急火燎又问一遍：“花五五和你说什么？”

徐望是真心不想重复：“他说他也想在三万英尺高空上来场速度与激情，可惜一朵梨花空落雨，遍寻不到海棠压……”翻了个白眼，他无语看队友，“你是不是就关心这些少儿不宜的啊！”

吴笙没理会他的调侃，终于找到自己想要的重点：“也？什么叫也想？”

徐望理所当然道：“那就是看见别人做了呗。”说完，他意识到了关键，猛然怔住。

吴笙知道他已经想到了：“对，就是这个，他到底看见谁这么做了？”

一路“嘴勤”下来，触发的事件基本都是围绕着被询问的“主体”，比如“我是什么职业”“我喜欢什么东西”“我的男朋友劈了腿”等等，却很少听见谁说“别人如何如何”。

在吴笙这里，许二零说了。最初吴笙以为他就是个侦探人设，直到给对方牵了红线，竟就此收获了三个嫌疑人。而在徐望这里，只有花五五提了这么风马牛不相及的一嘴，而今细思起来，却并不简单。花五五看见的究竟是谁？

“谁？我又不认识他们，哪里叫得上名字。”花五五斜眼瞥着风尘仆仆赶过来的徐望，“怎么，现在想起来问我啦，刚刚找你聊天都爱答不理的。”

吴笙挡到徐望身前，居高临下地看着花五五：“我搭理你，来吧，随便聊。”

花五五抬头看他，不自觉咽了下口水，忽然觉得还是先前那位帅哥和蔼温柔。

“就是死掉那个啦。”不再卖关子，花五五给出答案。

吴笙意外，同时一颗心向下沉：“他们俩？”

“不是，是他们中的一个和另外一个……”花五五说着站起来，巡视经济舱一圈，终于锁定某处，悄悄凑近吴笙，压低声音道，“喏，就九十一号座位那个，他和死掉的其中一个在厕所里待了挺长时间呢。”

差点儿沉到谷底的心重燃希望。九十一号，吴笙在心里默念百家姓，有了——元，元九一！

“他俩在厕所里……你看见了？”徐望看了一眼九十一号座位，衣着得体的旅客正闭目养神，怎么看都是教养良好的商务人士。

“俩男的一起进厕所，十几分钟才出来，还有什么可能？蹲马桶上聊人生？”花五五撩一下银白色的短发，一脸“朋友，你太年轻”的表情。

不必再问了。花五五以为元九一和酆六一或者安七九在厕所里干什么无所谓，只要他和吴笙清楚，元九一切切实实和那两个人中的一个产生关联就行了。甚至他可能分别找过酆六一和安七九去卫生间里‘谋划恶行”，只是恰好其中一次被花五五看见了。

距离爆炸，还有 00：29：59。

钱艾、吴笙、徐望、况金鑫聚在机尾，前方两排处，就是元九一的背影。

“准备好了？”吴笙问。

钱艾点点头，暗暗吸口气。

吴笙和徐望异口同声：“上。”

钱艾没上，但他的声音已如穿云箭，直抵元九一：“口口口口口！”

附近的旅客被这一嗓子吓得纷纷回头。

声音散去，预期中的立体汉字却并没有出现。

“哎？”钱艾不死心，又胡乱喊了一嗓子，“口口 88 一二三四五六七！”

还是没有。钱艾无语，不会是在这个节骨眼上文具时效过了吧？

“钱艾，”吴笙忽然压低嗓子，用只有他俩能听见的声音，简明扼要下达新策略，“一叶障目。”如果这个文具的功能也是根据字面意思来的，那么就能达到他想要的效果。

原定计划里并没有这招，而且“一叶障目”是钱艾仅剩的文具了，但他没半点儿犹豫，毫不迟疑对着元九一使用“‹防›一叶障目”！厉风骤然而起，一片狭长绿叶裹挟其中，如柳叶镖一般疾速飞向元九一。

与此同时，吴笙蹿出，速度快如闪电。

绿叶糊住元九一的双眼，元九一本能抬手用力往下抓树叶，奈何树叶像长在他的眼睛上一样，根本抓不下来。而就在这个瞬间，吴笙已经来到他的身边，一眼就看见了他藏在领口中的红丝线。趁元九一和树叶“缠斗”之际，吴笙手指轻巧一勾，再用力一扯，成功将他的红线扯断。

吴笙看着攥在手中的红丝线，不出意料，上面系着一个琉璃葫芦。和小册子中的那人一样，元九一的琉璃葫芦也即将被鲜血填满，只差了葫芦尖上那一点点。

吴笙迅速回到机尾和队友会合，那边元九一终于扯下绿叶，转身看向机尾，目光阴鸷，已经不大像人了，像走火入魔的鬼。“把葫芦给我。”他低哑开口，声音好似被钝刀砍过。

吴笙远远看着他：“想要葫芦，拿密码来换。”

元九一沉默。整个机舱都好像随着他的沉默，陷入死寂。

距离爆炸，还有 00：16：39。按五倍速，只剩三分钟多一点儿！

终于，元九一再度开口，更阴沉，更冷冽：“我再说最后一遍，把葫芦给我。”

吴笙抿紧嘴唇，面色不动，心内却焦灼。时间不多了，他们不可能和元九一这样僵持下去。

“行，给你。”徐望忽然出声，而后迅速从吴笙手里抢过红丝线。然而他刚把葫芦拎起来，忽然不知怎的手一滑，一端的红丝线没捏紧，直接从指肚中滑下来，丝线变成了上下垂直的，琉璃葫芦立刻顺着丝线滑落，顷刻间便呈自由落体，眼看就要掉到地上摔个粉碎。

“啊啊啊——”元九一极怒咆哮，发狂一般向机尾冲来。

徐望忽然身形一蹲，赶在葫芦落地的最后一刻单手将其接住，然后举起来冲元九一温柔一笑：“你再往前，我就真摔了。”

元九一在两米开外，用尽全身力气刹住了脚步。

徐望站起来，收敛笑意，定定地看向他眼底：“你没资格和我们讲条件，”他的声音很沉，完全模仿元九一，哑得像终极反派，“要么，你把密码告诉我们，我们把葫芦还你，反正你就差一滴血，这次献祭不成，还可以谋划下次；要么，你坚持不说，那我保证，一定会赶在炸弹爆炸之前，先让你的葫芦灰飞烟灭。”

“唉，”徐望忽然换回自己的声音，煞有介事地惋惜，“葫芦都没了，这一飞机的命，也不知道献给哪路游魂野鬼了。”

“0893。”元九一再坚持不住，盯着徐望手里的葫芦，眼睛已经充血，“我已经完成的献祭，再加上这一飞机，正好九百九十九条命，九九归一，真君渡我，得道升仙。”

徐望摇摇头，不想再和疯子对话，虽然知道是假的，可还是很难平静。

一晃神的工夫，吴笙已冲出去了，他撞开元九一，一口气奔到机翼。

距离爆炸，还有00：00：59。

吴笙飞快深吸口气，努力维持指尖的稳定，一个数字一个数字按下去——0、8、9、3。

距离爆炸，还有00：00：09。

吴笙等待了接近一分钟，秒数再无变化。倒计时真的停住了！

“把葫芦还我！”元九一迫不及待索要承诺。

徐望朝他伸出胳膊，缓缓摊平手掌。元九一面露喜色，立刻上前来取。就在他马上要捏到葫芦的一刹那，徐望的手掌忽地一翻。葫芦坠地，碎成片片鲜血，点点琉璃。

“不要！”元九一的声音颤抖得变了调，他几乎是本能地扑到葫芦坠下的地方，然而只能眼睁睁看着琉璃碎开，鲜血崩裂。他跪在那儿，木然地盯着地上的嫣红，良久缓缓抬起头，目眦欲裂。

徐望在他眼中看见了绝望后的疯狂，可是等了又等，元九一只是那样看着他，没有任何举动。

他们四个站着，元九一跪着，明明从局面到局势都应该他们占优，可徐望还是被元九一看得心里发毛。

正对视着，身后忽然飞来一脚，结结实实踹到元九一肩膀上。元九一没防备，被一脚踹趴下。

“又不是相亲，看起来没完。”吴笙没好气地丢下这句，没收腿，反而直接一步跨坐到元九一身上，以体重压制住他，抬头问众旅客：“谁有绳子？”

整个打斗过程中，旅客们都死死扣着自己的安全带，生怕稍微偏离座位都会被战火波及，但现在胜负已分，而且看起来应该是好人战胜了坏人，于是坐在经济舱后半区、一个徐望没聊过的旅客弱弱举起了手。

“拿来。”吴笙言简意赅。

旅客也很热心，把自己登机箱里看起来能帮上忙的东西都翻出来了——绳子、皮鞭、蜡烛。

吴笙、徐望、钱艾、况金鑫：“……”

这架飞机上究竟藏了多少七彩人生！

吴笙只拿了绳子，仨伙伴也反应过来，一起上前帮忙，三下五除二就把元九一捆成了粽子。不知是战斗习惯还是冥冥之中的缘分，捆好后的元九一所在的位置，正好就是先前紫圈困高帅瘦白的位置。真是铁打的地方，流水的对手。

经过这么一通折腾，元九一已经彻底垂下了头，连先前那最后一点疯狂劲儿都没了。

钱艾擦一把额头的汗，舒口气：“这就行了吧？”

吴笙说："不知道。"

"不知道？"钱艾还没彻底放下去的心又提到了嗓子眼，"你别吓我啊。"

徐望也不解地看他。

"如果这就行了，"吴笙看向徐望，指指自己的耳朵，"为什么没声音恭喜我们交卷？"

这个问题，徐望没法回答。他甚至仍处在破灭掉凶徒希望的痛快里，压根儿忘了还有这一环。

就在他们陷入茫然之际，一道闪电忽然从机窗外划过，只一瞬，将机舱内映得极亮。那光太刺眼，旅客们都下意识拿手去遮挡，飞机却在这时剧烈颠簸起来。

况金鑫和徐望没站稳，直接跌坐到地上，吴笙扶住了洗手间门框，钱艾则凭借自身体重，晃了几晃后，依然站住了。元九一倒没出什么幺蛾子，反正已经像个粽子似的坐地上了，飞机怎么颠，之于他无非是往左滑一下或者往右滑一点儿。

四人原本以为只是寻常的气流，过去便好，不料颠簸并没有停止，反而愈演愈烈。

钱艾忽然一拍脑门："不会是那俩飞行员在闹吧？！"

"字字珠玑"已经过了时效，重获自由的二人会做什么，谁也说不准啊。

"小况，老钱，看好元九一，"单方面给自己定位成"队长"的徐望很自然下达分工命令，"我和吴笙去驾驶舱看看。"

"还是我去吧，"钱艾自告奋勇，"我和他俩熟。"

徐望无可奈何地拍拍队友的肩膀："亲密度全点在仇恨值上的这种不叫'熟'，叫'宿怨'。"

随着一个剧烈得几乎能将人弹起的颠簸，徐望和吴笙敏捷地进入茶水间的"狡窟"，以最快速度抵达驾驶舱，爬出来就见机长和副驾驶焦急地操作的背影，怎么看都不像"罪魁祸首"，倒像在"奋力解围"。

"炸弹危机已经解除了，"徐望三步并两步来到机长身后，先表功，再提问，"现在什么情况？"

"真的？"副驾驶惊喜地看向他，显然这是这趟航班上难得的好消息了。

"看哪儿呢，看前面！"机长严厉提醒，而后回头匆匆看徐望和吴笙一眼，虽不相识，但或许是表功起了作用，他还是给了回答，"飞机进入了雷暴区。"

"那怎么办？"徐望不懂飞行，但"雷暴"两个字一听就不太妙，难怪从刚刚到现在，窗外一直电闪雷鸣的。

机长目视前方："不怎么办，硬飞。"

徐望清了清嗓子，努力让自己的提问听起来毫无置疑、充满尊敬："那个，有把握吧？"

机长再次回过头来，看了他第二眼，声音稳而低沉：“我，专业的。”

如果这会儿站这里的是钱艾，见到机长不苟言笑的严肃脸，一定会吐槽“切，你现在开始装倔强了”，但徐望没见过机长话多的时候，还以为对方一贯走制服冷峻风，立刻闭嘴，用行动表达对其专业技术的敬畏和信赖。

回到机尾，钱艾和况金鑫立刻问：“怎么回事？”

吴笙说：“飞机进入雷暴区，颠簸会持续很长一段时间。”

钱艾变了脸色：“不是自动驾驶吗，雷达发现不了雷暴区？”

况金鑫也颤巍巍地问：“会……会有危险吗？”

“我回答不了你们的问题，我也不懂开飞机，但是机长……”吴笙看向徐望。

徐望心领神会，点头接茬：“嗯，机长说他是专业的。”

“轰隆——”

“咔嚓——”

“咣！”

雷鸣，电闪，行李架弹开。

四人面面相觑，手心里都出了汗。这架势实在不太乐观啊。

“天罚。”坐在地上的元九一忽然轻轻吐出两个字。

雷暴在一瞬间停了。不，是在四人的耳中停了，世界好像忽然安静下来，只剩元九一低哑难听的声音，令人极度不适。

“你说什么？”徐望也刻意放轻声音，在这种人面前，任何时候都不能急，一冲动就输了。

“天罚。”元九一笑了，淡淡的，“你们摔了葫芦，不只是毁了献祭，毁了我的修行，更是毁了那八百九十三个人的道缘，这么大的孽，自然该遭天谴。”他很平静，让人生出一种错觉，仿佛先前那个癫狂的信徒只是幻影。但若仔细看就会发现，那癫狂只是从他的脸上藏进了他的眼底，生根发芽，浸骨入髓。

“道缘……”徐望想笑，却怎么也笑不出，虽然知道不能和疯子谈道德，但这种强盗逻辑还是令人发指，“你问问那八百九十三个人，同意吗……”

“不，”徐望忽然又摇头，凑近元九一，一个字一个字扔到他脸上，“你问不到他们了。人家早就转世过上了新的日子，下地狱的只有你。”

元九一忽然咧开嘴，笑得极瘆人：“我在这架航班上放了三重惊喜，你们才找见一个，太可惜了。下地狱？那就大家一起吧……”

徐望怔住。他希望元九一只是在垂死挣扎地说瞎话，可心底却不住骇然。

元九一收敛笑意，微微歪头，用口型缓慢而无声地说着什么。徐望没反应过来，站在一旁的吴笙却看得清楚，辨得明白。元九一说的是——五,四,三,二,一。

吴笙几乎是在读出唇语的一瞬间就用力抱住了徐望，本能以身体护住他。而就在他抱住徐望的半秒之后，机尾的金属壁忽然发生爆炸！飞溅的残骸没有迸到四人这边，而是被巨大力道吸出机外——爆炸让机尾直接出现一个大洞，机舱内气流瞬间失控，内外压差让没有任何依靠的四人瞬间身体腾空。

机舱失压！脑海中一霎闪过这四个字，吴笙本能伸出一只手，赶在身体彻底飞起前的最后一刻抠住了洗手间的门框，终于止住后退趋势。

徐望在被吴笙搂住的瞬间是蒙的，可等到爆炸发生，他第一个动作就是搂紧吴笙的腰。

这一下也救了他和剩下的两个伙伴——当单手抠住门框的吴笙发现徐望已经主动抱紧他之后，便将揽着对方的另外一只手也松开去抓门框，于是单手抠门框变成了双手，力道和稳定度都上了一个新台阶，这样，当况金鑫和钱艾不约而同地薅住伙伴时，从“一带一”变成了“一带三”的吴笙才没有脱手。

意识到发生了什么的旅客此起彼伏地尖叫起来，他们不敢动，因为一起身就有被强气流拉扯出破洞的危险，于是只能抓着安全带，替四个人揪心。

眼下的情况是吴笙抠着洗手间门框，徐望搂着他的腰，况金鑫扯着徐望的小腿，钱艾则抱住了况金鑫的脚！四个伙伴就像一面由四块布拼缝成的旗帜，被吹得同地面平行，随时都有飞出去的可能。

元九一！徐望忽然想到还有这家伙，四下看，发现被捆得像粽子的恶徒已经被吸到破洞上，只是因为身高大于破洞的直径，才勉强用头和脚卡住破洞边缘，抵挡巨大的压强吸力。然而这终究是杯水车薪。一起回头的四伙伴眼睁睁看着他的身体在外力下慢慢弯曲，最终不敌拉扯，整个人飞出机舱。可就在被吸出去的一瞬间，他与吸力抗衡的痛苦表情忽然不见了，取而代之的是嘴角一抹弧度。他就这样看着徐望、吴笙、钱艾和况金鑫，飞出了机舱之外。如果这意味着死亡，那么四人都看清了，临死前的最后一刻，他在笑。

持续的失压让氧气罩纷纷掉落下来，空姐也不敢解开安全带，只能大声提醒旅客:“大家不要惊慌，请戴好氧气面罩！”

吴笙的手已经开始麻了，他知道再这样下去迟早脱手，大家将一起再回九霄云外。危急关头，他一眼瞄到了地上的“洞口”。深吸口气，吴笙绷紧全身，将所有力量都集中到两只手上，然后慢慢地松开一只手，仅凭剩下一只手去支撑身后同伴的拖拽力，而松开的这只手则去摸洞口边缘。

还差一点儿手指就要碰到洞口了。

近了。

终于，吴笙的手掌有三分之一过了边缘，他用力一扣，稳稳扒住洞口，另外一只手也顺势转移过来，至此整个身体重心从门框转移到了地面。他双臂用力向后使劲，上半身随之被推动向前，终于钻进了“狡窟”里！

一瞬间，“失压感”消失，狡窟里还是常态，吴笙落到地面，顺带将一根绳上的队友们都带了进来。

“我去，差点儿以为这回真死定了！”钱艾心有余悸，都躺到地上了还是不敢乱动，生怕一动又起飞。

吴笙相对镇定多了，虽精疲力尽，还是第一个坐起来，看身边仍趴着的徐望：“怎么样，没事吧？”

徐望脸朝地趴着，迟迟没动静，只给吴笙一个后脑勺。吴笙有点儿没底了，正要伸手去碰，徐望却忽然把头转过来，一脸百思不得其解的纠结：“他为什么笑？”

差点儿没命了还想着反派，吴笙也是服了：“那个村民在毒死了全村人之后也死了，三天后再复生，才真正没了一切病痛，获得永生，所以己身死亡，是献祭或者说成仙的最后一步。”

“我知道，所以他不怕死我理解……”徐望总算坐起来，脸上却没云开雾散，“但献祭已经被我们破坏了，他死不死都不可能成仙了，”他疑惑地看吴笙，问，“为什么到了最后，他还在笑？”

吴笙沉默下来，明白徐望真正的纠结点了。

元九一想成仙，失败了，想带着他们一起死，也失败了，那最后就应该是一脸不甘，而非平静和愉悦。除非……他依然有把握让他们死。

“三重惊喜。”二人异口同声给了答案。

密码炸弹是第一重，刚刚的爆炸是第二重，那第三重是什么？

## 6

“哎哎哎！”

飞机忽然严重倾斜，在钱艾疑惑的声音里，四人随着倾斜方向直接撞到“狡窟”墙壁上，没等他们反应过来，飞机忽然开始下降！那不是正常的下降，而是像失重的电梯一样的极速下坠！

四人费了半天劲，终于爬到驾驶舱。

“又怎么了？”钱艾觉得自己要疯了，早知道这样，他绝对一开始就直接弃权！

“刚刚的爆炸让一个引擎熄火了。”机长头也不回，倒还真是一如既往的稳定。

“爆炸不是在机尾吗？”况金鑫没懂，“引擎不是都在机翼下面？这么远也能炸着？”

“刚刚的炸点有两个，”回答他的是副驾驶，他的声音没机长那样镇定，豆大的汗珠顺着他的额角往下滴，“一个在机尾，一个在机翼。”

四伙伴闻言愣住，面面相觑，这就是传说中的第三重惊喜？但机尾和机翼是同时爆炸的，按道理讲，惊喜该是一个接着一个，谁家一次性揭开俩的？

元九一已经上天，没有人再能给确切答案，徐望现在只盼着安全降落：“机长，一个引擎熄火……没事吧？”

机长回过头来，“深深深深”地看了他一眼。徐望立刻会意点头：“懂，你是专业的。”

“呼叫呼叫，”副驾驶拿起了无线电，和地面联系，“这里是 ×××× 航班，已到 XX 机场上空，机尾破损，一个引擎熄火，请求优先降落。”

况金鑫举手：“为什么是优先降落不是紧急迫降？”

“因为我们已经提前到目的地了。”吴笙掏出登机牌，上面明确标着起飞、降落的时间与机场，果然和副驾驶的通话内容一致。

“同意优先降落，同意优先降落……”无线电那边传来的回应，听在四伙伴耳朵里，就像喜鹊在唱歌。

很快，飞机进入下降状态，机长和副驾驶都更加严肃起来，四人的耳朵则明显感觉到了因高度不断下降而产生的不适。

窗外的天不知何时泛起了黎明的白，还没彻底大亮，所以地面上仍能见到点点灯光。随着飞机的高度越来越低，地面上的情景也越来越清晰，灯光狭长而密集，恍若一条明亮丝带绵延到远方的，是城郊公路；灯光不规则、星星点点分布着的，是市区。

“打开主起落架。”机长发布指令。副驾驶立刻进行相应操作。

四人虽然不懂开飞机，但也知道起飞和降落是最关键也是最容易出事故的点，故而都不自觉紧张起来，没人说话，甚至连大气都不敢出，生怕干扰飞行员操作。

然而该来的，总会来——

“主起落架打不开！”副驾驶很想镇定，奈何还是难掩焦灼和恐慌。

刚刚两次危机都没有让机长乱了分寸，副驾驶的这句话却让他变了脸色。在尝试了几次依然无法打开主起落架后，他果断做了决定：“燃油已经所剩无几，只能机腹迫降。”

副驾驶的表情就和世界末日来临差不多：“一个引擎已经熄火了，我们根本没办法精准控制机身，这种情况下机腹迫降绝对伤亡惨重！”

“那也比无人生还强！能活一个是一个！”机长终于绷不住朝副驾驶大吼，而后拿起无线电，直接和地面联系，“×××× 航班主起落架打不开，现准备机腹迫降。”他说的是“准备”，不是“请求”，也根本没打算等地面回应，说完便扔下无线电，全力操作飞机！

原来，这才是第三重惊喜。

徐望不知道元九一是怎么给起落架动的手脚，只知道自己这辈子没经历过的心跳都在这架飞机上经历了。他不自觉扶紧机长椅背，也不知道是鼓励对方还是安慰自己：“我知道你是专业的……”

机长沉默半晌，叹口气：“自求多福吧。”

吴笙、钱艾、况金鑫：“……”

徐望：“你别在这个时候换台词啊！”

飞机高度五十米。

三十米。

二十米。

十米……

四伙伴用尽全身力气抓着能抓住的地方，等待命运的宣判。

飞机终于降落。

落地一瞬的确剧烈颠簸，然而想象中的刺耳摩擦、冒白烟，甚至是起火等情况都没有发生，机翼上的减速板正常竖起，飞机在跑道上滑行一段时间后稳稳停下。

徐望激动得要命，情不自禁猛拍机长的肩膀：“我就知道你行！”

机长也长长舒口气，不过还是很疑惑地喃喃自语：“起落架忽然又可以放下来了，奇怪。”

四伙伴才不管奇怪不奇怪呢，总之这趟红眼航班算是平稳着陆，再遇见什么他们都不怕了，只要不上天，地上随便你来！

回到客舱，空乘已打开安全门，旅客一个接一个顺着充气梯滑下去，井然有序——机身有破损，引擎又熄火，这种情况下必须第一时间疏散旅客。四人混到旅客之中，也体验了一把“滑梯”，而飞机外，救护车、消防车都已待命，还有工程师第一时间跑到飞机底下进行各种检查，以防二次事故。

滑到地面刚刚站起，吴笙就听见了熟悉的号啕大哭，循声望去，果然是沈一四。他刚想上前，另外一个年轻女人却比他更快，几步冲上去将小孩儿揽入怀里，温柔地哄：“别哭，妈妈来了。”

家属可以直接进到这里？疑惑刚起，又被吴笙按了下去，都经历那么多魔幻妖孽的事了，再用现实中的条条框框套进这里，实在有点儿多此一举。况且那年轻女人和沈一四的眉眼几乎是复制粘贴，怎么看都是一家人。

果然，沈一四一头扎进年轻女人的怀里，哭得更厉害了："妈、妈妈……外婆、外婆不见了……"

徐望原本在一旁纳闷儿吴笙看什么呢，结果刚凑到他身边就捕捉到这么一句，简直后悔得想让时光倒流。

年轻女人不知道飞机上发生的一切，只好尽可能地安慰儿子，言语间透露的信息终于让徐望和吴笙把沈一四的线勾勒清晰——外孙想去国外旅游，父母没时间，一向身体硬朗的外婆便带着外孙出发，然而老人家在国外突发急症，撒手而去，归程就只剩沈一四孤单一人和客舱里那一盒骨灰。

但是现在，骨灰盒不见了。

不久前才钻到飞机底下的工程师忽然又出来了，手里捧着一团毛毯。在外面待命的另外一个工程师莫名其妙地问："这是什么？"

"客舱毛毯吧，"检修工程师也一头雾水，"不过里面好像还包着什么东西……奇了怪了，怎么塞到起落架隔板里了……"工程师一边自言自语，一边将之放到地上，一层层打开毛毯，想要一看究竟。他的愿望很快实现了，因为毯子包得并不怎么严谨，三两下，里面的东西就露出真容。然后……两个工程师就冻结在了清晨的凉风里。

一个漆木骨灰盒。

盒身雕花，右刻"山明水秀"，左刻"万古长青"，中间一个老太太的黑白照片。老人笑着，目光仿佛能和每一个看着她的人对上，和蔼、亲切、温暖。

"外婆！"哭累了的沈一四从妈妈怀里抬头，发现了这边的情况，立刻高兴地叫起来。

年轻女人顺着儿子的目光看去，愣在原地。她当然不会害怕自己的妈妈，只是不懂为何托运在客舱的骨灰盒会出现在这里。

吴笙和徐望却懂。老人家唠叨，老人家怕冷，老人家裹着毛毯才好安安稳稳待在四下漏风的起落架里，然后救下自己的外孙，也顺带救了飞机上的所有人。如果沈一四去机尾的时候，况金鑫没有给小孩儿毛毯呢？恐怕这架飞机的命运就是另外一个结局了。

原来藏着这么多凶徒这么多罪孽这么多恶念的关卡，最关键的任务线，竟只是一条小小毛毯上的亲情和人心底的那一点点善。

同一时间，四人耳内响起久违的声音——

鸮："恭喜过关，2/23 顺利交卷！亲，明天见哟。"

匪夷所思新奖励，
阅读理解整蒙圈。

# 第五章 意外

YI WAI

# 1

夜色下的红山空得辽阔，静得苍凉。历经了四百多年风霜的镇北台，再没有白天如织的游客，静静伫立在山顶凛冽的风中，像一个武将，瞭望着他守卫的这片疆土。

忽然，半空中出现一个紫色光点，慢慢变大，眨眼就成了井盖大小的紫色旋涡，接着四个大活人从里面掉出来，噼里啪啦落到镇北台上。落地的闷响里夹着“哎哟”的痛叫，一下子就打破了山顶的静谧。如果这时在镇北台上方俯瞰，就会看见四个呈大字形的身影，皆仰面朝天，或喘粗气，或深呼吸，透着死里逃生的庆幸和疲惫。

钱艾：“我怎么觉得自己像是被人给扔出来的……”

徐望：“能活着出来就不错了，你还指望八抬大轿送你回家啊。”

况金鑫：“才四点二十……”

钱艾：“四点二十？我感觉像过了四十天……”

吴笙：“歇两分钟就赶紧撤吧，山顶风硬。”

然而过了两分钟，“通关”带来的成就感在疲惫里一点点冒头，让人后知后觉地有了一丝兴奋。

“这关能活着出来绝对得给你记头功，”突然闪回的战斗画面让钱艾一个鲤鱼打挺坐起来，低头特认真地看吴笙，“机尾爆炸的时候你要是没拉住门框，我们几个都得飞出去！”

“还好吧，”吴笙站起来，拍拍衣服裤子上的灰，状似云淡风轻地谦虚道，“那种情况下，找稳固依靠是本能，我就是反应和动作都稍微敏捷了一点儿。”

徐望躺在那儿，斜眼看着吴笙嘴角眉梢那快飞起来了的得意，真想劝钱艾两句，别夸了，再夸他能登月。

不知是不是心有灵犀，钱艾还真没继续夸，而是话锋一转：“不过你‘一带三’的时候我是真惊呆了，你这几年怎么练的，身体素质这么好了？”

这话吴笙就不乐意听了：“我身体素质什么时候差过？”

“高中啊。”钱艾说，“记不记得有一回，徐望和七班那个挺狂的在走廊里打架，我们怕被老师抓着，谁也没敢动手，就你上去帮徐望，结果七班那小子推你一把，你就晕了。”

“他不记得我记得，”徐望来了精神，三两下爬起，给这段回忆续上，“后来老师来了，哪儿还顾得上我俩啊，先把他送医务室了。没办法，年级第一多金贵啊。”

“对对，”钱艾一个劲儿点头，“后来七班那小子怕被处分，不是还和你串供，说你俩没打架，是闹着玩吗？”

“切，”徐望撇撇嘴，“我一开始都没想搭理他，处分就处分呗，反正只要别让那小子好过，怎么都行。”说着说着，他瞥了吴笙一眼，“谁知道后来这家伙醒了，非说我们是闹着玩儿。”

“他那是帮你，”钱艾听不下去了，仗义执言，“他要不那么说，你俩都得记大过。”

“你怎么总说他帮我呢，”徐望忍半天了，“刚才就说他上手是为了帮我。他是为了拉架好吧，中立的。”

“你俩都给我等一下。”吴笙才是真正忍不了了，必须打断，为自己的青春正名。

他先看向徐望：“第一，我就是上去帮你的，连老钱都看出来了，你领悟力是负数吗？不然你以为为什么最后你就落个口头批评？”说着，他又扫了眼钱艾：“第二，该不会这么多年，你俩都以为我当时是真晕了吧？”

徐望还没从“拉架还是拉偏架”的混乱里出来，又再次收到新信息，大脑有点儿转不动了：“啊？”

钱艾这回也意外了：“不是真晕？”

“当然是装晕。”吴笙理所当然道，“我要不晕，那不就成三人打架了吗，我说我是拉架，那小子能认？所以我必须晕。我晕了，那小子就怕了，只要他认㞞，后面的一切都好操作……”

“我懂！”况金鑫猛地坐起来。第一关他们遇见徐望，而徐望只看见吴笙还没注意到他和孙江在旁边的时候，俩人就曾叙旧过高中徐望被三个虎背熊腰的踹球门里而吴笙叫老师过来的事，当时吴笙就说过，“这叫智取”！

钱艾、徐望：“……”

吴笙倍感欣慰。高山流水遇知音，名字叫作况金鑫。

聊着聊着，四人才发现他们所处的位置不是什么荒野山头，而是实实在在的 2/23 坐标点——镇北台。在鸮里，这个坐标和登机口是重合的，所以他们从航站楼走到登机口，对应的现实里就是从宾馆来到镇北台，问题是后来飞机又飞了那么久，难不成是原地起飞原地降落，中间都在天上绕圈玩儿？还是说坐上飞机以后，再移动的就不算了？

四人一头雾水，想不出个所以然来，瞎聊一通，那点儿交卷后的兴奋也慢慢散了，倦意重新袭来。踏着夜色，他们做贼似的离开景区，用手机叫了个车，前后不过十五分钟，就回到了宾馆。

站在宾馆门外，他们才想起一个严峻的问题——零点进鸮的时候，他们正在和宾馆阿姨隔门沟通，后来他们全被卷走了，门外的阿姨会怎么反应？满腹疑惑地离开？冲进屋里发现没人？或者干脆直接报警？不管哪种情况，他们都需要给对方一个合理的解释。

而现在，落地玻璃门里，那位阿姨正趴在前台打盹。

“怎么办？”钱艾有点儿犯愁地抓抓头。

“进。”徐望当机立断，“该来的总会来，见机行事吧。”语毕，他第一个走了进去。

吴笙紧随其后，况金鑫和钱艾互相看了一眼，也硬着头皮跟了上去。

像有感应一般，阿姨偏巧就在这时候起身睁了眼，本来是想打哈欠，结果刚张开嘴，就看见他们四个从外面进来，于是哈欠停住了，眼睛和嘴巴还张得大大的。

四人原地站定，不向前，不后退，只静静看着阿姨，采取敌不动我不动的策略。

“你们……”阿姨终于说话，不过语气里没任何质问，就是单纯的疑惑和奇怪，“你们啥时候出去的嘛？我一直在这里咋都没看见？”

四人被这意料外的提问弄蒙了，你看我我看你，最后还是徐望说：“呃，就先前出去的，吃个夜宵，您可能睡着了，没注意。”

“哦。”阿姨毫无障碍地接受了这解释，末了还不忘热心提醒，“夜里风冷得很，娃们多穿些。”她的态度很自然，说完就打了个哈欠，手往柜台上一放，大有继续打盹的架势。

再迟钝的人也能感觉出不对劲了，徐望豁出去直接问：“阿姨，之前你到房间找我们……”他的话只说半截，一是为谨慎，不想挑明太多，二是后面也的确不知该怎么接，总不能说“你到房间找我们然后我们消失了你对此有什么观后感”吧。

阿姨等半天没等来后续，只得针对前半截给回应：“啥？我啥时候找你们了？”

空气突然安静。

徐望压下不可置信，不死心地又提醒一句：“就晚上十二点的时候……”

“你这娃说啥嘛，”阿姨乐了，看他们的眼神像在看几个说胡话的孩子，“我一晚上都在这里，啥时候上过楼嘛。”

空气彻底安静。他们看阿姨，阿姨也茫然地看着他们。漫长对视里，四人终于确定一件事——阿姨，失忆了。

这场一句挨不上一句的对话，以阿姨的莫名其妙和四人的心惊肉跳作为结尾。他们惊于“失忆”这件事的荒诞，更惊于鸮的力量。可冷静下来再一想，鸮能将现实中的人活生生卷入它的世界，甚至在那个世界受的伤都可以带回现实，篡改一个人的记忆又有什么不可能呢？但还是太恐怖了。这样恐怖的力量模糊了鸮与现实的界限，让原本将夜晚与白天分得极清、将鸮彻底剥离出生活之外、只当作一场梦或者一场考试的人们，心生寒意。

回到房间内的四人或坐椅子，或坐床边，静默着，久久无言。

“其实换个角度想也是好事，这样一来我们就不会被当成神经病了，也不用为了掩饰奇怪的失踪而撒谎。”况金鑫先开了口，他拍拍自己的脸，眼神里重新染上活力和乐观，“睡觉吧，明天起来又是新的一天。”

徐望叹口气，是不会被当成神经病了，但也彻底失去了求救的机会。不过在这个刚刚苦战完的夜晚，还是别聊这么沉重的话题了。

“同意，”他拍拍双腿，从床边站起来，大声附和况金鑫，“睡觉！”

“我不回屋，”钱艾第一时间举手，“我现在很没有安全感，我要和你们仨睡一起！”

“老钱，”吴笙严肃纠正他，“我们三个住一间，不代表我们三个就是睡在一起。”

钱艾愣了下，继而吐槽：“还不都一个意思，你抠这么细的字眼干吗？”

“不不不，”吴笙坚决摇头，“这里面的差别很大……”

“你能不能聊点儿有用的！”徐望听不下去了，直接抛出可行性操作，“那就把三张床拼一起，咱们四个睡。”

“别拼了，都是床缝睡着也不舒服，”况金鑫自告奋勇，“钱哥，我去那屋睡吧，陪你。”

“也行。”徐望觉得这个方案不错，走过去拍拍钱艾的肩膀，“放心，不管发生什么，小况都能保护你。”

钱艾看看一本正经的徐望，再看看一脸真挚的况金鑫，最后瞅瞅两耳不闻窗外事的吴笙，感觉自己的武力值受到了侮辱，但……

“我看行。”

送走钱艾和况金鑫，徐望的眼皮越来越沉，他强打着精神往卫生间走，走一半了才想起来和吴笙招呼一句：“你不急着上厕所吧，那我先洗脸了。”他头也没回，与其说是问，不如说是知会。

身后的吴笙没回应，徐望就当他默认，自顾自进了卫生间，草草用凉水洗了把脸，再刷刷牙，三两分钟搞定洗漱，转身出来，发现吴笙正蹲在墙角看一个半人多高的登山包。

“这不是小况的包吗？”徐望好奇地凑过去。

回到这个房间的时候，他们四个还处于“阿姨失忆”的震惊中，根本没人注意到墙角多了个东西，而况金鑫的登山包不见了那档子事儿早就让他们忘到上辈子了。

“嗯，就是小况的，”吴笙说，“应该和你那把水果刀一样，都是在进入的最后一刻被拦下来了。”他说着打开登山包，没翻，只看。

徐望站在他身后，也低头往包里瞅，面上都是一些生活用品，偶尔从物件缝隙往深处瞄，还能瞄到一些零食包装的边边角角。很明显，这是一个“野营”属性的包，跟况金鑫说的完全一致，并没有什么危险物品。这么无害的包也被拦下……

“难道真是因为太大了？”除了壮观的造型，徐望实在找不出这包的其他槽点。

“可能吧。”吴笙沉吟着，仍蹲在那里，若有所思。

徐望知道，这是吴同学又开始将新信息录入数据库了，以便未来发现相似疑问时合并同类项，或者得到真相时，对号再更新答案。

吴笙的脑袋里有个黑客帝国——高中的时候，徐望就这么觉得。

比不上人家动脑，徐望只能动嘴了，不然傻站在这儿多尴尬：“你和小况真应该平衡平衡。”

录入完毕的吴笙回头，纳闷地看他。

“你俩简直是两个极端，”徐望看一眼另外一边吴笙那轻薄的双肩电脑包，摊手，“他包里能装下一个世界，你包里塞个笔记本电脑就全满了吧？”

吴笙起身，轻轻挑起眉毛，微妙上扬的语调轻似呢喃：“你、确、定？”

徐望不自觉后退一步，就见吴笙迈开大长腿，走过去拿起电脑包，又转身回来将其放到桌上，打开拉链，一件件拿出里面的东西——笔记本电脑、移动硬盘、U盘、存储卡、充电宝、Kindle、耳机、看起来长得完全没区别的一盒子数据线，以及一小包怎么看都像是塞进来给电子设备防震用的衣物和日用品……

终于展示完毕，吴笙缓缓抬眼，嘴角得意勾起，冲着徐望从容摇头：“永远不要小看程序员的电脑包。”

徐望：“……”

吴笙满意地欣赏着自己的装备，东摸摸，西看看，不经意间在一堆迷之物件里翻出个比手掌大不了多少的小盒子。徐望好奇地伸脖子去看，发现是一个小型的透明塑料盒，上面标有一个醒目的红十字。

“你还带了医务盒？”徐望这一下是惊着了，“你什么时候活得这么精致了？”

“这叫有备无患，第一关就是熊，鬼知道第二关会遇见什么，我可从来不嫌自己命长。”

“行，你考虑全面，你最棒了。”

“不过还是多此一举了，毕竟像我身手这么敏捷的，很难受伤，也用不上。”

“……”他已经无脑夸了，为什么还是没有躲过装相暴击！

“算了，还是给更需要的人吧。”吴笙叹口气，走过来把医务盒塞到徐望手里，一脸勉为其难的恋恋不舍。

徐望嘴角抽搐，总觉得这“礼物”像诅咒：“我、也、不、需、要。”

吴笙歪头，天真无邪地问：“后背让熊扑那一下可还好？”

徐望，阵亡。

## 2

五分钟以后。

徐望脱光上衣，趴在床上，乱哄哄的脑子里怎么也捋不顺，事情是如何发展到这一步的。如果他没记错，最初的源头应该是吴笙发现了况金鑫的登山包，所以现在怎么就成了吴笙帮他换伤口纱布了呢？

“还行啊，伤口不深。”吴笙把旧纱布拆下来，端详两秒，发表评论。

徐望翻个白眼，发誓他是真没听出一点儿关心：“抱歉，让你失望了。”正等着吴笙回嘴，伤口处忽然被冰得一激灵，他倒吸口凉气，“大哥，你是擦碘酒呢还是报仇呢！”

“吃得苦中苦，方为人上人。”

“这话是用这儿的吗！”

“我现在算是知道为什么助人为乐的人越来越少了。”吴笙不为所动，执着地拿碘酒棉球擦伤口外围，同时感慨世风日下，“不是好人没了，是好事难做啊。”他那一声轻叹里，既有好心没好报的酸楚，又有不被理解的苦闷，还带了点儿以德报怨的高尚，真是全方位立体式地占领制高点，向对手进行道德碾压。

吃人嘴软，拿人手短，何况用着人家的纱布碘酒外带人工劳力呢。徐望闭上嘴，在良心的谴责里，蔫了。

随着交谈——如果斗嘴算的话——告一段落，房间里安静下来，静得仿佛能听见时间在吴笙算不上轻柔的动作里一点一点地流逝。“算不上轻柔”是徐望的主观论调，其实除了最初碘酒冰那一下，之后他再没觉得不适，反而清凉凉的，挺舒服。

他没法回头，也看不见吴笙的动作和表情，只能双手交叠枕着下巴，乖乖地当个“病号”。可惜这个病号坚持不住太漫长的静谧和安宁，没一会儿就不自在地动动：“你说……”

哪知道刚说俩字，就被人不满地轻喝一声：“别动。”

肩膀还在人手下呢，徐望不敢乱动了，乖乖趴着目视前方，不过嘴巴还是坚持梦想，追逐了自由："你说，下一关又要去哪里？"

"不用我们费心想，"吴笙将新纱布小心翼翼地覆盖到徐望的伤口上，"明天，不，今天晚上再进去就能收到坐标了。"

"奖励也会一起发吧，"徐望枕着手，畅想未来，"不知道这回又能得到什么文具。"

他是真期待着的，吴笙能听得出来，但正是因为听出来了，才更觉得对方惦记的点很神奇："发了又怎样，能让关卡的难度降低？杯水车薪罢了。"

徐望刚起的"好好聊天"的萌芽，被一句怼回土里。他不反对务实，但务实不等于聊个天都要从实际出发句句泼冷水啊，那破地方不发工资不给上保险，就奖励算是个盼头了，展望一下都不行，还让不让人过日子了！

"哎，等会儿你去隔壁，把小况换回来吧。"

"嗯？"

"和你聊天折寿。"

从吴笙所处的角度，只能看见徐望的后脑勺，但就这么个后脑勺，已经足够让吴笙领会"体育委员和班长话不投机，班委会面临解散"的危机了。

沉默的十几秒后，已经心灰意冷的体育委员听见背后传来班长特真挚、特好奇、特团结友爱的询问："你觉得会是什么文具呢？"

体育委员心情舒畅了："肯定是更奇葩更有意思的东西！"

"嗯……"拖长的叹息里，洋溢着班长的求生欲，"我也这么觉得。"

徐望心满意足，很好，班委会还能合作五百年。

贴好最后一条胶布，吴笙拍拍徐望的后腰："行了。"

徐望被拍得有点儿痒，"哎"地叫了一声，叫完就有点儿后悔，因为百分之百会收到诸如"你是豆腐做的啊"或者"戏过了"一类的吐槽，不料等半天没动静，一回头，吴笙已经走到卫生间门口了。

像是有感应，已经一条腿迈进卫生间的吴笙忽然停住，回过头来定定地看向徐望。

四目相对，空气凝结。枕着小手的徐望在这一刻福至心灵："谢谢。"

吴笙眉眼舒展，轻轻摆手："不用太感动。"

如果不是累得抬根手指都费劲，徐望绝对一拖鞋飞过去。

吴笙冲了个澡，快二十分钟才出来，本以为徐望已经睡到九天仙界了，结果走到床边，发现隔壁床的同学眼睛雪亮，正仰望着天花板凝眉沉思，仿佛那里有人生的终极奥义。

"想什么呢？"吴笙上了自己的床，一边抖开被子，一边好奇地问。

“为什么没消失呢？”徐望开口，也不知道是回答还是喃喃自语。

“消失什么？”吴笙有听没懂。

徐望索性翻身侧躺，目光炯炯地看着隔壁床队友，一副彻夜长谈的架势：“文具，为什么没消失呢？”

“曹冲称象？”吴笙知道它用不了的事，很自然往这个方向猜，“不能使用的原因很可能是没达到使用条件，比如交卷成绩不够、关卡不对，或者别的什么限制。”

“我不是说这个，”徐望摇头，“我是说我也头疼了，可是进到鸮里，文具盒并没有被清空，也没有任何文具消失。”

“你报警了？”

“没有，是零点阿姨过来的时候，我有过开门的念头，想让她发现这一切，然后帮我们报警。这么一想，头就疼了。”

“你最后不还是没开门吗，”吴笙也侧身躺下来，“想和做还是不一样的。”

“但是也有主观故意啊，这和小况还有孙江的报警，本质上没有什么不同，而且我也被头疼警告了。”

“他俩头疼之后依然坚持报了警，你没有坚持开门吧？”

“呃，那倒没有。”

“这就是本质上的区别。”吴笙说，“在程序里，一个指令发出了就是发出了，没发出就是没发出，程序不会因为你‘想发’而去执行某个指令。”

徐望白他一眼：“你那是程序员思维。”

吴笙打个哈欠：“你怎么知道鸮里的世界就不是一个大型程序呢？”

“程序？”徐望讷讷重复了一遍。

“只是个比喻，”吴笙说，“任何世界都有运行逻辑，我们这里靠自然规律和社会法则，鸮也一样有它的逻辑，只是我们暂时还没摸索出来。”

“疯了。要闯关，要摸索规则，要和‘同行’斗智斗勇，现在还得研究它的逻辑……”徐望重重叹口气，连悲愤的力气都没了，“买彩票从来不中，这种倒霉事儿我真是一摊一个准。”

本以为吴笙会附和，结果隔壁床迟迟没动静，徐望纳闷地看过去，发现吴笙神色平和，不见一丝不平与气愤。

“你不觉得倒霉吗？”徐望很认真地问。

吴笙沉吟片刻，同样很认真地答：“还行。”

徐望怀疑自己听错了：“还行？”

吴笙静静看了他一会儿，忽然微笑：“我很多年没遇见这么……特别的事了。”

徐望总觉得他要说的不是“特别”，可就算换成别的词，就他现在这个表情，徐望也还是不能理解。

不可思议地看着吴笙脸上的笑，徐望消化吸收了近一分钟，终于相信这人是认真的。

这让他想起高中时候的一次测验，吴笙抱怨那套卷子题目出得太简单，体现不出真正的学习水平，也让考试过程极其沉闷无趣，无法寓教于乐。虽然徐望不懂怎么用“寓教于乐”，但显然老师把这话听进去了。为了给这些不知天高地厚的“尖子生”一些挫折教育，第二次测验卷子的难度直接从“青铜”变“王者”，最后一道大题徐望连题干都读不明白，吴笙也没在考试时间内解出来，最后交卷，这一题同样没得分。

后来老师在讲卷子的时候，到这最后一题，先不讲答案，而是先进行敲打教育，说什么学习好也要谦虚，要稳重，不能好高骛远等等。哪知道还没说完，吴笙就举手，说这道题他解出来了，然后就在老师无可奈何的“邀请”下，上黑板写了三种解法，最后一种还特别标注用的不是“已学公式”，这一解法仅供参考。徐望到现在都觉得，老师没拿教鞭抽他是真的师德如山。

“又想什么呢？”吴笙眼睁睁看着徐望跟自己聊着天还能走神，这叫一个心情复杂。

徐望拉回思绪，冲吴笙叹口气，难得语重心长：“我在想，你怎么就那么喜欢解难题闯难关，轻轻松松活着不好吗？知足常乐懂不懂？”

“其实我一直挺不理解这个词儿，”吴笙特真挚地问，“都满足了，还有什么乐趣？不知足才总有努力方向，总有攀登乐趣吧？”

“算了，你们高智商的世界我不懂。”徐望放弃讨论，翻身过去，背对吴笙躺，以免多看一眼都闹心。

“不需要懂，”背后传来隔壁床善解人意的话语，“仰慕我就好。”

徐望：“晚安！”

## 3

落日的余晖洒进房间，火烧云的颜色。夕阳的暖意悄悄爬上床榻，染上酣眠中的眼角眉梢，像个顽皮的孩子在吹气，热热的，痒痒的，打定主意扰人清梦。

吴笙在一个翻身之后悠然醒来，抬眼，便看见对床那张熟睡中的脸。

徐望朝这边侧卧，骑着被子，睡得深而香甜。傍晚的日光将他脸上的轮廓勾勒得更分明，平日的机灵随性仍在，却还多了几分乖巧文静。

吴笙躺在那儿，静静地看着，心里像一片风平浪静的大海，蔚蓝、开阔、安宁、踏实。

“你干吗呢？”徐望醒半天了，睁开眼睛就瞧见吴笙定定地看着自己，可看就看吧，他还神游，不知道想到了什么美事儿，焦距飘忽的眼底深处，真真切切都是喜悦和欢欣。

吴笙心里一个激灵回过神，然面色未动，沉着地与徐望四目相对：“你刚刚说梦话了，我在考虑要不要叫醒你。”

“梦话？”徐望半信半疑地挑眉，“我说什么了？”

吴笙面不改色心不跳：“班长，救命……”

徐望心情复杂地眯起眼，警惕地审视着陈述者，心里一万个不愿意相信，可又找不到证据……

“班长，我没你不行。”陈述者又补了第二句。

徐望舒口气，在这句完全不是自己风格的“梦话”里，一颗心落了地：“吴笙，你知道什么叫‘崩人设’吗？”

班长正陶醉于自己的“剧本”呢，闻言愣住：“嗯？”

徐望叹息地看了他一眼：“下次再说瞎话的时候，别用自己的口吻编台词。”

清晨五点睡，傍晚五点醒，睡足十二小时的两个人简单洗漱完，神清气爽，总算满状态复活。隔壁没什么动静，徐望担心那俩队友还没醒，便先在微信群里发了条信息。

旺旺：醒没？

只有四人，名为“倒霉孩子”的群里，秒现回复。

爱钱：没有。

茶圣陆羽的小迷弟：醒了。

徐望哭笑不得，正要回复，有人比他手更快。

笙哥：老钱，你继续睡，我们先去吃饭了。

隔壁仍是秒回，不过这一次是语音了：“谁睡了？我都穿好衣服了！去哪儿吃？”

十分钟以后，四人在走廊会合，奔赴餐馆。

傍晚的北岳庙村很热闹，楼房下面都是玩耍的孩子，各处平房都升起了炊烟，汽车、电瓶车、驴马车和平共处地在一条马路上走，夕阳把它们的影子拉得长长的，熙攘，安逸。

四人这一次走得远了些，找了一个看起来颇像样的陕菜馆，一走进去，就是扑鼻的红油香。因为想好好聊聊天，他们便要了个包厢，刚一落座，钱艾便说“这顿我请”，于是等服务员拿来菜单，他理所当然成了点餐主力。

三下五除二点完菜，服务员离开，包厢里就剩下他们四人，钱艾向后靠进椅子，长长地叹了口气：“唉，这一晃又晚上了，幸福的时光总是很短暂啊。”他点菜的时候是活力四射的，可这会儿，声音里又透出一丝无奈和疲惫。

“我们以后要一直这样日夜颠倒了吗？”况金鑫单手支着脸，歪头问。

“应该是。”徐望几不可闻地叹了口气，拿起水壶，想给队友们倒热水。

况金鑫见状，连忙说：“等一下。”接着他从口袋里摸出一小袋独立分装的茶叶，打开后给每个人的杯子里都倒上一些，然后才拿过徐望手里的水壶，给四个杯子里注入水。

袅袅热气自杯口升起，似有若无的清香。

“绿茶，”况金鑫嘿嘿一笑，“提神解乏。”

俗话里想夸一个人厉害，总说跟着他有肉吃，但这话放到况金鑫身上，“肉”就得改成“茶”。徐望和吴笙已经习惯了，钱艾却是第一次见，惊讶道：“你还随身带茶叶？”

况金鑫有点儿腼腆地挠挠头：“我们家种茶，我大学也是学这个的。”

“还有这个专业？”

“嗯，茶学。”

“长见识了，真是活到老学到老啊……”钱艾点点头，然后就没词了，对于这种未知领域，实在是想没话找话都不得其法。沉吟两秒，他冲着半开的包厢门外面亲切询问：“服务员？菜好了吗？”他还是在餐饮领域混吧。

八成是钱艾那一嗓子直接传到了后厨，很快，服务员就开始上菜，最后竟陆陆续续摆满了整张圆桌。

徐望看着一大桌子菜，又看看钱艾：“这些……都是你点的？”

“没事儿，”钱艾一拍胸脯，“说了我请客，绝对不逃单！”

徐望心累：“这不是重点，问题是点这么多，咱们能吃完吗？”

二十分钟以后，徐望非常后悔自己幼稚的询问。

“好了，𰻞𰻞面已经吃完了，接下来吃哪个，我听你们的！”

“水盆羊肉？泡馍小炒？花干鸡蛋夹馍？”

“啊，感谢‘老陕在海南’送的火箭，那我就吃水盆羊肉了哈哈。”

“吸溜——吸溜——”

“他这个汤特香，特醇，但是又不腻，而且没有一点儿羊膻味……”

一张圆桌，两方世界。

自拍杆支着的手机，摄像头对着能拍到的半桌，是钱艾和桌上一半的菜品，背面拍不到的半桌，是徐望、吴笙、况金鑫和剩下的菜品，两个半桌菜品完全一样，也就是钱艾一人吃的分量顶他们三个人的。但这不是为了直播硬撑，很明显钱同学吃得特别幸福快乐，脸上的每一条笑纹里都洋溢着对食物的爱和满足。

吃完水盆羊肉，不知道是不是直播间里有粉丝流失，钱艾忽然对着手机特认真地说：“喜欢陕菜的朋友们且看且珍惜吧，估计明天就吃不上这口了……”他读着手机屏幕上刷出的提问，忧伤地叹口气，“明天吃什么？那得今天晚上才能知道，交给命运吧……”

直播真是一件魔性十足的事，徐望想，别说直播间里那些观众了，就是他这个坐在手机后面的，听到这会儿都想去和钱同学互动，给他刷个鲜花星星啥的。

看着看着，徐望蓦地生出羡慕，为了这趟陕北之行，他直接辞了工作，甚至很可能在彻底离开鸮之前，他都没办法工作了，可是这事儿对钱艾不影响，该开工照样开工，多好。

治愈低落的方法之一，寻找和自己一样若有所失的同道中人。放在这包厢里，自然就是吴笙和况金鑫，一个刚刚创业，正进行一个极重要的项目，一个大学实习，正应该积累专业经验，结果鸮一出现，什么项目什么实习都……

噼里啪啦，噼里啪啦。突然响起的急促敲击声打断了徐望的思绪，一转头，吴笙不知道什么时候变出个笔记本电脑，正以肉眼看不清的速度敲键盘。徐望悄悄瞄一眼，发现屏幕上开着一个通信软件，还有一堆他看不明白的代码。

应该是怕影响钱艾直播，所以吴笙在用通信软件和对面打字沟通：“不行，这和最初预期不一样，我说了多少次了，发现问题就解决问题，一切想要绕开问题的结果，都必然是造成用户体验的降低……”

徐望偷偷瞄一眼，大概就看见这些内容，然后屏幕就被切回代码，吴同学继续“赶工”，像是在解决通信软件里说的那个“绕开会降低用户体验”的问题。

徐望不是太开心，因为同是天涯沦落人的就剩下了况金鑫一个。转头，那孩子在玩手机。徐望很欣慰地凑过去，刚要开口，就发现对方在写知乎答案，题主问的是“如何鉴别普洱茶的好坏”。况金鑫的答案还没写完，但就目前的长度看，已经堪比一篇小论文。

很好，真正不务正业的只有他自己。徐望眺望窗外，低落一扫而空，满腔憋闷在心中燃起熊熊之火，烧出生命的斗志！

徐同学的斗志一直持续到零点，鸮声过后，他第一个跳进紫圈，雄赳赳，气昂昂，誓要跟谁拼个你死我活的架势。

然而交卷的他们在此地已属闲散人员了，昨日危机四伏的航站楼今日再进，只剩熙熙攘攘。往来的旅客，微笑的地勤，各色餐饮、品牌店，一切都和昨夜别无二致。

不过响起的提示音不再是催着他们去柜台办理登机，而是如约而至的3/23新坐标——(118.9987，37.7662)。

三人整齐划一看吴笙。后者沉吟片刻，抬眼：“山东。”

徐望扶额，第一反应就是又要买机票：“这交通成本也太高了吧！”

钱艾愣了两秒，点点头：“知道了，下一站吃杂粮煎饼。”

况金鑫对于去哪里已经淡定了，从进来起他主要就在四下张望，一直到现在。

“小况，看什么呢？”徐望问他。

“我总觉得有人在盯着我们。”况金鑫皱眉。

他的话让另外三人瞬间警惕起来，交卷后的放松让他们差点儿忘了这一关是开放的，很可能无论交卷没交卷，只要在这一关里，就是彼此能看见的。

暴露的亏他们吃一次就够了。思及此，四人匆匆进了一间咖啡厅，选了个角落位置，既能透过镂空栅栏纵观航站楼，又足够隐蔽。刚一落座，服务员就上来询问喝什么，他们象征性地点了三杯咖啡一杯茶，不料服务员态度非常好地下完单后，一去不复返。

“我就知道都是假的，装样子的。”钱艾难掩失望。

“别想美事了，”徐望早有预料，“如果进来可以随便吃喝，那谁还闯关交卷。”

“对啊，”况金鑫深以为然，“天天晚上进来连吃带拿，都不用工作了，一辈子不愁吃穿。”

“别管咖啡了，”吴笙言归正传，压低声音问，“你们都收到奖励了吗？”

况金鑫点头，率先亮出自己的“文具盒”：‹防›糖果屋、‹武›你打我呀。

“嗯……”吴笙看着那俩图标沉吟良久，“要不你先自己介绍一下吧。”

况金鑫为难地抓抓头：“防具嘛，应该和‘狡兔三窟’很像，能造出个藏身的屋子？”

钱艾举手：“我比较好奇那个武具。”

徐望和吴笙纷纷点头。

队友们的目光充满期待，况金鑫是真的很想做一道完美的阅读理解，奈何这道题太难了，“你打我呀”四个字里，除了欠抽的气息，实在参透不出别的。

“徐哥、吴哥，”况金鑫决定化做题为出题，“你们得的都是什么？”

这是一个非常明智的决定。因为刚还兴致勃勃等着况金鑫做阅读理解的徐望瞬间垮下来，生无可恋地伸出自己的胳膊。仨队友定睛看去——‹防›劝君更尽一杯酒、‹武›嫦娥奔月。

况金鑫的防具“糖果屋”好歹还是个能脑补一下的东西，徐望这俩……

“防具咱先不聊，反正肯定是弄出点儿什么防身，再奇怪也奇怪不到哪里去。”钱艾凑近，定定地看着那个古色古香的印着奔月美人的方块图标，“这个‘嫦娥奔月’什么鬼？”

“既然是武具……”吴笙试着结合过往经验，“应该和‘九霄云外’差不多，把对手直接送到月亮上去吧。”

徐望：“会不会太浪漫了一点儿……”

吴笙：“一个没氧气没食物没生命没液态水的地方，送过去只会凶残，哪里浪漫？”

徐望：“还是看看你的奖励吧。”

强行被转了下一话题，吴笙毫无所觉，很自然地亮出自己的“文具盒”：‹防›隐身斗篷、‹武›深情的死亡凝视。

“斗篷哎！”况金鑫第一个兴奋出声，叫完发现不妥，连忙捂住嘴，但还是从指缝里流出强烈羡慕，“隐身斗篷哎，太帅了……”

徐望也有点儿羡慕，不过不是因为隐身斗篷帅，而是难得遇见一个单看字面就能理解的文具。但与之相对的……

“我迫切需要哪位伙伴来给科普一下，”他话是这样讲，但眼神摆明看着吴笙的，“这个‘深情的死亡凝视’，怎么当武器？”

吴笙不说话，只“一往情深”地望进他眼底。

一秒。

两秒。

徐望：“……”果然是大规模杀伤性武器！

相比徐望、况金鑫、吴笙都至少有一个一言难尽的文具，钱艾就舒坦多了，他的两个奖励分别是‹防›中环十三郎、‹武›无敌风火轮。中环十三郎，顾名思义就是飙车；无敌风火轮嘛，自然就是武器了。如果参透奖励也是一场考试，那钱艾简直是开卷答题。

“偶然，偶然的。”钱同学还不忘谦虚两句，以平衡队友心情。

“这么一对比，第一关真是简单明了。”况金鑫突然感慨，“跑路就用雪橇，对付熊就用‘鱼卷风’，到了冰瀑徐哥就拿到了‘滑板鞋’，什么阶段用什么文具，全是明摆着的。”

“为了让我们熟悉流程，”吴笙说，“如果不给这些提示，我们连该干什么都不知道，那这个程序就是失败的，无数用户会拥挤在入口，而无法真正访问内部应用。”

况金鑫眨巴下眼睛，看徐望。

徐望拍拍他的肩膀：“如果这是个游戏，第一关就是热身关卡，是为了让我们熟悉规则，能够更好地投入到后面的游戏而特别设计的。”

况金鑫歉意地看了吴笙一眼，然后面向徐望，发自肺腑地感叹：“徐哥，我喜欢你的解释。”

吴笙备受打击，转头看向咖啡厅外，目光忽然在某个方向定住，眼睛微眯，闪出警觉的光。

“怎么了？”徐望见状不对，凑过去，一边和他一起看栅栏外，一边低声问。

“9号柜台，”吴笙说，“有个队伍在那儿办登机呢。”

这是航站楼，几乎每个柜台都有旅客在办理登机，要想在这茫茫人海里把和他们一样被卷入的人认出来，除非对方和他们昨天一样咋咋呼呼、傻了吧唧，否则没可能。而现在，9号柜台办理登机牌的几个人，神色举动都如常，穿着也很普通，看着和其他旅客别无二致。

“你确定他们不是 NPC？”徐望不是怀疑吴笙，只是在看人这方面，需要情商而不是智商，实在不是吴同学擅长的。

“当然，”吴笙没半点儿犹豫，“你仔细看，他们和其他人有很明显的区别。”

徐望皱眉，更用力地瞪大眼睛，况金鑫和钱艾也靠过来，伸脖子一起观察。良久，久到对方已经办理完登机牌，转身准备过安检了，钱艾忍不住出声：“没区别啊……”

况金鑫：“分不出来。”

徐望看向吴笙，希望他听听群众的声音。结果吴同学一脸“为什么总要让我把话说那么明白呢”的哀怨。

“眼睛，”他说，“看眼睛，只有他们四个挂着黑眼圈。”

徐望：“……”

况金鑫：“吴哥……”

钱艾：“叫笙哥！”

吴笙：“没什么大不了的，我只是稍微多了那么一点儿细心。”

徐望：“你俩再这么盲目崇拜，他就先嫦娥奔月了好吗！”

话是这样说，但徐望不得不承认，吴笙这个特征点捕捉得太准。低头看看玻璃桌面，他们四个何尝不是熊猫宝宝，哪怕已经睡了十二个小时，眼睛下面依然可见淡淡倦意。白天活动，夜里休息，这是人的生理规律，白天再多的睡眠，也很难彻底补上夜晚的缺失。

有了“黑眼圈”这个标志性特征，再看茫茫人海，就好像带上了“滤镜”，一切闲杂人等都面目模糊起来，只剩顶着黑眼圈的“同行们”越发清晰。接下来的十分钟，他们又发现了另外两支队伍，和先前那支队伍一样，他们也行事极其低调，不仔细分辨，很难认出他们和其他旅客的不同。

“这么一看就我们最傻，”钱艾发表观后感，“人家没一个横冲直撞的，都鬼着呢。”

“都是老队伍吧。”徐望猜。刚从第一关上来的新队伍不可能有这种警惕，怎么看，这几队都应该是高帅瘦白那种有过这一关经验的，八成也是某一关交卷失败退了回去，如今刚刚重新走完第一关，再度来到这里。

他们已经交卷，和这些刚准备上飞机的队伍并不会发生真正的交集，顶多就是这样远远看着，默默记下，以防后面的关卡遇上。但徐望忽然想，昨夜，又有多少人这样盯着他们呢？

或许不只是昨夜。

况金鑫刚刚说“总觉得有人在盯着我们”。是啊，他们可以这样盯着别人，那些和他们一样已经交卷但还没前往下一关卡的人，同样可以这样盯着他们。窥伺的眼睛都一样鬼祟，区别只在于其中是否藏着恶意。

“明明大家都是被吸进来的受害者，”况金鑫想不通似的喃喃自语，“为什么我看着他们一点儿也不觉得亲切，反而觉得害怕……”

“还不是昨天那四个家伙闹的，”钱艾想起来就气，“我现在看哪个队伍都不像好人。”

“不全是他们的锅，”吴笙一针见血，“是竞争关系的存在导致的必然结局。”

徐望同意：“如果后面的每一关都只能有一个队伍交卷，而交卷失败的队伍又要退回去，那么任意两支队伍都有碰面竞争的可能，这就从根本上切断了交朋友的路。”

“那也可以公平竞争啊。”况金鑫还是觉得心里不舒坦。

“如果第一关不屏蔽，每一支队伍都能彼此看见，那么还存在这种可能，因为彼此信息对等，更利于初期谈判。”徐望摸摸他的头，耐心解释，“但现在的情况是，第一关故意让每一支队伍都产生彼此是屏蔽的既定印象，当带着这种思维惯性的队伍进了第二关，那么只要第二关有老队伍存在，就会向这样的新队伍下手，因为这时候信息已经不对称了，老队伍占了绝对的优势，自然不可能再跳出来说公平竞争了。”

“然后被虐的队伍就会吃一堑长一智，再虐新的队伍。”钱艾叹口气，“这就是个拉仇恨的恶性循环啊。”

徐望静静看着栅栏外来去匆匆的旅客，说：“鸮是故意这么设计关卡的。”

钱艾听得浑身发冷：“咱能别用‘拟人’说法吗，就好像这鬼地方有思想有生命似的。”

“不用有生命，有逻辑就行。”吴笙抬指轻叩桌面，徐徐道，“如果恶意是这个世界的运行逻辑，那么一切关卡的设置、环境、通关条件都基于这个逻辑运行，被卷入其中的人，行为模式必然会被导向这一逻辑结果。”

钱艾眨巴下眼睛，看徐望。徐望拍拍他的肩膀：“就是说，这个世界充满恶意。”

钱艾歉意地看了吴笙一眼，然后面向徐望，发自肺腑地感叹：“我喜欢你的解释。”

四人在咖啡厅里坐了不到一小时，便有点儿坐不住了。

原本应该趁这难得的“后交卷时代”补眠，无奈白天睡太多，现在精神得像满格充电宝，没辙，四人索性逛起了机场，结果发现了一件好事和一件坏事。

好事是，商铺里的东西都是真的，和下了单却不端上来的咖啡不同，无论是便利店、面包店、化妆品，还是各种品牌商铺，只要能立刻银货两讫，里面的东西就基本都是货真价实的。然后就是坏事了，这些东西同样要付钱，且每一家店的要求都很明确，只收现金。其实就是可以刷手机，他们也没辙——这里根本就没有任何手机信号或 wifi 信号。

四人摸遍口袋，只钱艾带了钱包。他拿出一百块，花了十块钱买了个钥匙扣，又花了四十块钱买了一大包饼干，店员找他五十块，都是最新版人民币，没发现和世面流通的有什么不同。

买这玩意不是喜欢或者心血来潮，而是吴笙的提议——如果可以在鸮里付真钞，并拿到东西，那这东西可以真正使用，甚至是带回现实吗？其实都是现实里有的东西，纪念品、包包、衣服、小食品、蛋糕，甚至连品牌都和现实中的别无二致，就是真能带回现实，也没有什么用。好比你在这里买个 LV 包包，然后回去说我是在鸮里代购的，价格和机场一样，鬼能听得懂。但吴笙还是坚持要测试一下。

"摸清这个世界的全部运行规则，是战胜它的基石。"吴同学的理由太充分，徐望、钱艾、况金鑫只能"嗯，听你的"。

四人一出店门就打开饼干，分而食之。前后大约两三分钟，四个大小伙子什么也不干，就站在店门口卡兹卡兹嚼饼干，吃得认真而专注，仿佛一瞬间齐齐回到学龄前，零食就是整个世界。剩最后一块时，四人终于停手，由钱艾将那块独立包装的小饼干放进兜里，和先前的钥匙扣、零钱凑成幸福快乐的"鸮之一家"。

这些东西能否带回现实，他们暂时还不清楚，但至少在鸮里，饼干实实在在给他们带来了热量和饱腹感。

"如果这里的东西真能吃，"况金鑫突发奇想，"那是不是飞机也可以坐？说不定可以直接从这里去山东呢！"

"你傻啦，"钱艾拍他脑袋一下，"就算能去，也是花一样的机票钱，而且我们的东西都在宾馆呢，你准备净身出户啊！"

"也对哈。"况金鑫不好意思地抓抓头，发誓下回再说话一定要先过脑子。

吴笙却忽然说："不傻。"

况金鑫和钱艾一起看他，目光疑惑。吴笙便又多解释两个字："一点不傻。"

六目相对数秒，其中的四目转向徐望。徐望摊手，学着吴笙的口吻，微微上扬的语调里全是欠抽："摸清这个世界的全部运行规则，是战胜它的基石，我们可以不飞，但也要探明情况。"

况金鑫和钱艾懂了。而且，虽然吴笙就站在旁边，嘴巴完全没动，他们仍然生出一种"吴笙在用腹语给徐望配音"的错觉——徐望对吴笙的了解之透彻、模仿之传神，简直是灵魂级的。

就在四人打算去往航空公司柜台那边问问情况的时候，对面的餐厅里忽然跑出一个人，撞开正要进餐厅的旅客，飞也似的往东边狂奔。刚奔十几米，餐厅内就跑出来一个服务员，一边追一边大喊："抢劫啊！"

四人一愣，面面相觑，见义勇为还是袖手旁观，这是个问题。

他们的愣神只是极短的一刻，但就在这一刻，整个航站楼里响起了一个阴冷的声音："宝贝儿，不劳而获不可取哦。"

那声音他们认得，就是平日里总在耳内调戏他们的提示音，可现在，那声音一改往日的活泼调皮，冷得像刀，偏偏语气里还带着一丝诡异的戏谑，听得人后背凉，割得人耳朵疼。

不远处狂奔的男子忽然"啊"的一声倒地，浑身剧烈抽搐，像是遭受着极大的痛苦，惨叫着满地打滚。四人看得头皮发麻，往来的旅客却没瞧见一般，该步履匆匆的仍然匆匆，该悠闲晃荡的仍然晃荡，仿佛那里根本就没有一个疼得生不如死的抢劫犯。

服务员终于追到他的身边，作为周遭唯一对抢劫犯有反应的人，她的动作是弯腰伸手。接下来发生的事情让四人惊骇——就在服务员指尖碰到抢劫犯肩膀的一刹那，抢劫犯忽然消失，地上只剩一叠整整齐齐的百元大钞，服务员的手连停顿都没有，直接拾起钞票，就好像她原本要做的便是这件事。

四人看着服务员拿着钞票从容走回餐厅，忽然一时混乱了。或许捡钱的那一刻，她和周遭旅客一样，眼里根本就没有抢劫犯，她就是奔着钱去的，因为……她知道抢劫犯会消失。

"那个抢劫的……是真人吧？"况金鑫讷讷地问，其实已经有点儿分不清了。

"应该是，"吴笙说，"否则鸮不会说话。"

"但鸮的话从来没公开过。"钱艾点出问题所在，要知道从进入这个世界，一切源自那个声音的提示，都是在每个人的耳内单独出现的。

"杀鸡儆猴吧，"徐望说，"为了给所有可能会出现这种念头的人一个最直观的警告。"

"好吧，它成功了。"反正钱艾现在是断了一切犯罪念头了，但还是颇有微词，"谁让它今天陕西明天山东的，真当我们的钱都是大风刮来的！"

"他会死吗？"况金鑫忽然问。

"不会的。"徐望听得真真的，"鸮说的是不可取，如果不劳而获的结果是死人，那为了达到警告最大化，它完全可以直接说会死人，震慑效果更强烈，没必要还委婉一下。"

况金鑫松了口气，却仍心有余悸。刚刚那人的模样，就算不会死，也是疼个半死了。

这一插曲虽然让四人都受到了不小冲击，但站在这里也无济于事，该走的路还是要走。

缓了一会儿，他们便去了航空柜台。他们想问去山东的航线，但每一个柜台给出的回答都像一个培训班里出来的："抱歉，我们这里不卖机票。"

有没有航线是次要的，偌大的航站楼里，压根儿没有卖票的地方。他们想去值机柜台试试再刷手臂或者身份证——钱艾带着了，确切地说，钱包里就是他全部家当——但刚刚走到柜台附近，没等排队，就让地勤人员拦了下来，没有理由，就是不可以靠近。

安检口那边是同样的待遇，根本没有任何混进去的可能。似乎一夜之间，所有功能性通路都对他们关闭了，整个机场成了一个纯粹的休闲区，逛街可以，坐飞机，没门。

折腾到凌晨四点，四人彻底死心，重新回到咖啡厅。

再无事可做，徐望看看伙伴们，酝酿再三，终于提了一件他一直惦记的事：“我觉得既然我作为队长，公共钱包这个事儿还是有必要弄一下……”

所谓公共钱包，就是大家都拿出等额的钱放到一起，吃住行都从这里出，免得今天你请明天我请，最后算不清楚，或者次次 AA 那么麻烦。像这一次来陕西，他和况金鑫的机票就是吴笙帮着一起订的，他想给吴笙钱，又怕提了显得没拿人当朋友，只能在心里盘算着下一次还回来，相当费神。

这不是斤斤计较，事实上如果身份互换，徐望也不会在意吴笙还不还钱，但一次两次可以，他们这样目测要漫长结伴同行下去的，就不能这么含糊着来了。人们总说谈钱伤感情，但徐望这几年在社会摸爬滚打下来，懂了一个道理——先谈钱一点儿都不伤感情，甚至有利于感情的维系，后算账才要命。

话虽如此，“钱”毕竟还是个敏感问题，徐望已经做好了迎接同伴们不理解或者反对的准备。而同伴们也的确反对了。

钱艾第一个举手。

徐望非常民主：“请讲。”

“为什么你是队长？”

“……”虽然队友关注的重点和想象中有所偏差，但徐望还是迅速镇定下来，无辜歪头，“我以为这个问题我们已经达成共识了。”

钱艾没有不满，就是一脸茫然，得到回应后更蒙，下意识去看况金鑫，后者同样茫然摇头。他重新看向徐望：“那个，一共四个人，俩人没印象，你确定达成共识了？”

“行吧行吧，”浑水摸鱼未果的徐同学好说话地摊摊手，“那就现在选，毕竟咱们这是团队战，总要有个队长，否则群龙无首，影响效率嘛……”话音未落，他第一个举手，“我参选。”

从动员到自荐无缝对接，一系列操作让钱艾佩服得五体投地。这么一对比，他实在是从嘴皮子到套路都被无情碾压。竞争是放弃了，但说到队长，他心中却有另外的人选……

吴笙接收到了钱艾支持的目光，并及时做出了回应：“我选徐望。”

徐望已经认定了会有一场“激烈竞争”，未料猝不及防被送了大礼，惊喜地看吴笙。

钱艾也惊，但没喜，而是怀疑自己出现了幻听：“班长，你以前不是这样的啊，你不是逢荣誉就上逢干部必当吗？”

“那时候年纪小，太幼稚。”吴笙摆摆手，幽幽叹口气，目光微微上扬四十五度，像历经沧桑的智者在回首往昔，‘现在长大了，更平和，也更客观……”

“打断一下，”钱艾轻咳一声，“能不能直接说重点？”

吴笙恋恋不舍地收回目光，耸耸肩：“我的脑子的确比徐望好，但纵观古今，脑力担当一般都比较低调，常作为军师，而非首领……《水浒传》里吴用最聪明，但带队的是宋江;《三国演义》里诸葛亮最聪明，周瑜也不差，但一个跟了刘备，一个辅佐孙策……所以，”他抬眼，目光轻轻扫过三位队友，最后落到徐望脸上，“队长向来不以聪明论英雄，而是需要知人、用人、善于玩弄人心。这一点，我差太多了。”

看着吴笙脸上罕见的一丝真心实意的谦虚，徐望只想一巴掌呼死他：“你就简单说支持我当队长不行吗……”

道路是曲折的，好在结局是光明的。

徐望成功当选，立刻继续先前的议题:“我是这么想的，这事是持久战已经板上钉钉了，咱们以后肯定要并肩战斗下去的，吃住行基本都在一起，那就干脆弄个‘班费’，公共支出都从这里走，一来省事，二来账目明细也有助于咱们队伍的可持续发展。”

钱艾再度第一个举手，不过不同于上次，这回他是拥护的：“同意。”

“钱”其实是个挺不好聊的事儿，但要像徐望这么大大方方说开，又透亮了。

“赞成！”况金鑫第二个举手。

吴笙点头：“没意见。”

“那就先一人拿五千，机票太吃钱。”徐望想了想，“小况还没毕业，有就少拿点儿，没有就算了，你这份我先给你出……”怕况金鑫有心理负担，徐望又笑着补一句，“借的啊，得还。”

“不用，”况金鑫连忙说，“五千我够的！”

徐望怀疑地打量他：“你可别倾家荡产。”

“徐哥，”况金鑫不太高兴徐望把他当小孩儿，但说出来的话实在没什么说服力，“不够我还可以问家里要的！”

徐望又好气又好笑：“那家里问起你用钱干什么，你怎么说？”

“旅游啊，”况金鑫答得那叫一个顺溜，“前两天家里问我为什么提前结束实习的时候，我就说想看看外面的世界，所以出来转转。”

“然后他们就同意了？”

“嗯，我奶奶还特别高兴呢，嘱咐了好多遍让我趁着现在年轻，多见见世面，钱不够了就和她讲。”

徐望无言以对，一时也判断不出这况家长辈们是对这孩子溺爱呢，还是嫌他傻白甜、没见过世面，所以得放出来碰碰壁，在社会的各种坑坑坎坎里成长。

“行吧。”人家孩子有钱，他也就不坚持了，都是伙伴，不管年纪大小，也要平等尊重，有时候过分的特殊对待反而不利于团结。不过作为队长，他还是用力拍了拍小孩儿的肩膀：“反正别硬撑，有难处就跟哥哥们讲，咱们四个现在是一个雷区里的战友，已经这么命苦了，就不怕再苦点儿。”

况金鑫乐出了声，可眼睛却有点儿酸，他只得拼命点头，好让热气散得快点儿：“嗯！”

## 4

清晨五点，回归现实。

钱艾口袋中的最后一片饼干、钥匙扣都消失了，但找的零钱还在。他们也没有瞬间饥肠辘辘，饼干带来的饱腹感和徐望在冰原受的伤一样，被带回了现实。由此，吴军师总结的“鸮之运行逻辑”里又增加了两条——

（1）假物假消费，真物真花钱，鸮内可使用，鸮外化云烟，食物能量可延续，兑换钞票能变现。

（2）等价交换——√；不劳而获——×。

这天他们没再补眠，而是马不停蹄奔赴机场。新坐标的确切定位在山东东营，而从榆林到东营并没有直达航班，必须在咸阳机场转机。这倒也无所谓，13：05 的航班，在咸阳留一个半小时转机时间，17：30 到东营胜利机场，一共也才四个半小时，不算太折腾的航程。而且到了东营，他们还有六个多小时的时间安顿，十分宽松了。

登机的时候，四人如此这般乐观地想着。

然后飞机顺利抵达咸阳机场，天色突变，暴雨倾盆，并伴有短时大风和雷暴。四人坐在候机厅里，看着玻璃外如瀑布般倾泻下来的雨水，心理阴影泛起了一层又一层。

“这幸亏是下飞机了，”钱艾说出了所有伙伴的心声，“这要在飞机上，我能窒息。”

红眼航班上的惊魂，他们真的完全彻底一丁点儿都不想在现实中二刷。

暴雨除了勾起小伙伴们心酸的回忆，还严重打乱了机场的正常秩序，所有航班都停飞。什么时候恢复？那得看雨。

等吧。四人从两点多等到三点，三点等到五点，五点等到深夜，暴雨没有一点儿收势的意思，玻璃外的停机坪一片漆黑寂静，就像雨水成了墨。

钱艾看着手机上越来越迫近的时间：“不会就在这里进去吧？”

“如果等下旋涡开启，会不会把他们吓着？”况金鑫指的是周围和他们一样焦灼等待的旅客。

徐望脑补了一下："可能当时会吓着，但过后就会失忆。"

"重要的是距离，"吴笙说，"这里和东营的直线距离近一千公里，除非我们能在里面坐上飞机，或者其他更快的交通工具，否则五点之前根本没可能到坐标点，更别提闯关交卷。"

钱艾知道自己是个俗人，但实在忍不住，还是想把队友拉回柴米油盐："你们能不能先想想，万一我们进去的时候航班飞了，我们又在里面走不了多远，回来机票还得重买的事儿……"

"不用，"吴笙不以为意，"飞机在起飞前后都是可以退改签的。"

钱艾绝望仰头。

徐望理解队友的苦楚。他把刚接满温水的一次性水杯递到吴笙手里，帮忙解释："那是别人的机票，不是我们的。"

吴笙拿着水杯，不解挑眉。

自从设立了公共钱包便一肩挑起财务重任的徐望，全程操作了订机票事宜，对此也最有发言权："我们买的是不能退改签的特价机票，也叫快乐飞。"

吴笙把温水一饮而尽，由衷点头："好名字。"

老天爷最终也没有收到钱艾的祈祷，零点如约而至，暴雨不见停，嘈杂的雨声里，却传来清晰的鸮叫声。候机大厅的穹顶上染出紫色光晕，除了特意上下左右搜寻的他们，没有任何旅客注意。然而两分钟后，所有旅客都惊恐地看见他们像"鱼卷风"一样腾空而起，直没旋涡。

一阵眩晕的失重感后，四人降落，但不是落在地上，而是落在了一艘复古帆船甲板上。船上除了他们，再没其他人。船外汪洋大海，风平浪静的海面在阳光下泛着碧色微光。

"叮！"

四人刚认出这是在海上，还没来得及想别的，"小抄纸"里就更新出一条新提示。

"欢迎来无尽海，请选择一条航线。东宝藏滩 / 西宝藏滩 / 南飞行岛 / 北飞行岛？"

"这就开始闯关了？"钱艾看着手臂上的选项，丈二和尚摸不着头脑，"坐船去坐标点？"

况金鑫不经意看了眼船尾，有了新发现："队长，望远镜！"

自从徐望当选，况金鑫就非常给面子地更新了称呼，简直贴心小棉袄，要不是长路漫漫，财政吃紧，徐望都想包个红包给他当改口费。

那是一架单筒铜制望远镜，与整艘帆船的画风非常一致，看着就像加勒比海盗卷土重来。

海面虽宁静，总还有些细浪，轻轻晃动船身。这种不平稳感，坐着、站着都还好，一旦在甲板上行走起来就变得很明显，除非是常年在船上的人，否则很难做到如履平地。四人一起去船尾，走得最稳的吴笙先抵达，便很自然做了第一个远眺的人。徐望、况金鑫和钱艾迟了一步，只能抬手遮住阳光，用肉眼辛苦瞭望。

别说，肉眼也不是完全没用，多少还是能看见一些远处船只的桅杆和帆，虽然有点儿模糊，但看轮廓应该是和他们差不多的船，零散地分布在海面上……

还有其他人？徐望一个激灵，迫不及待地问瞭望得最清楚的吴军师："看见什么了？"

"灯塔。"吴笙说。

"灯塔？"徐望用力眨眨眼，重新远眺，的确是船啊，哪儿来的灯塔？

"东南西各一座，"吴笙转动单筒望远镜，镜筒平移过一百八十度，没停，继续转到船头方向，也就是四人身后，"北面还有一座。"

"远吗？"徐望问。

"非常远。"吴笙说。

"那你能不能调一下焦距，看看近处。"徐望大概知道自己和吴笙的结论偏差根源了。

吴笙难得听话，估计也是觉得远近都瞭望一下更保险，很利索地调整望远镜，把视线拉回近处。所谓近，对于肉眼来讲也已经是看得很勉强的距离了，但用望远镜，一目了然。

"有同行。"吴笙直截了当地汇报。

已有心理准备的徐望点点头，再看那若隐若现的点点白帆，就觉得上面都敲着战鼓。

同行是冤家。高帅瘦白用实际行动让他们领悟了这句话。

"不是吧，这一关这么多人？"钱艾终于在队友的提醒下看见了那几个小白点，隐隐约约也看不清楚是五六个还是七八九十来个，主要是分得太散，四面八方的，还随着海浪起起伏伏，一会儿有一会儿没的。但不管确切数量是多少，按一艘船就是一支队伍算，而这些队伍又都还没交卷的话，那未来竞争的惨烈程度可见一斑。

况金鑫凑到吴笙身边，抱着最后一丝幻想问："能看清船上的人吗？会不会是NPC？"他是真的不喜欢打架，一点儿都不喜欢，为什么大家不能坐下来一起喝喝茶谈谈天呢？

吴笙没回答是与不是，单筒望远镜在他的操作下定在一个方向有一会儿了。终于，他的眼睛离开望远镜，看向队友："谁来帮我鉴定一下？"

仨队友不明所以："嗯？"

"我看见高帅瘦白了。"吴笙说，一脸的"我不想承认我眼花但我更不想接受这个现实"。

徐队长自告奋勇上前，接过瞭望任务，不用动望远镜，眼睛贴上去就清清楚楚了："还真是。”

“他们不是应该在第一关吗？”钱艾挤开队长，亲自上前鉴定，很快认清了这个残酷现实。

仨队友都鉴定完了，况金鑫也不费那力气了，就是觉得奇怪：“就算他们昨天重新过了第一关，今天也应该再回第二关，怎么会来第三关？”

“除非……”吴笙若有所思地眺望茫茫海面，“这里不是第三关。”

海浪忽然汹涌起来，帆船随之颠簸，四人起初还能站住，很快就发展成必须用力抓住栏杆才能稳住身体。

“他们往那边去了！”钱艾一手抓着栏杆，一手扶着望远镜，靠膝盖顶住望远镜架以求稳固，单眼仍执着地贴在镜筒上侦察“敌情”。

“哪边？”吴笙连忙问。

钱艾没军师那两下子，分不清东南西北，只能用扶着望远镜的那条胳膊一挥：“那边。”

那边是哪边？徐望和况金鑫对这答案是蒙的，好在他们有人形指南针。

“东，”吴笙秒辨方向，低头看一眼手臂上依然滚动的那行“请选择一条航线”，心里有了数，“他们选的是东宝藏滩。”

为什么从时间上算绝对不可能通过第二关的高帅瘦白可以出现在这里，并和他们一样有权选择航线？徐望想不出答案，但已经有了决断：“我们也去那边。”

“呃，”钱艾松开望远镜，难得有了一点儿恻隐之心，“可着一只羊薅羊毛，不太地道吧？”

按照鸮的尿性，同一航线绝对就要有竞争，他们已经把高帅瘦白按地上摩擦一回了，这换了地方还追上去虐，实在有点儿柿子捡软的捏的意思。

徐望心情微妙，单方面把对方定义成“肥羊”这种事才更拉仇恨好吧？上前接过望远镜，他继续追踪高帅瘦白的船只：“他们比我们有经验，选东面肯定有他们的道理，我们跟着学，吃不了大亏。”

说话间，浪越来越大，甲板已经被彻底打湿，几个人的鞋也都湿透了。

那是什么？徐望原本已经准备结束瞭望了，忽然看见在一艘艘帆船之间的空旷水域里，还漂浮着更小的黑点，拉近一看，竟是一个个漂浮球。那球直径也就一米，通体透明，每一个里面都坐着一个人，乍看就跟无数扭蛋在海浪里漂似的。

越来越高的海浪里，这一个个漂浮球极不起眼，大部分时间都被海浪吞没着，要不是刚刚恰好有一个被海浪抛到半空，又迅速落下，在视野里划出一道弧线，他压根儿注意不到。

这是什么操作？还能单打独斗？

徐望正疑惑着，身后忽然传来吴笙沉静的声音：“快，抬头看神仙。”

条件反射地仰起头，徐望才后知后觉意识到，他配合了一个多么匪夷所思的邀请。

但转瞬，他就为自己的无知感到了羞愧。

飞毯！一张波希米亚花纹的飞毯正载着四个男子，在距离海面十米左右的空中向北飞行，一切惊涛骇浪都与他们无关，他们打着扑克，看出牌口型像四人斗地主。

“这也行啊！”钱艾一声号，号出了船上四人的羡慕嫉妒恨。怎么人家的文具就那么有针对性呢，再看看他们的，死亡凝视、风火轮、中环十三郎、隐身斗篷……哪一个都不像是能走水路的样啊！

正感受着葡萄树下的狐狸酸，飞毯下的海面忽然出现巨大阴影。汹涌暗流自阴影处震荡而来，连他们这艘隔着一定距离的船也随着急剧摇晃！

一条似鱼非鱼似兽非兽的怪物破水而出，一跃冲向飞毯！它的身躯足有鲸鱼的几倍大，身似鱼，却满身鳄鱼样的皮和硬结，头似鳄，但张开的大嘴里皆是食人鱼一样的细密利齿。没给飞毯上的人任何反应的机会，怪物上下颚一合，轻松连人带毯全部吞掉，在空中一个漂亮的甩尾，重新落入海中。

海浪剧烈翻滚，像煮沸了的水。

围观全程的四人死死抓着栏杆，呼吸停滞，一时竟做不出反应。

“就这么……死了？”一切发生得太快，钱艾还回不过神。

“应该是弹回现实了……吧。”徐望其实也说不准，只能凭借自己被熊扑的经验推测。

吴笙暗暗吸口气，又徐徐呼出，心情沉重而复杂：“还是低调点儿好。”

彻底汹涌起来的海浪里，船身渐渐倾斜。

起初，四伙伴以为是正常颠簸，直到发现倾斜的方向持之以恒，他们的身体越来越向后仰，这才觉出不对，纷纷回头。然后，他们就懂了什么叫五十步笑百步——一条巨大的触手自海浪里伸出，已经搭上了那一侧的栏杆！那触手呈肉白色，像巨型章鱼，上面带着大大小小无数吸盘。船身在巨大外力作用下，正逐渐向被触手勾住的方向倾斜！

“怎么办？”钱艾的汗唰就下来了。

徐望和吴笙对视一眼，忽然福至心灵，一起拔腿就往船舱里跑！

钱艾没等来答案，等来俩跑路的，要疯：“你俩不是吧！”嚎归嚎，他也跑。

况金鑫不明所以，跟着大部队往船舱里去，但因为是最后一个起步的，跑到船舱口的时候，仨伙伴已经拿着武器出来了。

原来徐望和吴笙不是找地方藏身，而是去找称手的“兵刃”去了——既然甲板上有望远镜，那船舱里或许还有其他有用的东西，他们从落到这艘船上，还没去船舱里探过。

为什么不用文具？飞毯的教训太惨烈，鬼知道这片海上“用文具”是不是一个必死的禁忌。

船舱里的确有“装备”，但……斧子？长矛？弓箭？这是冷兵器时代吗！

“我的呢？”况金鑫一腔沸腾热血，结果发现队友就带出来三样武器。

“没了。”钱艾拿着弓，胳膊底下夹着箭筒，以一个有点儿费力的姿势拉了一下弓弦，一松，弹到了自己的手，差点儿没疼死，“你用这个吧。”他果断把弓递给队友，没半点儿犹豫。

围观全程的况金鑫感受到了巨大压力。

“小况，”拿着斧头的徐望一边快步往触手那边去，一边头也不回地叮嘱，“你负责放风，有任何动静，不管是怪物还是别的船只，马上汇报！”

“收到！”船身的倾斜已经超过四十五度，况金鑫扶着栏杆快速移动到船尾，肉眼与望远镜双结合。

钱艾更换职责失败，只好硬着头皮去和队长会合。

徐望抡起斧子往触手上砍。触手上面都是水和黏液，第一下竟然滑开了。

随后赶来的吴笙一长矛直直戳入，转头冲徐望道：“再来！”

徐望第二次高高举起斧子，重重落下！

“咣”，斧刃深深嵌入木头栏杆，触手应声而断。落在甲板上的一截末端约半米长，弹了几下，随着倾斜滑落海中，而受了伤的触手迅速离开栏杆，没入水中。

船身没有正过来，因为海浪已一层比一层高，海浪颠簸的力道之大远比那一条触手更甚，似乎随时都能让船整个倾覆。

又一条触手伸上来。

不，五条！五条触手全部勾在一侧栏杆上，从船头到船尾，就像被绑上了拖拽绳。

徐望想继续砍，可刚举起斧头，船身忽然猛地向前倾倒。除了船尾的况金鑫抱着栏杆不动摇，战斗中的三人都失去平衡，向触手方向扑去。

吴笙和钱艾反应迅速，及时抓住栏杆，徐望因为正举着斧头，来不及反应，腰重重撞向栏杆，然而惯性未停，整个人翻出栏杆，落进大海。

冰冷的海水瞬间淹没徐望的眼耳口鼻。没有什么真假虚实之分，一瞬间他就想到了两个字，死亡。那是来自人对深海的本能的恐惧。

徐望闭着气，奋力往上游，刚浮到水面之下，正好一个浪打过来，将他死死按在水底，冒不出头。徐望奋力挣扎，手指忽然碰到了什么东西，费劲地睁开眼，在咸涩的海水里，他看见了一截长矛杆。他伸手用力抓住长矛杆。那上面像带着感应器似的，他这边刚握紧，长矛便用力上提，很快将他拉出水面。出了水面，他才看见吴笙挂在船体之外的绳梯之上，一手抓着软绳梯，一手反握着长矛用力拽他。

眼看他冒了头，大口呼吸，吴笙松口气，用力将他拉近。

徐望终于回到船边，在湍急的海浪里，奋力抓住软绳梯的末端，跟着吴笙爬回甲板。

重获新生，徐望知道多亏了吴笙，可一腔感激到了嘴边，就剩一句干巴巴的“谢谢”。

吴笙单手握矛杵着甲板，杨家将似的：“下回在你身上绑个绳算了。”

徐望磨牙，但是欠着人情，只好低眉顺目，这一低头，就发现了新情况：“唉？怎么不歪了？”

船体不知何时已恢复了平衡，虽然还有颠簸，但比刚才“一面倒”的时候要好太多了。

“老钱实在用不来弓箭，就换路子了。”吴笙冲着船头方向抬抬下巴。

徐望抬眼看过去，没见到钱艾，只见到一个“人形火球”正扑在栏杆上，对着仅剩的一条触手连拍带打。那周身的火焰足有三米多高，从头到脚笼罩着钱艾的身体，或者说，那火苗就像从他的身体里蹿出来的，宛若一件“火衣”，那熊熊燃烧的灼热之气，即使站在徐望和吴笙这里，也依然觉得扑脸。

火光映亮了船头，烧煳了栏杆，也灼伤了触手。

“还嘚瑟吗？啊？不给你弄成烤鱿鱼，都对不起我‘老钱吃神州’的名号！”

徐望咽了咽口水，犹豫半晌，没敢上前，生怕被狂暴了的队友燎着。

“无敌风火轮？”他只能想到这一个跟火有关的。

“嗯。”吴笙给予肯定回应。

“用文具可以？”

“目前没发现不妥，刚才的飞毯可能就是个不幸的意外。”

“那几条爪子都被他烧走了？”

“烧熟了。”

徐望恍然大悟，难怪回到甲板上之后，总觉得闻到了烧烤香。

最后一条触手使出吃奶力气，终于逃脱“魔掌”，可怜巴巴缩回海里。浪还是那么大，显然海底并未真正平静，不过一丝焦香冲淡了海风里弥漫的紧张。

“人形火球”的火苗渐渐变弱，最终消失，露出脸蛋被烤得红扑扑的钱同学。栏杆上一溜焦黑痕迹，那都是他的勋章。

“厉害。”徐望朝他竖起大拇指。

钱艾回到战友身边，轻点一下头，颇有点儿深藏功与名的味道。

徐望拍拍他的肩膀：“别憋着了。”

钱艾微微摇头：“我以为‘无敌风火轮’是变出来一个特拉风的风火轮，可以踩着飞，可以抡着打人……”

徐望叹口气："我懂。"

钱艾的威严表情瞬间垮掉："为什么是我整个人变成风火轮啊！一点儿都不帅，还很热啊啊啊——"

这边钱同学问天问大地，还想迷信问问宿命，那边船尾响起况金鑫的警报："队长，有船！"

徐望和吴笙愣了下，立刻跑向船尾，带着余温的钱艾慢一拍，随后跟上。

况金鑫没用望远镜，就那样看着前方，也没抬手给队友指方向，因为那艘船已经来到了他们的跟前。两艘船相距最多不超过十米，连颠簸都是随着同一个海浪。

对面船上的人也看见了他们，眼神交汇，双方皆是防备。看架势不像冲他们来的，只是恰好，两艘船随着海浪颠簸到了一起。

突然，一条末端焦黑的触手自右侧缓缓勾上对面帆船的甲板栏杆。在他们这里吃了亏的海怪，又寻到了新的目标。

况金鑫眼疾嘴快地喊出声："小心背后！"

对面甲板上的三个人一惊，条件反射地回头，很快看见了栏杆上的触手。一时再顾不上他们的三人迅速跑到船舱，很快便带着斧头和长矛出来了。

一样的船，一样的武器。所以，弓箭呢？

生出疑惑的徐望发现对面不只少了弓箭，还少了一个人。他四下张望，总算在桅杆上发现了第四人的身影。那人坐在桅杆顶上，太高了，看不太清脸，只能大概看出个修长匀称的身体轮廓，穿着一件夹克，还挺好看的。

和刚才他们遭遇的一样，对面的船也开始在触手的发力下倾斜。三人中拿着斧子的同样是战斗主力，但运气比徐望差一点儿，砍了两下也没真正砍中。

拿着长矛戳了半天，也没真正帮上什么忙，手无寸铁的那个直接怒了，抬头冲桅杆上喊："池映雪，你倒是下来帮忙啊！"

"别垂死挣扎了，"桅杆上的人说话了，声音优哉游哉，带着点儿戏谑的凉，"以你们三个战五渣，坠海是必然结果，何必浪费体力。"

"什么叫我们仨！"喊话的人怒了，要给个翅膀，他能飞上去和那个姓池的撕，"你不是队里一员啊！"

桅杆上的人想了想："从颜值上讲，真不是。"

底下人暴跳如雷，又奈何不得，只能仰天长骂："增员你真是我眼睛瘸了！"

甲板上的骂人者没那么多闲工夫"内讧"，骂完立刻投入到与触手的搏斗中，再不看上面那个闹心的货一眼。桅杆上的那位却忽然站起来了，一手拎弓，一手从腰间箭筒里缓缓抽出一支箭。

钱艾不可置信地瞪大眼睛："不是来真的吧……"

搭弓，射箭。动作一气呵成，行云流水。

一支带着风的羽箭以破竹之势冲向他三位队友背对着的这一侧栏杆，牢牢扎在那不知何时勾上来的触手之中，箭头深深没入，肉白色的触手随之抖了一下。

徐望他们正对着这边，看得真切。钱艾已经傻了，同样的箭，在他手里还不如小孩儿弹弓，至少小孩儿不会被橡皮筋崩了自己，可在人家手里就成了真正的冷兵器，关键是看着还特别帅啊。那一搭弓一射箭，飘逸如仙！

桅杆上的人根本没看这边，继续搭弓，动作没半点儿迫切的紧绷，舒展得就像在箭馆娱乐练习。第二支箭破风而来，再入触手。第三支，第四支，那触手就像活靶子，被接二连三的羽箭扎成了刺猬。待到第五支，触手终于带着一身"刺"，狼狈缩回海里。

这一切都发生在那三位队友的背后，而那三位浑然不觉。

徐望都替他们着急，恨不能伸手把他们的脑袋扳过来。对于说话不中听的队友，不能光听，也得看实际行动啊，他要是光听吴笙说话，散伙十回都不嫌多！

然而那三位听不见徐望内心的呐喊，他们仍然在那一侧跟最初的那条触手搏斗，然后在他们的"努力"之下，那一侧的触手已经增加到五根。"战五渣"这说法的确不好听，但现在看着很像事实。

虽然这三位搏斗不行，可嘴皮子溜啊，三对一仍打不过一条触手怎么办？骂呗。嘈杂的海浪里，就听他们三个咋呼了。

"这到底是什么玩意儿啊！"

"这鬼地方我是待够了啊啊啊！"

"都说了别把文具都用光，现在什么都拿不出来了！"

徐望叹口气，骂完海怪骂鸮，骂完鸮再迁怒队友，这波操作很可以。有对比才有差距，他现在觉得吴笙、钱艾、况金鑫这样的队友，就是天使本使。

箭筒里应该还有箭，但桅杆上的人忽然又坐下了。

徐望不知道他是认定了只有这一侧的甲板栏杆才是他的责任范围，另一边管他去死，还是眼见着那边的触手越来越多，觉得自己再射几箭也没大用处，总之他坐回去了，屈起一条腿，姿态淡定悠闲。徐望现在特想看一眼他的表情，回身去找望远镜，却发现有这种好奇心的不止他一个——况金鑫已经贴着镜筒往上看了。

"怎么了？"徐望见他眼睛越瞪越大，不禁好奇地问。

"好漂亮……"况金鑫由衷地叹。

徐望被这个超纲的答案弄蒙了，怀疑自己和况金鑫没聊到一个频道："你看什么呢？"

"就上面那个箭客啊。"况金鑫擅自给对面的"同行"起了一个自己觉得很拉风的名字，然后让出望远镜，迫不及待地催徐望，"队长你看看，真的，长得就像画儿似的！"

徐望无语地贴上镜筒，他还以为那人用了什么让人称奇的文具呢，一个男人的长相也能用"漂亮"形容？再帅也无非就是好看成吴笙那样……

对不起，这是他今天第二次为自己的无知感到羞愧。

徐望不知道该怎么形容一个人的轮廓眼眉，只知道桅杆上的人的长相已经脱离了世俗好看的范畴，帅和漂亮这样的词，在那张脸面前都会显得苍白，况金鑫说"像画儿"，是对的，就是眉目如画，不似凡尘。按理说男人长得太好看，都会显得女气，可桅杆上那位没有，他美在一个特别准的分寸，多一分太硬朗，少一分就要娘。他的皮肤很白，眼角一颗痣，这让他整个人有了一丝古典气质，哪怕这会儿他优哉游哉地看着下面仨队友忙活，整个人透着吊儿郎当的冷漠，还是像一个出身书香门第的公子，正欣赏云卷云舒。

池映雪，徐望在心里默念一遍这名字，十分羡慕。原来名字起好了，模样真就不用愁了。

恰如清池映春雪，一枝梨花斜。

好奇心得到满足，徐望松开了望远镜。况金鑫像还没看够似的，又贴了上去，结果刚看没两秒，忽然吓了一跳："队长，他冲我笑！"

徐望再次抬头，看不清桅杆上的表情，却看得清动作——那人不知何时已转头看向这边，显然是发现了他们在窥伺，之后抬起胳膊，朝他和况金鑫淡淡地挥手致意。

自己的队友都要阵亡了，还有闲工夫和围观群众互动？

徐望正无语，对面已经被海怪拉扯得歪得厉害的船身，在一个突来的大浪里彻底倾覆。

一切发生在眨眼间，船上的人甚至来不及呼救，帆船已倒扣在了海面。桅杆、船舱、甲板都不见，只剩下船底孤零零地在海面上漂，很快，那船底也不见了——怪物将整艘船拖进了大海深处。海面一霎平稳下来，风停了，浪静了，渐渐升起浓雾。

骇人的寂静里，徐望打了个寒战，如果刚刚没有钱艾孤注一掷的风火轮，现在被冰冷海水吞没的，可能就是他们自己。

"他不是在和我们打招呼，"况金鑫忽然没头没脑地说了句，"他在和我们道别。"

徐望还在后怕，没反应过来："谁？"

"箭客。"况金鑫说。

有时候，破坏气氛也是对抗恐惧的良药。

徐望带着况金鑫回甲板和队友会合，吴笙看着船只沉没的方向，面色凝重，钱艾则直接心灰意冷："还选什么航线啊，我直接选择跳海吧……"

徐望一个激灵，连忙抬胳膊看，净顾着和海怪搏斗，彻底忘了还有选航线这码事了。幸而选项还在滚动，并没有发生“超时丧失选择资格”或者“超时默认选择一项”这种惨剧。

雾气越来越浓了，弥漫在四周的海面上，这时要再来一艘隔着十几米的船，就是用望远镜也什么都看不清了。

“我们得赶紧选了，”徐望说，“这雾不是好兆头。”

“就宝藏滩吧。”吴笙收回远眺目光，“飞行岛，我怀疑是可以移动坐标的地方。”

“那不是更好吗？”况金鑫没懂。

钱艾翻个白眼：“弟弟，我们行李还在候机大厅呢。”

况金鑫哀怨皱眉：“鸮这么厉害，都有飞行岛了，就不能帮我们解决一下行李问题吗？”

“能力应该是有的，但我觉得它不会这么贴心。”钱艾对这个充满恶意的世界已经不抱希望了。

况金鑫一点儿别的情绪没有，就是特认真地求教：“可我们就算去了宝藏滩，也还是移动了啊。”

“以这艘船的速度，四五个小时走不了多远，”徐望理解吴笙选宝藏滩的意思了，“我们去了宝藏滩，拿了宝藏，回到现实后再赶回机场。飞机飞就飞了，行李总要拿回来。”

钱艾皱眉：“宝藏滩就一定有宝藏？”

徐望说：“当然，要不怎么叫宝藏滩？”

钱艾眉头皱得更紧：“确定我们回机场的时候行李还在？”

况金鑫说：“当然，里面有我们的证件，不管谁捡了都会交给机场失物招领处的。”

钱艾：“……”这么简单粗暴的队长，这么盲目乐观的队友，他现在还能好好活着，真是感恩的心，感谢命运。

“咚。”甲板下面传来敲击声。

“咚咚。”毫无预警，却一响就停不下来，在这死一样寂静的浓雾海面，恍若夜半鬼敲门。

“我去，”钱艾努力往军师身边靠紧，“不会章鱼怪走了又来水妖吧……”

“不能，水妖就直接唱歌了。”吴笙理由充分，声音显得很有胆魄，但脚硬是没往前再靠一步，他挑眉冲着汪洋大海喊，“谁啊？”

徐望无语：“你当敲门啊还问谁……”

“我，茅七平——”

还真应了。

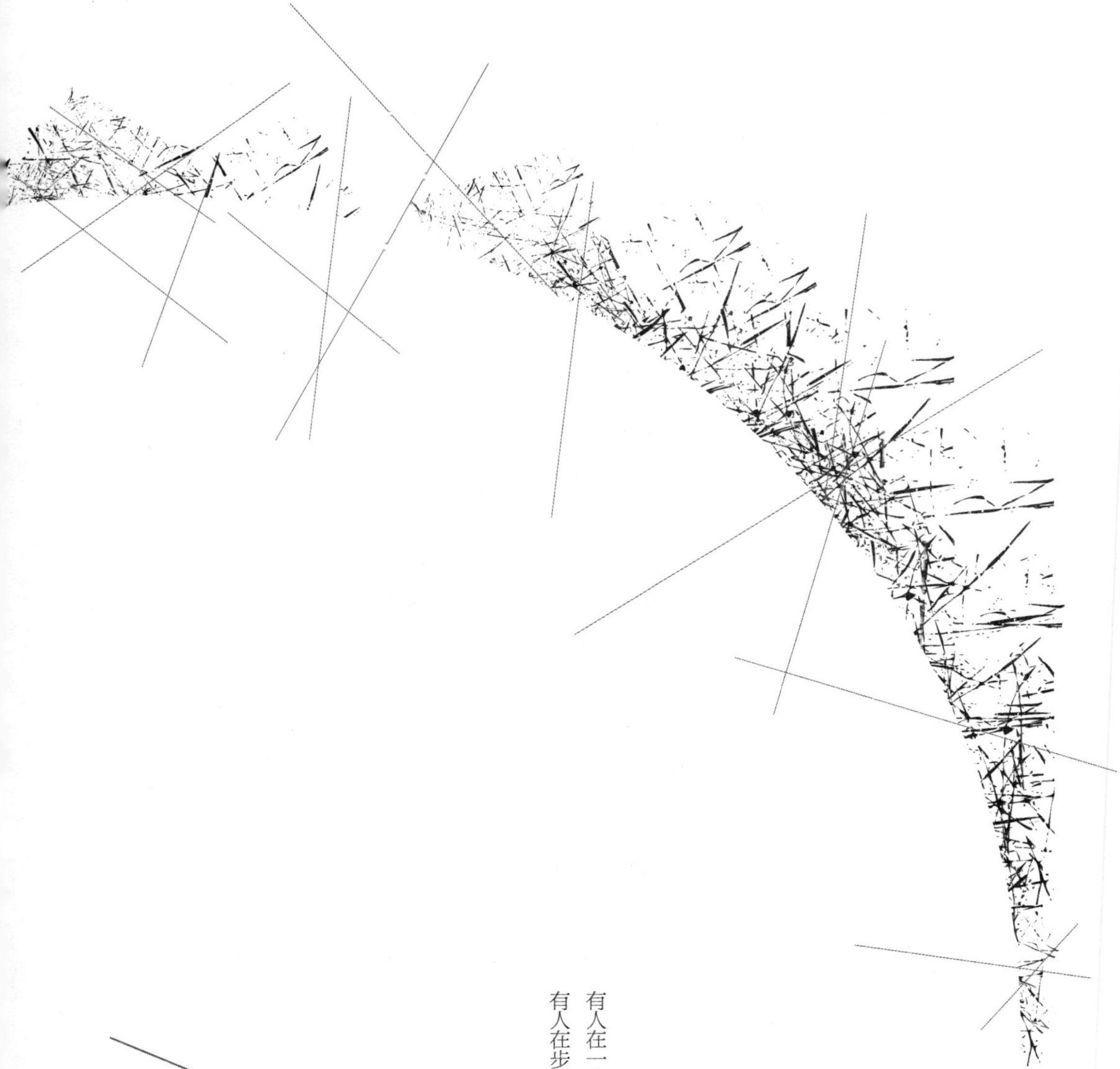

有人在一往无前，
有人在步履维艰。

# 第六章 无尽海

WU JIN HAI

# 1

四人一齐探头，往栏杆下的海面看，只见一个漂浮球不知何时来到了他们的船边，球的上半部开了个天窗，里面坐着个三十出头的男人，正仰头冲他们热情招手。

十目相对，男人立刻起身，从天窗探出手，又“咚咚”敲了两下他们的木质船身，末了灿烂微笑，露出白牙，仿佛在说：“喏，我刚才就是这么敲的，我聪明吧？”

“你朋友？”徐望问吴笙。他这么猜很正常，因为刚刚那一问一答，加上茅七平熟稔的语气，实在不像外人。结果吴笙茫然摇头。

徐望愣愣看了他半晌，终于相信底下这位真是萍水相逢，顿时无语地重新看向茅七平：“朋友，作为陌生人，你是不是应该在报完名号之后继续介绍一下自己？”

茅七平懊恼地一拍额头：“是我疏忽了！”然后一边在随身携带的小包里各种翻，一边头也不抬地自我介绍，“我是这儿的常驻民，就是每天晚上进来，但不组队也不闯关那种。一看你们就是刚进来两眼一抹黑，我这儿包打听，什么情报资料都有，保证真实可靠，假一罚十，明码标价，童叟无欺……”

他终于把想要的东西从包里翻了出来，戳到一根类似筷子的细棍上，然后拇指一按，细棍就一节节伸长，最后竟将棍尖戳着的纸递到四人眼前：“这是我的身份证、驾驶本、户口簿首页复印件，绝对人品保证，诚信经商！”茅七平一手举着伸缩杆，一手拍胸脯。

徐望：“你把所有关键信息都马赛克了鬼能看出来诚意！”

“不是，要的就是个仪式感，显得我专业。”茅七平把伸缩杆一节节收回，摘下复印件重新收好，“但我不能真给信息让你们人肉啊，毕竟在外面我也是拖家带口的，不好把这里的事情牵扯到外面嘛。”

每天晚上都进来，却不闯关，不知怎么的，徐望想起了孙江。那位曾经的伙伴也是因为放不下家人，所以不愿意和他们去陕西，如果这样的想法一直不改变，那孙江只能每天进到雪原里，孤独地夜复一夜。相比之下，船底这位可滋润多了，精神昂扬，红光满面。

“这里是无尽海，你们肯定都收到‘小抄纸’里的信息了。”不等徐望他们开口，茅七平自顾自说起来，“这里不属于任何关卡，而是关卡和关卡间的过渡地带，当离开旧的关卡坐标，而又没抵达新的关卡坐标，进来之后就会被传送到这里，有队伍的就有船，没队伍的像我这样，就给个球……”

“传送？”吴笙抓住关键词。

“对，”茅七平抬头搜寻了一下，才找着聊天对象，“无尽海是以省为单位的，你在哪个省份被吸进来，就会进入该省份对应的无尽海。但落点和你进入的地点无关，都在固定的一片区域。拿陕西为例，无论你在咸阳、西安、汉中，还是延安，被吸进来的一刹那，都会集中到现在这一片海域……”

“为了保证竞争的公平性？”吴笙顺着这个思路推测。

“聪明！”茅七平毫不吝啬地称赞，也不知道是真心还是客气，“四座灯塔的位置是固定的，如果每个队伍进来的坐标点相差很远，离得近的队伍不就占便宜了嘛。”

“到了五点呢？”吴笙问。

“回到原点，不管你们在这里航行了多远，从哪里进的，回去之后还是哪里。”茅七平一点儿没卖关子，“这就是无尽海和关卡的本质区别。”

吴笙追问：“飞行岛和宝藏滩里都有什么？”

茅七平没再答，而是低头又翻起包来，这一次比上回快，眨眼就拿出三张纸，戳到伸缩杆上，重新递到四人面前。四伙伴把纸取下，一张张看过去，发现是三张问题清单——

【规则类】

1. 坐标相关。（50 元）

2. 受伤、死亡相关。（100 元）

3. 文具相关。（100 元）

4. 花名册、小抄纸相关。（100 元）

5. 成绩单相关。（100 元）

……

【关卡类】

1. 第一关内容及通关攻略。（20 元）

2. 第二关内容及通关攻略。（200 元）

3. 第三关内容及通关攻略。（300 元）

4. 第四关内容及通关攻略。（600 元）

5. 第五关内容及通关攻略。（1000 元）

6. 日常刷关的注意事项和经验分享。（时价）

注：因关卡内容会随机调整修改，不保证攻略具有普遍适用性。

【无尽海类】

1. 无尽海是什么？（50 元）

2. 四座灯塔是什么？（100 元）

3. 四条航线里都有什么危险？（150 元）

4. 四条航线的最优攻略。（200 元 / 条，打包价 700 元）

……

果然明码标价，童叟无欺。

不过相比另外两张的密密麻麻，关卡类一共只有六条项目和一条备注，内容只占半页，空出很大一块空白，显得不太协调。

“为什么关卡类只有半张纸？”徐望低头问茅七平。

“我一共只交卷两关，”茅七平一脸“生活不易”，“剩下三关的情报都是倒买倒卖来的。”

徐望疑惑地问：“五关以后的情报倒腾不来吗？”

茅七平摇头。

“一看你就不是做大买卖的，”徐望叹口气，“既然干了这行，就得舍得花钱。”

茅七平也叹口气：“不是钱的事。”

徐望愣住。

茅七平抬头看他：“能闯到第五关的人，那就是打定主意死磕了，没人愿意为一点儿钱把自己拿命换来的关卡信息和攻略卖掉。因为他把情报卖我，我一定会转手卖给其他闯关者，回头所有人都顺利闯关，跑到前面和他一起竞争了，接下来的闯关路不就更难了？”

徐望没想到这一层，或者说，他所经历的还没有让他对“前路”有那样切实的、窒息的沉重感。

“闯过二十三关就可以解脱，再不用回到这里吗？”徐望问了一个提纲上没有的问题。

“我不知道，不，应该说没人知道。”茅七平苦笑一下，“我进来一年了，排行榜上见过的成绩最好的队伍，也才闯到第十三关。”

“才第十三关？”徐望心里一沉。

“对，等榜单开启，你们也会看见的。”茅七平说。

雾越来越浓，浓到从船上都看不太清茅七平的脸了。茅七平连忙用伸缩杆扒拉，好像这样能让雾散开一点儿：“其实不确定也未必是坏事。不确定，就代表有可能，这也是那些坚持闯下去的勇士最重要的信念。”

徐望挑起眉毛：“你别以为暗搓搓地给我们戴个‘勇士’的高帽就能忽悠我们掏钱。”

“我刚才说了那么多无尽海的信息，多够诚意啊，”茅七平提高音量，免得被浓雾挡住，传递不到主顾耳边，“要是尝着不错，就买点儿呗。”

徐望刚起的一点儿沉重感被这一嗓子驱散了。交换情报，多高端洋气上档次的事啊，就算不是无间道天台风，也至少弄个神秘暗号悬疑风啊，这瓜果梨桃买卖风是什么鬼！

船下的茅七平在漂浮球旦耐心等待客户下单，船上的四人则聚到稍远一点儿的甲板上，研究自己的购买力。这年头，一部手机就能走天下，没几个人会随身带太多现金了，徐望身上一共六百块，还是拜昨天二刷机场的福，发现现金可以在鸮内流通，特意从新建立的公共账户里取出来放身上，以备不时之需的。哪承想“消费”来得这么快。

“我这还有一百五。”钱艾把全部家当——一张一百、一张五十——交到队长手里，五十元那张还是昨天机场里找的零。

“我只带了一百块。”况金鑫同样将私人财产交公。

“行，”徐望把钱收到一起，“先记账，算公共账户欠你们的。”

捏着八百五十块的徐队长很自然地望向唯一没出声的吴军师。

吴笙干净利落摇头：“分文没带。”

徐望无语：“经过昨天了，你进来还不带钱？！”

吴笙被质问得十分茫然：“我带着你啊。”

一丝微风从浓雾里钻出来，吹得人脸上挺舒服的。徐望“哼”一声，大度地不和他计较，又数了一遍钱，将三张清单摆开来：“一共八百五，咱们研究一下买哪些情报吧。”

“一个第三关内容就三百块。”钱艾对自己小队的购买力实在没啥信心，“还有这个日常刷关经验，时价？这是卖海鲜吗？！”

“第三关是肯定要问的。”徐望拍拍钱艾，安抚一下伙伴激动的情绪，然后问另外两位伙伴，“剩下的呢？”

“无尽海吧，”况金鑫说，“总要把眼前的事情弄清楚。”

徐望斟酌一下，伸手轻点无尽海清单上的几条问题：“那就……2、4、7？”

“还有这个。”吴笙把规则清单往前推了推，指尖叩了叩第二条。

众伙伴的意见总结到一起——

【规则类】

2. 受伤、死亡相关。（100 元）

【关卡类】

3. 第三关内容及通关攻略。（300 元）

【无尽海类】

2. 四座灯塔是什么？（100 元）

4. 四条航线的最优攻略。（200 元 / 条，打包价 700 元）

7. 四座灯塔的最优攻略。（200 元 / 条，打包价 700 元）

徐望刚要开始心算，吴笙已经准确给出打包价：“九百块，还是在航线和灯塔的攻略都只选择一条的情况下。”

“钱不够啊……”况金鑫有点儿苦恼地咕哝。

“嗯，”吴笙点头，“至少还要砍掉一项。”

“那就只能砍这个了，”钱艾指指“四座灯塔是什么”这一项，“反正还要问攻略的，说不定能用攻略反推最后的奖励？”

“砍什么砍！”徐望冲着这帮“不思进取”的队友翻个白眼，拢起三页纸走到了栏杆边，探头冲下面喊：“茅七平——”

雾已经把船下的海面遮得彻底看不见了，幸而茫茫白色里很快传出热情回应：“在呢在呢！”随着应答，伸缩杆自迷雾中缓缓探到栏杆外。

徐望很配合地把三页纸重新挂上去：“我们选好了，要规则类 2、5，关卡类 3、4，无尽海类 2、4、7。”

仨伙伴愣住，他们好像没选这么多吧？

“好嘞。”茅七平的声音立刻上扬，透出“即将数钱”的喜悦。

疑惑间，伸缩杆已被主人收回。

一秒、两秒、三秒……迷雾里的茅七平终于确认，他只收到了纸，还是自己那三张。

“要规则类 2、5，关卡类 3、4，无尽海类 2、4、7。”短暂安静后，徐望又大声说了一遍。

下面终于传来茅七平压抑住的声音：“我知道，但你得给钱啊！”

“我们钱不够。”徐望说。

茅七平崩溃：“那你有的没的问这么多？”

“相见就是有缘，你给个友情价呗。”徐望不急不躁。

迷雾里半天没动静，估计是在算金额，不一会儿，茅七平再度开口："一共一千六，我给你打个九折，一千四百四,四十零头我也给你抹了，一千四，够意思吧？"

徐望："九折上再打个五折呗，七百。"

茅七平："再见！"

"哎哎，还价还价，有砍有加，你别激动啊。"

"你一刀给我拦腰斩，还谈什么！"

"不是我想拦腰斩,我们身上就七百,不信你上来搜,但凡搜出七百零一,我十倍给你！"

"那也不行，有多少钱就拿多少情报，我这风里来浪里去的，赚的也是辛苦钱，不可能半卖半送。"口风是一点儿没松，但语气倒比先前和缓了，是个掏心窝子聊的意思。

徐望沉默半晌，狠下了决心似的："这么的吧，成绩单相关和第四关内容我不要了，一千四扣一百，再扣六百，还剩七百。七百块，我买 2、3、2、4、7，我们穷是我们的事儿，不能让你吃亏。"

茅七平总觉得哪里不对，算来算去算明白了："你在我打完九折的钱上扣没打折的原价？！"

"旁听"的仨伙伴不出声，但心里都算了这笔账，一千六打折到一千四，其实等于里面的每一项都打了折，要把成绩单和第四关两项从这里摘出，也该扣七百块的折后价，结果徐望直接扣七百块，里外里又多抹掉了几十块钱。队长，你可以的！

备受队员肯定的徐队长这会儿正瞪大眼睛捂胸口，也不管底下看不看得见，反正从动作到声音都是痛心疾首："我直接让两项这么有诚意，你和我计较那块八毛的？！"砍价这种事，该软的时候要软，该硬的时候要硬，双管齐下，方为王道。

"行吧行吧，"茅七平终是松了口，"谁让我今天没遇见别人，就遇见你们了呢。"

徐望露出舒心微笑："这就是了，千里一线牵，我们都得珍惜这段缘。"

伸缩杆又递上来了："拿钱吧，一问一结，大家都放心。"

"哦对，我们刚才还讨论呢，"徐望扶住伸缩杆，"你这个日常刷关经验分享的'时价'是什么意思啊？"

"意思就是看我心情，"茅七平显然正处于心情不大好的阶段，"你们不是只有七百块吗，问这么多有啥用？"

"我刚刚在驾驶舱里又捡到一百块，换你这个问题呗。"

"但凡搜出七百零一，我十倍给你……是我幻听了吗！"

"那你也没上来搜呀。"

"……"

“我保证，这真是我们全部家当了，”徐望说着把钱叠成长条，一张张系到伸缩杆上，“也别一问一结了，你给我们友情价，我们也信你这个朋友，八百块都在这里，收好！”

系完最后一张五十元，徐望轻轻摇了摇伸缩杆。伸缩杆缓缓收回，安静良久，久到让人不得不怀疑他是不是拿钱跑路了，茅七平的声音才穿透迷雾，缓缓而来：“在这里，受伤是真的，死亡……”

交易达成。

八百块买了价值九百块的情报和一条“时价”信息，最后还剩五十块没花光。吴笙、况金鑫、钱艾彼此看一眼，感慨万千。

上来就说要买的多，先赚个折扣价，然后拦腰斩，崩塌对方的心理价位，再抽掉两个问题让一步，显得还是有商有量的，最后贴一百加个问题，完全不给对方思考和喘息，就一举用付全款的诚意和大气俘获了对方的心——他们的队长，人中龙凤。

## 2

“死亡也是真的？”徐望还没来得及体味砍价的喜悦，就被茅七平的情报搅沉了心。

“应该这么说，死亡那一刻的感觉是真实的，真实到你不会想要体验第二次。”

“但死亡还是不存在的，但凡有死亡危险，鸮就会把人弹回现实，对吧？”

“对，”茅七平默认了鸮的命名，“不只是死亡，重伤也算，只要被判定有受到严重伤害甚至死亡的危险，鸮就会将人送回现实，我把这个叫‘启动保护机制’。”

吴笙插话：“什么样的伤可以保留，什么样的伤会触发保护机制，有明确界限吗？”

茅七平说：“没有，但根据我搜集来的情报，皮外伤和普通的骨折好像都会保留，再严重的伤还没有见过，所以我的理解应该是不太影响行动的伤都会被认可。”

“都骨折了还不影响行动？”钱艾怀疑鸮在伤情鉴定的认知上和人类社会存在偏差。

“还好啦，”茅七平说，“骨折无非就是打个石膏拄个拐，我还见过队友帮着推轮椅的呢，那跑起来嗖嗖的，风驰电掣！”

“……”钱艾不关心受伤的，就想采访一下推轮椅那位队友的心情。

“自杀呢？”吴笙忽然问，“自杀也会被弹回现实吗？”

茅七平沉默半晌，答：“会。”

吴笙皱眉，神情就像在调试中发现了 Bug：“如果是这样的话，不想在这里待的人，每天进来投一次海，转眼不就回家了？”

“你能想到的，早有人想到了。”迷雾遮着，看不见茅七平的脸，却听得清他话里的苦涩，“死也是需要勇气的，像在这里，你落了海并不会立刻弹回现实，而是在海水里一点一点地失温、下沉、窒息，当从头到尾尝过了濒临死亡的滋味，才会被送回现实。这种体验，一次就够了，没有几个人愿意尝试第二次。”

茅七平的描述带着身临其境的绝望，就像他也曾这样死过一次，且再不想重温。

徐望想起了自己被熊扑的那次。那是他进入鸮的第一天，连东南西北都没闹清楚，自始至终当这是个梦，所以被熊扑的时候其实没多害怕，可能也是因为发生得太快，以至于现在再想起来，还是没太多心有余悸。但那一刻的疼他记着了，这辈子都忘不了，单是想想，肩膀的伤口就隐隐作痛起来。

“总有‘回家执念’超过‘死亡恐惧’的人。”吴笙理解茅七平的感性陈述，但他更愿意从理性出发，“痛苦效应都是边际递减的，一个人死一次会害怕，死十次就不一样了，哪怕受到的伤害在客观上是等量的，在主观上的痛苦也会逐次递减。”

“俗称，麻木了。”徐望赶忙给下面人解释，免得其被队友绕晕。

“这样的人当然有，我在闯第二关的时候就遇见一个，上来就把炸弹引爆了，弄得我们一起弹了出去。他说就是想试试自杀行不行，如果行，就可以彻底告别这鬼地方了……”

“后来呢？”徐望总觉得还有下文。

“后来我在这片无尽海里又遇见他们队了，但队里没有他，我以为是散伙重组了，结果另外三个人说，自杀到第十次的时候，弹回现实的只有他们仨。”

“那个人留在鸮里了？”

“不，消失了，无论是这里还是现实里，这个人都再没出现过。”

“另外三个人为什么没消失？”吴笙问，“严格意义上讲，他们也同样自杀了十次。”

“没有，”茅七平说，“那人第一次自杀的时候，是和其他人组队，后来被踢了，才和他们仨搭档，所以算起来，另外三人只自杀了九次。”

况金鑫听着都替那三个人捏把汗：“他们肯定再也不敢试第十回了……”

“我先前一直弄不明白，都是死，这鬼地方怎么就能分清楚是意外还是自杀？后来待的时间长了，就懂了，”茅七平淡淡的叹息里，带着一丝戏谑，“鸮啊，在咱们脑袋里盯着呢。”

一缕海风，毫无预警吹散了船上和船下之间的一小团雾。这风似乎是冲着这雾来的，就为了让船上船下的人能有片刻的相望。视线相撞的徐望和茅七平同时愣住，后者眼里还存着没来得及收敛的心酸和苦楚。

船下的“奸商”并没有他表现出的那样豁达不在乎，所谓的随遇而安，更像是无奈认命。

“第三关呢？”徐望假装没看见对方的异样，特自然地问，“受伤和死亡我们都清楚了，第三关到底什么内容，我已经等不及了！”

茅七平怔了怔，立刻借坡下驴："僵尸，第三关是打僵尸。"

这回轮到徐望愣了。一旁的钱艾趁着还能看见船下，赶忙伸平胳膊原地蹦了两下："这种穿着清朝服饰的僵尸？"

茅七平无语，抬手一上一下比出两个"黑爪掏心"，同时上下牙"咔咔"咬两下："《植物大战僵尸》里的那种僵尸！"

"哦，"钱艾很失望，自觉看过的所有八十年代香港僵尸片都派不上用场了，"你直接说丧尸不就完了？"

"行，那就丧尸。"客户永远最大，"进去之后会得到疫苗和随机武器，将疫苗顺利送到市中心医院，即为交卷通关。"

"进去之后的环境是城市？"钱艾问。

茅七平说："一半城市，一半废墟。"

况金鑫被钱艾镇定自若、条理清晰的提问惊着了，这还是那个缺乏安全感的钱哥吗？丧尸哎，单是想想那画面，他都觉得头皮发麻："钱哥，你不害怕吗？"

"怕啥啊，"钱艾说，"这玩意儿不像鬼从外表到技能都千变万化的，怎么恐怖怎么来，对付丧尸，只要注意别被咬着，剩下的就和打架一样。"

"而且它们的动作很迟缓，"吴笙比钱艾还冷静，"但凡我们跑起来，冲出一条血路，只要体力够，它们就永远别想追上我们。"

"对对！"钱艾一脸"我正要说这个"地用力点头。

迷雾又起，茅七平的脸渐渐模糊，但声音清晰："呃，你们可能对第三关的丧尸有点儿误解，它们的速度可不慢……"

吴笙皱眉："它们会跑？"

"每一个都是丧尸界的博尔特。"茅七平说。

从内容到攻略，从重点事项到额外提醒，吴笙把茅七平给出的所有关于第三关的信息提纯精简，再录入到手机备忘录里，仍是密密麻麻占了一屏。徐望全程认真聆听，最后又拿过吴笙的手机从头到尾巩固了一遍记忆，真心觉得四百块的定价简直业界良心。

说完第三关，就要来到眼下最重要的无尽海了。

"四座灯塔代表四处航线目的地，东、西宝藏滩的灯塔里放着宝箱，可以开出钱或者文具，南、北飞行岛的灯塔里放着飞行船，可以乘船飞往任意坐标……"茅七平刚开了个头，船上船下同时响起五合一的"叮"。

**小抄纸："北飞行岛（1/3），第一艘船驶入云端。"**

看着手臂上滚动信息的四人皆一怔，已经有人到目的地甚至成功进入灯塔了？那括号里的1/3又是什么意思？

似乎见惯了这样的疑问，没等船上的人开口，船下的茅七平直接出声解惑："已经有一支队伍或者一个人抵达北飞行岛，并且攻破灯塔了，那里的名额还剩两个。"

"那里？"徐望听出端倪。

"四个目的地各有三个登塔名额，先到先得。"茅七平说，"一旦名额满了，灯塔直接关闭，上了岛也没用。"

"这速度也太快了……"钱艾看一眼手机，从他们进来到现在刚过去一个小时，这感觉就像考试，你这边还做前面的选择题呢，人家已经交卷了。

茅七平已经见怪不怪："能选飞行岛的队伍基本都是已经做足准备，奔着下一关坐标去的，速度当然快。不过无尽海有一点好，就是竞争失败了不会有惩罚，白忙活一晚而已。"

"个人也可以登塔吗？"吴笙很在意茅七平刚刚说的"一支队伍或者一个人"。

"可以，无尽海和关卡不同，组不组队它都一视同仁，个人也算一队，登塔后同样占一个名额。"茅七平肯定之后，话锋一转，"但个人很难和队伍竞争，一来漂浮球速度远不如帆船快，二来如果在岛上遇见其他队伍，竞争登塔的时候，一对四几无胜算。"

"懂。"吴笙点点头，闭目冥神。

剩下仨伙伴对视一眼，嗯，这是又开始更新规则簿了。

"说回灯塔，"茅七平言归正传，"两个飞行岛的作用是相同的，宝藏滩也一样，区别只在于航线方向，所以你们现在是想开宝箱，还是想去下一个坐标点？"

徐望明白，茅七平要根据他们的选择，有针对性地提供航线和灯塔的两项攻略，毕竟他们就付了一条航线攻略的钱，不能让人家四条都说。关于航线的选择，其实先前四个人已经讨论过了，徐望用极短的时间又和伙伴们确认一遍，低头给了茅七平回答："宝藏滩，我们去开宝箱！"

先前只是从"宝藏滩"的字面猜，有可能得到宝贝，现在是确定了百分百中奖，剩下的只是具体奖品的问题了，于是徐队长的声音里就毫不掩饰地流露出"钱啊钱，我们来了"的兴奋，以及"一定要把买攻略的钱都补回来"的决心。

"东还是西？"茅七平又问。

"哪面人少？"

"西吧，因为很多队伍都觉得紫气东来，吉利。"

"那我们就去西！"

茅七平挠着下巴，左想右想，终于回过味来，自己好像又被人骗去一条免费信息！这买卖做的，真是血泪交织。

“西宝藏滩”航线攻略：1. 选择航线后，船会自动行驶，但方向由船上人自行掌舵；2. 先向正北，待遇见第一个水怪后，再向灯塔直线航行，也就是说，最优航道要走折线，不要走直线，否则会极大增加遇见水怪的概率；3. 尽量避免和其他船只距离过近，以防被攻击，毕竟名额只有三个。

“西宝藏滩”灯塔攻略：1. 灯塔内会有一位守塔人，必须打败他才可以抵达灯塔最高层的宝藏库；2. 守塔人的武器和位置每天都会改变，所以暂时还不知道今天的守塔人会以何种姿态防御，不过已知的有立于门口武力守卫、藏于塔内偷袭暗杀、躲于制高点黑火药投掷、无差别机枪扫射等多种远近不同、杀伤力各异的形式；3. 突破守塔人和开宝箱之间没有绝对必然的联系，其他竞争队伍完全可以坐收渔利，所以未抵达宝藏库之前，切不可掉以轻心。

关于航线，关于攻塔，茅七平认真细致地说了很多，但总结起来，就是以上这几条。

雾开始向四周扩散，抬眼还是浩渺茫茫，但近处的能见度倒好了些。

“攻略的作用也只是不打无准备之仗，最终能不能攻塔，抢到那三分之一的名额，还得靠你们自己。”一口气说了太多的话，茅七平的嗓子已经冒烟，讲完这句总结语，他便拧开随身携带的保温杯，咕咚咚喝起来。

徐望也想让对方休息休息，奈何时间不等人，遂赶紧开口：“那个，日常刷关的注意事项和经验……”

“知道知道，”茅七平倒没介意，迅速放下保温杯，抬头看过来，“注意的事也是老生常谈了，第一就是同行，任何时候都不要对遇见的队伍掉以轻心，不管他们多慈眉善目，这年头，你无伤人意，人有害你心；第二就是不要想当然，哪怕这一关你闯过二十遍，第二十一遍也有可能是新的；第三就是不要滥用文具，省下一个，关键时候就能保命……”

“至于经验，哎，其实也算不上什么经验，就是我在这无尽海上见过太多人了，算一点儿个人的心得体会吧。”茅七平笑笑，淡了生意人的精明，倒有那么点儿朋友间的诚恳，“不管到了哪一关，如果你们还没准备好，那就宁可在上一关或者无尽海里多待一会儿，也别急着往前冲。这会是一段极其漫长的征程，想去往终点，就必须稳扎稳打，步步为营。”

“明白，”徐望低头，认真看他，“只要遇见其他队伍，竞争输了就是退回原点。宁可多准备几天，也不要一时冲动，得不偿失。”

“原点？”茅七平莫名其妙，“谁卖你这么坑的假消息？”

“不是？”不只徐望，三位伙伴也意外了，他们虽然没花钱，但在当时机舱内的情况下，高帅瘦白也没必要在这种体验一次就会被戳破的事情上骗他们吧？

“不是原点，”茅七平直接给准信儿，“就是后退三关，比如你 7/23 交卷失败，下一次就要从 4/23 重来。”

吴笙问："如果不回去，就待在7/23的原坐标呢？"

"晚上零点照样被吸入，不过就不会出现第七关的关卡了，"茅七平看他，"而是那个省份的无尽海。"

吴笙："无尽海的划分以省为单位，关卡呢？以坐标为圆心多少范围内可以入关卡？"

茅七平："关卡以市为单位，只要进入当前关卡坐标所在的市，就不再是无尽海。"

吴笙："关卡的开放是唯二的吗？"

茅七平："不，唯三，最近一个交卷成功的关卡和当前可以闯的新关卡，两者开放，再来就是第一关，永远开放，其余关卡即使你到了坐标点，也是所在省份的无尽海。"

吴笙："那如果我恰好站在两个省份的交界……"

"等一下，"茅七平抬手，示意吴笙先别说话，低头沉吟片刻，终于顿悟，自己快把基本规则透露完了。问题是这帮人根本没买受伤、死亡以外的规则啊！

那个笑模样的队长砍价虽狠，好歹也是你情我愿落槌成交，这位英俊小哥直接空手套白狼啊！更要命的是，在被提问的那一刻，自己完全被带着进了对方的节奏，根本没考虑钱不钱的事，全部精力都放在理解对方"极其学术性的问题描述"上，并以参透为荣。

这人，不，这个队伍有毒……

"赶紧选航线吧，"茅七平现在就想目送主顾们离去，"不然一会儿名额都满了。"

吴笙几不可闻地叹口气，难得遇上交流这么顺畅的，突然就结束话题，他还有点儿舍不得。

"小茅……"徐望忽然探出半个身子，最大限度向下，拉近彼此间的距离。

茅七平不自觉咽了下口水，警惕看他："啊？"

徐望灿烂微笑："餐厅吃完饭，还送个果盘啥的……"

茅七平眯起眼，考虑要不要拿伸缩杆把这些家伙一个个挑进海里。

"给个橙子也行啊，我们不挑的！"

海上漂了一年，茅七平什么样的队伍都见过，佛系的、暴躁的、散漫的、精锐的、破罐破摔的、一往无前的，可就没见过眼前这种的。说好吧，你分分钟想让他们沉船，说不好呢，你又冲他们生不起气来，甚至还不自觉地有点儿羡慕，想着"我要是也能这样就好了"。

茅七平很想找一个特别高大上的词来形容这帮家伙，但找来找去，却只有三个字——平常心。在这鬼地方，绝望和亢奋都很容易，最难的就是仍然做自己，仍然平常心。

"亏都亏了，不差一个橙子。"茅七平重重叹口气，以示自己"买卖不易"的心酸，但说出来的话，却字字都是干货，"能坐绿皮火车，就别坐动车高铁，能坐动车高铁，就别坐飞机。一来省钱，细水长流；二来客观上就已经让两个关卡间的周期拉长了，本来你昨天旧关交卷，今天就可以投入新关，但如果坐卧铺，可能就多出一晚休息时间，火车上睡睡，无尽海上再睡睡，保证到下一关的时候精神抖擞，还省了宾馆的住宿费。”

徐望莞尔：“所以重点还是省钱。”

茅七平也乐，半玩笑半调侃：“你们要是不差钱，就当我没说，但不能告诉我，不然我会带着你们的八百块含恨投海。”

“我们差钱，我们非常差！”徐望连忙保证。

茅七平满意地点点头：“嗯，舒坦了。”

## 3

银货两讫，总要启程。

四人一同选择了手臂上的“西宝藏滩”，很快，无人把控的船舵自由地转起来。

仨伙伴一起看吴笙。吴军师没辙，一边以“能力越大，责任越大”安慰自己，一边奔赴驾驶舱，握住船舵，准确将船头调整到了正北向。

帆船和漂浮球缓缓拉开距离。徐望、钱艾、况金鑫在栏杆边上，低头和茅七平挥手道别。

虽然是买卖，但这人却是他们在鸮里遇见的第一个实实在在的友善者，这会儿要分开了，心底竟泛起一丝依依惜别的微酸。钱艾不太适应这细腻的氛围，索性一边挥手一边玩笑道别：“你这买卖做的，感觉咱们进的是不同地方，我们是荆棘岛，你这是中国梦啊。”

“都是逼出来的，”挥着手的茅七平闻言没好气道，“不然怎么办，闯又闯不过，走又走不了。”

钱艾说：“你这赚着钱不也挺好的嘛，就当第二职业了呗。”

茅七平放下手，静静看他。

船和漂浮球已经拉开了一米的距离，咸涩的海风却还是将茅七平的每个字都送到了三人的耳边：“我媳妇每天夜里起来，都不知道她丈夫去哪儿了。我的孩子每天夜里起来，都找不见爸爸。”他的眼里，是真真切切的压抑着的苦。

钱艾笑意渐消，沉默下来。插科打诨逗贫嘴，他可以，但对着这样的茅七平，他却不知该说什么了。

徐望压下心里的不是滋味，尝试去劝：“等你五点出去，他们就会忘掉夜里发生的事。”

“但那五个小时里的煎熬是真的。”茅七平轻笑着摇头，“我儿子每天晚上撕心裂肺嚎一次，好几回都哭抽了。”他的声音很轻，但越轻，越让人听着心颤。小孩儿哭抽可大可小，严重的甚至会有后遗症。

船与漂浮球之间的距离越来越远，茅七平的声音也越来越模糊："他们是忘了，可我都记着呢，夜复一夜，永无尽头……"

之后，那漂浮球、那人和那似有若无的叹息，都隐没在了茫茫海雾里。

船驶出去很久，甲板上都没人说话，灰白雾气笼着茫茫海面，也蒙到了人的心上。

世上的事都是多维度的。他们看见这一面，别人看见那一面。他们以为自己已经很辛苦了，却原来，他们该庆幸，庆幸还无牵无挂，还年轻气盛，还可以说放下就放下，说启程就启程。

"怎么了，一个个蔫头耷脑的？"已将船舵稳在正确方向的吴笙从驾驶舱里出来，就看见三位伙伴一脸愁云惨雾，"茅七平又说了什么？这条航线里还有彩蛋？"

立即猜到和茅七平有关，是吴军师超凡的智慧，至于最终落点完全偏离，对于思考模式向来不走寻常路的吴军师来说再正常不过了。徐望一言难尽地看着这位完全没领会甲板气氛的同学。

吴笙也看他，茫然蹙眉的歪头样蓦地透出一丝呆萌来。

徐望心上的灰雾忽然就散了大半。他第一次发现这样永远在自己频道里的吴笙挺好，理性务实，就事论事，不去发散深想那些有的没的，目光永远放在前方的山顶，让你不由自主也跟着他一起专注，摩拳擦掌，干劲十足。

"航向没问题了？"徐望跳过茅七平的话题，直接扔了个新提问。

这话算问到吴笙心坎里了，他立刻微微一笑，眼里写满了"天下尽在我掌握"的字样："当然，交给我掌舵，就……"

"小况，"徐望忽然转头喊况金鑫，"望远镜交给你，有任何情况随时汇报。"

况金鑫一个立正："收到！"

目送况金鑫哒哒哒跑到船尾，吴笙心情复杂："听人把话说完是礼貌。"

徐望重新看向他："可以，请去掉自我吹捧的部分。"

相顾无言两秒，被剥夺了唯一乐趣的吴军师可怜巴巴地转身回了驾驶舱。

围观全程的钱艾总算找到机会发表感慨："这真是十年河东十年河西，上高中那会儿他把你治得死死的，现在倒反过来了。"

徐望怀疑他俩过的不是同一个三年："那时候我个头比他还猛一点儿吧，不说我一个打他俩，至少也是势均力敌。"

钱艾不认同地直摇头："你不能光算武力，你得加上智力。"

徐望："……"

毫无伤害队长自觉的钱艾忽然环顾四周，疑惑道："天是不是黑了？"

徐望愣了下，抬头看天，果然。

茫茫大雾，能见度和光线本就不好，但先前遇见茅七平的时候，整体视野还是个“不太明亮的白天”，可现在乌云密布，就在他们抬头的片刻工夫，乌云成了黑云，几乎透不下一丝光亮，连四周的雾气都被拢进这晦暗里，再看海上，只剩一片黑茫茫。

“小况，还能看见灯塔吗？”驾驶舱里传来吴笙的询问。

“可以，”况金鑫贴着望远镜，看得真切，“灯塔是亮的，现在反而更明显。”

“好的，盯住了。”

“没问题，跑不了！”

一个掌舵，一个瞭望，这俩人倒成了默契小组。

徐望和钱艾互相看看，不用言语，自觉分开，一人守住一侧甲板栏杆。

随着四伙伴分工彻底明确，海上也越发寂静下来，帆船前行的破水声成了唯一的背景音。

甲板上忽然升起一团光亮，在越发黑暗的天空底下温暖醒目。

瞭望海面的徐望、吴笙、况金鑫不约而同从各自的位置回头，就见钱艾跟自由女神像似的举着单臂，不过没拿火炬，因为人家一攥拳头就是个小火球。

“还能控制火焰的范围？”徐望以为“无敌风火轮”只能是全身着火呢。

“何止范围，还能控制大小！”钱艾其实也是刚发现这个事情，于是兴致勃勃给队友们展示，“看，火大了吧，哎，火又小了，你们是喜欢篝火晚会的氛围，还是喜欢烛光晚餐的情调，尽管提要求。”

徐望、吴笙、况金鑫：“……”

看着火苗忽大忽小、玩得不亦乐乎的队友，三位同学既没感觉到篝火的热烈，也没感觉到烛光的浪漫，唯一能联想到的只有燃气灶，还是供气量极不稳定的那种。

如夜的海面上忽然飘来歌声，低吟、婉转，像一个女子在用异族语言轻哼慢唱，音符穿过厚厚的晦暗迷雾来到船上，来到航行者们的耳边，带着海水的潮气，带着雾霭的氤氲。

钱艾迅速熄灭了火，帆船随之融入黑暗的保护色。

坚守着各自岗位的四伙伴收敛心神，警惕起来。

“先向正北，待遇见第一个水怪后，再向灯塔直线航行。”这是茅七平给的攻略，而现在已朝正北驶了不短时间的他们，也该遇见这第一只水怪了。

船只徐徐前行，轻柔的海浪里，浅吟低唱越来越清晰，越来越妩媚。

四人心里的那根弦绷到了极点。突然被袭击不可怕，可怕的是知道会有鬼，却不知道它什么时候会冒出来那种焦灼难挨的等待。

钱艾有点儿熬不住了，他一手抓着栏杆，一手攥紧从吴笙那里继承来的长矛，手心已被汗水浸透。一害怕他就想说话，就像独自在黑暗的楼道里走，总想拿手机放点儿神曲壮胆："你们看过《加勒比海盗》没？有一部里面的美人鱼，就是用这种歌声诱杀水手的。"

窒息般的寂静被打破，背对着他的徐望也短暂舒口气，稍稍松了松已经有些发麻的、握着斧头的手："你的意思是这个海怪是美人鱼？"

"也可能是水妖，"钱艾想得很全面，"就是那种外表特别美艳的女海妖，温柔、神秘、危险，一边缓缓地亲吻着你，一边在抚摸和缠绵中杀死你……"

徐望："……"明明挺凶残的事，为什么经队友这么一描述，就怎么听怎么像情趣活动？

"前面有光！"负责瞭望的况金鑫大部分时间都在盯着灯塔，但时不时也扫一下全局，这一扫，就看见了那抹迷雾中的微光。

徐望和钱艾一起跑到船头，抬眼望去，就在船前进的方向大概几十米的距离，一点昏黄的带着暖意的光，映出了巴掌大的一团亮。

"提着灯笼的女海妖。"钱艾目视前方，十分笃定，"日本怪谈里就总有这样的妖怪，雪夜，和服美人提着灯笼，在山野人家敲门借宿。"

"……"队友的涉猎面太广了，徐队长接不上话题。

"要真是美女，你说我烧还是不烧？"钱艾彻底陷入真情实感的苦恼。

黑暗中，徐望的白眼快翻上了天："你不烧她，她就弄死你。"

钱艾也知道这个理，但……"下不去手啊！"

说话间，船和那抹光之间的距离越来越近，近到已可以微微看见那发光的物件。

还真是一盏精致的小灯笼。灯笼顶端延伸出一条很细的带着弧度的长线，就像有人用这一根硬丝挑着灯笼，而长线的另一端，连同挑着它的人，一并隐没在黑暗之中。

船和灯笼的距离只有十米不到了。

"钱艾，"徐望忽然出声，"开灯。"

"呼啦啦"，火苗蹿起，"自由女神"重现人间。比那微光猛了不知道多少倍的火苗一下子映亮了整艘船，也映亮了方圆十米。灯笼的另一端终于在四人的眼皮子底下，亮了原形。

一条五米长的怪鱼，一半身子在水上，一半身子在水下，头极大，眼睛突出，前额生出一根线，挑着那盏灯笼。灯笼的精致和本体的粗放形成鲜明对比。

"老钱，"徐望咽了下口水，大敌当前，还不忘安慰队友，"的确是提着灯笼，和你设想的还是基本一致的。"

钱艾欲哭无泪："谁管灯笼！我的重点是美人，美人啊！"

浪漫幻想破灭的稀碎声里，灯笼怪鱼忽然加速，直冲着船头而来。它的嘴巴在加速游近中迅速张开，竟像蛇一样，张开幅度比整个头还要大，露出满口锯齿状的尖牙。

钱艾一条胳膊燃起熊熊火焰，一条胳膊攥紧长矛。徐望则抡起斧头，只等着灯笼鱼怪靠近，短兵相接。

“叮！”提示音不合时宜地响起。

徐望听着牙疼，看还是不看，这是个问题啊！

“别管水怪，都抓稳了！”驾驶舱里忽然传来吴笙的大喝。

备战的徐望和钱艾不明所以，守着望远镜的况金鑫也不解其意，正蒙着，行进中的船忽然来了一个全速的急转弯。徐望和钱艾差点儿被甩进海里，幸亏最后关头抓住了栏杆。况金鑫则死死抱住固定在船板上的望远镜脚架，稳如泰山。

吴笙的这一转舵，让船在和灯笼鱼怪还有不到五米之际，一个华丽的一百三十五度转身避开了相遇的结果，也彻底改变了航线。

灯笼鱼怪一口咬了个空，再奋力游动，却已从迎面而来变成尾随而追。

“这是去哪儿？”徐望看不清前路，只能问驾驶员。

吴笙努力校准方向：“灯塔！”

徐望刚想再问，茫然举着火麒麟臂的钱艾先开口了：“海怪不打了？”

“转向的条件是‘遇见第一个海怪’，不是‘打倒第一个海怪’。”驾驶舱立刻传来吴笙铿锵有力的回答。作为程序员，条件的执行必须清晰、明确。

钱艾语塞，竟然好有道理……

徐望揉揉脸，万幸自己嘴慢了一拍。

“叮——”

两声四合一的新信息提示音前后紧挨着响起。加上先前那一声，只短短让船转个向的工夫，已来了三条新信息。正往船尾去的徐望和钱艾，脚步没停，但不约而同举起手臂查看。

小抄纸：“东宝藏滩（1/3），第一次开启宝藏库。”

小抄纸：“西宝藏滩（1/3），第一次开启宝藏库。”

小抄纸：“北飞行岛（2/3），第二艘船驶入云端。”

虽然已经有思想准备，晚启程的他们能拼到最后一个登塔名额就不错了，但看到第二条信息时，徐望心里还是“咯噔”一下。人嘛，总会想着“万一呢”，万一所有去西宝藏滩的船都遇上了最难缠的海怪，万一所有竞争队友的水平都和先前池映雪那船人差不多呢？但这世上哪儿有那么多专门给你制定的“万一”。

西宝藏滩，名额还剩两个。

“选南飞行岛的划算了，”钱艾不无羡慕，“根本没人去那边嘛。”

“按照概率，更有可能的是选那条航线的都在半路葬身海底了。”隔了快一整张甲板的船头驾驶舱里，吴军师热心纠正队友的错误认知。

钱艾无语：“你是顺风巨吗！”

海风稍稍变强，船帆吃上了劲儿，船速不知不觉快了一些。

说话间，徐望和钱艾已来到船尾，没等看呢，远近瞭望皆负责的况金鑫已先一步汇报：“它好像没劲儿了……”

况金鑫说的是事实。只见摇曳火光里，灯笼鱼怪和船尾已经拉开了不短的距离，虽然海风变强加速了船的行进，但按照鱼怪先前的速度，远不至于落下这么多，而仔细看它的游动，的确比先前慢了。

不过……徐望贴近船尾栏杆，皱眉更认真地观察那鱼怪，发现它并不是在匀速游动，而是游快两下，停顿一下，再追着船游两下，又停顿一下，与其说它的速度变慢了，不如说是它的游动不连贯了，像有顾虑或忌惮似的，不敢放肆来追。问题是钱艾的火根本还没烧过它，它在害怕什么？

“队长……”一般钱艾这么呼唤老同学，就是心里打战了，“你觉不觉得，船好像没有刚才稳了？”

经钱艾提醒，徐望才发现，的确晃得有些厉害了。

这不是吴笙的问题，因为先前的急转弯之后，他又重新把船稳下来了。之所以晃得厉害了，是浪的问题——船底的浪变急了。徐望刚这样一想，一股巨大的撞击力自水下而上，“咣”的一声将他们整艘船顶了起来！帆船腾空两三米后又重重落回水面，船尾三人死死抓着一切能抓的东西，驾驶舱里的吴笙则抱紧了船舵，这才没被甩飞到海里。

骤然汹涌的海浪里，船底接二连三传来“咣咣”的撞击，虽没第一次激烈，但也让船上的人被震得七荤八素——有东西在水下撞他们的船！

意识到这一点的吴笙再次急转向，船身在水中一个漂亮的滑行，由竖向变横向。下一秒，来不及变向以至于撞了个空的“东西”，在巨大的惯性下破水而出，跃至半空。火光里，它几倍于鲸鱼的巨大身形几乎遮天蔽日，满身盔甲似的鳞皮硬结，闪着冷绿色的光。

船尾三人在骇然中瞪大眼睛——这头似鱼似鳄的怪物他们见过，就是先前攻击飞毯的那个。徐望忽然明白过来，那灯笼鱼怪游移不定地追击，不是害怕他们，而是恐惧它。

冲到最高点的怪物极速落下，重重砸向水面，溅起滔天巨浪。海水劈头盖脸涌过来，船尾三人屏住呼吸，忍过了这一波冲击，没呛水，但从头到脚都湿透了。

船身在吴笙的操作下重新正回来，继续乘风破浪。而船尾那砸进水里的海怪却迟迟没有动静。

一秒……十秒……二十秒……

船已经驶出一段距离了，海怪落水的地方忽然有什么东西浮了起来。

钱艾自动自觉，让熊熊的火光更热烈明亮。

那浮起的一抹白终于清晰——灯笼鱼怪泛着肚皮，一动不动了。

“不是吧，”钱艾艰难地咽了下口水，“自己人也杀啊……”

话音未落，灯笼鱼怪的尸体忽然被水中冒出的一排背鳍顶开。那是似鱼似鳄怪物的背鳍，化成灰他们都认得。根本不给他们缓冲的时间，那背鳍径直朝着他们的船尾，以足够秒杀灯笼鱼怪的速度凌厉游来。

“吴笙！”徐望大喊，“加速！”

“喊我没用，你得喊风！”吴笙时刻关注着战况呢，也知道这时候该加足马力跑，但这艘船留给驾驶员的操作空间只有方向好吗！呼风唤雨这么高端的事，只能交给老天。

可惜老天没管，风还是那个风，海怪却越来越近了。

“哗啦”，海怪再度破水而出，张着几乎能吞掉他们半艘船的大嘴直冲他们而来，细密利齿让人胆寒。

钱艾已经把自己烧成了火球，徐望抡着斧头，并把长矛塞到了况金鑫手里。

三夫当关，听天由命吧。

三人正抱着殊死一搏的决心，吴笙忽然又一个转向！扑下来的海怪猝不及防，只勉强够到了船尾的边，咬断了几根栏杆，便又落回水中。

“别和它硬碰硬，危险系数太高。”吴笙大喊，“我们的目标是灯塔，尽量周旋拖延时间，才是最优解。”

徐望心情复杂。他也想周旋拖延，问题是人家海怪咔咔就想干啊！

咦？徐望忽然觉得身体一歪，竟踉跄着往左边倒去。

不只是他，钱艾和况金鑫也一并失去平衡。三人一起撞到左边一侧的栏杆上，好不容易抓稳后终于看清楚，不是他们忽然平衡感失调，是船歪了，严重向左边倾斜。

“烤鱿鱼！”况金鑫忽然惊叫出声。

徐望和钱艾循着他指的方向看去，只见甲板的左侧栏杆上，不知何时搭上了一排焦黑触手，正奋力将船向左扒。

这真是屋漏偏逢连夜雨、船迟又遇打头风，一个没解决，还来了第二个！

托章鱼怪的福，船彻底被它拽住，速度减半。下个瞬间，它竟然出水，第一次露出了硕大而光滑的章鱼头。这头的大小秒杀灯笼鱼怪，比之似鱼似鳄的那位也不逊色多少。但徐望和钱艾没时间欣赏，几个箭步冲到甲板左侧的栏杆前，一个拿斧头毫不留情砍去，一个用火嗞啦啦烧起来。

但这一次，章鱼怪似乎下了决心，竟无半点儿退缩，砍也好，烧也好，它虽然仍会躲，但就是不撤，而是沿着栏杆移动，和你周旋。你打我就跑，你退我就进，几个回合下来，触手一根没少，它浮出水面的身体倒是越来越多。这货是读了兵法又回来复仇了吗？

“徐望！”吴笙忽然大喊。

徐望以为他是嫌船慢了，本就心急如焚，这下更焦头烂额：“我和老钱在打，但是它这回换套路了，不是要把我们往下拖，而是要上船……”

吴笙原本是想给队友战术 A，但听见徐望说章鱼怪想上船，立刻调整，换成战术 B：“以夷制夷！”

正“大火烧烤”着的钱艾被这么洋气的四个字儿打蒙了：“啥玩意儿？”

“老钱，”徐望停下手中动作，当机立断，“别烧了。”

钱艾不可置信地看向队长：“你听明白了？！”

“对，别烧了，躲这边来！”徐望没时间解释，直接拉着钱艾跑到甲板另一侧没有触手的栏杆边，抓稳。

“小况，抓牢！”徐望又冲况金鑫喊。

钱艾终于肯定，队长和军师的确进行了一次清晰有效的沟通。这是高科技吧？！

“队长，”船尾传来况金鑫的声音，但不是回应，而是焦急，“那个怪物又冲过来了！”他说的是似鱼似鳄怪。

“不用理，”徐望大声道，“你只管抓稳……”

“稳”字的音刚起，船突然转弯！

因为挂上了一只章鱼怪，转速打了极大折扣，但船身还是划开水，缓缓打横。似鱼似鳄怪已经飞起，章鱼怪也已经半个身子冒出水面，然而在吴笙的变向下，左侧栏杆转到了原本船尾的位置，似鱼似鳄怪这一口下来，准确无误地咬上了章鱼怪的脑袋。两只海怪瞬间一并入水。巨大冲力下，带着吸盘的触手生生将整个左侧栏杆拉断，幸而船体无恙，于颠簸的海浪里坚强漂浮。

钱艾终于领悟了“以夷制夷”的意思，历史课上学过的“师夷长技以制夷”等知识点也一并回笼。但是……就不能直接说挑动海怪斗海怪吗？

遮天巨浪里，缠斗成一团的两只海怪起起伏伏，但明眼人都看得出，章鱼怪去找灯笼鱼怪喝茶，只是时间问题。

留给他们的时间并不多，徐望只能再催吴笙：“还能再快点儿吗？”

吴笙连吼的力气都没了，回头苦口婆心地说："说了要风，要风……"

风。

徐望在吴笙一遍又一遍的重复里福至心灵："老钱，"他猛然抬头，目光炯炯，"你这个不是叫'无敌风火轮'吗？火我看见了，风呢？"

"这……"钱艾望着病急乱投医的队长，蒙圈中带着一言难尽，"叫'风火轮'就是为了显得这个武具有气势吧……"

"不，"徐队长坚定摇头，"这么长时间观察下来，我可以负责任地说，文具里的每一个字都绝对不会是白给的。"

"可是……"

"别可是了，你抡抡胳膊试试。"

钱艾没辙，只得硬着头皮抡了两下仍燃烧着的右臂。徐队长除了头发差点儿被燎着，没感受到任何风。

钱艾叹口气："我早和你说……"

"两个胳膊一起抡呢？"

摊上个锲而不舍的队长，怎么办？抡吧。

钱艾闭目凝神，另外一条胳膊瞬间也被火焰笼罩。深呼吸两下，他两条胳膊一起抡起来！带着热度的风拂面而来，撩起了徐队长额头的发丝，吹动了更远处况金鑫的衣领。钱艾停下胳膊，满面错愕。

徐望欣慰地拍拍他的肩膀："老钱，上桅杆，甩开膀子抡起来吧。"

距离甲板十几米高的桅杆上，钱艾脚踩横杆，背倚主桅杆，双臂抡圆甩起，飞火流星般的赤焰仿佛在桅杆顶端画了一扇圆形的时空门！

熊熊火光里，风起。船帆"呼"地被吹得鼓鼓，船速在一刹那告别"悠闲"，进入"乘风破浪"的新纪元。

钱艾料想，应该能把海怪甩开了，但他无暇去看。

别人打仗就是甩开膀子上，他这同样甩开了膀子，结果对操作的精确度快拿游标卡尺量着来了。既要鼓风，又要保持自身平衡，既要拼尽全力抡胳膊，还得注意不能让风向偏离航道，最后，也是最最重要的，绝对不能让火苗烧着船帆……这是打架还是搞科研啊！

"老钱老钱棒棒哒，你是最棒哒！"

底下传来况姓队友的摇旗呐喊，让钱艾有种一瞬间回到幼儿园，抡好了胳膊阿姨会发块饼干当奖励的微妙感。

况金鑫仔细观察了一会儿桅杆上的"火焰队友"，确认他毫无受到鼓舞的痕迹："队长，钱哥好像不太喜欢我的应援。”

徐望用力搂搂队友的肩膀：“你还小，不懂人心。”

松开况金鑫，徐队长仰头大喝：“老钱老钱，躺着赚钱！”

桅杆上无人应答。

明亮火光里，这美好祝愿一点点散进海雾。

“呼啦”，桅杆顶端的火焰毫无预警地撩起几米高，有着健硕肱二头肌的双臂，抡转速度已快到看不清影子，疾风在烈火中嘶鸣，带着万马千军的气势！

大风起兮，帆飞扬，木船变快艇兮，浪打浪。

况金鑫抱紧望远镜，在迎面而来的疾风里，有一种骑黑摩托的错觉。

徐望看着缠斗中的海怪越来越小，最终成了海平面远端的一朵小浪花，悬着的心终于放下。

驾驶舱里，不太清楚来龙去脉的吴笙手握船舵，心安理得地享受着“飙船”的快乐，时不时还闭上眼，幻想一行行极漂亮的代码在眼前刷新，吸一口，神清气爽，吸两口，天下无敌。



## 4

十一二分钟后，一艘被快艇灵魂附体的帆船冲上西宝藏滩的海岸。船速太快，以至于又在沙滩上冲了十几米方才停下，彻底搁浅。

两分钟后，船上下来四人，三个斗志昂扬精神抖擞，一个双臂下垂目光涣散形如幽魂。

“老钱，振作起来！”

“你不能对一个失去双臂的人提这种无理要求。”

“我以我5.1的视力担保，你的胳膊还在。”

“但它们已经失去了灵魂。”

当队友变成诗人，那还是让他自己静一静吧。——《徐队长的团建手册》

乌云没有侵袭到这方小岛，明媚湛蓝的天空底下，铺满白沙的海滩泛着点点银光。

踩在这片柔软沙滩上，面向大海，很容易生出岁月静好的安逸。幸而风里浪里闯过来的四伙伴，眼里只剩下远处礁石上的那一座高高灯塔。

“我们得走快点儿，”徐望一边说一边警惕环顾四周，“这个岛上不一定只有我们，站这片海滩上太扎眼，不安全。”

吴笙回头看一眼搁浅的帆船，十分中肯地提醒他：“以我们刚刚那拉风的登陆，现在才想起来低调，可能有点儿晚。”

徐望没好气地看他："你就不能说点儿正能量的？"

吴笙不是故意搅和军心，他就是觉得任何事情都要实事求是，像正能量，也有嘛："截至目前，这里依然只有一个宝箱被开，而我们已经登岛了，只要不出意外，绝对可以抢到开箱名额。"

他的话音还没落，又一声"叮"响彻无尽海。

小抄纸："西宝藏滩（2/3），第二次开启宝藏库。"

又有队伍或者个人登到了塔顶，就在他们还没走出这片海滩的时候。

名额还剩一个。

看着手臂上滚动的信息，吴军师沉吟两秒，略带歉意地抬头："意外来得有点儿快。"

徐望定定地看着他，目光恳切："从现在开始，请做一个安静的美男子。"

几十米外的礁石堆是这座岛上的最高点，西宝藏滩的灯塔就坐落在礁石堆的顶部。灯塔通体洁白，却在阳光下泛着金光，仔细看，原来是隔一段就绘一圈金色条纹，只是纹路太细，只有凑近了才能看清。

就像飞行岛的灯塔尖上顶着一个带翅膀的帆船雕塑一样，宝藏滩的灯塔尖上也顶着一个象征自己身份的宝箱，造型复古，气质神秘，连锁孔都透着金光。

一行人手脚并用——钱艾除外，该同学全靠脚——爬到礁石顶，意外地并没有遇见其他竞争对手，不过远看平坦的这里，实则大小礁石遍布，就像有人把一筐不规则的石头扔到了这块篮球场大小的空地上，然后在碎石堆里建了一座塔。

白底金纹的灯塔，只有下面塔座上的一扇门和上面接近塔尖处的一个方形孔洞，除此之外，全然封闭。

四人没敢贸然向灯塔靠近，而是躲在灯塔斜前方七八米远的一处大石块后，偷偷窥伺塔顶那一处怎么看怎么像机枪口的方形孔洞。

"茅七平说过，"况金鑫小声道，"守塔人可能在门内近身肉搏，也可能在塔顶远程攻击。"

"门和上面那个口在一条直线上，"徐望可以肯定，"是远程。"

"那是机枪扫射还是乱箭齐发啊？"钱艾问。

"试试不就知道了。"吴笙说着捡起一块小石头，用尽全力扔到了灯塔门前。

石子落地，发出一声清脆撞击，随后骨碌碌往前滚。塔顶孔洞里寒光一闪，四人只看见好像有东西出来了，但闪电般一晃而过，根本看不清那是什么，转瞬就听见"啪啪啪啪"的声响，细密而凌厉！

从突变到重归安静，只短暂一刹。

咸涩的海风里，四人定睛望去，小石子滚动的地方赫然一排长钉，钉尖深深扎在礁石里，目测已没寸余，仍露在外面的则有七八寸长。至于先前滚动的小石子，早成了不知哪根钉下的冤魂，粉身碎骨，难觅踪迹。

“射钉枪。”吴笙给他们即将要面对的“武器”下了准确定义，随后又补充，“但是钉子的规格有点儿猛。”

仨伙伴看着那九寸长钉，不约而同感觉到心窝一疼。何止是有点儿猛，钉吸血鬼的木桩也就这规格了吧！

“放弃吧，”钱艾完全看不到胜利曙光，展望下来的都是血流成河，“我们走不了几步就得让人打成筛子。”

“你别总说泄气话，”况金鑫在体格上不如队友，但乐观的革命斗志绝对秒杀八个钱艾，“赤手空拳不行，我们还可以用文具啊。”

“未必非要硬闯，”吴笙忽然站起来，朝钱艾伸手，“弓箭。”

自成功射了海怪一箭后，钱艾就把弓和箭筒牢牢绑在了后背和腰间，再未离身，哪怕爬桅杆上鼓风也没摘。倒不是他有什么长远打算，就是觉得多一样武器防身，心里更踏实。听见吴笙要，他既诧异又惊喜，连忙把弓解下来递过去：“你还会这个？那怎么不早说！”

“玩过而已，”吴笙握住弓，又从钱艾的箭筒里抽出一支箭，轻轻搭到弓弦上，“试试吧。”

箭头对塔顶，吴笙从容而优雅地拉满弓弦，直视着黑洞洞方口的目光，沉静、犀利。

徐望面上未动，但眼里除了吴笙，已经什么都看不到了。仿佛又回到了高中课堂，那时的吴笙坐在窗边，徐望每每看过去，就觉得世界上只剩下吴笙和明媚阳光。

吴笙终于松手，羽箭在弓弦弹出的有力声响中破风穿云，直抵方口！

徐望和况金鑫屏住呼吸，手臂刚刚恢复点儿知觉的钱艾下意识握紧了拳。

“啪”，箭头戳在了距离方口八百丈远的塔壁上，然后歪歪斜斜栽下来，飘飘忽忽落到地面。

“没事儿，总不玩肯定手生，多试几次就好了。”徐望真心打气，“老钱，再拿一支箭！”

“不用了，”吴笙没让钱艾拿新的箭，反而把弓还了回去，“果然还是不行。”

徐望皱眉：“这么轻易放弃，可不是你的风格。”

吴笙摇头：“我以前玩的时候就总射不中，这是正常发挥。”

况金鑫、钱艾：“……”

徐望：“那你刚才搞那么帅干吗！！！”

无视念叨着“总要试一下嘛，万一中了呢”的倒霉军师，徐队长果断做了决定：“用文具。”

这还没到下一关呢，已经用了一个“无敌风火轮”了，徐望其实不想再消耗文具，但都走到这一步了，要是被别人临阵截和，抢下最后一个名额，他能吐血。

“防具还是武具？”况金鑫迅速响应队长号召。

“武具。”徐望抬头看塔顶，眉宇间皱成小山，“防具顶多让我们进塔，还是要和守塔人正面交锋，最好能用武具直接把他解决，一劳永逸。”

“那没我的事儿了，我就剩个防具。”钱艾闭目冥神，试着重新召唤火苗，末了睁开眼睛摇摇头，“‘风火轮’也到时效了。”

徐望盯着自己的“文具盒”，嘴唇抿成直线。“曹冲称象”还不知道能不能点得动，就算能，看名字也实在和眼下的战局不搭，“嫦娥奔月”倒好像可以让人飞，但就怕还没飞到方口外，就被钉回地面。

能寄予希望的只剩下吴笙和况金鑫，徐望抬起头，望向两位队友。

吴笙主动请缨：“只要能把我送上去，我就能深情地把他凝视到死。”

况金鑫亦不落人后：“‘来打我呀’听着就挺嚣张，说不定能克射钉枪！”

徐望握住况金鑫的手，一秒钟的犹豫都没有：“靠你了。”

况金鑫用力一点头：“放心吧队长，我一定把他干掉！”

退出“文具盒”的吴军师，心头划过一丝惆怅。

## 5

藏身的大石块后，徐望、吴笙、钱艾稍稍撤开一点儿，留给队友足够的施展空间。

况金鑫深吸口气，郑重地点下“文具盒”里那个扮鬼脸的小图标——‹武›来打我呀。

指尖触碰到皮肤的瞬间，一层晶莹剔透的膜自况金鑫脚下而起，沿着身体轮廓一点点覆满他的全身，最终在头顶闭合。那膜像果冻一样，随着海风微微晃动，在太阳的照射下，偶尔折射出一丝七彩的光。

仨伙伴还没来得及说话，那膜忽然又消失了，就像在阳光里破掉的肥皂泡，无声无息。

围观的小伙伴们有点儿蒙，但况金鑫目光坚定：“队长，我准备好了。”

文具这种东西，谁用谁知道，既然况金鑫这样讲，徐望选择相信：“小心点儿。”

“嗯。”

况金鑫一点点走出石块背后，向灯塔门进发，步速不快，却一步一步，很扎实。

仍在原地的伙伴虽信任队友，但一想到那木桩似的长钉，还是不自觉揪了心。

寒光一闪！比先前射小石子时多得多的长钉自方口内凌厉而出，带着风声，直直冲况金鑫的面门而去。

仨伙伴不约而同屏住呼吸。

已走到半路的况金鑫却在这一刻停下脚步，猛然抬头，就像在迎着长钉过来一般。

电光石火间，暴雨般的长钉已到况金鑫面前，从石块后仨队友的角度看，钉尖几乎已经戳上了况金鑫的额头。

可变故也就在这一刻发生了。

那枚长钉没再继续往前，而是毫无预警地停在了况金鑫的额前，连一毫米都没再往前去，仿佛闪电般飞了十几二十米过来，只为了给况金鑫一个“蚊子叮”。随后而来的密密麻麻的长钉都和这位“前辈”如出一辙地停在了最后关头，就像被施了“定身咒”。

长钉定住了，况金鑫没有。他耐心地等到最后一枚长钉停住，然后深吸口气，冲着“长钉雨”，或者说冲着和它们成一条斜线的黑洞洞的塔顶方口，一声大喝：“啊啊啊——”

虽然这一声吼更像是惨叫，但长钉们却好似中了蛊，在这吼声里纷纷后转掉头，以比先前更快、更犀利的速度，直冲塔顶方口！

“啪啪啪啪”，无数长钉细细密密地嵌入了方口四周的墙壁，而如幕布般的钉雨的中央部分，则一枚不落，悉数射入方口。

“呜……”方口里传来痛苦呻吟，然后就再没动静了。

大石块后的仨伙伴终于明白过来，“来打我呀”就是伤害反弹！

“队长！”况金鑫哒哒哒跑回来，一脸欢天喜地，哪还有半点儿先前的气势，“解决了！”

徐望愣住，反弹伤害的确很牛，但也不至于秒杀吧？

“你确定？”钱艾半信半疑地问。显然，心里没底的不只徐队长一个。

吴笙不问，只再度捡起石子，大力扔出去。石子又落在最初的那排射钉旁边，再次骨碌碌滚出去，但这次滚了很远，塔上方口再无动静。

“事实胜于雄辩。”吴军师给队友的战绩盖章认证。

尘埃落定，连海风都宁静祥和了。

就在四人以为障碍扫清，前路就此通达的时候，灯塔斜后方的一小堆碎礁石后面忽然冲出来四个身影，以极快的速度溜着灯塔基座的边，泥鳅似的滑进了灯塔正门。

徐望他们在灯塔斜前方，眼睁睁看着那帮投机者从礁石后蹿出来，一瞬间窃取了他们的胜利果实。

灯塔只有十几二十米高，冲到塔顶根本是分分钟的事。茅七平说过，谁撂倒了守塔人不重要，进入宝藏库才是王道。那帮人选择灯塔后方的礁石藏身，明摆着就是放弃强攻，守株待兔。

“Shit！”

吴笙和钱艾的脏话同时飙出来。

猝不及防的两人互看一眼，下个瞬间同时跳起，以最快的速度冲向灯塔正门。

况金鑫在两个伙伴追出去之后才回过神，连忙起身也要跟上去。可是很快他就觉出不对，前面的吴笙和钱艾已经跑到灯塔门口了，他自己也已经跑到半路了，队长呢？

心里刚冒出问号，背后就传来了徐望的呼喊："你们追，我去上面堵，咱们前后包抄！"

况金鑫一愣，上面？

"懂！"跑在前方的自家军师速度不减，头也没回，在给出这一底气十足的呼应后，一个冲刺进了灯塔。

钱艾的脚步在听见徐望的战术时顿了一顿，显然没吴笙那么明了，但最后也没多问，又快几步跟了进去。

况金鑫终于反应过来了。

以这座灯塔的高度，到塔顶根本不用跑多少楼梯，在这样短的时间内，即便他们追进塔里，追上甚至拦下对方的概率也是微乎其微，除非能有什么办法让他们先一步抵达塔顶，四人一起冲入宝藏库，或者至少其中一人先行抵达塔顶，在宝藏库门口将那帮家伙截住，为后面追击的伙伴争取时间。队长要做的就是这个堵门人，因为他有"嫦娥奔月"。从字面上看，"飞天"肯定是这个文具的效果之一，届时队长可以无视楼梯，从外面飞进方口，直接落到宝藏库门前。

想明白这一点的况金鑫已经跑到了塔门前，却还是飞快地回了一下头，只一下，便清晰地看见了徐望脸上的郑重和眼中的坚定。

这不是他熟悉的徐望。

这是他们的队长。

下一秒，徐望闭上眼，似在冥想。

况金鑫一看就明白，队长这是已经使用"嫦娥奔月"了，正在和文具建立感应联系。

鸮里的文具，使用起来大概分两种，一种是"鱼卷风""铃儿响叮当""风卷残云"那种立竿见影的，只要点击使用，接下来交给文具就行；还有一种是需要使用者来操控的，这一类文具在点击使用后，不会出现"使用说明"那样清晰的文字信息，但会释放一些"感应碎片"，使用者必须聚精会神，抓住这些碎片，融合这些碎片，进而摸索出操纵文具的方法，以及文具效果的大致方向。

这就意味着这一类需要使用者操控的文具，使用效果是跟"使用者和文具建立感应的深浅程度"直接挂钩的。感应得深，就能把文具效果挖掘得透彻，用起来得心应手，事半功倍；感应得浅，文具的威力一定打折扣，像"无敌风火轮"就差一点儿错过了"鼓风"这一效果。

"嫦娥奔月"，应该又美又犀利吧？

"队长，加油。"况金鑫轻轻说了一句，不再分心，一鼓作气冲上楼梯。

就在况金鑫冲入塔门的一刹那，徐望错愕地睁开眼睛。一直等着腾云驾雾的他，终于从文具释放的"碎片"里感应到了关键信息……这文具，是给对手用的？！

"嫦娥奔月"，不应该是他御风而起，彩衣飘飘，宛若惊鸿吗！！！

他还那么帅地给队友下战术，什么两头包抄……很快队友就会跑到塔顶，然后发现他们的队长还在后面苦哈哈地追。丢了队长尊严不重要，丢了宝箱他怎么和那么信任他的队友交代？！

徐望鬼使神差骂了一句英文版脏话，然后发现根本无法表达他的悲愤，又来了一句国骂，这才硬着头皮奔进灯塔。

从外面看着明亮白净的灯塔，内里却光线昏暗，墙壁和地面皆由黑青色的石块砌成，表面已风化斑驳，就像中世纪遗留下来的废弃教堂或古堡。旋转而上的楼梯十分狭窄，宽度顶多容纳两人并行。徐望一口气冲上去，一步两台阶地往上蹿，结果是两三步就绕个圈，两三步就绕个圈，没上几层就有点儿晕了，眼睛也发花，竟然看见有人在前面飘……

有人！

徐望猛地惊醒过来，警惕地刹住脚步，可楼梯就那么窄，他速度还快，惯性作用下，脸还是撞到了那人的胳膊。

接下来就是见证奇迹的时刻！

那人竟然在他的撞击下，徐徐向上方台阶飘了十几厘米，然后在该转弯的地方，毫无转弯意图地轻轻贴到了墙壁上。饶是如此，那人仍保持着一手向前舒展、一手向后舒展，双膝微微前曲的优美姿势，仿佛一位正在失重宇宙中徒劳奔月的仙女。

当然，这位仙女是男的，脸上是和古典身姿全然不相符的狰狞。

四目相对，那人怒不可遏地开口，然而和他迸裂的愤怒截然相反，他的嘴唇的开合速度仍然是舒缓的，而且只有口型，没有声音，或者说，声音无法通过空气传到徐望的耳中。

徐望只能读唇语。

"我……你……妈……算了，你说话也太慢了，回见！"徐望果断放弃交流，越过这位男同学，继续往上爬，不料刚转半圈，又遇见挤成一堆的三位"仙女"，这下"窃取胜利果实小分队"全员到齐了。

但和先前那个不同，眼前的三位虽然动作也优雅舒展，却不是纯粹飘着，而是上下一跳一跳地弹，每当他们脚触地，腿微微发力，便高高弹起，直至头顶碰到上方的台阶底才停下，又徐徐降落。整个过程就像在放慢动作，所以每一个环节都看得十分清楚。

第一位男同学的状态让徐望以为“嫦娥奔月”是“固定姿势＋无重力状态”，这会儿他才恍然大悟，不是无重力，而是重力非常小，小到很难在运动中平衡住身体，稍一用力就会让身体有很大幅度的位移，偶尔呈飘浮状态，且声音无法传播。

‹武›嫦娥奔月，嫦娥是对手身姿，奔月是对手状态，即在月亮上优雅奔跑。

徐望飞速扒拉开这三人，大步流星往上蹿，在对手的衬托里，实实在在感受到了“闪电侠”的快乐。爽啊！

目送徐望消失在楼梯深处，三人怒急攻心，又无可奈何。他们对守塔人没辙，便挑了暗处躲起来，守株待兔，坐收渔利。这种投机取巧的事情，失败也就失败了，哪怕是临到宝藏库门前了，功亏一篑也不是不能接受。但是突然放慢三十二倍速地摆个 Pose 飘起来？用这种文具的人就没有考虑过受害者的羞耻承受度吗？良心不会痛吗？！

全然没受到良心拷问的徐望，带着闪电侠的快乐和御敌制胜的成就感，一口气冲到了塔顶。

## 6

胸口扎着一束长钉的守塔人趴在方孔下的墙角，方孔外射进来的阳光正好笼罩在藏宝库门前三位等候多时的队友脸上。

“队长！”况金鑫难耐激动和兴奋，一个劲地比大拇指，“‘嫦娥奔月’帅呆了，比我想的帅一万倍！”

钱艾猛点头：“追上他们的时候我和吴笙都傻了，心说这是特意放慢动作摆造型等我俩呢？看半天才看明白，那是奔月呢哈哈哈！”酣畅淋漓地嘲笑完，他又起了一丝同情，“心理上的绝对碾压啊，可比前后包抄杀伤力大多了，估计他们以后再也不敢截和了，这阴影简直是泼墨式。”

相比两位队友的兴奋，吴笙倒十分淡定，只是侧身让出了藏宝库的门，朝徐望微微一笑：“就等你呢，我的队长。”

徐望深吸口气，前所未有的大满足。

谦虚的话就不说了，免得一开口，好不容易绷住的嘴角咧到后脑勺，第一次真正有了“坚守队长威严与形象”使命感的徐望昂首挺胸，步伐坚定地来到宝藏库门前。

双手分别贴上左右门板，徐望回头深深看了队友们一眼，收回目光，用力一推！

什么都没发生，除了空气突然安静。

徐望维持着推门的姿势，看似纹丝不动，实则暗暗用力，各种用，花样用！门依然紧闭，连个缝隙都没开。

“咳，那个，要不我们一起撞吧……”实在看不下去的钱艾给队长修了个台阶。

背对着队友的徐望在短暂的三秒钟内进行了激烈的思想斗争，最后决定，还是别辜负队友的好意。

“我……”刚回身说了一个字，徐望忽然觉得腿上一紧，低头，正对上守塔人那张黑黢黢的脸。

“想进门，就从我的尸体上踩过去！”抱着徐望大腿的守塔人力大如牛，声如洪钟。

徐望万分茫然，甚至开始怀疑人生：“大哥，你已经是尸体了啊！”

守塔人冷哼一声：“小小的钢钉就想消灭我？呵呵。”

徐望：“……”他被一个 NPC 羞辱了？

“咣”，耳边传来巨大的撞门声。

是钱艾。

“不行，真的撞不开。”话是这样讲，但钱艾还是在说完之后，又锲而不舍撞起来。

况金鑫见状，连忙上去一起帮忙。

徐望内心有点儿乱地看吴笙：“不会真要杀人吧？”

“没事，交给我。”吴笙给了他一个“放心”的眼神，然后低头，点开“文具盒”。

徐望看着他毫不犹豫的动作，总觉得对于使用“深情的死亡凝视”这件事，自家军师有种迷之向往。

似是感觉到了杀气，抱大腿的守塔人忽然尖叫起来：“杀了我，宝箱就会消失！”

徐望愣住，这是虚张声势还是实情描述？如果是实情，那就真的不能杀……

“假的，”吴笙不为所动，“他刚说，想进门就要从他尸体上踩过去。如果踩尸体才能进门是真命题，那现在这个就是假命题，否则逻辑上是矛盾的。”语毕，他立刻朝“文具盒”里那个画着一双深情眼眸的图标点去。

徐望看着他的动作，不自觉屏住呼吸，可能是要见到“深情的吴笙”这件事实在让人紧张，然后，咳，又有点儿小兴奋。

“我一共朝你们射了多少枚长钉？”

就在吴笙的指尖即将碰到图标的那一刻，守塔人拼尽全力抛出问题。

吴笙的动作一顿。徐望则彻底蒙了。这种你死我活的时候了，玩智力问答？有病吧？！

还在坚持撞门的钱艾也听不下去了：“啥玩意儿？我们千辛万苦跑上来，现在再回到外面去给你数钉子？！”

守塔人置若罔闻，又重复了一遍：“我一共朝你们射了多少枚长钉？”这第二问的语气就沉了下来，沉静里透着凌厉，凌厉中带着挑衅。

徐望心里“咯噔”一下，第一反应就是看吴笙！果然，自家军师慢慢放下手臂，目光低垂，第一次和守塔人彼此凝望。

徐望欲哭无泪，心如死灰。吴笙是谁？题型越罕见，他越来电。这下你就是逼他用文具，他都不可能用了。

但射了多少枚长钉？这是正常人能回答上来的问题吗？别说射钉枪的速度快得令人发指，就算慢速，那暴雨梨花似的钉下来，鬼能数得清啊！

“最强大脑……”门边传来况金鑫小声的感叹。

徐望回头看他：“嗯？”

况金鑫指指吴笙，怕打扰他似的，声音越发轻下来：“我说笙哥现在的状态和气场，特别像电视上《最强大脑》节目里的那些高手……”

闻言，徐望把目光重新放到自家军师身上，只见吴笙不知何时已经把眼睛闭上了，眉头轻蹙，睫毛一直微微颤动，显示着主人的大脑正在进行着高速运转——可能是计算，可能是场景回忆，也可能是别的东西。

作为普通人，徐望就不进行更深层次的探求了，反正看着这样的吴笙，他心底的疑虑正逐渐削弱，期待却慢慢加强，从“他或许可以”到“他应该可以”，再到“他一定可以”，那份信任蓬勃成长，生机盎然。

“288。”吴笙缓缓睁开眼，低头看向守塔人，“如果算之前射石子的那几下，就是正好300。”

守塔人不可置信地看着他，抱着徐望的手臂渐渐无力垂下。

钱艾和况金鑫互看一眼，再次合力撞向宝藏库的大门。

“砰”，门板应声而开，耀眼金光霎时倾泻而出！

惯性作用下，钱艾和况金鑫直接扑进宝藏库内。徐望也迫不及待奔过去，可一条腿刚迈进宝藏库，他又顿住了，回头一看，吴笙果然还在原地。

徐望叹口气，人家是最大功臣，这一回就别催了，等吧。

金灿灿的光芒里，吴笙蹲下来，凑近一脸不甘的守塔人，抬起手指轻轻叩了下自己的脑袋：“我的箭会偏，但这儿，永远不会。”

守塔人看着他，原本不甘的眼底生出一丝“你在说啥”的茫然。

吴军师对于这些细枝末节从不在意，站起来拍拍周身灰尘，身心愉悦地转身打算进宝藏库，却发现队长倚在门口，悠闲地看他。

吴笙歪头，询问似的微微挑眉。

徐望难得没吐槽，而是给了他一个灿烂的笑：“帅。”

吴笙也笑，眉眼舒朗，君子如玉：“嗯，我知道。”

“……进屋，开箱。”徐队长果断转身，这是他能给功臣最大的温柔。

## 7

宝藏库大门，在吴笙进来之后缓缓关闭。

出现在四人面前的是三个宝箱，两个已经打开，里面空空如也。金光就是从那唯一完好的宝箱身上发出的，将整个宝藏库染得金碧辉煌——本以为没得选的宝箱，开开之后，里面竟是四个更小更精致的宝箱。

四人面面相觑，非常和谐地一起伸手，各自拿出来一个。

钱艾仔细端详自己拿到的这个，浮想联翩，心中有紧张，有兴奋，有忐忑。这种抽奖性质的活动都是一个体验，那就是开奖前的等待是最美妙的，简直可以在期盼中幻想出一个美丽新世界。

轻轻呼口气，他看向三位队友：“谁先……”“开”字还没出口，他就被突来的金光闪了眼。

炫光来得猛，走得却快，前后只一霎。钱艾放下遮光的手，才发现仨队友已经把各自的宝箱打开了，动作之随意，毫无仪式感和对宝箱的尊重。

三人的手臂上毫无预警地响起了类似交卷的“丁零零”，欢快、清脆。

同一时间，三人手中的宝箱消失。

“文具？”看着队友们都抬起胳膊查看，钱艾大概猜出了奖励方向，莫名有点儿小失落，“茅七平不是说还有钱吗……”

“这个文具好像不太一样。”况金鑫似乎不知道怎么解释，干脆把胳膊伸到钱艾面前，直截了当让他看。

**文具盒：< 防 > 糖果屋、< 幻 > 指鹿为马。**

两个文具，况金鑫的全部家当。

“糖果屋”是上一关的奖励，钱艾有印象，那宝箱给的就是“指鹿为马”了。他刚想问这有什么不一样，成语命名的文具他们得过的多了，忽然怔住，又往前凑近了一点儿，终于发现这“指鹿为马”的前缀是“幻”。

不是武具，不是防具……

“幻具？”似乎只能这么叫，但真叫出来，钱艾又觉得很别扭，“这是什么意思？幻想？

魔幻？虚幻？”

“应该是比较特殊，不能简单归成防御或者攻击的一类文具。”吴笙沉吟着开口。

钱艾愣住：“你得的也是幻具？”

吴笙看向队友，缓缓送出一句英文：“Don't lie to me。”他的声音低得像呢喃，脸上似笑非笑，颇有一种奢侈品牌广告的范儿，神秘、优雅。

但钱艾就是想一宝箱砸过去……

自家队长显然也感同身受，一胳膊肘怼过去：“说人话。”

吴军师一脸蒙地亮出胳膊，刚还放电的眼神这会儿只剩委屈巴巴：“就是这名字啊。Don't lie to me。”

钱艾随着自家队长看向军师的“文具盒”。呃，还真是——‹幻›Don't lie to me。

这么有格调的名字绝对是给军师量身定做的。

先是第一次见到幻具，然后第一次发现文具还可以有英文名，两个宝箱看下来，钱艾总觉得自家队长那里肯定还有惊喜，遂直截了当地看向徐望，用眼神询问。

徐望耸耸肩：“我没他俩那么好运气，开出来的就是普通武具。”

钱艾定定看了他一会儿，直言不讳：“队长，你在乐。”

‹武›百发百中霹雳枪，徐队长把开出的武具亮给队友们看的时候再难矜持，整个人处于一种得到绝世神兵的极度欢喜里，灵魂咻咻咻地上了云端，又砰砰砰地炸成烟花：“百发百中啊！帅不帅？我就问你们这个枪帅不帅！”

上一关见到高帅瘦白的电击枪的时候，徐望就在想自己什么时候也能得到武器型的文具，倒不是说得到了就要大杀四方，至少别的队伍再想滋扰使绊，看见这装备就得掂量掂量嘛。

而且……

双臂一抡起风火，仰天大喝长钉回，百发百中神枪手，霹雳无敌勇夺魁——文具战就应该是这种充满王霸之气的对决啊！谁要看几个老爷们儿嫦娥奔月！

“队长，”况金鑫犹豫良久，还是出声打断了自家队长的心驰神往，“你这个文具会不会有点儿暴力……”

作为过来人的钱艾也想为“世界和平”代言：“拿着枪突突太凶残了吧，一枪一个得播种多少心理创伤啊？我上次被电完，现在给手机充电都想戴绝缘手套。”

徐望：“……”

世界上最心酸的事情，就是没人能理解你的幸福。

“吴笙，”徐队长看向最后的希望，“你觉得我这个武具怎么样？”

吴笙波澜不惊地点点头："挺好的。"

徐望挑眉："就这样？"

吴笙想了想："就是命名太简单粗暴，缺乏诗意，你看我的'Don't lie to me'……"

"老钱！"徐望忽然转头，"赶紧开你的箱子！"

钱艾这叫一个冤，仨人都没给队长捧场，为啥队长一口锅下来就砸他啊！

嬉笑怒骂也好，百转千回也罢，皆在钱艾开箱的那一刻散得干干净净。

这一趟无尽海，他们用了三个文具，又开出来三个文具，是赔是赚，就看钱艾这一下了。连空气都安静下来的宝藏库内，八道目光都集中到钱艾的手上，等待着被金光闪瞎眼。

钱艾屏住呼吸，在心中默念："一，二，三！"

"咔嗒"，箱盖应声而开，金光却没来——一摞百元人民币，将巴掌大的箱子塞得满满。

钱艾将钱取出，箱子瞬间消失，就和先前队友的箱子一样，"丁零零"的文具更新声没出现，手里的钱却是实实在在的沉甸甸。

"咳。"钱艾清了清嗓子算作启动仪式，然后就一手夹钱一手轻搓，发动了娴熟的"数钱技能"。

徐望、吴笙、况金鑫都安静着，一时间，偌大的宝藏库里只剩下匀速而密集的点钱声。

很快，钱艾清点完毕，一脸严肃地看向队友们："两万整。"

徐望点点头："拿好吧，你的收成。"

"不是，你们都是文具，为啥到我这里就是钱了？"钱艾嫌弃地皱起脸，仿佛钱烫手，"太庸俗了！"

吴笙、况金鑫："……"

徐望叹口气，语重心长："老钱，想乐就乐吧，憋着难受。我有经验。"

钱艾的眉头皱得更深了，大义凛然道："你可以侮辱我，但不能侮辱钱！"

徐望、吴笙："……"

况金鑫："钱哥，你好像把真心话说出来了。"

"视金钱如粪土的钱艾"，从出生到消亡，拢共两分钟。然后，到了极限的钱同学就把嘴咧开了花。辛苦这么久，终于见到回头钱了！

不过开花归开花，这钱到底怎么来的，钱艾心里还是有数的，所以高兴够了，他还是坚定地把钱递给徐望："这不是我的收成，是咱们队的战利品，应该放公共钱包。"

徐望没接："我们的收成是文具，你的收成是金币，合情合理。"

吴笙对此给予理论支持："如果你要把这笔钱送到公共钱包，我们就得把文具也共享，否则还是不公平。”

况金鑫说不出大道理，就直白道：“钱哥，你拿着吧，就当你的宝箱文具折现了。”

钱艾沉思了一会儿，忽然把钱分出一半揣进自己的口袋，拿着剩下的一半再抬头时目光炯炯，已无半分动摇：“行，钱是我的，但我要捐一半。”

如果在以前，谁和他说，有一天他会把到手的钱再给出去，他绝对要把这个当成恶毒诅咒。可现在，他就特别想这样做，做了就开心，谁要拦着，他能翻脸。

“徐望，你要再不要，就是不拿我当队友。”钱艾抓过徐望的手，将剩下一半钱硬塞进去，“校友发达了，还要给母校捐款呢……”

“行。”

“而且我又没全捐……啥？”钱艾后知后觉地停下话头，愣愣看徐望。

“徐校长”行云流水地把钱放进自己口袋，末了抬手拍拍钱艾的肩膀：“同学，母校以你为荣。”

钱艾咽下准备了一肚子的慷慨激昂，艰难道：“校长，你接钱的动作会不会有点儿快……”

“恭喜闯过无尽海，让我们荡起双桨，乘风破浪！宝贝儿，明天见。”

似感知到他们这边尘埃落定，耳内响起戏谑道喜声，属于他们的今夜无尽海之旅，就此关闭。

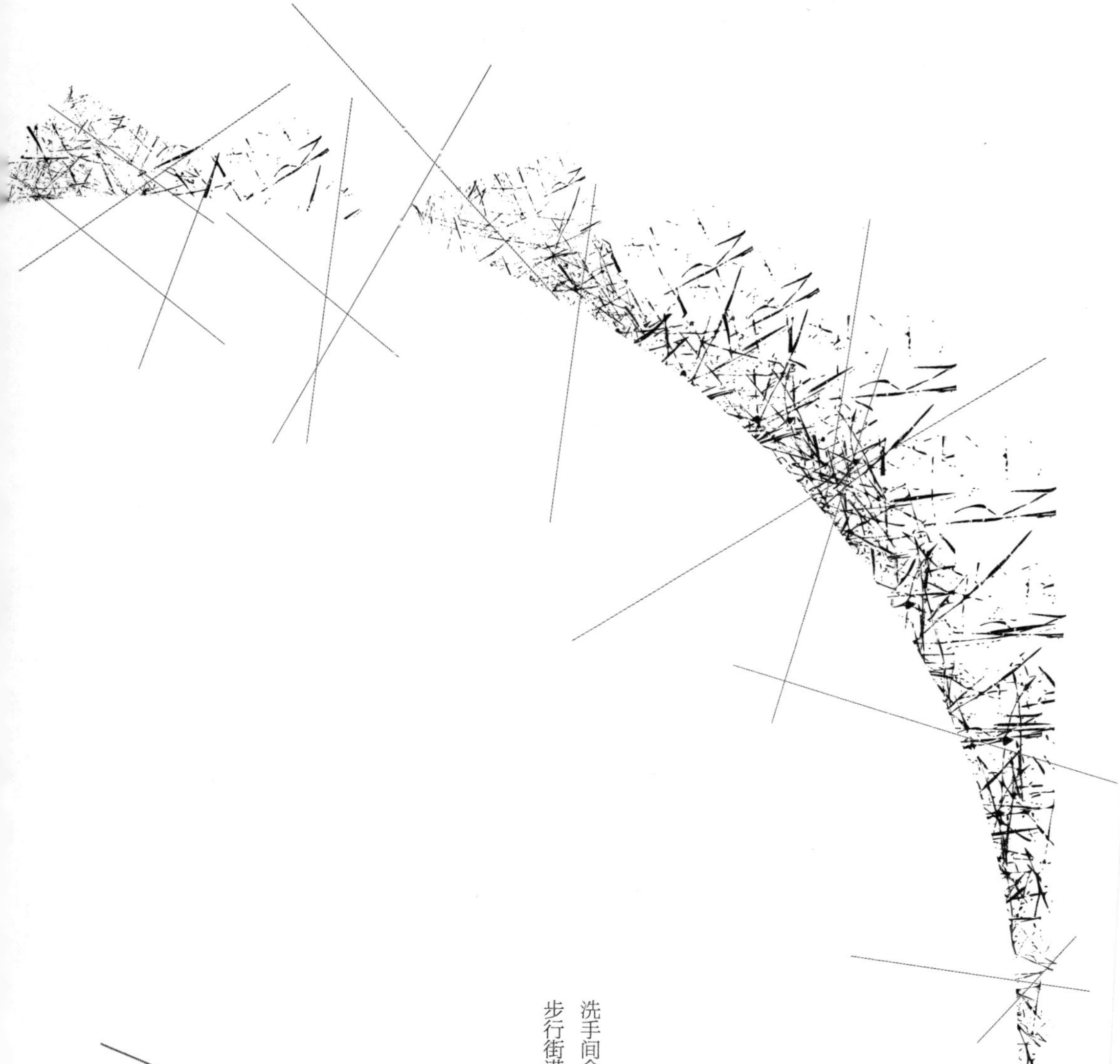

# 第七章 末世

MO SHI

洗手间命运各异，
步行街满目狼藉。

# 1

茅七平说过，无尽海是哪里进来哪里出去，所以回到候机大厅，四人并不意外。

意外的是，他们从穹顶吸入，回来时却不是从穹顶跌落，而是眨个眼，就坐在了登机口附近的椅子上。这就是他们原本坐着的地方，连包都摆在零点时候的位置，如果不是衣服上还沾着海水的味道，如果不是腰疼胳膊酸，他们真的会以为刚刚的几个小时是一场梦。

对面排的椅子上，坐着和他们同机的一个嘻哈青年，先前被吸入穹顶时，底下所有围观者里，就这小子反应最激烈，又是吹口哨，又是掏手机拍，想不记住都难。可现在，那青年只是淡淡瞥过来一眼，然后继续煲耳机，仿佛他们四个一直就坐在这里，从没离开过。

雨还在下，凌晨两点半的候机大厅安安静静，昏昏沉沉。

况金鑫不知什么时候跑出去沏了一保温壶的茶，结果邀请队友失败，只好自己品。

"当心睡不着觉。"徐望提醒，毕竟他们现在最重要的就是补眠，恢复体力。

况金鑫刚倒了一壶盖，闻言抬头："这是莲子心甘草茶，安神助眠的。"

"哦，"徐队长特自然地伸手，"那给我也来一杯。"

一分钟后，四伙伴人手一杯茶，听着雨打玻璃，闻着莲子清香，抿口茶，舒口气，看看雨，有一种提前退休养老的惬意。最美不过夕阳红，温馨又从容啊。

无尽海上的风浪似乎已经成了很遥远的事，遥远到让人觉得，如果就此结束，再不用进鸮那个鬼地方，该有多好。

四人心里都或多或少这样想，但又都不约而同安静着。因为没有如果，因为送他们出来的声音说“明天见”。听雨的惬意，在百转千回的心思里成了凝望黑夜的压抑。

钱艾有点儿扛不住，索性找了个话头打破安静：“我就不明白了，为什么你们的武具那么干脆利落，说‘风卷残云’就呼一下卷了，说‘来打我呀’啊啊就反伤？”

况金鑫歪头想想：“你的‘一叶障目’也立竿见影啊。”

“那是防具！你想想‘字字珠玑’和‘风火轮’，”钱艾一提起这俩文具，简直能写份血书，“我去，累崩溃，没个好体格根本坚持不下来！”

“武具的时效长短，应该和属性效果有关。”吴笙说，“像你的‘风火轮’和小况的‘泪如雨下’，都不属于一劳永逸的武具，必须由使用者持续不断地下达指令，才能真正开发出杀伤力，这种文具就必须给一定的使用时效。反之，就是一次性的。”

钱艾、况金鑫：“……”凭良心讲，这回吴军师说的不完全算天书，他们还是能大概领会一些的，但就是需要时间……

徐望放下茶杯，抬手搭上两位队友的肩膀：“能一下把人干掉的文具，比如‘一网打尽’，就是一次性的，用完即作废；而‘泪如雨下’‘字字珠玑’，就会给一定的使用时间，能不能把人干掉要看你自己操作水平怎么样。”

况金鑫：“队长……”

钱艾：“难怪当年上语文课，老师总表扬你的阅读理解做得好。”

吴笙皱眉，他已经很努力地在改善自己说话不够简单直白这个毛病了，并自认已经取得了一定成果，为什么队友们就感受不到呢？胸口闷闷的，不甘心的吴军师决定再度出击，为了不显得太突兀，他必须拿出一些能引起共鸣的时髦词汇，无缝融入谈话中：“对，我就是这个意思。能一击致命的武具必须是一次性的，否则左一个‘一网打尽’右一个‘一网打尽’，别人不用玩了，全世界都得管他叫爸爸。”

况金鑫、钱艾：“……”

呃，吴笙仔细观察队友的表情，总觉得和预期有差异。

徐望疲惫地叹口气，特真诚地看进自家军师眼底：“你平时抱着电脑的时候，就专心工作吧，别上网刷些有的没的……”

清晨六点，云收雨住。

上午八点，阳光驱散最后一丝阴霾，天终于露出湛蓝的脸。

上午十点，迟了一夜的航班终于起飞。

四人喝完茶就躺椅子上睡，从三点半睡到九点，囫囵吃完早餐，上了飞机又继续睡，甭管发餐送水，一眼不睁，就这么沉沉睡到东营。如此这般，下飞机的时候，他们总算恢复了点儿精神。

关于茅七平“不要过快、过冲动、过草率地进入新关卡”的建议，他们是认可的，但毕竟机票已经买了，钱也花了，总不能不用，再去买张火车票，所以这条建议只能用到下一关了。

新坐标的确切定位，是位于东营市黄河口镇的黄河入海口风景区。

鸮为什么总喜欢把坐标定在景区这事儿，徐望一直没想通。如果是正常情况，他绝对要认为鸮和景区有门票分成，这才倾尽全力为景区拉客，但问题是鸮又不差钱，钱艾得那两万，经过 ATM 认证，真钞无误。

机场距离黄河口镇也就四十分钟路程，四人直接打车到镇上，找了一家宾馆安顿下来。

四个人，两个标间，谁和谁住好像已经有了默认模式，徐望拿出身份证的时候，吴笙特自然地收过去，和他自己的一起递给了前台。

安顿好便是吃午饭，“老钱吃神州”不甘寂寞，重出江湖。

来到山东，自然要吃鲁菜，又是河口，河鲜也少不了，于是钱艾今天的直播人气格外旺，很多新粉丝涌入，老粉丝则怀疑钱主播中奖了，因为最近直播的美食，菜系横跨东西，昨天还臊子面、水盆羊肉呢，今天就糖醋鲤鱼、九转大肠，极具地域性和新鲜感。

一顿饭吃到下午三点多。

和在陕西时一样，老钱直播，吴笙趁着吃饭间隙抱电脑赶工，况金鑫刷刷手机，偶尔和同学聊聊天，问问学校情况，徐望百无聊赖，便打开手机备忘录研究。

备忘录是从吴笙手机里转过来的，密密麻麻的一屏字，正是他们从茅七平手中买来，即将要面对的第三关攻略。

3/23 内容：

突破丧尸围城，护送疫苗至市中心医院。

3/23 攻略：

①请找到一辆汽车，否则活不过三十分钟；

②随机发放的武器都是垃圾，请在城市中寻找更好的武器，或者使用文具；

③爆头或者毁坏脑子，是让丧尸失去战斗力的唯一方法；

④一旦被丧尸咬破出血即感染病毒，变成无差别攻击的丧尸；

⑤不要相信经验，没有绝对安全的路线，每天的丧尸分布都会改变；

⑥进入医院并不意味着万事大吉，最后往往最坑，包括但不限于天降丧尸、地面塌陷、水漫走廊，请务必做好生理和心理的双重准备；

⑦必须全员抵达医院并送出疫苗，才算交卷成功。

夜里十一点半，彻底睡足了的四人整齐划一地背着下午买的同款小型双肩包，带上各自认为有用又不会犯规的东西，打车去了黄河入海口风景区。

景区自然是早就结束营业了，售票处前一片空荡，只有地上的枯叶在夜风里窸窣地响。四人寻了一个隐蔽角落，等着十二点的到来。

坐标点的定位就在景区售票处，所以他们这次算是正正经经踩在了点上。但也正因为这里是坐标点，等到十一点五十还没见到任何“同行”露面，四人心中不免犯了嘀咕。

“我们找错地方了？”钱艾自言自语地四下张望，“还是说其他队伍都藏在暗处？”

“别白费劲了，要真想藏，还能让你发现？”徐望揉揉酸疼的眼睛。从蛰伏下来，他就警惕地打量着周边，这都二十分钟了，除了月光下泛着幽暗光的花草树木，连个人影都没有。

况金鑫思索片刻，推测道：“会不会是昨天我们在无尽海的时候，其他有资格的队伍都已经过来闯这一关了，然后失败的后退，交卷的前进，所以今天就剩下我们？”

钱艾看向队友：“我发现了，你不是凡事往好了想，你是凡事都往最好了想……”

吴笙抬起眼，向景区深处眺望：“这一关的交卷点在医院，如果坐标即是医院，那就不需要辛苦杀出重围了……”

徐望听出了他的话外音：“你的意思是，其他队伍很可能去找更接近医院的地方等待零点了？比如景区内？”

“或者是‘他们认为的’更接近医院的地方。”吴笙严谨道。

徐望了然。茅七平说过，3/23 里面的城市地图是固定的，但这张地图对应的现实中的坐标却每天都在微调，可能是平移，也可能是顺、逆时针转角度，所以即便是以前闯过这一关的队伍，根据记忆定点，也没办法百分百定准。但有经验总要用一下的，只有像他们这样的愣头青，没有任何 3/23 的经历可参考，才会想当然守着“小抄纸”上的坐标点。

等等！如果周围真的再没其他队伍……该不会今天晚上闯关的都是老手，就他们这一队新人吧？！

“咕咕——”

零点，鸮声凄凉。

四人仿佛乘上一架跳楼机，在心脏快要飞出身体的极速下坠后，“咚”地落在冰凉的陶瓷地砖上。昏黄的光线照下来，在地砖上反射出清冷的光，空气里弥漫着消毒水的味道，有一种肃杀的压抑感。“飞毛腿丧尸”带来的高度警惕让四人不敢耽搁，几乎是一落地便弹起，紧张地打量周围环境。

好在这是个一眼就能看完的地方——男洗手间。

“这个刷新点还真是……”钱艾望着小便池，实在找不出合适的语言形容。

“别挑肥拣瘦了，”徐望宽慰队友，“至少这里没丧尸，环境还亲切。”

“不是说有武器吗？”吴笙不介意登场地点，反正也没观众，相比之下，他更在意实际的东西。

“会不会……”况金鑫伸手指向最里面的隔间门，“是那些？”

三人抬眼望去，立刻明白况金鑫为何语带犹豫了，只见最里面隔间的门前，也就是洗手间的最深处，由下往上依次摞了四个方方正正的金属箱子，银白色的箱体上雕着复古花纹，每一个都有差不多七八十厘米高，落在最上面那个几乎顶到了天花板。

“这是武器还是圣衣啊……”徐望仰头看着，压力颇大。不过作为队长，他还是率先走到了箱子前，蹲下来挑西瓜似的咚咚敲了两下箱壁。

其实也听不出什么端倪，就是图个心理安慰，见敲击声散去，没什么奇怪的事情发生，徐望便直接伸手，将对着他这一面箱壁上端的竖着的金属片轻轻拨横。说是箱壁，其实也就是箱门，合页在底边，剩下三边都和箱体不连接，于是挡在上方的金属片一拨开，箱门便朝徐望这边倾落下来，露出里面物件的真容——一个电动剃须刀。

“……”徐望伸手撑地，免得自己蹲不住。半米高的箱子，就给他一个剃须刀？还能再浪费包装一点儿不？！

“队长？”箱口被徐望挡住，仨伙伴看不见里面的东西，只看见他忽然不动了，况金鑫便有些担忧地出声问道。

“没事。”徐队长背对着向伙伴们挥挥手，然后拾起剃须刀，起身进了旁边敞开着的隔间，“你们继续开箱，我平复一下心情。”

仨队友不再言语。他们都看见了队长手里的剃须刀，知道这时候队长最需要的不是“聊聊”，而是“静静”。

彼此确认了一下眼神，钱艾第二个出发。他个子高，胳膊长，索性爬到隔间门上开了最上面的金属箱。“啪嗒”，箱壁应声而落，里面的景色和徐队长的如出一辙——一把螺丝刀。

钱艾已经有了心理准备，平静地拿过螺丝刀，跳下隔间门。不知是不是承受力到了极限，随着他落地，隔间门忽然“咔”地斜了下来。他怔怔站了两秒，领悟了这个武器的奥义，回过身，扶正门，重新拧紧螺丝。

画面太美，仅剩的两名队友不忍心看，重新把注意力投到箱子上。

“笙哥，你先。”况金鑫不喜欢做选择，最好是队友都挑完了，给他留一个。

吴笙耸耸肩，走过去挑了上数第二个箱子。他稍一踮脚，伸手刚好碰到箱子上缘，轻轻一拨，箱壁落下。

一把……弯刀？

吴笙伸手将之摸出来才看清，不是弯刀，而是一把镰刀，只是刀头的造型十分夸张——木柄才三四十厘米，刀头却几乎有八十厘米长，且弯的弧度极大，从与木柄相连处的宽，成弧度向下一点点变窄，及至末端，尖锐锋利。这种头重脚轻的镰刀拿着根本不顺手，更匪夷所思的是，让人握的木柄上还有一圈圈的凸起，竹节似的。

吴笙皱眉，后退两步，拉开空间，朝前用力挥了一下镰刀。他本意是想试试究竟手感如何，不料这一刀挥出去，刀尖就结结实实扎在了他刚刚打开的箱子的箱底。

“咣”的一声金属响。

因箱底阻碍而再没办法往下挥的双臂被震得发麻，吴笙维持着挥镰刀的姿势，错愕地定在那儿。他已经拉开了足够空间，理论上不可能砍到箱子的，可就在他用力挥出去的一瞬间，木柄变长了。

紧急关头躲进厕所隔间里的钱艾扒着门框探出脑袋，心咣咣地跳，又不敢大声喊，只能咬牙切齿：“你下次再弄危险动作能不能先给个提醒啊！”

队友的控诉让吴笙回过神，他收回洋气的“伸缩式镰刀”，试着把木柄缩回原状，却怎么也推不回去了。

这下刀头和刀柄平衡了，木柄上的一节节突起也消失了，但拿着更不方便了——因为头重脚轻，不能像长矛那样横握着，又因为太大，也不能像刀那样别着或者背着。没辙，吴笙只能把木柄扛肩上，让刀头悬在背后。扛是扛起来了，可这种武器根本就是“极其不方便使用”的代名词吧？！

“好看……”另一间隔间里，徐队长探出一双闪着星星的眼睛。

扛着镰刀的吴军师愣住：“啊？”

“像死神的镰刀，特别拉风。”最后半句“死神也好看”被徐队长扣押在心底，自己回味。

“确定？”吴军师嘴里嫌弃，扛着镰刀的身体却翩然转了个圈，三百六十度全方位地展示造型。

“可以了，别再刮着我们。”钱艾看着那镰刀就头皮发麻，隔着一米还觉得不安全，“小况，拿你的武器。”

时间宝贵，吴军师只得草草结束转圈，侧身给队友让开空间。

就剩一个箱子，况金鑫上前来直接打开——一个鼓鼓囊囊的白色塑料袋，外卖似的。

况金鑫把系成活结的塑料袋拎手解开，只见一口袋五颜六色、糖块一样的半透明球，乒乓球大小，表面光滑剔透，用手捏一下，软硬适中，类似橡胶皮的触感。

仨伙伴凑过来一起看、捏、闻。

钱艾：“弹力球？”

吴笙：“你最好打消往地上扔的念头。”

徐望看自家军师：“你有发现？”

吴笙笃定道：“火药的味道。”

钱艾赶紧把球放回塑料袋，生怕晚一秒，就爆了。

徐望又闻了闻小球。有了吴笙的提醒，他似乎真的闻到了一点儿鞭炮的味道。不过通常鞭炮要炸了的时候味道才浓，这么淡的气味吴笙也能分辨出来，怎么做到的？

看出他的疑问，吴笙主动解惑：“小时候拆过烟花，里面就是这个味道。”

“烟花是放的吧，”徐望一脸莫名其妙地看他，“为什么要拆？”

吴笙：“研究里面的构造。”

徐望：“……”

“所以这是一兜子微型炸弹球？”钱艾看看队友一兜子“重火药”，再看看自己的“螺丝刀”，不由悲从中来。都是一起战斗的队友，要不要这么差别对待啊！

“剃个胡子平复一下吧。”徐队长把电动剃须刀送到队友手中，紧紧相握，“我刚试了，挺好用的。”

面对命运的不公，要有佛系的平和心境，而且不能只顾着自己佛，得带领队员一起佛。——《徐队长的团建手册》

## 2

从洗手间出来，四人终于明白为什么一直没有遇见丧尸了。

这是一个全封闭的商场，出入口紧锁，保安在各层紧张有序地巡逻。顾客或者说避难者集中在商场一层，从地上凌乱的铺盖看，他们已经躲在这里不短的时间了。

四人越过席地而坐、而躺的避难者，来到旋转门前。

高大的旋转门已经被抵住，无论内外都没办法再推动的那种，两边的侧门紧闭，本身的锁应该锁着，但门把手上还是系了双保险的链锁。

商场的时钟显示，18：13。

商场外是一条步行街，透过玻璃，可见街对面林立的店铺，门面各具风情，或清新典雅，或洋气新潮，或明了务实，有花店，有餐厅，有咖啡屋，有服装店，一家挨一家，一户挨一户，不难想象昔日的热闹和熙攘。

但是现在，满目狼藉。店门被撞开了，玻璃被撞碎了，长椅横斜，雨棚倒塌，墙上溅着血污，地上躺着残肢。没有活人，亦不见丧尸，整个街道空荡荡的。

这是一个晴朗的傍晚，没有云，夕阳尽情地洒着它的光，给这末世的街景染上一层暖色的滤镜。

被巡逻的保安带到商场侧门，并被神秘兮兮的他递上两样物品时，四人不约而同地在心里擦了把冷汗，先前开武器开得太嗨，差点儿忘了这一关的重点——送疫苗送疫苗，你得先有疫苗啊！

幸而任务线的 NPC 尽职尽责："其他门都封死了，只有这里可以进出。快去吧！向着胜利的夕阳奔跑！"给完"爱的鼓励"，保安消失在商场尽头，深藏功与名。

两样东西，一个是装着疫苗的迷你金属手提箱，一个是绘在油纸上的城市地图。

侧门外面不再是步行街，而是一条马路，这会儿横七竖八停着几辆车，看起来像是司机突遭意外，弃车而逃。地上的一片片血渍，诉说着逃生时的惨烈。

根据地图显示，他们所在的商区在城南，而医院在城北，以一条河横向分隔，想去城北必须渡河，方式有水路和过桥两种。走水路，一路向北，商区、码头、医院呈一条直线，路程最短。过桥就需要先往东，再往北，到了城北再往西，走一条三折线，路程远了两倍以上。

钱艾看着清晰明了的地图，不假思索道："如果这个地图是人手一份，那肯定是个队伍都选水路。"

"所以码头的竞争一定很激烈。"徐望小心翼翼地把疫苗箱放进双肩包里。

"那就反其道而行，"钱艾果断改主意，"去东面过桥。"

吴笙摇头："能想到这一点的队伍不只我们，说不定都为了避锋芒，一窝蜂去了东面。"

钱艾无语："那不成死循环了吗？"

队长和军师一起看他："就去码头啊。"

钱艾："理由？"

徐队长："路程短，速度快。"

吴军师："就算遇上竞争对手，也该是他们悔青肠子，为什么选了一条不归路。"

徐队长凝视自家军师，难得在其装相的时候给予肯定："我就欣赏你的自信。"

吴军师笑纳称赞，礼尚往来道："你也还算果断。"

钱艾："……"

一直没出声的况金鑫安慰地拍拍队友的肩膀："你看，这种时候我就从来不插嘴。"

钱艾受到的伤害是真实的，但个中原理真的没弄懂，急需队友解惑："为什么不能？"

况金鑫愣愣地眨巴下眼睛："没原因啊，就是直觉。"

钱艾："……"他好像，被整个世界遗弃了。

"咣当——咣——咣——"

震耳欲聋的巨大撞击声仿佛就贴着他们的耳边炸开，不仅震得他们头皮发麻、浑身一激灵，更是震得整个落地门都在颤。

四人猛地抬头，只见门外马路上，一辆重型货运卡车正疯狂地向前行驶，横七竖八停在马路中央的小车纷纷被撞开，打着转地斜到路边——它愣是凭借自身重量和速度，在堵塞的双排道上杀出了一条血路。终于，卡车撞开最后一辆碍事者。可也就在这个瞬间，四人都听见了由远而近的、一大群人狂奔的脚步声——一群丧尸从后方追击而至！

它们面部浮肿，口水横流，每一个身上都带着伤口，皮肉泛着不属于人类的铁青色，看起来就像在福尔马林中泡了多年。可它们的速度却毫不含糊，仿佛打了鸡血般在尘土飞扬的马路上狂奔，发着疯地追那辆卡车。或许在它们眼里，那不是卡车，而是一个移动着的饭盒。

卡车终于驶离四人的视线，可就在那最后一刻，一个瘦高个的丧尸如青蛙般一跃而起，扒到了卡车尾上，随后一个用力，整个人爬上了货箱。卡车就这样带着那个丧尸扬长而去。而后面追着的丧尸大军，一部分锲而不舍，一部分却停下来，站在原地，茫然四顾。

忽然，一个丧尸看向了玻璃门这边，它先是微微歪头，愣神似的打量，下一秒"嗷"的一声全力朝这边冲了过来！四人本能后退，钱艾因为退得太快，直接踉跄着一屁股坐到了地上。同一时间，丧尸撞上了钢化玻璃门，发出巨大的闷响。要是个人，这么一撞，骨头就碎了，可冲撞无果的丧尸仍手脚并用地在门上挠，时不时还要上嘴徒劳地啃一口。

这个侧门没拴着链锁，好在本身的自动锁还算结实。

"我们得找辆车……"视觉冲击力太猛，徐望努力让自己的声音不发颤。

"队长，"钱艾想哭，"咱们现在出都出不去，你能不能先别想那么长远！"

"能出去没车也是死，"吴笙说，"所以'出去'和'上车'这两件事必须无缝接上。"

"怎么出去？车在哪儿？开那些撞废了的车？"钱艾后悔了，特想和队友们建议，咱们就在这里坐等到五点回家好不好……

"嘶——"

急刹车造成的轮胎摩擦柏油路的声音，尖锐、刺耳。

徐望惊喜地看向队友，仿佛是他带来的好运："老钱，车来了！"

钱艾："……"为什么偏偏在这时候心想事成啊！

随着这一声急刹车，马路上那十几个滞留丧尸集体嚎叫，就像狂欢。贴着门的丧尸闻声立刻转身，奔回马路上，和它的同胞共襄盛举。

四人这才看清，被丧尸拦停的是一辆粉红色的甲壳虫，但和正常的单门甲壳虫不同，它每一侧都有两个门，整体也比真正的甲壳虫稍大一圈，两个前车灯上还贴着上下睫毛，仿佛一双小眼睛，随时随地向行人放电。

这里是鸮，出现市面上没有的车型不奇怪，然而造型再独特也没有用。没卡车的重量，就必须有“谁挡撞谁”的魄力，两样皆无，这么开过来就等于千里送人头。

“小况，把你的炸弹球给我几个。”吴笙忽然道。

徐望立刻会意：“你想把丧尸引开？”

“我先扔一个探探路，”吴笙接过况金鑫抓过来的一把小球，“如果可行，就来个天女散花，到时候我们一起冲出去，绝对不能让那车跑了。”

徐望心情复杂，总觉得他们和丧尸对于那位甲壳虫司机来说，都是坏人。

十几个丧尸的注意力已经彻底转移到了那辆甲壳虫上，粉红色的小车被围得水泄不通，好几个丧尸已经跳上了车顶，用力蹦，过年似的。

吴笙轻轻解除自动门锁，握住门拉手，用力一推一掷，而后迅速重新关门！

“咔嗒。”自动落锁的瞬间，炸弹球也落在了十几米开外的马路上，先是咚地弹起半米高，而后落地，再度弹起的一刹那“砰”地炸开。

动静很唬人，然而炸出来的却是流光溢彩。

“这是烟花弹吧……”钱艾握着螺丝刀，总算有点儿心理平衡了。

吴笙皱眉，显然对于自己猜错了火药的分量和属性感到十分意外。

“没事，”徐望说，“有动静就够了。”

仨伙伴抬眼，果然，原本围着甲壳虫的丧尸已有三分之一或快或慢地奔向那还没散尽的硝烟。吴笙不再犹豫，以最快的速度重新开门，将手中的炸弹球再度扔向同一地方。

颜色缤纷的炸弹球如雨般落下，弹起，再落下，再弹起，“砰砰砰”，炸开一片绚烂。仍围着车的丧尸再难淡定，纷纷奔向爆炸现场，而先跑过去的那三分之一已被炸上了天。

“我说是炸弹，”吴笙回过头来，淡淡瞥钱艾一眼，“就一定是。”

徐望无语：“这种时候就别嘚瑟了，盯住车！”

四人刚把目光齐聚到那辆甲壳虫上，踩在车顶的最后一个丧尸便也跳下来，奔向了“落雨缤纷”。

交通工具，清理完毕！

四人立刻冲出门，跑在最后的徐队长还是想弄件正经武器防身，一咬牙，点了从得到后就心心念着想一试究竟的“百发百中霹雳枪”。

甲壳虫内的司机还愣在爆炸声中，就见旁边商场里跑出来四个“凶徒”——一个扛镰刀，一个握螺丝刀，一个拎着塑料袋，一个拿着一把晶莹剔透地在夕阳下折射着钻石般光芒的手枪。

甲壳虫司机直觉必须跑，但身体却僵硬得跟不上动作，于是乎，一镰刀直接勾到了他的车门把手上。

“开门！”

嗷呜，拿着镰刀的坏蛋还吼他……

咦？会说话？可以沟通？

是人？！

面对丧尸拦路都能急刹车的“文明司机”，立刻给同胞开了门。

拿塑料袋和拿螺丝刀的一起挤进后排，拿枪的毫不犹豫坐进副驾驶座，只那个拿镰刀的迟迟没动，直到另外三人都坐好了，他才把镰刀怼进后排：“前面放不了，帮我拿一下。”

钱艾用尽这辈子的柔韧性避开刀刃去接刀柄，不料刚伸出手，那镰刀又被人抽出去了。

不知哪里蹿出来的一个丧尸，直接从侧面扑向吴笙。抽出镰刀的吴军师凭本能一个横砍，刀刃直接招呼上去，只听“唰”的一声，丧尸竟被割掉了脑袋。

吴笙没比它好到哪里去，眼睛瞪得比“被害者”都大。一来，毕竟不同于砍瓜切菜，生理和心理上都需要一个适应过程。二来，他这双手平时敲得最多的也就是键盘，不可能有那种一刀把人劈两半的神力啊！

“吴笙，”徐望倾身过来，透过后排的车窗催，“快点儿上车！”

第一次“杀丧尸”的吴军师回过神，立刻把镰刀重新塞进后排。他没神力，那就只能是这把镰刀的神威了。

差点儿让镰刀头划了手的钱艾终于颤巍巍地横握住木柄，欲哭无泪地说：“我说，你能不能换个安全点儿的武器，螺丝刀就挺好啊！”

“不拉风。”递完镰刀的吴军师留下这么个简单明了的理由，果断甩上后车门，又拉开前车门，硬生生挤进了驾驶位。

“哎哎哎——”甲壳虫司机刚要抗议，就被后排伸过来的四条胳膊给生生薅了过去。

甲壳虫司机简直要崩溃：“注意点儿镰刀啊啊啊——”

钱艾、况金鑫和甲壳虫司机终于在后排安顿好，副驾驶座的徐队长也已经系好安全带，见吴笙这么自觉地坐进驾驶位，便很自然地问了句：“你车技行？”

吴笙一手握方向盘，一手挂挡：“这么和你说吧，如果把钱艾的‘中环十三郎’给我……”

徐望：“如虎添翼？”

吴笙：“直接废弃。”

徐望："你比中环十三郎还厉害？"

吴笙："我就知道你懂。"

徐望："并、没、有！"

随着徐队长的咆哮，吴军师一脚油门到底，甲壳虫蓄力向丧尸聚集的前方冲去。

"你这么冲会撞到人的！"后座的司机急了。

钱艾总算知道先前他是怎么被拦停的了："瞪大你的小眼睛仔细看，那些是人吗？！"

"那也……"年轻的司机其实也懂，但就是过不了心理那关。

钱艾受不了他那磨磨唧唧的样儿："你一个大老爷们儿，这么骚包的车都敢开，怎么一到生死关头就尿了！"

年轻司机被喷得委屈至极："这不是我的车，是我朋友的！"

## 3

夕阳渐落，华灯初上，一辆粉红色甲壳虫在不算太顺畅的马路上左闪右躲，曲折前进。

很快，他们便来到了环岛，根据地图，北口出，直接去码头，东口出，便奔赴大桥。吴笙没任何迟疑，径直从北口驶出。

丧尸好像随着日落消失了，宽敞的快速干道上除了偶尔停在路中打着双闪的空车，再无其他。钱艾紧绷的神经稍稍放松下来，这才看见徐望手里的枪，意外出声："队长，你这就用文具了？"

徐望举着霹雳枪回过头来："迟早都要用，当然得一开始就拿出来防身。"

钱艾看着那闪闪发光的武器，感觉很微妙："你这个枪的尊容……确定是真的？我怎么看着像水晶模型？"从跑出来到现在，他没听见一声枪响，显然队长还没真正扣过扳机，光拿着壮胆了。

徐望不喜欢自己期待多时的武器被质疑："要不是担心子弹有限，我现在就能给你秀一枪，让你知道知道什么叫百步穿杨、现世李广。"

钱艾还是觉得早早就用掉一个文具有点儿心疼："其实，你真应该先试试剃须刀的，说不定和吴笙的镰刀一样，有杀伤力加成！"

徐望："送你。"

钱艾："再见。"

"不是，你们究竟要把我的车开到哪儿啊？"甲壳虫司机完全听不懂"凶徒们"的对话，发出血与泪的控诉。

“码头。”况金鑫好心给了他答案。

甲壳虫司机变了脸色：“去码头干吗？我可告诉你们，城北现在比城南还乱，根本是人间地狱！”

徐望立即回过头来：“具体说说。”

“病毒就是从城北爆发的，我当时也在，好不容易才跟着船过河回了城南。”甲壳虫司机脸色惨白，“现在人都在城南避难，城北已经是死城，你们过去，就等于往怪物堆里扎！”

徐望：“我们的战斗力你也看见了。”

甲壳虫司机猛摇头：“没有用的，城南这些都是末级感染者，城北那些初级的或者接近初级的才是真正的怪物，你们打不过的！”

“丧尸还分初级、末级？”

“对，越接近感染源的变异越彻底，各方面能力也更凶残。”

“感染源在哪里？”

“中心医院。”

空气突然安静，气氛渐渐压抑下来，连甲壳虫司机都感觉到了：“怎么了？”

见仨队友沉浸在“生命如此坎坷”的悲伤里，吴笙只得担负起“外联任务”：“我们就是要去中心医院。”

他一早就料到了。由易到难是很多事情的规律，尤其是在鸮里，前面历尽坎坷，最后送个大礼这种事，实在不符合鸮一贯的行为逻辑。

“你、说、什、么！”甲壳虫司机简直要疯，立刻坐不住了，“码头，对，在码头就把我放下来！车我不要了，我自己回家！”

“你自己怎么回啊！”钱艾赶忙把人按住。

甲壳虫司机：“那也总比去医院送死强啊！”

这话说得钱艾心都颤了，他有点儿不确定地看向自家队长和军师：“如果医院就是感染源，那里面的人肯定都已经被感染了，我们的疫苗就是拿过去了，送给谁？”

况金鑫发散思维：“扎给丧尸王？”

钱艾无语：“弟弟，这是疫苗，预防感染的，不是治疗感染的。”

吴笙说：“如果医院的人都被感染了，却还要我们送疫苗过去，那医院里就一定还有个极隐蔽的地方没沦陷，还有人在那里坚守，等着为拯救世界贡献最后生机。”

徐望看着他胸有成竹的眼神：“这么确定？”

吴笙飞快地转头看他一眼，勾起嘴角：“如果猜错了，下次再有耍帅的机会，让给你。”

“我并没有这种需求好吗……”徐望没好气地吐槽，却又抑制不住地心里荡起双桨。

这就好像一个嗜好甜食的人对一个嗜好吃辣的人说，我把我最好的糖果送你。辣君对甜食完全不来电，但那是甜君能想到的最好的东西。

由此可见，这短短七天，他和吴笙已经消弭了十年未见的生疏，重拾高中情谊了。

徐望在自顾自的推论中非常没骨气地欣喜开来，他连忙低下头，以免泄露心绪。

吴笙没注意徐望的百转千回，因为他除了看路，剩下的心思都放在琢磨“究竟什么是队长的需求”这一深奥问题上了。

夕阳的最后一丝光彻底湮灭在夜色中，路的尽头，河水在夜灯的映照下波光潋滟，一艘轮船停靠在岸边，随着水波轻轻摇晃。

码头。

吴笙稍微压一下刹车，缓缓降下车速，想隔着这最后四五十米的距离先观察一下环境。

然而车速刚缓下来，四伙伴耳内就同时响起了声音：“有人对你使用了〈武〉灵车漂移哟。”

下个瞬间，甲壳虫对吴笙的一切操作再没反应，竟骤然腾空，飘浮起来，在空中继续往前“开”！四伙伴悚然回头，不，确切地说是回头加低头，就在他们车辆下后方的几米处，先前在商场外面见到的那辆卡车仿佛按了消音键，正无声前行。不，不只是消音，如果这卡车一直跟着他们，而吴笙又没有从后视镜中发现，那就说明他们还用了道具，给卡车“隐身”了！

但这辆卡车明明在他们前面，怎么又跑他们后面去了？

“他们不是要把我们扔河里吧？！”钱艾看着甲壳虫越来越接近河面，呼吸一滞，“我不会游泳啊！”

“会游也没用，”甲壳虫司机的声音低下来，仿佛看破红尘，已然心死，“河里都是被感染的怪鱼，人掉进去，直接就会给啃成白骨。”

钱艾：“要不要玩这么大啊……”

“对不住了。”车底下飘上来歉意的呼唤，像在回应钱艾的控诉。

半空也没丧尸，四人索性放下车窗，探头往下看，只见卡车后面已经没了先前挂着的丧尸，应该是已经解决了。而两人座的车头里挤着四个人，都是二十来岁的小伙子。和他们喊话的是副驾驶位靠窗的那个，发型很特别，两边剃得极短，中间半长向后扎起来一个销魂的小辫。更神奇的是，这发型在他这儿不仅不怪，还让人觉得有点儿小文艺、小帅气。

所以说，脸很重要啊。

此时，这位小辫帅哥正探出脑袋向上望着他们，一脸歉意：“本来没想和你们抢这边，谁让那帮……算了，反正轮船就一个，互相体谅哈。”

“理解，理解，大环境恶劣。”徐望朝后排伸手摸出一个炸弹球，顺着窗口扔到卡车头的顶上，“来，给你们个球儿。”

竞争对手，脸再好看也没用，何况他们还在无尽海看过更好看的。

炸弹球在车顶跳了两下，炸开，缤纷色彩溢满挡风玻璃。开车的人骂了一句，一个急刹车——前面就是河了，视野被遮挡彻底，宁可提前停车。

“言多必有数短之处……”卡车里一直没说话的清秀学生头，不认可聒噪队友似的淡淡叹息。

此时，徐望他们的车已经飘到了河边。

徐望一把拎过况金鑫的塑料袋，提溜出车窗给下面的人看，并大声威胁：“这里一袋子全是炸药，你们要是敢把我们扔河里，我们就炸了你们的交通工具！”

卡车司机探出脑袋冲他比了个中指：“都到河边了，谁还用卡车！”

徐望愣住，第一次觉得自己的威胁这样软弱无力。

副驾驶位靠窗口那个刚才喊“对不住”的帅小辫儿，要不是隔得远，估计能伸手推司机脑袋：“别人说的是要炸船！炸船！啊，我上辈子是抢了多少老奶奶的座儿，这辈子才摊上你这么个队长！”

“那个，先别吵了。”车内唯一戴着渔夫帽的同学出声，朴实的脸上全是“一队人和和气气整整齐齐才好”的真挚愿望，“我是扔还是不扔？”

这话问出口的时候，徐望他们的车忽然停下了，就正正好好停在河岸上空，再向前一点儿，落下来都是入水！

“‘灵车漂移’是他的。”吴笙低声道。

徐望点了下头，嘴唇几乎未动，隐秘道：“交给我。”解决掉文具使用者，文具效果就会自动解除，而他们的车绝对不能再往前飘哪怕一厘米了，这是他们唯一的机会。

吴笙知道徐望这是准备开第一枪了，但对于枪的威力，他还是不太有底：“小况的炸弹球都没炸开他们的挡风玻璃，估计他们用了防具。”

徐望哼笑一声：“如果连个防具都破不掉，怎么叫百发百中呢。”不知为什么，自从握上这把枪，他心里就特别有底，好像冥冥之中能感受到这绝世神兵的力量。

卡车内的四人似乎正为到底要不要“接受威胁”争执不休。徐望屏住呼吸，拿着枪的手悄悄伸出车窗，冲着渔夫帽同学的胸口，扣动扳机！夜幕下，一道笔直通透的水线直直射向卡车的挡风玻璃。那水没有在空中划出一点儿弧度，直得犹如细钢筋。

“滋——”疾速的水流实实在在打在挡风玻璃上。然后，水线溅成水幕，顺着挡风玻璃流了下来……

有时候，你对文具的感觉，可能只是单相思。——《徐队长的战斗经》

卡车内的四人停止争吵，莫名其妙地看被涤荡掉所有尘土的挡风玻璃。

帅小辫茫然地看队友："他们为什么要给我们刷车……"

"求饶。"司机亦是队长的圆寸青年信心满满道，"那袋子里肯定不是炸弹，他们知道骗不过，明晃晃的求饶。"

渔夫帽心里堵得慌："这样让我怎么下手啊……"

从头到尾淡定着的眉清目秀的学生头一声轻叹："送人玫瑰，手有余香。以后或许还要见的，能结缘，就别结怨。"

半空中，甲壳虫内。

钱艾："队长，现在好像有点儿尴尬。"

徐望不语，仍扣着扳机不松手，守着最后的坚持。

况金鑫看看透明水枪，看看水线，再看看渔夫帽，肯定地说："队长，真的是百发百中。我看路线了，如果没有挡风玻璃，水线冲的就是那个人的胸口！"

徐队长表示并没有得到安慰。世界上没有如果，有的话，他根本就不会开枪！

"高压水枪。"吴笙忽然淡淡道。

徐望终于有了反应，手没停，但头转向吴笙，带着一丝期待问："嗯？"

"我说这是高压水枪。"吴笙冷静道，"如果直接射到人或者丧尸的身上，未必不能洞穿。"

徐望已经死掉的心又燃起一丝希望："真的？"

吴笙缓缓点一下头，像是要给他力量。

徐望深吸口气，感觉到斗志正逐渐回笼。

钱艾百思不得其解，索性还是问了："队长，我有一事不明。"

徐望没看他，目光直视下方挡风玻璃，誓要决战到底似的："说。"

钱艾："你说过，文具没有一个字是白给的，百发百中我懂了，霹雳呢？"

徐望、吴笙、况金鑫："……"

这是一个非常尖锐的问题，尖锐到让所有小伙伴都有一种不祥的预感。

似乎是不想让他们失望，就在钱艾的最后一个"呢"散在空气中后，徐望手里的枪忽然闪起姹紫嫣红的光，一会儿绿一会儿黄，一会儿蓝一会儿红，一会儿赤橙黄绿青蓝紫交错着来，就像迪吧五颜六色的转球顶灯。与此同时，节奏感十足的音乐顺着枪口水线喷薄而出，音符仿佛夹在每一颗水珠里跳动。

这样的"动次打次"，让人不由得怀念起八十年代的霹雳舞曲。"没有芬芳的酒，没有闪烁的灯，我们在月色里，跳一个……迪斯科，迪斯科……”

卡车内。

帅小辫：“他们开始放歌了，但是歌曲好诡异……”

渔夫帽：“这示好也太有诚意了……队长，害人太辛苦了，我以后能不能只用防具？”

圆寸司机兼队长：“我老想跟着鼓点儿动起来是怎么回事……”

天已彻底黑下来，动感节拍里隐隐有丧尸嚎叫随风传到夜色下的河边。徐望骤然一惊，立刻松开扳机。霹雳枪随之停水，然而枪身上迷幻闪烁的塑料色彩和扩音器一般的枪口飘出的霹雳舞曲，仍灼烧着在场所有人的灵魂。或许是因为霹雳效果开始得滞后——扣下扳机后过了一会儿，才起的色彩和音乐——所以当松开扳机，色彩和音乐的停止同样有一定的延迟。

大约十秒后，七彩灯和音乐终于一起消失，霹雳枪又恢复成闪闪发光纯洁高贵的样子。

停泊在岸边的轮船忽然发出类似铰链滑动的声响。

空中甲壳虫里的小伙伴和地上卡车里的四位朋友一起望向轮渡，只见船的侧身正缓缓放下一块长方形金属板。就像悬崖边的城堡放下吊桥供外人进入一样，那铁板的一端连着敞开的船舱，另一端则搭到岸上，将岸与船舱之间连出一条铁板跑道，对想要登上它的人敞开怀抱，无言邀请。

徐望他们一时错愕，从来没想过还有这种操作。那金属板如果早放下来一点儿，他们完全可以一脚油门到底冲进船舱，何苦还要在岸边来个减速观望，结果被人“灵车漂移”。

卡车内的四人对此却早有准备，或者说，他们等的就是这一刻。

“船板已经放下来了，都抓稳，哥带你们极速狂飙！”岳帅，也就是圆寸头的队长兼卡车司机，双手紧握方向盘，再不看那妖艳的甲壳虫，目光直视金属板尽头的船舱内部，“阿南，别管他们了！”

被点名的渔夫帽如获大赦，立刻脑中冥想，心中默念。

眨眼，半空中的甲壳虫就以一个勉强算是平稳的速度落回地面。饶是如此，车内五人还是在车辆触地的瞬间，被颠了个七荤八素。车的两个前轮正好卡在堤岸边缘，再偏一点儿，整辆车就得栽进河里。

甲壳虫落地的同一刹那，卡车内紧握方向盘的岳帅立刻一脚离合器踩到底，同时招呼结束了“灵车漂移”操作的同伴：“挂挡！阿南挂挡！”

全身心回归的渔夫帽陶阿南根本不用队长喊，在看见他踩下离合器的瞬间立刻挂挡，动作之准确熟练，显然已同自家队长配合多次。

就这样，队长负责卡车的方向盘、离合器、油门、刹车，队员负责手动挡，一系列行云流水的配合下来，卡车已提到最高速，径直朝搭在岸边的金属板冲去。

挂挡完毕，陶阿南功成身退，但默契的配合抹不掉他心中的槽点，每回都这样真的很傻啊："队长，你就不能自己挂挡吗……"

"不能，"岳帅义正词严，"手动挡必须手脚紧密配合。"

老实巴交的陶阿南败下阵来。

三人同挤副驾驶座、快被挤得看不见脸的帅小辫，也就是蔚天杭，实在不能忍了："大哥，人家是自己的手和自己的脚紧密配合，没人用自己的脚配队友的手！"

"我不行，我一心不能二用。"岳帅理直气壮的气势堪比盘古开天地。

蔚天杭崩溃："我和阿南两个科目二过不去的都能自己离合挂挡开起来，你到底怎么考的驾照啊！"

岳队长也让队友念叨烦躁了："C2 本根本没有离合器好吗！鬼知道我有一天要开手动挡卡车！"

C1 驾照迟迟没考过，折在"侧方位停车"的蔚天杭："……"

C1 驾照迟迟没考过，折在"倒车入库"的陶阿南："……"

清秀的学生头，也就是苏明展，从公共背包里摸出了队长的驾照，果然，类型标的是 C2。选司机的时候他们根本没细看，盲目信任了全队唯一的一张驾驶证。所以说，唯学历论要不得啊……

咦？正暗自叹息的苏明展愣住，密闭的卡车驾驶舱，哪里来的风？



## 4

时间推回到半分钟前，也就是岳队长和陶队友刚刚默契配合将卡车提到最高速的时候。

甲壳虫里的小伙伴们终于自落地冲击中回过神，也看清了正冲向金属板搭桥的卡车。

"他们要上船！"钱艾焦急出声。

徐望当然知道，但以他们的炸弹、镰刀、水枪，根本拦不住那十几米外，正朝轮渡狂奔的卡车，即便他们现在开着甲壳虫横切着撞过去，也不过是以卵击石，分分钟被顶飞。

"队长，他们能把我们扔到河里团灭，却放我们一马没扔，我们还要拦他们吗？"况金鑫忽然这样问。

"当然，"徐望算数不行，但算这种恩怨情仇门儿清，"他们先用的'灵车漂移'，我们现在拦他们，是合理回击，至于他们能杀却没杀，那要另算，将来我们有赶尽杀绝的机会，也放他们一马，扯平。"

解决完队友的思想包袱，徐望便立刻想问“你是不是有办法”，因为他清楚，以况金鑫的性子，如果不是有招儿，就不会问这种该不该出手的问题。然而没等他再开口，听完点拨的况金鑫已迟疑尽消，抬手臂就是一个坚定点击。

同一时间，正在高速行驶的卡车忽然被凭空冒出的浓厚白雾笼罩，就像舞台上突然喷起了仙气缭绕的干冰。之于卡车内的四人，就是猝不及防地感觉到了清凉的风。

甲壳虫内的况金鑫在按完手臂后便闭目凝神，两三秒后，已然将卡车包围吞没的白雾，又变戏法似的一瞬消失！

甲壳虫内的五人望着远处的卡车，或者说，卡车曾经在的地方，瞠目结舌。

这个，可能还真是变戏法。

皎洁月光下，重型卡车凭空消失，渔夫帽、学生头和帅小辫一起跌坐到地上，发出两声“哎呦”“妈呀”。而圆寸司机仍在飞速向前，似乎没有发现手中的方向盘和脚下的离合刹车已经发生了变化，他以拼死开卡车的斗志，踩着一辆颜色鲜艳的共享单车，继续向前冲刺。

然而已放下一段时间的金属板似耐心到了极限，忽然又开始向上收拢。

仍以为自己带着全部伙伴飙车的岳帅几乎要把脚镫子踩冒了烟，心急如焚地喊：“不要不要不要——”

金属板放得慢，收得却快，最终没有网开一面。

岳帅捏紧车把一个急刹车，自行车胎在地上蹭出一道刹车线，终于在河堤边缘停下。

这一切都发生在电光石火的短暂一瞬，短到尘埃落定，四人才听见那句迟来的提醒——

鸮：“有人对你使用了＜幻＞指鹿为马哟。”

“我就知道不能心软！”岳帅用力拍了一下喇叭，后悔之前没一狠心把那帮家伙扔河里。

自行车铃在他的泄愤下发出“丁零零”的清脆声响。

自行车……铃？

岳帅终于回过神，低头看清了月光下的车把、车铃、车轮、车筐。

“队长！”仍跌坐在原地的仨队友终于找到机会，唤醒他们太过投入的队长。

岳帅没听出队友声音里的惊恐，不耐烦道：“知道了，不就是幻具吗，他们把卡车变成自行车又怎样，等会儿板桥再放下来的时候，我照样飙……”

“这不是重点！”蔚天杭以最大声音打断他，小辫都快炸起来了，“你背后——”

背后？岳帅下意识回头，一个女丧尸正坐在车后座上，顶着一双凸成金鱼样的红色双瞳，“含情脉脉”凝望着他。

这一刻，他同丧尸的距离只有 0.01 厘米。

时间仿佛停止了，世界上只剩下这一人、一尸、一车、一明月。

岳帅从来没有和别人说过，他的梦想就是骑着单车，载着自己最心爱的姑娘，在河滨小路上吹夜风。

现在都实现了。

但神明啊，你是不是对“姑娘”有什么误解，“女丧尸”不算的好吗！

“嗷——”后座的丧尸终于按捺不住，一声嚎叫，张嘴就往岳帅回望的脸上啃。

岳帅撑着车把一跃而起，直接蹦出去两米远。没有驾驶员的自行车“咣当”一声栽歪倒地。

岳帅从腰间抽出一根擀面杖粗细的铁棍，用力一甩，竟成了一根比棒球棒还要粗几圈的铁质狼牙棒。随自行车倒下的丧尸爬起的速度极快，这会儿已再次扑来。岳帅用尽全力，一棒子挥过去，只听“嗷”一声惨叫，丧尸像被本垒打的棒球一样直接飞下河堤，“扑通”一声落进水里。

与此同时，苏明展、蔚天杭和陶阿南也已经起身，拿出各自武器，背对河堤，警惕另外三个方向。

金属板一时半会儿放不下来了，而被先前那什么鬼迪斯科招来的丧尸，声音已越发清晰，脚步已越发逼近。

“他们在救我们。”

高度戒备中，三人忽然听见自家队长没头没脑地来了一句。

“他们肯定看见了丧尸就在卡车上，”岳队长不理一脸蒙圈的队友，自顾自道，“如果我们就那么上了船，丧尸也会被一起带进去，卡车那么挤，我们肯定会下来在船舱里休息，到时和丧尸共处密闭昏暗的空间，我们又根本没防备，后果不堪设想。”

仨队友面面相觑，一时有点儿跟不上队长的节奏：“他们为什么要救我们？”

“报恩！”岳帅看向那辆粉红色甲壳虫，目光炯炯，“我们没把他们扔进河里，他们知恩图报！”

仨队友：“……”

队长总喜欢用最大的善意揣测对手，怎么办？急，在线等！——《岳家军的百度知道提问集》

甲壳虫内。

钱艾的脸都快贴到车玻璃上了，他望着不远处同样在河边却没有交通工具防身的四人，一脸莫名其妙：“丧尸群马上就要来了，他们不想办法上船，在那儿站着干吗？”

吴笙已经看出端倪："那块金属板是上船唯一的路，现在板上去了，他们只能硬着头皮迎战。"

"可是打过了这一波丧尸又能怎么样，船还是上不去啊。"钱艾说。

"如果我没猜错，"吴笙说，"那块金属板应该还会放下来，他们等的就是那一刻。"

钱艾："那我们呢？"

徐望："祈祷车壳够厚。"

"砰！"

最先赶到的丧尸急先锋兵分两路，一路务实的扑向岸边站着的四人，一路少女心的直奔粉红色甲壳虫，身体最柔韧那位已经跳到了他们的车顶。

吴笙发动汽车，挂倒挡，踩油门，一个急速后退。"砰砰砰"，车尾将后续跑过来的丧尸接二连三撞开。但撞到第四个时，车停下了。因为那抵着车尾的不再是一个丧尸，而是一波丧尸——它们合力用身体抵着车尾，竟生生将车拦下了！

随着车子停住，立刻又有丧尸跑过来，直接将车围了个密密实实。它们或嚎叫，或砸窗，更有甚者正伸手拉车门，锁住的车门在它高频率的拉扯下发出极速的"咔咔"声。

丧尸懂得开车门？！吴笙心里发寒，油门踩到底，却根本奈何不了"尸海"。无法起速的甲壳虫只能在原地徒劳轰鸣。

焦灼中，吴笙忽然发现，此刻围着车的这些丧尸的瞳孔都是鲜红色，而他们在商场外遇见的那些丧尸，瞳孔都是稍微重一些的深红色。按照甲壳虫司机的说法，丧尸都是红瞳，等级越低，颜色越深，等级越高，颜色越浅。显然，河边这一波丧尸许是更接近城北的缘故，等级或者说凶残程度已经比商场外的那些高了。难怪他们在商场的时候可以直接撞开丧尸群，到了这里，同样的数量，却怎么也撞不开了。

吴笙正在心里分析着，忽然觉得轮胎和地面的摩擦声不对。

"吴笙！"徐望第一个警觉大叫，"它们在掀车！"

所有车窗已被丧尸围得密密麻麻，根本找不见参照物，可是人对"平衡与倾斜"的感知是极敏锐的，听徐望一喊，所有伙伴都感觉到了车正在向左倾斜，也就是右侧的丧尸在掀车。

"开不出去，"吴笙直接给突围判了死刑，"它们力量太大。"

徐望也看出情势了，当机立断："炸弹准备，全员弃车！"

他们当然也可以趁着炸弹把尸群引开时开车冲出，但如果一波丧尸能把他们拦住，后面就会有第二波、第三波，万一在哪一次被拦下之后，车子真的被掀翻，他们就是瓮中之鳖，再没活路了。

况且吴笙说了，铁板还会再放下来。弃车之后，他们和那边四位就是同一起跑线，待到铁板再落，谁能拔得头筹还说不定呢。

他们来这里就是为了上船，为了交卷通关，此时不搏何时搏！

“小况，人手三个炸弹球！”徐望迅速下达战术，“咱们一窗扔一个把丧尸炸开，剩下一人两个，弃车之后各自防身！”

况金鑫得令，以最快速度将炸弹球分发下去。

十秒钟后，被掀得晃悠的甲壳虫的两侧车窗忽然一齐放下三寸，四个缤纷小球像彩蛋一样被从各自窗缝扔出。

小球落地，滚了一滚，全部炸开，爆裂震天，一霎绚烂。围着车辆的丧尸们被炸得四散而飞。

而因有了它们这一层“护身盾”，甲壳虫虽剧烈摇晃颠簸，终究没有飞起，只车窗玻璃被震出裂纹。

“你藏到座位底下！我们吸引丧尸，它们不会再管‘空车’的！回头找到机会，你就开车跑。”叮嘱完甲壳虫司机，徐望冲队友一声呼喊：“就是现在，下车！”

早做好准备的众伙伴猛地推开各自车门，如闪电般蹿出，冲破硝烟，奋力朝轮渡方向跑。

四个炸弹球已经解决了大部分少女心的丧尸，只剩下七八个还能动的，见到车里蹿出了人，立刻爬起来追。它们有的断了胳膊，有的被炸开了花，但依然速度不减，任由鲜血在狂奔的风里飙。

岳帅四人同丧尸战斗正酣，忽见甲壳虫里面的人奔了出来，往他们这边跑不说，后面还跟着七八个丧尸，当下心里一紧，不知是雪中送炭还是雪上加霜。

徐望他们跑近了，才看见四位同行手中的兵刃——圆寸头拿着狼牙棒，先前见过了；渔夫帽手里的鱼竿，绝对新鲜出炉；还有小辫手里的卷发棒和学生头手里的微型手持小电扇。徐望心里一酸，原来钱艾的螺丝刀和他的剃须刀，竟已是稳稳的幸福。

原本冲向“同行”的三十几个丧尸已经被他们打得只剩下十一二个。不知是不是遍地丧尸残骸让剩下的“高级者”心生畏惧，它们与四人隔着几米对峙，或狰狞嚎叫，或饥渴难耐地低吼，却迟迟没敢贸然上前。

徐望一边展望对手，一边还要回头兼顾自身，赫然发现他和吴笙已经与钱艾和况金鑫拉开一段距离，而落在最后的况金鑫已经快要被丧尸追上了。这时候再扔炸弹球，绝对会把队友一起炸飞。

徐望别无选择，一咬牙，直接朝况金鑫背后的丧尸射出水枪。笔直水线贴着跑在身后成一条直线的吴笙、钱艾和况金鑫的耳边擦过去，直抵丧尸眉心。水柱的冲击力让丧尸顿了一下，但也只是一下。

跟着水线一起回头的吴笙见状，立刻道："射他眼睛，那里最弱，直捣大脑！"

茅七平说过，脑袋，或者说脑子，是丧尸唯一的致命点。

相信吴笙似乎是本能，徐望没有半点儿犹豫，松开扳机复又扣下，这一次水流直冲丧尸眼窝。

与此同时，上一枪的霹雳效果延迟响起。

销魂光影和动感 BGM 中，丧尸的眼睛被高压水柱彻底洞穿，丧尸轰然倒地！

紧跟在它后面的丧尸们猛地停住脚步，似乎和那边对峙着的丧尸一样，本能感觉到了不同于普通猎物的危险，如野兽般驻足观察，准备伺机而动。

音乐终于停止，刚摇摆出一点儿节奏的苏明展悄悄垂下学生头，怅然若失。

一轮明月，一条河边，两队人马，两拨丧尸。

同一种对峙，让肃杀里忽然有了短暂寂静。

"公平竞争！"徐望忽然冲着那边的圆寸头队长喊话，掷地有声，"你们打你们的，我们打我们的，谁能上船，各凭本事。"

岳帅转头，同徐望四目相对，交换了眼神，但还没来得及交换意见，就被蔚天杭抢白："那要是丧尸打没了，船板还没放下来呢？我可提醒你，上船的如果超过一队，船是不会走的。"

徐望举起华丽水晶枪，吹一下枪口，轻轻抬眼："那就等到船板放下来，先上先得，看谁快。"

钱艾和况金鑫交换一下眼神，心情复杂。吹枪口，一般都是枪口因为子弹出膛而发烫，所以要吹凉，队长这个还滴着水珠的枪口，吹的意义在哪里！

"公平，公正，公开，"岳帅悠然一叹，仰望明月，心驰神往，"这才是男人间的战斗啊……"

这些非常私人的、近乎低语的感慨没传递给"同行"，只不小心分享给了"队友"。蔚天杭、陶阿南和苏明展都不想说话，如果这是在微信群里，他们还会向队长扔个狗。

"就这么说定了，各凭本事！"岳队长帅气转头，在这水草摇曳的河边给了徐队长正式回应，气贯长虹。

徐望："……"

说定就说定，为什么要声音里奔腾着热血，眼睛里闪烁着星星！

## 5

月光下的末世河边，一场人与丧尸的大战正在销魂的 BGM 中激烈上演。

已经交换了姓名的人类战士，八名。

丧尸，十九只，平均一人两个半不到。

武器，这个得详述。

徐望手持百发百中霹雳枪，只要让他锁定，没有击不穿的，唯一缺点是需要时间，不能一秒毙命。

吴笙挥舞死神镰刀，最佳状态时一镰刀就能毙命，但运动战中并不能总是准确切到致命部位，所以通常还是要缠斗一下。

钱艾手持螺丝刀跟在队长身边，只要有丧尸企图靠近，他就戳戳戳，杀掉丧尸不是目的，主要是自保。

况金鑫无法在人群里使用炸弹球，所以正把追着他的丧尸拉向偏僻地带。

岳帅挥动狼牙棒，耍起来和吴笙的镰刀有异曲同工之妙，故而战斗间隙，他们两个还要时不时互望、攀比。

陶阿南鱼竿在手，只要被他的鱼钩勾住，下场就只能是被鱼线钓起来，再扔进河里。

蔚天杭拿着小小发棒，贴脸烧脸，贴衣服烧布，卷发棒所到之处，烧焦味四起。

苏明展手握微型小电扇，全程贴紧岳队长，在狼牙棒撑起的安全范围内……纳凉。

战场如若定格，说起来就是这般清晰，但真实的场面却已经乱得你中有我我中有你，魔音贯耳，崩溃至极。

岳帅："徐望是吧？你能不能把那个该死的音乐关掉，不然我的狼牙棒总想跟着节奏挥啊！"

徐望："不行，自带的。"

岳帅："那把那个恶俗的彩灯关了总行吧！"

徐望："真没办法，这些都是自带的不能卸载的默认程序。"

岳帅："末日都市这么带感的战斗，你能不能拿个严肃点儿的武器啊！！！"

苏明展："队长，别号了，注意丧尸。"

岳帅："你就不能自己动手？"

苏明展："我拿着风扇呢。"

岳帅："扔了换正经武器！"

苏明展："那就没人给你吹风了。"

岳帅："……"他最爱的热血少年漫画里，拯救世界不是这个画风啊！

铰链滑动的声音打破了激战正酣的平衡。

最先听见的是电扇君苏明展——主要是他实在闲得很，注意力有够分散。但不同于纳凉的优哉，铰链刚发出一声"咔"，他便如一头小豹子般蹿出，铆足全力往刚刚放下一点儿的金属板方向跑。

岳帅在他蹿出去好几步之后才反应过来,立刻一狼牙棒挥出去,扫清前路,也奋力跟上。

徐望他们和蔚天杭、陶阿南是同一拨反应过来的，此时再起步，根本追不上那二人了。

吴笙几乎没半秒迟疑地掏出炸弹球，冲着缓缓下放的金属板大力扔过去。

苏明展眼睁睁看着炸弹球落在仅剩几步之遥的金属板上，当即向后转，连同跟过来的岳帅一起扑倒。

炸弹球的落点在金属板，可因吴笙十分用力，炸弹球落下后二度弹起得相当高，再往下落便偏出金属板，直接落进了河里。火药受潮，成了哑弹。

苏明展这时才反应过来，吴笙根本是故意的，他没想炸他们，他就是想拖延时间。

然而为时晚矣。一扑一倒一哑弹，只短短一瞬，却足够形势逆转。跑得最快的钱艾已来到苏明展和岳帅身边，更重要的是，他在跑着，而两位同行还在地上趴着。

“抱歉了。”钱艾冲二人潇洒一笑，随后一个三级跳远的标准弹跳，生生飞跃过苏明展和岳帅，稳稳落到金属板中间。

以他的重量，这么落下来，金属板必定“当啷”一声。

然而没有。不仅没有，金属板好像还……变软了？

钱艾刚觉出不对，脚下忽然被一股大力往上一推，整个人瞬间腾空五米。正蒙着，他又极速落下，眨眼间脚就重新踩回金属板，然后再度弹起。

这是……啥玩意？！蹦到停不下来的钱艾绝望地发现，丧尸和队友们也没有逃过这一劫。徐望、吴笙、况金鑫、男丧尸、女丧尸、看不出男女的丧尸……不知何时都加入了这个神奇的国度。大家一起弹啊弹，就像无数只快乐的小鸟。

地上，苏明展退出“文具盒”，似对这意料之外的文具支出有些懊恼。

上上下下弹到完全停不下来的四人目送对手步入船舱，金属板缓缓收起，才听见了那迟来的提醒——

鸮：“有人对你使用了＜武＞幸福蹦蹦床哟。”

漆黑一片的封闭船舱里,一个反扣在地面的手机用手电筒模式照亮了四个小伙伴的美。

他们围着手机坐成一圈,在轻轻摇动的船舱里,或气喘吁吁,或灰头土脸,或身心俱疲。

“终于清静了……”岳帅一声长叹，身体却正襟危坐，维持着两个手掌分别贴住左右太阳穴的姿势一动不动，仿佛正在用掌心内力将脑内魔性的旋律吸出来。

“我现在都会唱了，”深有同感的蔚天杭扯下扎小辫的皮筋，用手扒拉散开的发丝，盘起的腿则无意识地轻抖，“迪斯科，迪斯科……”

岳队长一眼刀甩过去，猛然意识到自己竟在哼唱的蔚天杭一脸错愕。那个武具有毒！

“一早就应该直接走水路，”苏明展淡淡开口，“非自作聪明去走桥，现在还不是折回来了。”

陶阿南弱弱提醒：“阿苏，提议这回走桥的好像是你……”

“对啊，”苏明展歪头看他，“所以我刚刚在进行自我批评。”

陶阿南：“好的……”

苏明展的娃娃脸和学生头让他即使在生气时，也有一种“我再也不和你玩了”的萌感。但搭档多时的队友们早已学会透过现象看本质，苏明展的战斗力总结起来就八个字——出其不意，致你死地。

“未必全是坏事，”岳帅对于今晚的路线倒有不同看法，“虽然比原计划多用了一个武具，但如果我们不这么折一下，就不会和旺旺他们遇上，也就不会知道这个破地方还有正经男儿，不全是尔虞我诈……”

“不是，”蔚天杭伸手做了个“停”的动作，“你给人家取小名，经过正主授权了吗？”

“都并肩战斗过了，叫大名多生分啊，要是旺旺不好听……”岳队长很认真地思索一番，“仙贝？雪饼？小小酥？”

陶阿南咽了下口水：“队长，你成功把我说饿了。”

“谁跟你并肩战斗过了，”蔚天杭捋着头发重新扎辫，“他们现在指不定怎么骂咱们呢。”

“不可能，”岳队长非常自信，“吴笙最后那个炸弹球，明明能把我和阿苏炸回家，但他偏扔水里，这是他们的‘投桃’；阿苏好几个凶残武具，最后选的却是杀气最小的‘幸福蹦蹦床’，这是我们的‘报李’；等蹦床时效过去，他们发现还能继续上路，就会明白我们的心意。”

蔚天杭：“……”等时效过去？估计那帮重回大地的家伙和他们同归于尽的心都有！

“阿嚏。”岳队长毫无征兆地打了个喷嚏。

蔚天杭“呵呵”看他一眼：“怎么样，骂你了吧。”

“屁，”岳帅昂首叉腰，“肯定是哪个姑娘想我了！”

蔚天杭无语：“你醒醒吧，这鬼地方就没姑娘。”

岳帅：“怎么没有，好看的 NPC 妹子一大把！”

蔚天杭：“谁来打醒这个死变态！”

苏明展：“队长，你如果真熬不住了，可以从我们几个里……”

岳帅：“不用谢谢再见拜拜我困了先睡会儿撒由那拉后会无期！”

蔚天杭、陶阿南：“……”

苏明展耸耸肩，靠进角落，隐没在船舱的黑暗里。事了拂衣去，深藏功与名。

四十分钟后。

蹦得精疲力竭的人们和丧尸们终于在又一次绝望的触地里平稳站住，再没弹起。或许是运气好，或许是早有设定，所有“蹦蹦床的伙伴们”的落地点都在岸上。

咦？居然只蹦，不回家？意外之喜！

呃，要不还是直接回家算了。

岳帅！我＃￥%*你！！

到底还要蹦多久啊啊啊！！！

随便吧，我心已死。

小蹦床，你为什么叫小蹦床？来吧，一起跳吧……

——以上，就是四伙伴的心路历程。

于是在落地后，他们怔了两秒才和丧尸们彼此看一眼，找回情绪，继续斗殴。这一回，旺之队再没手下留情，“叮咣”一顿暴打，最后一小撮丧尸团灭。

它们死得不冤，因为就是现在岳帅他们再返回来，也未必是“笙望金钱”的对手。毕竟四十分钟的“幸福”蹦床生涯，淬炼了他们如火的“战神气”。

“还剩两个半小时，”徐望看一眼手机时间，“现在怎么办？”

“原计划，”吴笙自怀里掏出地图，指尖顺着上面的河边画一条线，“码头不行，就沿河堤路往东，折到幸福桥。”

仨伙伴看着地图上那“幸福”俩字直觉得碍眼，也不知道谁给这桥起的倒霉名字。

“整个河堤路都是在树林里穿，”徐望叹口气，“我们最初定计划的时候默认开车，现在车没了，徒步穿树林？”不只是危险的问题，更重要的是路远，靠走的，五点之前能不能到桥头都是问题，更别说去医院了。

“队长，”况金鑫默默出声，“你往左边看一眼，那个粉红色的物体好像有点儿眼熟。”

一句提醒，仨队友一起转头眺望。月色里，一辆粉红色甲壳虫正朝着他们缓缓驶来，被砸得坑坑洼洼的车壳仍倔强地泛着骚气的光。车在四人身边停下，甲壳虫司机自车窗探出头：“帅哥们，去哪儿啊，顺路的话送送你们？”

徐望莞尔：“城北，中心医院。”

甲壳虫司机点点头：“不顺路，再见。”

徐望乐不可支：“那你干吗不走，非等到现在？”

甲壳虫司机撇撇嘴：“万一你们打不过想逃跑，又没车，最后全阵亡，我这一走不就成间接凶手了。”

徐望：“……这种悲剧结局不用脑补得那么细致！”

吐槽的话音还没落，甲壳虫司机已经开门下来了："你们执意要去中心医院，一定有你们的理由，我没办法跟着去，但车可以留给你们。"

徐望愣住："那你怎么办？"

"我家离这儿近，"甲壳虫司机说，"我一口气跑回去，进了小区门就是安全地带。"

"要是跑回去的路上遇见丧尸了呢？"

"认倒霉呗。"

"你家离这里有多近？"

"十分钟。"

四十分钟蹦床都蹦了，不差再耽误十分钟送"恩人"回家。毕竟要是没有这辆甲壳虫，他们还不知道在哪里凉快呢。

三分钟后，吴笙："不是十分钟吗？"

甲壳虫司机："我跑十分钟，你开车当然快啦！"

众伙伴："……"

甲壳虫司机快步进入安保严密的小区，转过身，铁艺大门缓缓合上，只留下花纹镂空的缝隙。"谢谢你们送我回来。"透过铁门的雕花镂空，他冲自己的粉色甲壳虫挥手。

"赶紧上楼吧。"甲壳虫里的四个人赶苍蝇似的说。

但他多冰雪聪明啊，轻而易举就能从那伪装的嫌弃里读出四位萍水相逢者对他的不舍。其实，他也舍不得他们，嗷呜！

车内四伙伴在甲壳虫司机的"凝望"里，蓦地一寒。为什么总有一种偷了少女芳心的诡异错觉？

吴笙重新发动汽车，刚开出去几米，甲壳虫司机忽然凑近雕花镂空大门，大声对即将分别的"伙伴"奉上最后的祝福："河堤树林里有一座三教殿，你们开车穿过去的时候如果有时间，就去那里拜拜，保平安的！"

北京时间，2：45；鸮时间，20：45。

甲壳虫在河边的林荫小路上前行，速度七十左右。没办法再快，因为不知道哪个部件伤着了，一超过七十，整辆车就咯噔咯噔响、上上下下颠，好像车轱辘是方的。

"我说怎么好像哪里听过，"吴笙终于想起来了，将脑内档案提取出的信息完完整整复述一遍，"苏明展、陶阿南、蔚天杭、岳帅，3/23 交卷。"

后入队的钱艾茫然，徐望和况金鑫倒反应过来了，不约而同按出"成绩单"，向上回溯。

果然，那是他们入鸮的第二天，收到的第一条"成绩单"的提示信息。

成绩单："苏明展、陶阿南、蔚天杭、岳帅，3/23 交卷。"

凑近况金鑫胳膊看了个清楚的钱艾讶异挑眉："他们那么早就已经过完这一关了？"

别人的交卷信息只有在第一关的时候才能收到，不知是不是给新手的福利，总之第二关以后，所有人就只能收到自己队伍的交卷信息了。钱艾那时候已经在第二关了，与这条信息无缘，但看一眼也明白怎么回事了。

"应该是交卷失败，又退回来了。"徐望退出"成绩单"。

钱艾皱眉："他们队长虽然挺二的，但从配合到身手都不是一般的战士，要是他们都过不去……"

那第三关之后的关卡会有多难？这后半句有点儿丧气，钱艾终是没说。

但所有小伙伴都懂，故而甲壳虫内一时陷入略带压抑的沉默。

不经意间，钱艾抬眼，看见了内视镜里吴军师的脸。正全神贯注开车的自家军师嘴角微扬，眼波带笑，仿佛对今后越发坎坷的关卡有无尽的期待与向往。

啊，他差点儿忘了，这位老同学是考试题简单了都会生闷气的神经病！

钱艾无语地收回目光，不料收回途中，又扫到了副驾驶座的徐望。当年的徐体委、现在的徐队长正微微偏头，目光温柔而满足，满足里又透着嫌弃，嫌弃里再带着懊恼，懊恼里又藏着甜蜜，甜蜜一闪幻化成怅然伤感，慢慢地再回归温柔。

要不人家是队长呢，钱艾想，这"包罗万象的内心"一般人就来不了。

"队长，"一直注意观察沿途情况的况金鑫终于有了惊喜发现，"你看那个是不是他说的三教殿？"

吴笙放慢车速，徐望按下车窗，顺着况金鑫指的方向望，只见不远处的树林中，一栋类似红色庙宇的建筑若隐若现，庙身几乎被树木遮挡了九成，如果事先不知道有这栋建筑，绝对就错过了。

"去吗？"钱艾看着那层层密林，有点儿打怵。

徐望："去，这种支线剧情……"

吴笙："通常都有意外之喜。"

钱艾有些意外这无缝配合："你俩真是越来越默契了……"

吴笙开着车，还要腾出一只手摊一下："主要是我迁就他。"

徐队长立刻回击："你说这种台词不亏心吗？"

吴笙正气凛然："问心无愧。"

徐望："……"短暂的友谊小桥，塌了。

吴笙将甲壳虫驶入密林，左绕右绕终于停在三教殿门前。

这三教殿基本造型是一座庙，从细节上看又有点儿道观风格，但因年久失修，斑驳破落，也没办法再深究。正门上方“三教殿”三个大字倒看得清楚。还有门两侧的立柱，左书“世间法各有其妙”，右书“儒释道三教归一”。门板全部大开着，一扇已经脱落，躺在了地上，剩下的也歪歪斜斜挂着，像是随时会被风吹掉。

吴笙将甲壳虫熄火，寂静密林里，只有风的声音。四人蹑手蹑脚下车，做贼似的悄悄溜进三教殿。

殿内燃着烛火，不算明亮，但恰恰是这种明暗适中，让殿内多了一分肃穆。一迈过门槛，四人便切切实实感觉到了气氛的变化。在殿外，他们时刻担心会有丧尸从阴暗角落蹿出来。可仅一门之隔，他们竟蓦地安心下来，恐惧仿佛被一种温和的力量扫清，明明背后的殿门还大敞着，心里却只觉平定安宁。

正前方供奉着三尊神像，像前各一鼎香炉，旁边桌案上放着未点燃的香。刚刚在外面看见“儒释道”三字便已清楚，这是座“儒家”“佛教”“道教”一起供奉的庙，只是具体这三尊神像都是谁，小伙伴们也认不出。不过知道是神明就好。我国劳动人民拜神从来不嫌多，最好是能拜的各路神仙都拜拜，所以四位小伙伴也是一视同仁，给三位神明都诚心诚意上了香，求个前路平安。

上完香，四伙伴站在大殿中央，屏息等待。按照剧情套路，这时候就该有神明说话，或者有神秘礼物从天而降了。

什么都没发生的五分钟过后……

钱艾：“我们是不是太天真了？”

况金鑫：“他说的保平安，可能就是一个美好祝愿……”

徐望叹口气：“算了，不等。”

“咔啦啦——”

钱艾：“神像里有密室？！”

况金鑫：“幸好没放弃！”

徐望：“我就知道！”

吴笙叹口气，自墙壁后面探出头：“有感慨的时间，还不如过来帮我推一把。”

徐望、钱艾、况金鑫：“你什么时候过去的？”

吴笙：“不然呢？你们以为这庙会自动翻墙？”

四人合力将墙壁推转了一百八十度，并没有什么密室，墙壁后面的空间不过是留出来方便墙壁转动的。如今，三尊神像到了背面，而原本的墙壁背面变成了正面，一尊新的神像独享供奉香火。

不同于那三尊神像的威严，这一尊神像雕刻的神君容貌非常年轻，剑眉星目，面若玉龙，神情不见庄重，倒见随性，坐姿也十分松弛自在，仿佛不是端坐在这里等着香火，而是随便在南天门外找了个地方席地而坐，歇息吹风。

神明换了，但四位伙伴拜拜的套路还是一样，上香，双手合十，诚心祈愿。

淡淡檀香缭绕而上，大殿里的风忽然停了，烛光不再摇曳，殿内的光明有了一种坚定。

再度拜完的四人缓缓睁开眼。

香案上，多了一大一小两个锦盒。

四人面面相觑，都没说话。神明不灵验的时候，你可以半调侃半认真地吐槽，比如“老天爷你不开眼”这一类，但当神明真的灵验了，反而不敢随意玩笑了。

最后还是徐队长上前打开了“礼物”——一个需要填充弹药的“火箭筒”，扛在肩膀发射，可大致控制落点，显然是给况金鑫剩下的那半袋子炸弹球量身定做的；一把电锯，《德州电锯杀人狂》里那种电锯。

霹雳徐、镰刀吴和火箭况带着各自的武器，默契地后退一步。

“被动出列”的钱艾欲哭无泪地回头：“这个真的不适合我……”

五分钟后，补给完毕的徐望小分队重新上车，驶向桥头。

夜风里，还能听见钱同学的哀号：“神啊，你睁大眼睛看看吧，我这么温柔的男子不适合这么丧心病狂的武器啊！”

## 6

三教殿里，烛火忽地全部熄灭。

一道淡银色的影子自年轻神像头顶飘出，落到殿门口，顷刻化为一个长发青年，倚着破落门框，目送那抹粉红色远去。

他剑眉星目，面若玉龙，只是眼神和香案上那尊神像不尽相同——神像目光清澈，英气凛然；他则半眯着眼，微微皱起的眉宇间明显透着“本神不开心”。

自仙气飘飘的袍子里掏出手机，长发青年拨了通讯录里唯一的号码。电话接通，他立刻哀怨控诉：“为何又将我的车借与他人……”

那头回了一句。

长发青年叹口气，缓下声音：“我知你不喜马卡龙粉，我也已然想过了，下次换薰衣草紫……喂？喂？哈喽——”

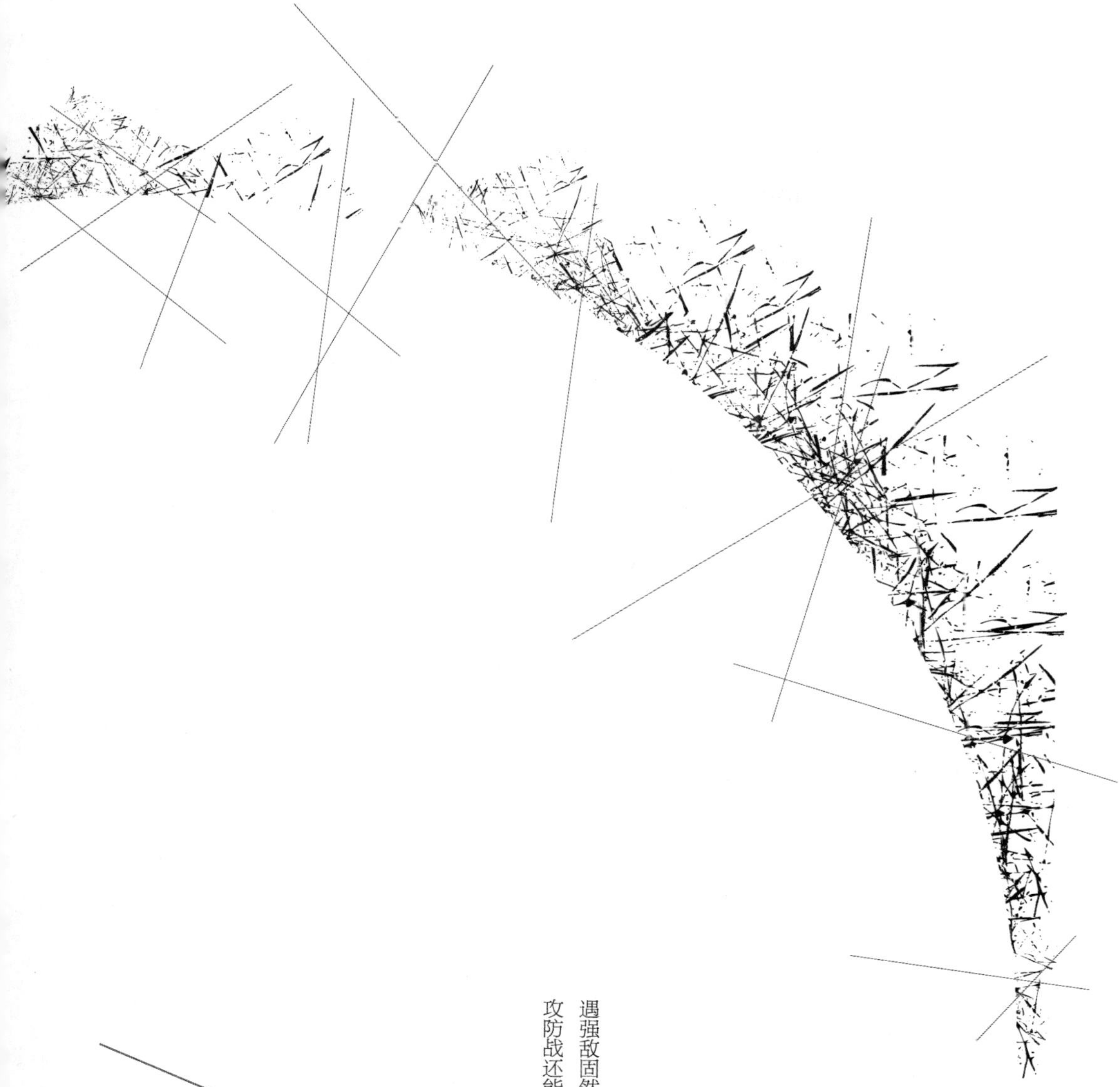

遇强敌固然可怕，
攻防战还能再打。

# 第八章　游乐园

YOU LE YUAN

## 1

城北河畔，阳光电影院，4DX 厅。

幽暗的放映厅内正上演一部丧尸电影，银幕中血肉模糊的光影照亮了中间一排四名观众的脸。偌大的 4DX 厅只这四名观众，他们戴着 3D 眼镜，坐在随着剧情不断震颤晃动的座椅上，一会儿被吹风，一会儿被喷水，一会儿被迫闻着劈头盖脸的刺鼻血腥味，堪称三百六十度沉浸式观影。

岳帅第一百零一次抹掉脸上的水珠，恰好电影切到一个极明亮的镜头，将岳队长生无可恋的麻木双眼映得一清二楚。

“队长，”邻座陶阿南在几乎要把人颠散的座椅震颤中，发来灵魂的拷问，“我们为什么要走进这家电影院……”

话音未落，影厅门忽然被撞开，一个穿着工作服的丧尸堂皇而入！四人瞬间滑到椅子下面，低头，蜷腿，屏住呼吸，一整套动作既迅速又熟练，显然之前已这么藏过无数次。

工作服丧尸正正经经巡视了一圈，不见异常，再度离开。几乎憋到极限的四人终于呼出一大口气，又纷纷坐回座椅，继续“看电影”。

为什么要走进这家影院？其实四人心中都有答案。

城北不比城南，几乎见不到一个活人，更别提跟人借（抢）车。上一次在这关时，他们就差点儿因为“在城北找车”而交卷失败。所以这一次他们学聪明了，直接在城南找了辆卡车一路飙到码头。原本想着连车带人一起进船，过河之后继续开车上路，哪承想遇上徐望他们，于是卡车变成了自行车，下了船的他们又面临了和上次闯关时同样的局面。

然而世上没有两片完全相同的叶子。

上次的他们一路咬牙闯到了医院，而这次的他们，刚走两步，还没离开河畔呢，就遇见了一大波跳广场舞的丧尸大妈。大妈的战斗力简直是核武器级，打了几个回合，眼看要团灭，四人只得三十六计走为上，寻了个小路就这么直愣愣地逃进了这家河畔电影院。

电影院倒是十分贴心，直接把丧尸们隔绝在了外面，只是落地门一关，“小抄纸”就“叮”地响起来——

“欢迎来到阳光电影院，请贵宾移步 4DX 厅，用心观赏电影，观影后填写答卷，满分 100 分，及格分 60 分，及格即可过关。PS. 观影途中会有工作人员巡查，鉴于你们并没有购买电影票，请务必躲好，一旦被巡查发现，后果自负。”

彼时，四伙伴看了很久的“小抄纸”，却依然没办法平复奔腾的内心。然后，四合一的泣血控诉几乎掀翻了电影院顶棚。

“为什么会有局中局啊啊啊！！！”

以上这些，都是五十分钟前的事了。

现在，四伙伴终于等来了银幕上大大的“THE END”。

座位刚刚回稳，影厅内就忽然大灯全开，霎时光明。一张考试卷，连同一张答题卡和一支 2B 铅笔，自屋顶翩然落进岳帅手中，让他想起了被高三支配的恐惧。

“男主妹妹的备胎姓什么？名字那么长鬼记得住啊！”

“女主杀掉的第一个丧尸生前爱听谁的歌？这是人类能答上来的问题吗！”

“队长，别激动，答案电影里都有，就是比较不容易注意到，让我来吧……男一号的妈妈爱去的酒吧里有一个总坐在吧台的牛仔，他在吹口哨的时候眨了几次眼……这谁出的题，我和他拼了！”

岳家军终于磕磕绊绊答完了整张试卷。

随着最后一道题答涂完毕，试卷、答题卡和铅笔一同消失。

小抄纸：“正在阅卷，请耐心等待。”

终于松口气的岳家军，蓦地操心起不久前刚打过交道的“同行”来。

陶阿南：“不知道他们怎么样了。”

蔚天杭：“提前回家了吧。”

陶阿南：“应该多提醒他们一句的。”

蔚天杭：“上船的时候打那么激烈，谁还顾得上说这个。”

岳帅："未必就那么巧遇见，没准儿在他们过桥之前，游乐园那帮人已经从别的队伍手里抢到车了。"

苏明展："今天进这关的都是老队伍，大多一进来就在城北，需要从城南过桥的队，说不定就我们两家。"

蔚天杭："那完了，遇上那帮疯子，他们必死无疑。"

岳帅："未必，我们不就逃掉了吗？"

蔚天杭："他们一队愣头青，能和我们比吗？"

岳帅："我觉得他们很有实力啊。"

苏明展："队长，你现在有迷弟倾向，很危险。"

岳帅："……"

蔚天杭："唉，我以为池映雪那个神经病一辈子都不可能遇见合拍的队伍呢，现在看，真是什么人都能找到归宿啊。"

苏明展："相爱容易相处难，能不能长久，还得走着看。"

岳帅："你感慨就感慨，为什么要看着我……"

"叮——"

**小抄纸："阅卷完毕，59 分。"**

## 2

北京时间，3：15；鸮时间，21：15。

顺利上了"幸福桥"的粉红色甲壳虫，遇见了一座游乐园。

确切地说，是这座"幸福游乐园"所在的河心岛把桥截成两段，让原本一座桥就能完成的渡河路线，变成了"城南桥—游乐园—城北桥"这样坎坷的三段路。

更重要的是……

"地图上没有这个。"吴笙把地图摊开，所有小伙伴都看得清楚，标注在河上的只有一座桥，别说游乐园，连河心岛的影子都没有。

"隐藏地点？"钱艾现在对鸮的不靠谱已经彻底了解了，对此完全不意外。

"这确定是游乐园？"况金鑫咽了下口水，"我怎么看着像鬼屋？"

没有灯，偌大的游乐园从里到外没亮一盏灯。

近处，围墙高耸，向两边延伸，几乎看不到尽头。墙面绘满了五颜六色的抽象画，每一幅都像在抹黑毕加索，而幽暗的夜色更是让唯一能够拯救视觉灾难的明亮用色失了鲜艳，于是一片黑乎乎里只剩下扭曲变形的人体、动物，以及不知道是什么东西的诡异图形。

远处，园内的游乐设施在高墙的阴影里死气沉沉，看不清楚模样，只剩幽深轮廓。园内的绿植亦然，花草树木混杂在一起随着夜风摇动，就像人影幢幢。

唯一认得出的是摩天轮。高得仿佛要碰到月亮的摩天轮屹立在游乐园正中央，一个一个小座舱被打造成了带着翅膀的小浴缸，悬挂臂就像支起来的花洒，吊着可爱的浴缸在天上飞。这是唯一能冲散游乐场死寂的设施，无奈也静静停在那里，沐浴月光。

“车门车窗都锁好了吧？”徐望问众伙伴，得到肯定回答后，他正色起来，“总之，时时刻刻都要小心。”语毕，他看向吴笙：“开车。”

吴笙轻点下头，亮着车灯的粉红色甲壳虫重新开动，以谨慎的慢速缓缓驶入游乐园。

他们也知道亮车灯容易暴露，但若不开灯，鬼知道黑暗前路里有什么，万一撞上，更危险。

游乐园里静得骇人。外面至少还能听见虫鸣，甚至能听到远处传来的丧尸嚎叫，可进来之后就什么声音都没了，越往深开越安静，死寂一般。

这座地图上没有的游乐园究竟什么地形谁也不清楚，吴笙只能沿着大路在大方向上往北开。路面很平坦，但一看就是有队伍在这里打过丧尸，大片大片发黑的血迹已经将路染得看不出本来颜色，有的地方甚至堆得阻碍了路，吴笙只能绕开，从岔路继续往北开。

他开的远光灯，希望能让视野最大限度扩展，于是众伙伴也借着这灯光看清了他们路过的旋转木马、海盗船……

“咯噔”，高度警惕中，车忽然狠狠颠了一下，像是碾过了什么东西。

吴笙一脚刹车，本就没起速的甲壳虫立刻停了下来。

“是什么？”徐望迅速看向他，紧张地压低声音问。

吴笙没说话，只眼底慢慢沉下来。

徐望握紧霹雳枪。

吴笙没摇头，说明他心里已有一个答案，不说，只是因为他还需要验证。但徐望可以肯定，这个答案不会喜闻乐见。

挂倒挡，吴笙轻点油门，毫无预警地开始倒车。“咯噔”，前轮再度轧过那“东西”，而它也在逐渐后退的车灯底下现出原形——一条腐烂的丧尸的腿。

“千躲万闪，还是没避开。”钱艾别开眼，虽见过很多了，但盯着看太久还是反胃。

“不对……”吴笙半眯起眼。思索两秒，他忽然打着方向盘倒车，让车头在倒车里向左偏了四十五度，远光灯的光线一下子就从前路移到了左侧灌木丛。

尸横遍野。

“这……”后面的话钱艾没说出来，因为太恶心了，再张嘴怕吐。

钱艾和况金鑫还惊骇着呢，吴笙却忽然掉头，以远快于先前的速度将车往回开！

“怎么了？”钱艾心里一惊，意识到事情不妙，但具体哪里不妙却毫无头绪。

徐望却已然明白。他们这一路行来，虽见满地打斗痕迹，但偏偏左闪右躲避开了全部障碍，走出了一条“平坦的路”，要不是那截意外现身的“断腿”，他们还会顺着没有障碍物的前路开。

“有人特意清理出一条路线，引我们到园中某个固定的地点！”徐望飞快地说，与此同时，目光在挡风玻璃和副驾驶座旁的车窗之间来回搜寻。他不知道那特定地点有什么，但一定不会是好事！

不知第几次看向车窗时，徐望听见吴笙飙出一句脏话。他条件反射地看回车前方，霎时眼睛瞪大到极限。前方路面，也就是他们来时走过的路上，出现了一个巨大的流沙坑！

这什么鬼剧情啊！！！

“刹车刹车刹车——”后排的钱同学惊恐大叫，就这沙坑宽度，车王来了也飞跃不过去！

钱艾没听见车轮胎已经在地上蹭出令人窒息的刹车音了，但吴笙心里清楚，从踩下刹车的那一刻他就知道，这距离不够刹停的。

“跳车！”

四伙伴跳车的那一刻，车头已经来到流沙坑边缘。

他们用力往外跳，重重落地后又随着惯性滚了好几圈。其中吴笙为多踩半秒刹车，最大限度给伙伴们减速，跳得最晚，一落地直接半个身子就进了沙坑。要不是他在最后一刻用手拼命扒住沙坑边缘，那已经埋到腰的流沙将直接把他彻底吞没。

最先爬起来的钱艾顾不上去捡跳车时一并踹下来的电锯和镰刀，第一时间奔过去拉住吴笙，而后徐望和况金鑫也跑过来，三人合力，这才艰难将队友拉扯上岸。甲壳虫就没那么好的运气了，入沙坑之后就不断下陷，直到吴笙被拉出沙坑，流沙才突然静止下来，甲壳虫的陷落随之停住，触目所及只剩一截车顶。

“要吞没就吞没个彻底啊，”钱艾无语，“这留个车顶让人看得见又没法开出来，不是折磨人吗……”

“唯一的解释……”徐望走过去把镰刀和电锯捡起，再回来分别递给队友，“沙坑要吞的不是车，是我们。”所以，当他们跳车，又把唯一涉险的吴笙也救回来后，流沙便停了。

“唉……”

不知何处的黑暗里，忽然传来一声轻叹。

四伙伴立刻凑近，背靠背地警惕周遭，然而没了车灯，哪里都是茫茫的暗。

一簇光，从路边的旋转木马上亮起。开着手机闪光灯的男人坐在旋转木马上，正摇着手机朝他们轻轻地挥，带着点儿懒散，带着点儿漫不经心。

“已经浪费我一个‘流沙河’了，就不能乖乖跟着流沙回家吗？”男人歪头，身子轻轻倚着马匹修长的脖颈，特真诚地问，“为什么非要跳车？”

隔着六七米的距离，光亮也有限，但在高颜值面前，这些都是浮云。别说他还用手机给自己打着光，就算没有，只借月光，徐望也能一眼认出这位朋友——

肤白貌美，眼角一颗痣，无尽海上搭弓射箭，潇洒如流云；这会儿坐着旋转木马，微微歪头蹙眉，又是另一种漂亮。

池映雪。

徐望在心里默念这个名字，嘴上却没讲。他不知道对方有没有认出他们，但“见证过自己悲摧一幕的陌生对手”这一身份，并不比“狭路相逢的陌生对手”占优势。

“哑巴吗？”半晌没等来回应，池映雪不悦，眉头蹙得更紧了。

徐望掏出手机，也打开闪光灯照向自己的队伍，营造出一种“不要以为只有你一个人是C位”的势均力敌感。然后，他才不紧不慢地开口，语调微扬，似笑非笑：“你用‘流沙河’，我们就要乖乖配合，自觉回家？这地儿你们家开的？”

比装相谁不会，他看吴笙装的时候，池映雪还不知道在哪儿背安培定则呢。

“呼，总算有个喘气的。”池映雪眉头舒展，满意地点点头，“我给你两个选择，一、车钥匙留下，人走；二、车钥匙留下，我送你们走。”

徐望磨牙，未及回应，背后忽然亮起三簇光，同他原本就亮着的手机闪光灯融成一片广阔明亮。他回过头，只见仨队友人手一部开着闪光灯的手机。

一对四。徐队长的气势一下子就起来了。

“还是选三吧，我们先送你回家，再开车……”徐望的话戛然而止。

伙伴们的应援之光也多少染亮了对面一些，于是原本只能看清脸的对手露出全貌——池映雪挑了整个旋转木马里最高大拉风的一匹白马，却不好好正坐，而是侧身坐着、慵懒倚靠，漂亮的眸子半眯着，从头到脚散发着对对手的轻视与不上心。

这样欠打的人，徐望天天看，所以内心并没有一丝波澜。

真正让他话没说完就停下的，是池映雪的造型。

前次在无尽海，这人虽远在桅杆上，但那件帅气的夹克被他穿得有型有款，让徐望印象深刻。今次，这人从头到脚完全换了风格——浅西瓜粉色的短袖衬衫、淡湖水绿色的短裤，低饱和度的色调让它们搭配起来清新明快，而衬衫本身宽松的版型又透着慵懒随性，更随性的是那双椰风人字拖，不踏一下浪都对不起它的出场。

东营是沿海城市，配一身海滨度假风的穿搭，闯关之余踩踩沙滩、追追浪花，简直酷。

但有一个问题。

这是十一月的山东，再过一个礼拜，夜里最低温度就该逼近零度了……

徐队长一时不知该从哪儿吐槽起，倒是况金鑫，怎么想就怎么问了："你不冷吗？"

池映雪找了一下才找到说话的人，不答反问："你觉得好看吗？"

况金鑫诚实地点头："好看是好看……"

"那就不冷。"池映雪微微一笑，温柔动人。

况金鑫咽了下口水，不知该说什么了。

"OK，寒暄结束。"池映雪关掉闪光灯，把手机放回短裤口袋，手却没再拿出来，而是维持着单手插兜的姿势，与此同时，另一只一直垂在马身后面的手毫无预警地抬起，端着弩箭冲徐望就是一箭！箭头划破徐望的左臂——为了方便看文具，他一直挽着袖子。而后箭的速度未减，顺着四人间隙急速而过，最终"咚"的一声钉在了他们后方的树干上。

他的动作太自然，神情太平淡，以至于四人竟来不及做任何反应。直到箭扎进树干，徐望才回过神，抬起手臂。猫头鹰图标下方有一道一指长的血痕，破皮见肉，微微渗血，带来一丝丝火辣的疼。

能一箭送人回家的要害部位很多，池映雪却故意射偏，只让箭头刮破了他的胳膊。

"队长！"况金鑫见状，直接架起火箭筒，炮口却被吴笙抬手捂住。

况金鑫刚要问，对面旋转木马上的池映雪却先一步开口："给你们最后一次机会，选一还是二？"

吴笙上前一步，将徐望挡在身后。镰刀木柄在地上轻轻一戳，他抬眼瞥过去："我们队长说选三，你没听见吗？"

池映雪微微眯了下眼，却不是看他，而是看他的镰刀："哎，你这个武器很帅啊。"他举举手中的弩箭，特认真地问，"我拿这个和你换，好不好？"

吴笙笑了，连带着声音都温和起来："想换？那你过来。"

池映雪毫不犹豫地跳下旋转木马，特自然地朝吴笙走去，仿佛对面等待着的不是对手，而是队友。

吴笙一动不动，就静静等着，直到池映雪走进两米范围内。

吴笙一镰刀扫过去，破风横切，速度之快前所未有，况金鑫和钱艾甚至都没看清他什么时候动手的。然而池映雪却早已预见似的一个急停后仰跳，闪得利落，却也惊险，那刀刃几乎是贴着他脖颈皮肤过去的。

一击未中，吴笙也不恼，收回镰刀，又恢复"有话好好说"的姿态。自始至终，他连一点儿杀机都没露。

池映雪站稳，后怕似的摸摸脖子，眉眼却带着笑，就像无尽海上嫌弃当时的队友那种淡淡的不屑的浅笑："你这是要砍我脑袋吗？"

吴笙不置可否。

池映雪叹口气，颇有点儿语重心长："砍了能如何，我又死不了，无非是提前送我回家。况且……"他耸耸肩，同情似的看向吴笙，"你也根本砍不到我。"

吴笙终于说话，却不是接茬，而是提了个全新问题："你们队的计划是什么？"

池映雪怔住，任他脑袋再灵光，也想不出这种问题的存在意义："谁给你的自信，觉得我会回答？我们的计划是引你们去摩天轮底下的陷阱，然后抢车，'流沙河'的使用根本不在原计划，要不是你们多此一举把车掉头……"意识到自己说了什么的池映雪猛地停住，眼底染上不可置信的错愕。

吴笙却不给他喘息的时间，紧接着问："你的队友都藏在哪里？"

对于吴笙的直视目光，池映雪没有一丝一毫的闪躲，但内里却迅速收敛心神，再不敢分心大意。可嘴巴像有了自我意识，竟在这般的严防死守中揭竿而起，自作主张发了声："韩步庭在海盗船那儿，李子近和厉夏都在摩天轮底下……"

提问者收到满意答案的同时，莫名坦白者也听见了迟来的提示——

**鸮："有人对你使用了 < 幻 >Don't lie to me 哟。"**

夜风吹过，树叶沙沙像鬼怪在低语。

"你对我用幻具。"池映雪的声音和眸子里的光一并沉下来。

吴笙低头看了一眼徐望手臂上的血痕，才又看回始作俑者，声音极轻："下次再对人动手的时候，长点儿眼。"

徐望瞪大眼睛，万没料到他是在为自己出气。

"你到底是解决他们来了，还是向他们出卖情报来了？"一个十七八岁的少年不知何时坐在了仅露在外的甲壳虫车顶，盘腿拿着游戏手柄的姿势让人怎么看都觉得他面前应该摆个游戏显示屏。

少年顶着一头随性得像自己动手剪的乱糟糟的短发，眼睛很亮，很元气，但说话不知是刻意压低还是怎么的，有一种故作的冷漠深沉，和他一身的少年气极违和。唯一值得欣慰的是他穿着一件深秋该穿的抓绒卫衣，至少在感知冷热上没池姓队友那么疯，要好看不要命。

"等不及了？"见自己的战斗被打扰，池映雪眼里闪过不快，可说话的语气并不冲，显然有所收敛。

徐望眼中划过一抹惊讶，在无尽海的时候，这位跟队友相处可没这么留情面。

“厉夏说你肯定又废话一堆了，让我过来速战速决。”少年，也就是原本应该在摩天轮等待的李子近，言简意赅说明来意。

池映雪看了他一会儿，淡淡“嗯”了一声，转身重新跳上旋转木马，算是做了交接。

“加油。”最后留下的这句鼓励，真诚度还不如充话费送的。

李子近懒得理他，低头看着游戏手柄上的屏幕，迅速操作起来。他表情未动，坐姿也几乎没动，只捧着游戏手柄的双手娴熟操作，就好像真的在全神贯注打游戏一般。

已经适应了月光的四人忽觉头顶出现阴影，抬起头，就见一架小型四旋翼无人机在他们上方无声盘旋。无人机是白色的，上面挂载的连发机枪则幽黑泛光。

李子近拿的不是游戏手柄。他玩的是无人机，会扫射那种。

“跑！”徐望的一声喊几乎破了音。

同一时间，子弹“突突突”地出膛！

四伙伴一瞬散开，本能狂奔，一片空白的大脑什么都来不及想，只一个念头——跑，跑慢了就会没命。死亡从没有像这一刻如此逼近，如此逼真！

自始至终，李子近都没有抬头看对手一眼。无人机上有红外线摄像头，他只要盯着手柄屏幕上实时传输过来的画面就好。这种“上帝视角”，让他在对手一散而开逃往不同方向时没半点儿迟疑，直接选择跟上吴笙。

“厉夏让我过来看看”不过是李子近随口找的开场白，事实上，他是跟着池映雪过来的。所以从池映雪使用“流沙河”到那四人跳车，他都看在眼里，也清楚看见了谁是司机。

跟过来，是因为他不太放心这位新队友。结果这位新队友还真没让他刮目相看，从头到尾扯一堆有的没的，简直让人无语。在他看来，这事儿简单得跟喝水一样。车钥匙必然在司机身上，那么把司机送回家，属于鸮的物件便会随之落地，他们只要弯腰一捡就齐活了，和打怪爆金币是一个道理。还你来我往聊半天，还给选择一选择二，有病吧！

“砰——”

突来的爆炸声让分心吐槽队友的李子近手上一顿，再看屏幕，已一片漆黑。他抬起头，不远处的无人机已在一片缤纷硝烟里解体。他小声骂了一句，为自己刚才的大意懊恼——只顾着追击扛着镰刀的司机，且对机枪的压制力过度自信了，却疏忽了摄像头视野外的其他家伙，如果没记错，有个小子带着远程重武器。

最后一片无人机残骸在火箭炮的硝烟里落地，发出一声微弱的“啪”，像是给突然而起的激战画上仓促休止符。

火光消失，声音消失，暗夜下的游乐园重归死寂。

一个高大挺拔的身影缓缓来到沙坑前。那人没看旁边的池映雪，只看坐在车顶上的李子近，仿佛一早就知道他会过来掺一脚："没拿到？"

"对不起。"李子近丧气地垂下头，不敢看韩步庭的眼睛。再没有先前故作的深沉严肃，现在的他，就像一个犯了错担心挨骂的孩子。

偏巧池映雪最烦熊孩子，尤其是没礼貌的熊孩子："如果他不过来捣乱，我现在已经拿到了。"

"怎么拿？坐旋转木马绕两圈，对手就自动投降了？"黑暗里走出另一个瘦削身影，穿黑色连帽衫，双手插兜，一张脸藏在帽衫晦暗不明的阴影里，稍长的刘海又遮住了眼睛，使他整个人显得格外阴郁。

"一对二，你们占理，我认输。"池映雪举起单手，别人用来发誓的姿势，在他这里倒成了投降。

韩步庭没理背后的小插曲，伸手摸了摸李子近的头，沉声问："看清谁是司机了吗？"

按理，这话该问池映雪，因为是他用"流沙河"把那四人拦住的，应该更了解情况。可韩步庭选择问李子近。

池映雪轻嘲地扯了下嘴角，索性抬头，优哉地欣赏旋转木马的吊顶。幽暗中，吊顶华丽的造型失了色彩、没了光泽，就像劣质品。

"看清了，"李子近连忙回答，迫不及待弥补过失似的，"灰色衣服，拿镰刀！"他不知道吴笙的名字，但把这个人记得清清楚楚。

韩步庭没再多问，直接抬手，点"文具盒"。

距离无人机爆炸点十米远处的灌木丛后面，况金鑫猫着腰跑近自家军师，小声问："没事吧？"

第一次经历枪战，是个人都得缓半天，吴笙也不例外，心脏现在还狂跳。但对着舍身过来相救的队友，他还是要给个定心丸："没事，幸亏你轰得准，不然我现在就成筛子了。"

况金鑫有点儿不好意思地挠挠头："我一开始和队长跑的，早吓蒙了，后来还是队长发现无人机追着你，让我过来用火箭筒……"说着说着，他像想起了什么可怕的事情，严肃下来，连声音都沉重了，"笙哥，他们和岳帅不一样，他们真的敢杀人。"

吴笙知道。

别提什么"送回家"——用文具送对手回家和用武器杀掉对方送回家，完全是两个概念、两种体验，就和他们明知不会死，面对子弹，仍本能恐惧一样。

鸦："有人对你使用了＜幻＞探囊取物哟。"

提示音毫无征兆地响起。吴笙一惊，条件反射摸口袋，车钥匙不见了！

他迅速扒开灌木丛枝丫，透过缝隙看向十几米外的沙坑旁边。那里原本只能借月光看见四个模糊黑影，这会儿却明亮起来——是甲壳虫的远光灯！

他们不可能发现他躲在这里，却还是轻松锁定，拿到了他口袋里的钥匙。这么厉害的幻具一开始却没用，应该还是舍不得吧。

舍不得浪费在他们身上。

况金鑫不明情况，只看见吴笙猛地一拍口袋，然后远处的四人解除沙坑，陆续坐进重见天日的甲壳虫里。更重要的是，他们发动了汽车。

"笙哥？"况金鑫急了，"他们……"

"拿了我的钥匙。"吴笙说得平静，可握着镰刀柄的手，关节已泛白。

"没事，"况金鑫直视前方，目光坚定，"他们跑不了。"

## 3

池映雪最后一个坐进甲壳虫，懒懒散散地关上门。

厉夏从后视镜里瞥他一眼，踩油门，发动汽车。

虽比原定计划多了小波折，但无伤大雅，整体依旧轻而易举，证据就是从头到尾对方只有逃窜，毫无还手之力。韩步庭对这个结果基本满意。

李子近却耿耿于怀："他们还不如之前开卡车的队伍呢，至少那帮人还能打几个回合，这一队倒好，弱成渣了，居然浪费我们两个文具。"

厉夏向来话少，这会儿只专注开车。池映雪打个哈欠，也没什么想接茬的欲望。

韩步庭心情尚可，他看看手表，确认一下剩余时间，末了抬起头，准备回应一下队员。

厉夏忽然一个急刹车，甲壳虫在刺耳的轮胎摩擦声里猛地停住。

韩步庭系着安全带，还是被晃得不轻。而根本没有系安全带意识的池映雪和李子近，直接被撞了个七荤八素。李子近艰难地爬起来，第一反应就是骂司机，可刚动了嘴唇，就被车窗外的"景色"弄愣了，到了嘴边的"你会不会开车"成了"这是什么鬼"……

月光、花草、游乐设施都不见了，车窗外是墙壁、烛火、壁炉、沙发，就好像甲壳虫开着开着，闯进了谁家客厅。

"你们有没有闻到什么味道？"李子近用力嗅了一下，芬芳、香甜、浓郁。

"巧克力，"池映雪放下车窗，让味道更直接一些，随后失望皱眉，"可惜不纯，添了太多香精。"

“把车窗关上。”厉夏沉声说。

池映雪无所谓地点点头：“行，关吧。”

司机位可以控制全部车窗，厉夏却又一字一句重复了一遍：“把车窗关上。”

池映雪眼底深处的暴躁一闪而过，快得没人察觉。

“OK，司机最大。”他耸耸肩，乖乖关上车窗。

厉夏回头提醒李子近：“系上安全带。”

“哦。”李子近忆起之前的悲剧，连忙系上安全带。

池映雪没接到友情提示，便一个指头都没抬，只饶有兴味地看着窗外墙壁上的烛火，越看越觉得像糖稀。

厉夏重新发动汽车，一脚油门踩到底。甲壳虫重新开起来，然而还没飙到最高速度，已经撞上墙壁！预期中的激烈碰撞没有发生，车头像是撞到了一块橡皮糖上，任你怎么往前，它都牢牢兜着你，然后一点点磨掉你的速度。

甲壳虫再次停下来，还是在房屋之内。

厉夏看向队长，言简意赅地给出判断：“防具。”

韩步庭点点头：“都下车吧。”

厉夏狐疑，却依然听令，开门下车。

池映雪很想看看他的表情，奈何一眼望过去只有一片阴影，甚是无趣。

李子近第三个下车。而池映雪又是动作最慢的那个。

韩步庭也没说他，只等全员在车下聚齐，才稳步走到门边，握住像极了威化饼干的门把手，轻轻一旋。“咔嗒”，门开启一道缝隙，独属于游乐场的淡淡血腥随夜风而入。

厉夏皱眉，李子近则惊讶地瞪大了眼睛。

韩步庭将门重新关上，回过身来解释：“没有提示音，说明防具不是用在我们身上，而是用在车身上的。我们开车出不去，但我们自己尽可随意。”

“不能连车带人一起拦吗？”李子近越发嫌弃起那支队伍来，“什么破烂防具。”

“不是不能，是不想。”池映雪挑起漂亮眉毛，朝他轻轻吹口气，“你看不起的破烂队伍，还惦记着把车抢回去呢，连我们一起拦了，哪儿还有机会。”

窗外忽然灯光大起，缤纷明媚也映亮了脆片糖一样的玻璃。

屋内四人一怔。有人把被他们拉断的电路总闸再度推上去了！

光明重新降临“幸福游乐园”，闪烁的彩灯、旋转的木马、荡起的海盗船、旋起的甜品杯都是它的缤纷色彩，快乐童趣。

屋内四人看不太清这美好景象，却很快听见了来自某队长的呼唤：“别躲着了，出来吧，糖果屋从外面看更美味哦。”

韩步庭清楚，这样出去，百分百就进不来了，但无所谓，反正在里面也开不出去车。对方算计他们，而他们也想送对方回家，解除防具。

一拍即合，正好。

“开无人机的臭小子，你是不是没有机关枪就尿了，躲在里面吃糖呢？”在只见过李子近和池映雪的情况下，喊话者很聪明地选了最容易煽动的人戳。

韩步庭勾了勾嘴角，握住门把手直接拉开。他曾担心，只剩一个多小时，对方会觉得前路无望，豁出去不交卷了，也要用防具绊住他们，现在看来，还是不自量力的人可爱。

池映雪跟在队末，在跨出门的最后一刻，还是没忍住伸手蘸了一点儿墙壁烛火里的“蜡油”，偷偷放进嘴里。

甜。

池映雪一瞬弯起嘴角，他就知道是糖稀。

呃，不过甜过度了。

糖稀也是分三六九等的。池映雪趁着糖果屋在身后自动关门的那一声响，毫不犹豫地回头“呸”一口，把偷尝的东西吐掉。

这一回头，他就愣了。明亮灯光里，糖果屋的颜值闪了池映雪的眼。

完全不同于屋内的朴素，从外面看，糖果屋颜色鲜艳，造型活泼，美味中带着童趣，童趣里闪着浪漫，放在这座亮起来的游乐园里，和谐得就像原住民。糖果的种类也极丰富，屋顶是挂着奶油雪霜的巧克力，窗户是脆片糖，彩灯是橡皮糖，墙壁是水晶硬糖，墙外挂的无数花环是甜甜圈，门是咖啡牛轧糖，门外一排小树是彩卷棒棒糖……

一秒前吃过的亏早到了爪哇国，池映雪伸手扯下半个橡皮糖小彩灯，迫不及待一品究竟。第一口就硌了牙，橡皮糖硬得像轮胎，甜味几乎没有，比糖稀还假冒伪劣。

备受伤害的池映雪再不相信这个“甜腻世界”，偷偷扔掉小彩灯，没事儿人似的上前两步，融到三位队友身边，总算是回归了组织，也终于看清了叫嚣者的位置。

小飞象！

就在他们面前的旋转木马后方，小飞象高高翘起的鼻子上，两个人肩并肩站着。举着奇怪手枪的那个负责叫，之前对他用幻具的家伙站在旁边沉默助阵，不过肩膀上扛着的镰刀不知何时换成了火箭筒。

那原本扛火箭筒的小子哪里去了？这丝疑惑就像风掠过水面，一闪而逝，池映雪很快专注起来，不看叫嚣者，只看有过节的沉默者，越看眸子越冷。

交卷不交卷的，他才不在乎。

他只记仇。

“不是非要喊我们出来吗？”韩步庭等了半天没等来寒暄，只得主动抛“橄榄枝”，“我们现在出来了，怎么反倒不热情了？”

“我有预感，一定会谈崩，”小飞象上的徐队长用枪口挠挠头，煞是苦恼，“所以在犹豫还要不要废话。”

“韩步庭在海盗船那儿，李子近和厉夏都在摩天轮底下。”这是池映雪在“‹幻›Don't lie to me”的作用下，说出的队友名字。但哪个名字属于眼前这位总裁精英范儿的队长，徐望对不上号。

“正好，我也不喜欢客套。”韩步庭朝那半空中的敌方队长微微一笑，“开打？”

徐望正有此意，刚准备发令枪，却被吴笙拦下：“等等。”

看了一会儿自家队长手臂上的血痕，从头到尾只安静给队长助阵的吴军师忽然朝着糖果屋门前，呼唤罪魁祸首：“池映雪！”

这声呼唤让韩步庭始料未及，连同李子近、厉夏，一起看向今夜新增员的这位队友。

池映雪也茫然，蹙眉看向吴笙，总觉得对方不怀好意。

吴笙不懂什么叫寒暄，他更喜欢直奔主题：“你觉得你的新队伍怎么样？”

池映雪眯起眼睛，心里的第一反应是“有阴谋”，紧跟着就是“慎言”，可这样双重的警示下，话还是诡异地出了口：“能力还行，就是从队长到队员都太装深沉了，严肃得跟生死大战似的，十分无趣。一个游戏而已，开心才最重要嘛，何况又没人能保证闯完二十三关就结束，万一拼死拼活到了最后，发现和自己想的不一样，多可怜……”

李子近在听到一半的时候就想揍人，被厉夏从后面抱住，但仍伸腿过来踹了池映雪一脚。

厉夏在连帽衫的阴影里看不出脸色，只尽力拦着队友，一如既往的沉默。

韩步庭面上仍带着浅笑，眼底的笑意却没了。

可池映雪无暇顾及这些，他在同吴笙的视线对上时就察觉到不妙，然而任他如何努力，始终无法挣脱那视线的蛊惑。直到他拿出匕首，咬咬牙，在自己的手掌上划下一刀。

钻心的疼里，清醒重临。可惜说出去的话泼出去的水，为时晚矣。

池映雪也懒得去看队友脸色，只淡淡抬眼，望向吴笙：“Don't lie to me。”他极轻地帮对手重复文具名，眉梢染着一丝笑意，眸子里却结了霜。

吴笙也回他一笑，倒是温暖的：“这么可爱的幻具，只用一次多可惜。”

杀人诛心。徐望从没想过，吴笙那个全是代码的脑袋还能玩出这么狠的。

在无尽海上随心所欲吐槽队友的人，连坠海都坦然从容，这一回却很是收敛，原因只可能是一个——他想在这支队伍里待下去，甚至在那些吐槽嫌弃底下，还有连他自己都没察觉的对新伙伴的认可和重视。

“‹幻›Don't lie to me”可以让他说出心里真实的吐槽，却没办法挖出那些他自己都没理清的潜意识。

徐望看得透，没有“无尽海上的池映雪”做对比的韩步庭他们却很难。

何况池映雪和这支队伍，按时间算，今夜也才是第一次磨合。

不再给对手“解决内部矛盾”的时间，徐望举起霹雳枪，大声道：“你们不是喜欢刺激吗，那就大家一起嗨起来吧！”

心情已经一言难尽的韩步庭、厉夏和李子近，在这一声莫名其妙的宣告里本能抬头，只见对手以一个十分帅气的姿势，朝天扣动扳机。

刹那，水柱冲天！

李子近一瞬忘了池映雪刚拉的仇恨，凝视小飞象上那连水花声都因距离而听不太清的滋水枪，蒙了：“嗨……吗？”他的这声“吗”，在夜风里悠悠飘散。

那滋了一会儿的水枪忽然通体闪烁起彩光。同一时间，整座游乐园，不，方圆十里都听见了那震耳欲聋的动感乐曲，声音之洪亮，像一百个广场舞的音箱在齐响！

李子近惊悚地后退半步，踩了厉夏的脚。厉夏毫无知觉，只想静静。

池映雪好奇地掏出手机，点开音乐播放软件的听歌识曲功能，识了半天才想起来这里没网，顿时好失落。

韩步庭似没受到任何干扰，冷静判断：“他们想招来丧尸，趁乱抢车。”

李子近和厉夏不由正色起来。

“那我们就趁丧尸来之前，把他们送回家。”韩步庭盯着小飞象上的两个人，稍稍提高音量，好让队员听得清，“我守着糖果屋，以防他们偷车。李子近、厉夏，你们两个去小飞象。”

“池映雪，”他看向新队友，“你负责找出另外两个人，不必啰唆，直接送走。”

“小飞象上的才是主力，”池映雪一点儿也不想去找吴笙以外的人，“我去更合适。”

“你认真起来，比李子近和厉夏都厉害，”韩步庭顿了两秒，轻轻摇头，“但我现在信不过你。”

“迪斯科，迪斯科……”

灌耳的魔音，让在灌木丛里匍匐前进的李子近头昏脑涨。远听已然崩溃，这近了，简直人间地狱。

“说好了，等下上去，先、把、枪、踩、烂！”李子近从牙缝里蹦出高远志向。

“行。”厉夏难得附和幼稚队友。

刚达成一致，游乐园的灯忽然又全数熄灭了。所有设施停摆，游乐园重新陷入黑暗，连小飞象上闪着彩灯的枪都没了踪影，只霹雳舞曲还在播。

二人一时无法适应黑暗，用力反复眨眼，却还是什么都看不到，隐约听着那神曲像是远了，但声音太大，稍微弱一点儿也不明显。

正犹豫着，舞曲也戛然而止。

游乐园的灯光忽又大亮，小飞象上哪里还有人影。

厉夏和李子近这才反应过来，对方放了人在那边操控总闸！

## 4

游乐园东面围墙底下，重新推上总闸的钱艾捡起电锯扛到肩上，望了望天，颇有一种豪情满怀之感。风萧萧兮易水寒，壮士拉电闸兮控全盘。

按照计划，队长和军师要趁着黑暗溜掉，而况金鑫则躲到摩天轮附近，等抢到车的队长或者军师过来接。小飞象上已经没人，钱艾又远远看一眼摩天轮，虽然知道看不见躲在摩天轮下的队友，但好像要这么瞧一下才放心。结果这一瞄，他就看见况金鑫根本没按原计划躲摩天轮底下，人家直接坐上摩天轮了！还是跟对手一起！

钱艾脸黑下来，脱口而出：“这俩约会呢？！”骂完，他想都没想，扛起电锯就往摩天轮方向去。

浴缸造型的开放式“吊盆”随着转动缓缓上升，况金鑫和池映雪在同一个带翅膀小浴缸里相对而坐，彼此距离顶多一米。况金鑫握着从吴笙那里换来的镰刀，虽身体坐着，但从头到脚严阵以待，手心已经出了汗。

“你紧张什么？”池映雪甩甩空空的两手，“我把弩箭都扔了，还不够有诚意？”

“你想说话，应该去找你自己的队友，”况金鑫不为所动，“我和你没什么好说的。”

“那刚刚我要爬上来的时候，你为什么不一刀柄把我推下去？”池映雪歪着脑袋看他，眸子清澈，显得特真诚。

况金鑫迎着他的目光，没丝毫闪躲：“我不会因为‘不会死’就杀人。”

池映雪笑了：“你们才进来没几天吧？”

况金鑫抿紧嘴唇，不语。

池映雪眼底竟浮起一丝淡淡羡慕：“在这里待得越久心肠越冷，珍惜现在吧。”

况金鑫的防备有些动摇，不知怎的，他看着池映雪，竟然想起茅七平来。

“你……什么时候进来的？”他还是没忍住，问了。

池映雪说：“五个月前。”

况金鑫愣住：“那怎么才到第三关？”

“性格不好，没队伍愿意要我，好不容易组上了，也处不长。”池映雪笑得浅淡，微微泛苦，“组到这一队的时候，我还以为终于不用飘着了。”

况金鑫想起无尽海里他对队友的态度，再一对比今天，的确差异明显：“你喜欢他们？”

微妙的用词让池映雪怔了一下，然后被逗乐了：“没那么深情。”他微微转头，看着半空的茫茫夜色，目光温和，似陷入一些不算太赖的回忆，“入队的时候，韩步庭说他们不介意我难相处，只要实力够……”

“所以啊，难得找到一支靠谱的队伍，我也想好好和他们走下去，”池映雪重新看回况金鑫，扯了扯嘴角，“都让你们毁了。”

况金鑫一脸茫然：“什么意思？”

池映雪看了半天，终于确认对方是真的没懂，脸黑下来：“Don't lie to me。”

“他们生气了？”况金鑫总算反应过来，但一想还是不对，“他们不是说不介意你难相处吗，那你说了实话，他们为什么要生气？”

这个逻辑太强大、太通顺，池映雪竟无言以对。

“而且即便吴笙对你用了幻具，如果你心里没有那么多不满，也不会变成现在这样。”况金鑫给他讲道理，“你队友说可以接受你的坏脾气，却没做到，这是他们不对；你对他们有意见，却不诚实沟通，压在心里变成越来越多的怨气，这是你不对。”

“吴笙一点儿责任没有？”池映雪算是把这个名字记住了，简直刻骨铭心。

“你射伤了我们队长，他才对你用了幻具。”

“擦破点儿皮也叫伤？”池映雪蹙眉，伸出手，一道极深的刀痕横向贯穿整个手掌，旧血已经凝固，新血却还在不断往外渗出，“看清了，这才叫伤。”

“什么时候弄的？”况金鑫看着都疼，可他明明记得先前打照面的时候，这位没负伤啊，而且后来都是他们打自己队逃，双方也没再有实际接触。

“我自己划的。”他实话实说。

况金鑫蒙了：“为什么？”

“这得感谢你那位好队友，一对上视线，我就得情真意切。”池映雪收回胳膊，抖抖手掌上的血，“不这么来一下，我还不知道要说多少真心话。”

“真心话”三个字被他刻意加重，满满的嘲讽。

况金鑫眼里又出现了浓浓的不认同。

池映雪看一眼就脑袋疼，索性先发制人：“小朋友……”

对方忽然语重心长，况金鑫本能倾听。

池映雪微微前倾，凑近一些："人人心里都有阴暗面，但理智可以控制，所以才有善意的谎言。如果每一个人都实话实说，这世界就再没团结友爱、伙伴情深了。"

他的说法，况金鑫不认同，但现在的池映雪认真、诚恳、平和，跟在旋转木马上袭击他们的时候判若两人。这让况金鑫愿意和他沟通，哪怕三观不合："我不知道你之前怎么过来的，都遇见过什么样的队友，但在我们队里，大家就是有话直说、坦诚相处。结果是我们只用了七天，就从第一关来到了这里，中间还去了一次无尽海。"

"哪里的无尽海？"池映雪问。

"陕西的，"况金鑫直接给他答案，"我们那时候就在海上见过，只是你忘了。"

"我记得。"池映雪带着笑意挑眉，戏弄得逞似的，"我坠海之前，还和你打了招呼。"

况金鑫傻了。

"其实我是想去找吴笙的，"池映雪忽然换了个风马牛不相及的话题，"可惜队长不让，只好来找你。"

"找我做什么？"况金鑫没过脑子，顺着话茬问。

"速战速决，送你回家。"池映雪说，"不过一和你聊天，我就改主意了，所以我们才能气氛这么好地聊到现在。"

况金鑫试探性地问："你想讲和？"

池映雪被这脑回路逗得不行，没忍住笑出了声："不不不，"他摆手，语气随意得就像在聊家常，"我是想，让你认清这个残酷的世界。"

他们乘坐的小浴缸，正好转到最高点。况金鑫都没反应过来是怎么回事，就被池映雪抱住，带出了浴缸外。跌落的一瞬间，况金鑫心中的疑惑竟然压过了恐惧。这人有一万种方法送他回家，为什么非要同归于尽？

极速坠落中，周遭的一切都变得模糊，唯独池映雪眼底的幽暗看得特别清楚，和他仍挂在脸上的灿烂笑靥诡异地和谐。况金鑫忽然有一个强烈的念头——这人想杀他，也想杀了自己。

"小况，闭气！"

刮过耳边的凛冽风声里，隐约传来队长的声音。

况金鑫还没来得及反应，就和池映雪一并落入水中。高空落水，带给身体的巨大冲击是难以想象的，池映雪一下子松开了胳膊。况金鑫只觉得入水的一瞬间，身体像被钝器击打一样疼，然后就失去了意识，也就没机会听见耳内迟来的提示——

鸮："有人对你使用了<防>劝君更尽一杯酒哟。"

“夺回甲壳虫大作战”的原定计划是，徐望、吴笙在小飞象上牵制对手，吸引来城南、城北的丧尸，钱艾在电闸处待命，看情况差不多就断电，助队长、军师摸黑埋伏到糖果屋附近，只等丧尸一来，韩步庭等人陷入尸群混战的汪洋大海，吴笙、徐望再伺机从阴暗角落跳出来，夺回甲壳虫，最后去电闸、摩天轮两处，依次接上钱艾和况金鑫。

自始至终，况金鑫的责任就是在摩天轮底下藏好——他是“糖果屋”的使用者，不可以出现任何闪失。韩步庭一定会留人守车，万一丧尸还没到，糖果屋已经消失，那留守者可以直接开车接上队友走人，徐望他们的一切谋划和努力就都白费了。

然而古语有云，计划就是用来打破的。

先发现况金鑫和池映雪一起乘坐摩天轮的是钱艾，于是什么原地待命、什么电闸守护者，集体从钱艾脑子里离家出走，他打起电锯就往摩天轮奔！

而徐望和吴笙自小飞象上下来后，一直循着隐蔽地带迂回着往糖果屋那边绕，猫腰还来不及，根本没想过回头欣赏摩天轮。

但冥冥中，有些事你不信都不行。就在况金鑫乘坐的小浴缸抵达摩天轮最高点的那一刻，徐望忽然心中一悸，本能回头望半空，正好就看见了组团掉下来的两个人。

摩天轮下面是用来休憩的小广场，一水长椅环绕的空旷硬地啊！

那俩人掉的速度极快，况金鑫又被池映雪紧紧抱着——其实根本看不清谁是谁，但自家队员就在摩天轮附近藏着呢，徐望不敢抱一点儿侥幸心理。

‹防›劝君更尽一杯酒，点掉“文具盒”里最后一个防具，徐望死死盯着下坠中的二人。时间短促，甚至让他来不及和文具“对话”，只强烈地单方面输出自己的意念——救人，一定要救下他们！

顷刻间，空旷硬地上出现一座巨大的三足酒樽，兽衔环耳，通体鎏金，仿佛一方古意盎然的酒池，承接住了两个坠落之人。“咚”的一声，酒花溅起，飘香醉人。

这惊险的生死一刻前后不过几秒，专心潜行的吴笙在落水声起时才茫然回望，结果摩天轮底下那画风极违和的巨大酒樽让他更蒙圈了。

“摩天轮上有人掉下来了，可能是小况。”来不及多解释，徐望焦急道，“我必须过去看看，你先一个人去糖果屋那边埋伏！”

“‘劝君更尽一杯酒’？”第一眼冲击太大所以才蒙了，再看第二眼，加上徐望的话，吴笙立刻明白过来。

“对。”徐望的心早飞到摩天轮了，随便应一声就要走。

吴笙立刻拉住他的手腕：“解除。”

徐望愣住：“啊？”

吴笙无语："先把防具解除，不然等你过去，人已经淹死了。没淹死也醉死了……"这酒味浓的，他离这么远闻着都晕。

徐望恍然大悟，连带着整个思绪都一瞬清明了，他一边注视着三足酒樽，凝神操控，一边低声道："快去糖果屋。"

吴笙懂，如果落水的真是况金鑫，糖果屋的效果恐怕支撑不了太久了。他松开徐望的手腕，背好火箭筒，重新猫腰隐入灌木丛中。

"记住，你怕车坏，韩步庭也怕。"

这是徐望叮嘱的最后一句话。吴笙没懂，但把每个字都放进了锦囊。

钱艾紧赶慢赶还是晚了一步，眼睁睁看着池映雪抱着自家队友跌出摩天轮外。那个瞬间，他大脑一片空白，伸出胳膊发了疯地往摩天轮底下跑，准备徒手接人。结果平地酒樽起，双坠佳酿里，卷起醉花千层浪，醇香飘万里。

当然，这是偏文艺性的客观描述，落实到钱艾心里，就一句话——队长的防具敢不敢再浮夸一点儿！

和酒有关的文具，他只能想到自家队长的，所以本能地松口气，但速度未减，仍风驰电掣冲到酒樽下面，抱住一足就开始往上爬。摔水里是不会死，但淹酒里会啊。他必须最快速度把人捞出来。

凭着这股信念，他愣是一口气爬到足顶，刚要伸手抓酒樽上的环耳更上一层楼，就见环耳忽然扭曲一下，就像电视信号不好时图像突来的变形。这是文具效果要解除的前兆！

钱艾抱紧樽足，坦然接受命运的安排——队长，你就玩死我吧！

几秒后，酒樽消失，樽内酒如汪洋瀑布，倾泻而下。

钱艾屏息闭气，在酒浪里冲刷了个彻底，幸而四周地势平坦，酒水很快散去。重获呼吸的第一秒，他就爬起来四下搜寻，第一眼看见的是躺在广场正中央、半死不活的池映雪，之后才是躺在或者说被冲到了小广场边的况金鑫。

他以最快速度奔过去将人扶起，这才发现浑身湿透的队友双目紧闭，毫无意识。

重伤或死亡就直接回家，若没回，应该是伤势仍在可控范围内。但也只是应该。对着这样的况金鑫，钱艾根本没办法再去冷静推敲鸮的逻辑，心急如焚地抱着人喊："小况，你别吓我啊……"

正手足无措，不知该掐人中还是拍脸颊，钱艾忽然听见由远及近的脚步声。

李子近和厉夏赶过来了。

池映雪已经坐起来，却没迎接队友，而是看着不远不近的这边，钱艾一回头，正与之隔空对上视线。池映雪轻轻挑起眉毛，朝着他无声叹息，似十分遗憾没能将人带回家。

钱艾深深看了他一眼，像是要把人看到化成灰都认得，末了抱起况金鑫，沉默而迅捷地离开。

“我去追，你看一下池映雪。”厉夏交代完，快速穿越小广场，循着钱艾的背影去追。

李子近也跃跃欲试想追敌，奈何新队友病西施似的，坐那儿半天不起。

“你什么情况？”瞧半天，李子近也没瞧出这位哪儿受伤了。

池映雪幽幽叹口气：“可惜了。”

李子近一头雾水：“可惜什么？”

“可惜了一堂好课。”池映雪看着那二人的背影消失在游乐园的五光十色里。

啧。这么值得教育的小朋友，再难遇见了。

李子近听不懂他的怪话，只得回到自己憋了半天的槽点上：“队长让你过来送人回家，你跟着一起自杀，疯了吧？”

“自杀？”池映雪收回目光，一脸无辜地看队友，“谁？”

“除了你这个神经病还能有谁？”李子近无语，“我亲眼看见你抱着他跳下来的！”

“哦，”池映雪才听懂似的，认真澄清，“我是失足。”

那矫健的动作，那敏捷的速度，那坚定的方向，就差双臂伸展做飞翔状了，这叫失足？！李子近一肚子铁证已经到了嘴边，可看着池映雪的眼睛，竟又咽回去了。那双眼睛乍看无辜，然而看久了，就会发现深处的暗像无尽的沼泽，能把人连皮带肉吞噬进去，包括灵魂。

这人是疯子。从看见他杀第一个丧尸开始，李子近就这么认为，所以和疯子千万不要争对错，他说天是紫的水是红的，那就是。

“你要没事就……”李子近想说“没事就赶紧起来”，可刚说一半，就见池映雪忽然蹿起，径直朝他扑过来。李子近吓得头发丝儿都立起来了，本能往侧面一躲。

池映雪擦着他的肩过去，“咣”地扑倒背后准备偷袭的丧尸，一手掐着对方脖子死死按在地上，一手自后腰拿出匕首，照着丧尸直直插了下去。

刀刃尽没，原本剧烈挣扎的丧尸一下子就不动了。

池映雪把匕首拔出来，毫不犹豫又给了第二刀、第三刀……暗红色的血珠随着一下又一下的手起刀落，不断溅到他脸上，在游乐园糖果般的斑斓灯光下，有一种妖冶的美。

李子近欣赏不了这种美，他只觉得心里发毛。

“差、差不多行了，”他努力让自己的声音别颤，“他们肯定去抢车了，我们得赶紧和队长会合……”

池映雪终于停手，随意地擦把脸，看着手上的“血酒混合”仍觉气不顺：“好好的酒香余韵，都让它毁了。”

李子近崩溃，敢情这位还挺享受对手的防具？！

本已宁静祥和的游乐园上空，忽然再度炸开迪斯科音符。

“那帮人有病吧？”李子近真的忍不了了，他的无人机枪为什么那么早被毁！

“别指望和韩步庭会合了，”池映雪起身，西瓜粉的衬衫因湿透沾在身上，他便捏住衣角，跟着节奏，动感地抖落起来，“先原地保命吧。”

迪斯科舞曲底下，是一大波丧尸靠近的凌乱脚步声。

## 5

摩天轮隔壁，跳楼机附近。

抱着况金鑫狂奔的钱艾直接撞上了准备去摩天轮救人的队长，于是这一个愣神，就让厉夏追上了。

“你去帮吴笙，这里有我！”钱艾立刻打发队长走，而后举着“嗞嗞”转动的电锯，守着长椅，和追上来的厉夏僵持对峙——长椅上是仍然昏迷的况金鑫，所以钱艾只守不攻，寸步不离。

徐望想留下来帮他，但一来自己的霹雳枪只要用，就必然持续引来丧尸，到时候厉夏可以跑，他们要带着昏迷的况金鑫脱身却难；二来，他们努力到这个份儿上，几乎要把文具用尽了，就为了甲壳虫，或者说，就为了和韩步庭他们一较高下，哪怕后面根本没时间去医院了，这一战都不能输。

这是队魂！

“队长，”钱艾忽然压低声音，极快地看了眼糖果屋方向，“十三还在。”

“嗯，”徐望点点头，一字一句地认真道，“等着我们来接你。”

眼看徐望离开，厉夏按捺不住，想去追。钱艾立刻侧身一步，隔几米挡住他的视线：“不怕变成茄汁熘肉段儿，你就过来！”

厉夏：“……”

钱艾：“你瞪我也没用！”

厉夏：“你可以换个放狠话的方式吗？”

钱艾：“糖醋里脊？”

厉夏：“很好，你连续毁了两个我最爱吃的菜。”话音未落，他已一步滑到钱艾面前，速度之快，就像脚下踩了冰刀。

钱艾放狠话可以，真让他拿电锯切人？他能疯！

厉夏像吃定了他的胆怯，滑过来面对面的一瞬，手中凶器已然捅了过来。钱艾猛地向后躲，险险闪过，这才看清对方拿的是螺丝刀。同样的螺丝刀，在他手里连个厕所门都安不上，在别人手里却是夺命利器。这还有没有天理了啊！

一击不中，厉夏忽然后退，仍是滑冰一样，鞋底蹭着地面就退开了，极迅。钱艾再迟钝也看明白了，对方用了防具。一闪神，厉夏重新上前，却不是冲着他，而是冲着况金鑫所在的长椅。眨眼，他已到长椅边，手中的螺丝刀毫不犹豫朝下而去。

电锯忽然从长椅后面伸过来，锯齿直接横切到螺丝刀上。剧烈的切割带来极强震动，厉夏手掌一麻松了劲儿，螺丝刀直接被弹飞。他迅速滑动，后退开来，抬眼就见钱艾站在长椅后面。那个刚才还犹豫、迟疑、虚张声势的男人，此刻脸上再无动摇。

"你再碰他一下，我的电锯就还俗吃肉，不信咱们试试。"

粉红色甲壳虫处。

吴笙和韩步庭已经僵持十三分钟了。

一个在车前，一个站车顶，隔着高低差和水平距离无言"凝望"。

这种谁都不敢轻易动一下的对峙，分秒如年。

十三分钟前，也就是况金鑫落水后不久，糖果屋消失了。原本站在糖果屋顶守着的韩步庭脚下一空，落到了车顶。他立刻反应过来和摩天轮那边的动静有关，于是欣然接下这份大礼，准备开车走人。

吴笙就是这时候赶到的，一火箭炮直接崩在了车旁几米处。爆炸热浪轰得韩步庭头晕耳鸣，缓了半天才看清"肇事者"。

"你不敢真的炸我，因为一旦炸了我，车也废了。"这是韩步庭看清吴笙后的第一句话，他站在车顶，吹着夜风，一副胜券在握的从容。

吴笙在口舌之争上没优势，可他有队长的锦囊——"记住，你怕车坏，韩步庭也怕。"

这一刻他才明白徐望的意思。早八百年前，预见到糖果屋可能不稳的那一瞬，他的队长就给后面的战局写好了剧本，流畅精准，简约易执行。

"我是不敢动车，但要建立在我有可能拿回车的基础上。如果你非要把车开走，那我只能鱼死网破了。"扛着火箭筒，也没影响吴军师耸肩、摊手，每一个到位的情绪动作都让对手担心他会走火。

于是场面就僵持下来了。

吴笙不上前，因为他没有信心能在单枪匹马的情况下灭掉韩步庭，又不毁了车。

韩步庭也不下来，因为一旦他离开车，吴笙就再不会投鼠忌器，随便一火箭炮就够他受的。这种微妙平衡，只有外力才能打破——两人都在等队友。

最后赢的是吴笙。

一道水柱直接击中韩步庭的后脑勺，宣告徐队长驾到。

疼痛让韩步庭身体一震，本能回头。吴笙就趁这一刻闪电般冲上前，伸手抓住站在车顶的韩步庭的脚踝，用力一拽。韩步庭瞬间失去平衡，生生被吴笙从车顶扯了下来。

近身肉搏就无所谓章法了，吴笙直接用身体压住韩步庭，手沿着对方的衣裤口袋上下摸，同时催促徐望："快点儿上车！"

韩步庭虽被偷袭，却老神在在，甚至带着点儿笑意，在身下提醒吴笙："别费力气了，钥匙不在我身上。"

吴笙顿住，紧紧盯着他的眼睛，似在判断真假。

与此同时，已经过来的徐望用力拉车门，果然，锁上了。

"我怎么可能把钥匙和车留在一起呢。"韩步庭叹口气，似乎吃定了对方没胆子"杀"他，"只有你们才会这么单纯。"

吴笙回头看一眼徐望。徐望像下了最后决心似的，深吸口气，朝着树林深处大声呼唤："中环十三郎！"

吴笙不确定他们留的这最后一张牌能否起作用，但至少当下，他不能让韩步庭这么愉快地装相："谁说开车非要用钥匙？"他这一声问得极温柔，却是浓浓讥诮。

韩步庭眼神微变。

树林深处，一个穿着赛车服的男人风风火火地跑出来，也不知蹲阴暗角落里等了多久，头顶还沾着两片树叶。他径直跑到甲壳虫前，仿佛眼里只有这辆车。

徐望早让到一旁，给他尽情施展的空间。

十三郎立刻拉车门，一下，两下，然后回头告诉徐望："上锁了。"

徐望无语："我当然知道上锁了，你不是说你能开吗！！！"

十三郎一脸天真无邪："我说我可以试试。"

徐望快烧香了："祖宗，那就赶紧试吧。"

这人并不是"同行"或者"NPC"，而是钱艾的"‹防›中环十三郎"。

在况金鑫刚用"糖果屋"把韩步庭他们困住后，会合的他们的第一方案并非是抢回甲壳虫，因为难度太高，所以直接用了钱艾的这一防具。

当时的他们以为会天降一辆拉风赛车，运气好的话还会配备司机，一路飙起，以绕中环一圈只用十三分钟的炫酷车速直运医院，简直不能更爽。这种美好幻想也让他们迟迟没舍得用这一防具，总想好钢用在刀刃上。

彼时，他们觉得是时候了。不曾想防具用完，车没来，只来了司机。他眉心一个小猫头鹰的印记隐隐发光，和他们手臂上的图标一模一样。

“没钥匙的车能发动吗？”

“当然，我是谁啊，中环十三郎！”

“没钥匙的车门能打开吗？”

“……”

“你沉默了。”

“我是车王又不是开锁王！”

“车门锁，也是车不可分割的一部分！”

“我……可以试试。”

“藏好，等我们呼唤。”

一看来者眉心标识，韩步庭就明白了。他也用过这种能召唤来“特殊人物”的文具，用户体验完美。最后一丝淡定退去，韩步庭的脸色沉下来。

吴笙片刻不放松地盯着他，见状微笑：“你的队友应该过不来了，摩天轮离南北两个门都是直线，估计他们已经和丧尸一起跳印度舞了。”

韩步庭静静看他：“你知道我为什么能当队长吗？”

吴笙心生警惕，没答。

韩步庭也回他一记微笑：“因为他们一起上，都不是我的对手。”

鸮：“有人对你使用了 < 幻 > 丘比特之箭哟。”

戏谑的提示音让吴笙呼吸一滞，他甚至不知道韩步庭什么时候、怎么点的文具。

同样听见提示音的，还有站在车边的徐望。

刹那间，半空忽然一片圣洁金光，一个带翅膀的白胖小男孩儿拿着弓箭，在金光里飞啊飞。吴笙和徐望一起抬头，小天使根本不给他们反应的时间，这边一箭正中徐望前胸心脏处，回手一箭正中吴笙后背，亦是对应前方心脏处。金箭入体即散成粒粒金色微尘，不留痕迹，连一丝疼痛都没有。

徐望捂着胸口，不知这是什么套路。那边吴笙却已经被韩步庭掀开，虽然他很快爬起，但没有半点儿要阻拦韩步庭的意思。

眼见着韩步庭走过来，徐望拿着滋水枪瞄准对方眉心，扣动扳机！

咦？

徐望怔住，手指头竟然不听使唤了，根本不动！

不，不是手指头不听使唤了，是心不听使唤了！他对着韩步庭根本下不了手，甚至看着对方步步逼近，还有点儿小鹿乱撞，怦然心动？！

‹幻›丘比特之箭，他刚刚被射中的……是爱神之箭？这幻具还能不能有点儿节操啊！

“抱歉，我也不想用这个，”韩步庭轻轻一推，就把徐望推到一边，“实在是你们逼人太甚。”

甲壳虫旁边，只剩下忙得热火朝天的中环十三郎。

“咔嗒”，车门，锁开。全然不知周围发生什么的他欣喜抬头：“开了！”然后才发现，眼前换了人。韩步庭抬起手，中环十三郎咻地躲到一边，把车门腾出来，不是放弃抵抗，是压根儿没有抵抗的心。

徐望瞪大眼睛：“你一个防具也能中幻具？”

中环十三郎茫然抬头：“不会啊。”

徐望：“那你为什么不反抗？”

中环十三郎：“我没有武力值，而且我们飙车手一直崇尚爱与和平。”

徐望：“你这么佛系玩什么飙车啊！”

韩步庭被这对话逗乐了，优哉游哉地听了两耳朵才欠身准备坐进驾驶位。

一只胳膊忽然横搭到车门上，挡住了他的路。韩步庭皱眉抬头，看向车门前不知何时过来的拦路者：“你没办法对我动手。”

吴笙说：“我知道。”

韩步庭歪头：“所以？”

吴笙凑近，深深地看进他的眼眸深处：“谢谢你给了我爱神箭，现在我可以酝酿情绪了。”

韩步庭浑身一寒，在对手动情的目光里，听见了回家的欢送曲。

**鸮：“有人对你使用了 <武> 深情的死亡凝视哟。”**

自从得了这个文具，吴笙就一直在想，“深情”二字究竟是文具效果，还是使用文具的条件。因不能确定答案，他迟迟没敢用这个，万一和文具建立完联系，收到的感应是“请深情地凝望你想要弄死的人”，他没这份信心，直到中了“丘比特之箭”……

天时，地利，人和，情真。

“是不是浑身都疼，又一动不能动？”吴笙一眨不眨地凝望韩步庭，温柔哄着，“别担心，这就是爱啊。”

韩步庭的脸色难看得厉害，可目光却没办法从对视中移开，就像被美杜莎摄了魂，身体也跟着石化，连抬一根手指都做不到，然后就是疼，万虫噬身一般。

“你俩快点儿上车。”吴笙虽占绝对上风，也不敢真的放松，但因还在“深情”里，故而声音低哑，浓情蜜意。徐望听得心里一颤，继而情绪复杂起来，“深情的吴笙”这一物种，这辈子可能就现世一次吧……

徐望钻进副驾驶位，而在韩步庭面前堂而皇之钻进驾驶位的，是中环十三郎。

余光确认队友就位，吴笙总算可以专心送韩步庭最后一程：“再有二十秒，你就可以解脱了。”

说话是韩步庭现在唯一能做的事，但因为疼，从中招到现在他几乎沉默。所以这最后时刻，吴笙也没指望他有问有答。

可韩步庭偏偏答了：“不用二十秒，五秒就行。”

蚀骨的疼痛没有让这人露出一丝苦楚，而在这句话之后，他竟然还扯出一个似有若无的笑。

吴笙忽觉不对。

“小心背后！”徐望在车内突然大喊，并以黑虎扑食的速度横扑到中环十三郎身上，同时从驾驶位车窗射出凌厉水线！

吴笙压根儿没耽误时间回头，也相信徐望的掩护，直接一个箭步蹿到后车门，开门，上车，动作一气呵成。

视线错开的瞬间，韩步庭想伸手去拦吴笙，奈何文具效果解除了，疼痛却没办法缓解得那么快，刚动一下，就又麻又疼地倒抽口凉气，最终只能任由吴笙“砰”地关上车门。

“坐稳了。”中环十三郎一摸上方向盘，车引擎就发出气势汹汹的轰鸣，车钥匙也好，车型号也好，在车王的世界里都是浮云。

一脚油门，粉红色甲壳虫犹如离弦的箭，立即冲了出去。

被滋中手腕的李子近顾不上疼，一把将仍站在车边的队长拉过来，免得被刮到。

池映雪不去队长那里奉献忠诚，只遥望那抹粉红色一骑绝尘，好奇宝宝似的自言自语：“这甲壳虫开起来，怎么听着像法拉利似的……”

已经被法拉利魂穿的甲壳虫在中环十三郎的高超技术下，顷刻间抵达跳楼机附近。

钱艾还在和厉夏缠斗，一个扛电锯，一个拿豁了个口的螺丝刀，两个人都像刚从血缸里捞出来一样，满身满脸的鲜血，看得人心里一揪。

中环十三郎在战场边一个急刹车，吴笙扛火箭筒走下来，站在车前瞄准厉夏：“老钱，带小况上车！”

厉夏举着螺丝刀的手停在半空，然后慢慢地收回。

吴笙看不见他藏在阴影里的神情，却清楚感觉到了他的不情愿和不甘心。

钱艾把停下的电锯重新背好，转身一把抱起长椅上的况金鑫。他迅速来到车边，在徐望的帮忙下将人在副驾驶位安顿好，这才和徐望一起坐进后排。吴笙收回武器，跟着上车。

油门轰起，厉夏很快就成了斑斓灯光深处的一个小点，粉红色甲壳虫朝着游乐园北门风驰电掣而去。

徐望原本担心韩步庭他们还会在门口设什么陷阱，直到三分钟后甲壳虫飙出北门，连撞带火箭炮地冲破一波丧尸，上了通达宽敞的快速干道，他才真正放下心来。这一松弛神经，总算想起了队友的惨状，徐望连忙转头关切："老钱，你怎么样？"

钱艾把又一个染红的酒精棉团扔掉，抬起那张总算能看出点儿五官的脸，疲惫地叹气："旺旺队长，我要真受重伤，等你想起来问，只能烧纸托梦了。"

"你到底伤哪儿了？"听着像没大碍，但看着骇人啊，两桶血都泼不出这效果。

钱艾抬手指指眉骨上的一道口子："这么明显还看不出来？"

徐望说："这个我当然看见了，其他的呢？"

钱艾无语："还不够？这一道就毁我好几天直播！"

徐望更无语："就这么一道口子，你染一身的血？那对方……"

"对方也身体倍棒儿。血都是丧尸的，你们开车过来的时候，我俩刚把丧尸清完，才开始重新单挑。"钱艾磨磨牙，没能收拾那小子一顿真不爽。

徐望看看况金鑫。作为"被动围观"的群众，他倒是一张脸白白净净，显然被下大力气护着了，丧尸没能动他一下，连战斗迸溅的血渍都没能沾染到他，只刚才被抱上车的时候，衣服上蹭了点儿钱艾身上的血。

"他怎么还不醒？"见徐望从椅背探头过去看况金鑫，钱艾担忧地问。

徐望伸手探了探："呼吸正常，心跳正常，额头温度也还好，应该没大事儿。"

"真受重伤，就强制弹回现实了。"吴笙说。

"我是怕他摔出毛病。"钱艾想起那一刻的情景，眼底的担忧蒙上一层暗，声音也冷下来，"推他那家伙，下次别让我遇见。"

队长和军师的双重保证让钱艾稍稍踏实了一些，这才想起来，伤口才处理了一半。他低头，从腿上半开的急救箱里用镊子夹了块纱布，浸透碘酒，放到已经擦过酒精的眉骨上，再用干纱布覆盖第二层，扯四条胶布，"井"字粘好。手法比较粗糙，但架不住急救用品专业，所以弄完还挺像那么回事儿的。

"你这装备也太齐全了。"扣好急救箱，钱艾越过坐在中间的徐望，将之还给靠那边车窗的自家军师，“背着不重吗？”

这可不是那种简易的急救盒，而是一个几乎和背包等大、勉强才能塞进去的急救箱，金属外壳，里面生理盐水、酒精、纱布、绷带、三角巾、安全扣针、棉棒、圆头剪刀、钳子等等一应俱全。

“还行。”吴笙没把急救箱塞回背包，而是重新打开。

“不对啊，”徐望疑惑地看着焕然一新的急救箱，“上次你给我换药的时候，还是个塑料盒吧？”

“因为我预感到，有个傻子会经常受伤，入门款不够用。”吴笙没抬手，拿出一根棉棒仔仔细细蘸碘酒。

徐望不知道他要干吗，但话是听出来了，他翻了个白眼：“所以你升级成标准版了？”

吴笙总算看他一眼：“迷你奢华版。”

徐望：“……”

“班长，”钱艾委委屈屈地抗议，“我打倒那么多丧尸，才留这么一道口子，还是被树枝划的，你不说我英勇可以，但不能说我傻吧……”

吴笙：“……”

“他是说我呢。”徐望扶额，这世上有揽活的、揽钱的，唯独他家队员，揽吐槽。纠正完队员的错误认知，他又觉得脸上挂不太住，白吴笙一眼：“有能耐你就别受伤。”

吴笙叹口气，遗憾似的：“我的确没受伤。”

“你那是运气好，以后路还长着呢。”

“运气是留给有实力的人的。”

“……”不行，再和吴笙说下去，他没外伤也要内伤了！

“给。”吴笙把终于弄满意的碘酒棉棒递过来。

徐望这情绪还没转过来呢，愣了下，没接：“什么？”

吴笙说：“消毒。”

徐望更茫然了：“我没受伤。”

“你胳膊上那一道是彩笔画？”吴笙挑眉。

徐望低头看自己的手臂，记忆终于回笼。猫头鹰图案下面有一道血痕，是先前被池映雪的弩箭划破的。“没事，就渗点儿血。”他觉得吴笙有点儿小题大做，和钱艾那个一比，他这个顶多算擦伤。

吴笙看了他一眼，干脆也不废话了，伸手过来，直接拿棉棒替他消毒。

蘸着碘酒的棉棒在伤口上擦的滋味可不好受，哪怕伤口不深，架不住手法简单粗暴啊，那一下下，绝对带着气儿呢。

“疼疼疼！”徐望一把夺过棉棒，自己来。论温柔，他要能上九重天，吴笙就得找个盆地的枯井里待着。

“知道疼，下次就往后站。”吴笙看着那伤口，依然觉得刺眼。

徐望不能苟同：“我是队长。”

吴笙太同意了：“很好，队长都稳坐中军帐。”

徐望：“……”他算发现了，吴笙就怼他的时候说话可明白了，各种比喻修辞俏皮话引典故，简直没有他不能的，但凡把这嘴皮子分一点儿在正事儿上，何至于每次都让他当翻译！

钱艾默默看向窗外。不就一个简单的伤口消毒吗，用不用聊这么深，是不是还要从诗词歌赋探讨到人生哲学……

“炸弹球就剩三个了？”徐望刚消毒完伤口，就收到这一噩耗。

“时间剩的更少。”吴笙把火箭筒重新装好。

北京时间 4：13，距离这一夜关闭，还有四十七分钟。

“文具也基本用完了，”钱艾有些悲观，“咱们还能交上卷吗？”

“走到哪儿算哪儿吧，”徐望已经平常心了，“就算失败，当认认路也好。”

车窗外，夜色茫茫，偶尔会看见在路边和丧尸厮杀的“同行”，但车速太快，一晃而逝，也不知道胜负。

“前面就是高架桥，”中环十三郎再次确认路线，“上桥没错吧？”

吴笙：“对。”走桥过完河，想去医院，高架桥是必经之路。

得到肯定的指令，中环十三郎不再迟疑，果断飙起，一路冲上高架桥。因爬坡，他把油门踩得更凶，颇有一种“千军万马也挡不住我极速狂飙”的气势。

徐望正乐观地展望，如果全程这个速度，赶在五点之前交卷也不是没有可能，就听中环十三郎忽然喃喃自语：“不对……”

“不对什么？”徐望和吴笙几乎是同时警惕。

后视镜里，他眉宇间堆起疑惑，把眉心的小猫头鹰都挤变形了：“好像……有同行。”

## 6

游乐园，海盗船处。

池映雪独自一人坐在海盗船里，随着机械臂的摇摆前后晃荡，形单影只，但其乐无穷。

“反正也交不成卷了，上来一起玩嘛。”他第一百零一次召唤下面站着的三位队友，努力做一个“有团队精神和正能量”的队员。

可惜，队友们没那样的好心情。

韩步庭靠坐在长椅上冥神沉思，脸上看不出表情。

李子近和厉夏靠着海盗船入口的排队栏杆，有一搭没一搭地聊天。当然，主要是李子近吐槽，厉夏听没听的也不知道。

“大意了，绝对是大意了。”李子近怎么回忆战局，都觉得不该是这样的结果，“怎么能让他们跑掉呢？”

“提醒一下，不是跑，是闯。”池映雪在海盗船上破风，还不忘插话，“人家是闯过去了。”

李子近气鼓鼓地瞪他，又无话可驳。

“就怕有命突围，没命交卷。”一直沉默倾听的厉夏忽然抬眼，轻瞥城北方向。

李子近怔住。

池映雪意外挑眉，有点儿期待了：“你在他们车上动了手脚？”

“不是我，”厉夏说，“是队长。”

“都一样。”得到答案，池映雪心满意足地仰起头，随着海盗船的悠荡遥望星空，仿佛那里才是最干净美好的所在，“你们这些坏人啊，真是诡计多端。”

厉夏、李子近、韩步庭：“……”

山重水复疑无路，
柳暗花明又一村。

# 第九章 再遇

ZAI YU

# 1

高架桥上。

徐望："你的'同行'是什么意思？"

十三郎："就是文具。"

徐望："车上被放了文具？"

十三郎："应该是中了延时性文具，爆炸类，我能感应到。"

钱艾："之前为什么没感应？"

十三郎："我是防，它是武，同宗不同门。"

钱艾："那你就赶紧停车啊！"

十三郎："车速太快，来不及了，先走一步，后会有期！"

"咻"的一声，中环十三郎就这样在众目睽睽之下消失成了一道远去的光。

徐望、吴笙："……"

钱艾："还有没有点儿职业道德啊！"

"砰！"

就在中环十三郎消失的瞬间，粉红色甲壳虫的车底发生剧烈爆炸。几乎是同一时刻，三人都听见了耳内响起的戏谑声音："宝贝儿，提前放假，送……"

"送"之后就没了。

他们以为是震耳欲聋的爆炸声掩盖了提示音，可很快就发现不对。

甲壳虫的确是被爆炸热浪掀到了高架桥外，但并没有呈自由落体，坠到几十米下的地面，而是像一片羽毛，飘飘然的往下落。连带着他们车内这些人，除了被爆炸声震得耳朵嗡嗡，好像并无大碍。爆炸该有的冲击，他们没感觉，该有的热浪，他们也没感觉，就这么随着甲壳虫一起平稳着陆在高架桥下。

三教殿内，一张平安符于半空中焚而毁之。

长发青年看着零落的符灰，怅然忧叹："今日逢魔，不宜借车啊……"

## 2

游荡在暗处的丧尸被爆炸声挑起躁动，用难以想象的速度疯狂冲上高架桥，却只来得及扑到一缕硝烟。

刚刚经历过生死一瞬的甲壳虫静静停在小路中央，吹着夜风，思考车生。

"叮。"清脆提示音贴心响起。后排三位茫然中的伙伴，立刻抬臂查看。

小抄纸："紫气南来，有如神助，鬼门关前鬼门锁，平安符下平安路。"

"这是什么意思？"每个字钱艾都认得，读起来好像也挺顺，就是完全看不懂。

"鬼门关前鬼门锁，应该是说刚才的爆炸，我们马上就要回家了，却最后关头死里逃生。"徐望盯着"小抄纸"上的后半句，皱起眉头，"但这个平安符……"

"隐藏彩蛋吧。"吴笙试探性地猜测，"可能是我们无意中完成了什么支线剧情，就像红眼航班上给沈一四毛毯那样，攒下一次续命机会，到了生死关头自动触发。"

"问题是我们这一路，除了杀丧尸就是和同行'自相残杀'，没干什么好事啊。"徐望很实事求是地总结战绩。

况金鑫："会不会是送丁小车回家？"

丁小车，即甲壳虫司机，由于非常喜欢自己的名字，所以反复安利他们一定要记住。

徐望思索片刻，似乎也只剩下这个可能……哎？刚才是谁在说话？他猛地抬头，就见一张白净圆脸，眼神清澈得像秋日晴朗的天，除了况同学，还能有谁。

不知何时苏醒的队友转身扒着副驾驶座的椅背，完全没有差点儿回家的自觉，天衣无缝地融入了"团队讨论"。

"你总算醒了！"钱艾一脸谢天谢地，但很快又担忧起来，凑过去连珠炮似的问，"有没有觉得哪里不舒服？头疼脑热？四肢发麻？胸闷气短？手脚冰凉？"

徐望黑线："你这是关心还是诅咒啊？"

“我没事儿，”况金鑫不好意思地挠挠头，似乎觉得有点儿愧对队友的关切，“感觉像睡了一觉，现在都不太困了，神清气爽的。”

钱艾：“……”

况金鑫没逞强，他现在面色白里透红，眼睛炯炯有神，的确元气满满。但就因为看得出，才更让心里七上八下了一路的钱艾心情复杂。

“主要是你保护得好。”徐望拍拍钱同学的肩膀，传递些许慰藉。

钱艾认命，但还是没好气地揉了两下况金鑫的脑袋：“下回再遇见看着像神经病的，离远点儿。”

“哦。”况金鑫应是应了，脑袋里却还是各种关于池映雪的闪回，“他为什么非要和我一起死呢？”

钱艾无语：“能让你想通，就不叫疯子了。”

见况金鑫无恙，吴笙下车换到驾驶位。

甲壳虫在落地后并没有熄火，挡位却挂在停车挡，不知是不是那位中途逃逸的中环十三郎留下的最后一点儿良心。吴笙系好安全带，挂到前进挡，轻踩油门。

“咯噔”，像是车内部零件别了一下的声音。甲壳虫轻晃一下，彻底熄火。

吴笙一脸莫名其妙，他的操作没有任何不当，这车怎么摔下桥没事，他一上手倒歇菜了。

似听见了他内心的疑惑，甲壳虫内响起双声道立体音：“灵魂出窍模式，启动。”

吴笙：“……”

“什么声？”徐望正和钱艾、况金鑫说话呢，一时没反应过来。

吴笙回过头：“车开不动了。”

徐望：“刚才不是还好好的？”

“这是一辆有灵魂的甲壳虫，”吴笙从没想过，自己有一天会这么诗意，“现在，灵魂升天了。”

徐望：“……”

“那边好像有个 4S 店。”况金鑫看向车窗外，远处有一块高耸的汽车广告牌，下面的建筑看不太清，但门脸上的车标在月色下泛着银光。

钱艾掏手机看看时间：“找到车也来不及了。”

况金鑫：“那也不能就在这里耗着呀。”

钱艾：“你现在满状态复活了是吧，你知不知道我们仨怎么从游乐园里突围……不是，你瞪那么大眼睛盯着我干吗？”

况金鑫：“……”

钱艾："行，去 4S 店找车！"

某些时候，钱艾觉得况金鑫才是无敌的。吴笙想以眼杀人还得用文具，况同学自带"正直的死亡凝视"这一天赋技能，直接拷问你的灵魂，无坚不摧。

对于去 4S 店，吴笙和徐望举四手赞成。虽交卷渺茫，但毕竟是被平安符救下了，总不能浪费这额外争取到的时间，多探探路没坏处——丧尸的分布天天变，但城市的地图不会。

踏着夜色，四人避开大路，从小道绕到了 4S 店门前。店门大开，没灯，也没声响，内里一片静悄悄的幽暗，落地玻璃上糊了一片一片的污渍，像血，但太黑了，辨不真切。

"都小心点儿。"吴笙扛着火箭筒打头阵，他慢慢走进店内，脚下几乎没有声音。

徐望拿着霹雳枪，紧随其后。

况金鑫之前向吴笙换来的镰刀在摩天轮上丢了，这会儿就握着钱艾的螺丝刀。

钱艾拿着电锯，走在最末殿后。他本来想把电锯给况金鑫，结果人家表示太残忍了，用不了。被扎心的钱艾在那一刻特希望时光倒流，至少昏迷的队友还可爱一点儿。

4S 店内一片狼藉，借着月光，可见满地文件和车型单，供顾客休息的沙发、茶几也东倒西歪。车辆展示位基本都是空的，只剩一辆白色轿车孤零零停在角落。

四人蹑手蹑脚来到车旁边，吴笙伸手搭上车门，轻轻一拉——锁着。

吴笙又看了看那些空着的展示位，低声道："我们不是第一拨来这里找车的。"

徐望懂他的意思："如果其他车能开走，这一辆的钥匙肯定也在这里。"

"时间不多了，"吴笙说，"我们两人一组分头找，如果遇见丧尸，能打就打，不能打直接跑，尽量把动静压到最小，以免引来更多。"

钱艾、况金鑫一起点头："明白。"

徐望咽了下口水，举起自己的霹雳枪："只要开打，我很难低调。"

吴笙一言难尽地看他一眼："那你就站着别动，丧尸交给我。"

徐望复杂地瞟着他的火箭筒："你确定你这个武器'温柔'？"

"打丧尸不一定非得用武器，"吴笙抬起食指轻叩自己的脑袋，"还可以智取。"

徐望："……"

不用刻意分组，谁和谁搭配好像是自然而然默认的，只区域需要划分。钥匙这种东西，基本不可能放在大厅，所以重点就是办公区。徐望和吴笙负责一层办公区，钱艾和况金鑫负责二层。

目送队友上楼之后，吴笙问徐望："想从哪里开始？"

徐望没半点儿犹豫："卫生间。"

吴笙："……"

徐望用"过来人"的眼神看自家军师："想想我们在哪儿得的原始武器，相信我，鸮对五谷轮回之所有迷之眷恋。"

吴笙："所以会有一个销售员故意把车钥匙藏在洗手间马桶水箱里？"

徐望："你怎么死脑筋呢，就不能是一个带着钥匙的销售员上厕所的时候被咬了，然后永远在洗手间里徘徊，只等着闯关者过来发现？"

论点清晰，论据鲜明，吴笙竟觉得好有道理。

许是为方便顾客，洗手间就在办公区和前面大厅的交界处，离他俩所在的楼梯很近，抬眼就能看见，装修得低调奢华有内涵。两人打起十二分精神，悄悄向其靠近，越近，越能听清内里动静。

滴答，滴答。

洗手间的设计男左女右，滴水声在左边，在夜的静谧里格外让人心生凉意。徐望和吴笙交换一个眼神，后者拿出手机，悄然打开手电筒。二人肩并肩，进入左侧男洗手间。

没了月光，洗手间内暗得厉害，吴笙先用手电筒探了路。洗手盆前空无一物，只一个手盆似乎堵住了，水已满溢，水龙头又没拧紧，滴答声便是来源于此。二人越过洗手台，终于来到洗手间里面。这是一个狭长区域，一侧是小便池，一侧是隔间。

吴笙拉住徐望，不让他继续往前，然后举起手机，一直照到狭长的洗手间尽头。就在尽头，一个穿西装的人背对着他们，面向墙壁蹲着，吭哧吭哧像在啃什么，看打扮，应该就是销售员。但看这架势，好说好商量基本不存在了。

吴笙冲徐望轻点下头。徐望会意，借着手机电筒的光，极小声地和对方挥了下手："Hi。"

西装丧尸维持着蹲在那里的姿势缓缓回头——狰狞发青的脸，眸子褪去纯黑，却也不是城南丧尸的深红或者血红，而是白底微微泛一层淡红色的膜。

"你说，我如果问他钥匙在哪里，他能听懂吗？"徐望把声音压得极低，几不可闻。

然而似乎还是被捕捉到了，西装丧尸慢慢站起，转过身来，彻底和他们面对面。

徐望头皮一麻，吴笙也泛起一阵恶心。

惊骇之际，西装丧尸忽然毫无征兆地冲过来，速度极快，一下子就将吴笙扑倒了。吴笙甚至没看清它是怎么过来的，火箭筒和手机就随着被扑摔到旁边地上。

西装丧尸压住吴笙，张嘴就往他脸上啃去。吴笙再顾不上武器，双手掐住丧尸的脖子，奋力将其往外推，不料它力气奇大，僵持两三秒后，吴笙竟然有些撑不住了。

火箭筒已滚到墙边，手机倒仍尽职尽责发着光。冷白色的光里，丧尸的牙齿几乎要贴上他的脸。

一根拖把杆忽然从天而降，横着压到他掐住丧尸的胳膊上，然后往后一缩，自丧尸后方勒住了它的脖子。

吴笙顺势松手，偷袭得逞的徐望用拖把杆勒着丧尸，将之拖离了吴笙的身体。吴笙迅速起身，跑到距离徐望最近的一个隔间前飞快打开门："把它推进去！"

徐望全身力气都用在和丧尸僵持上，正愁怎么结束战斗呢，闻言立刻松开拖把杆，自后面狠狠将其一推。吴笙选的隔间位置也好，徐望都不用做调整，推直线就行。丧尸没反应过来，像炮弹一样冲进隔间，被马桶磕了个趔趄。

吴笙瞅准时机，"啪"地关上隔间门，用力拉住门把，防止丧尸破门的同时，飞快朝徐望部署战术："爬上去滋他。"

徐望瞬间明白过来，三两下爬上隔间，照着同样在奋力往里拉门把、企图开门的西装丧尸就是一记笔直水线。

动感歌曲唱起时，西装丧尸毫无异样，和城南那些截然不同，仿佛水柱对它造不成任何伤害，甚至隔间门都已被它拉开一指缝隙。然而轻敌终究是要付出代价的。不遮挡不躲避的结果，就是副歌响起时，水线终于直捣丧尸大脑，它瘫倒在地。

徐望松开扳机，清晰入耳却不算太响亮的歌声延续了十秒左右才停下来。

洗手间归于宁静。

徐望从隔间上跳下来，又和吴笙一起屏息听了会儿，确认没有其他丧尸赶过来的动静，这才松了口气。

在游乐园时徐望就发现了，自己可以控制霹雳枪的音乐强度，最强大概就是站在小飞象上召唤丧尸时那样；而最弱就是刚刚，大约是手机外放音乐 80% 左右的音量，其实在这样寂静的环境里也很响了，幸而卫生间够深。

捡起地上的手机还给吴笙，徐望看了眼隔间里的丧尸，心有戚戚然。城北丧尸，从速度到力量，再到抗打击能力，绝对是质的飞跃。

"那个……"倒数第二个隔间的门忽然打开，探出一个圆乎乎的脑袋，"它死透了吗？"

徐望根本没想到厕所里还有人，差点儿吓掉了魂。

吴笙好一点儿，但也好半天才找着声音："死透了。你是谁？"

"被丧尸堵在厕所里的可怜青年。"圆脑袋不出来，似乎很留恋隔间里的安全感，就露一个脑袋和他们说话，"你们杀了丧尸，我要报答你们。"

"报答"两个字让徐望眼睛一亮，再看圆脑袋，就感觉他后脑勺一圈宝箱的金光。

心跳稍平稳些，他才发现自己还抓着吴笙的衣服呢，可见圆脑袋的登场多有冲击力。不着痕迹地把手收回来，徐望清了清嗓子，替仍在思索斟酌的吴笙问："你有车吗？"

“没有。”圆脑袋答得干脆。

徐望：“……”不能救急的 NPC，出场这么酷炫干吗！

“但我能存档，”圆脑袋眨巴下眼睛，“你们要不要来一下？”

自家队长气喘吁吁地跑上二楼找人时，钱艾和况金鑫还以为吴笙出了事，结果被告知不仅没出事，还有大惊喜——距离闯关时限还剩九分钟，男洗手间里惊现存档 NPC。

见四人到齐，圆脑袋也不啰唆，先自报家门：“叫我圆仔就行。”然后继续扒着门框，只露出脑袋，向他们简明讲解，“一旦存档成功，明天你们就会直接出现在这里，并保留你们现在所拥有的全部文具，同时，存档记录消失。但一周内只可以在这里存档一次。”

“这里是指这一关？”吴笙追问，“所以如果一周之内我们去了其他关卡，找到存档点，依旧可以存档？”

圆仔嘴巴半张，眼带茫然：“其他关卡？”

预料之外的回应让吴笙沉默下来。

徐望忽然意识到，圆仔不是不理解吴笙的提问，而是就连吴笙建立提问的基础，之于他都是一片空白。

“哎呀，你们好磨蹭，到底要不要存档？”圆仔不耐烦了，从隔间里伸出一只手，“存，就把手给我，不存，就大声拒绝！”

四伙伴面面相觑，不约而同走上前。谁也不会和彩蛋作对不是。

四只手一个叠一个地落到圆仔肉肉的掌心，存档 NPC 十分执着，脚就是不出隔间半步，他站在马桶前，托着他们的手，闭上双眼，口中念念有词：“存今时之境，续已结之缘，纵荆棘多险，愿前路平安。”

话音落下，四人手臂上的猫头鹰同时发出淡金色的光。四光汇成一束，淡金成了金，直冲而上，又在撞到天花板后散开，点点落金如雨。

“叮——”

徐望：“获得 < 防 > 阿拉丁魔毯。”

吴笙：“获得 < 武 > 大水冲了龙王庙。”

钱艾：“获得 < 武 > 咻咻袖里剑。”

况金鑫：“获得 < 幻 > 孔融让梨。”

“叮——”

小抄纸：“存档成功。”

伴随最后一滴“金雨”落地，洗手间重归夜色，四伙伴却仍没从惊讶中回神。存档成功的提示他们有心理准备，可这忽然一人得一个文具是什么套路？找到存档点的奖励？

徐望刚想问圆仔，四人手臂上又共同响起第三声、第四声“叮”。

两条新信息的抵达几乎是无缝衔接的。

成绩单：“总成绩榜本周奖励已发放。”

成绩单：“总成绩榜已开启，请尽快查看。”

徐望被这接二连三的信息砸得有点儿蒙。自离开第一关，他们再没收到过来自“成绩单”的提示，更重要的是，哪怕在第一关，他们收到的信息也只是其他队的交卷情况，而“成绩单”下两个子选项，“总成绩榜”和“交卷速度榜”，从进入鸮的那天起就一直是点不开的灰色。如今，这“总成绩榜”猝不及防就开启了，还是在距离五点只剩两分钟的时候。速记能力大考验吗！！！

徐望再没时间多想，迅速点开榜单。

总成绩榜：

TOP1. 范佩阳、滕子晏、万锋芒、张潜、郑落竹（11/23）

TOP2. 方锦、费凡、李灯、邵竞仪、印恒嘉（10/23）

TOP3. 陈关、顾念、江大川、孔立泽、王断然（10/23）

TOP4. 傅文顼、贺兰山、秦锐、武彦超、赵沐辰（9/23）

TOP5. 冯让、计云雷、魏孟寒、朱墨、邹珺（8/23）

榜单没有想象中的复杂，上面只显示获得奖励的五支队伍，按榜单公布一刻的实时成绩排，顺序前五名。

徐望刚把榜单上的名字浏览了一遍，闯关时限就到了，一顿天旋地转后，再睁眼，已是景区之内。

## 3

清晨的黄河口将要迎来黎明，极远的天尽头、水云相接处，已泛起一抹微微发亮的黄。

宁静安逸，晨风清凉，被血污、嚎叫浸染的末日之城恍若隔世。

然而人回来了，四伙伴的心却还挂在那最后一刻的榜单上。

况金鑫第一个出声，他向来不懂就问：“为什么榜单上的队伍都是五个人？”

“是不是后面的关卡需要再增员啊？”钱艾也不清楚，只能顺着猜。

“那‘本周奖励’呢？”况金鑫又问，“是指每一周都会给前五名的队伍发奖励？”

“对啊，一周一次。”钱艾答完才觉出不对，“你之前没见过？”

况金鑫愣了："你见过？"

钱艾忽然反应过来，自己进入鸮的时间比三位队友早，连忙解释："在和你们组队之前，我见过一次这个榜单，当时第一名成绩好像是……"他苦思冥想，总算抓住了记忆碎片，"对，10/23。"

况金鑫皱眉："可是茅七平说过，最厉害的队伍已经到了第十三关，刚才那个第一名才到第十一关。"

"肯定是第十四关没过去，又后退了呗。"钱艾说。

徐望没说话，但心中已了然。他、吴笙和况金鑫是同一天入鸮的，到今天正好七晚，一周。比他们早几天进来的钱艾，上一次看见榜单的时候，应该正好是他们被吸入鸮的前一晚。

见况金鑫还皱着眉，已经想得差不多的徐望便接着钱艾的话茬继续给队友解释："我们在榜单上看见的，是当前实时的五个最好成绩，曾经闯到过哪一关不是奖励的发放标准。"

况金鑫总觉得不太公平："如果我这一周里成绩排名都在前五，恰好发奖励前的最后一刻交卷失败，后退三关，成绩跌出前五，那多冤啊？"

"就是因为成绩时时刻刻在变动，没有绝对公平的量化标准，所以只能一刀切。"吴笙自沉思中抬头，"反正发奖时间是固定的，要是怕和奖励失之交臂，那一天就去无尽海吹吹风好了。"

况金鑫简直豁然开朗，看他的目光充满佩服："笙哥，你好狡猾。"

吴笙："……"用贬义的词进行真诚的正面赞美，实在让接收者心情复杂。

又累又乏，四伙伴实在没有等待日出的心情，简单聊过两句便往回走。不承想，他们生生走来了黎明，走来了黄河日出，竟还没走出景区。那一路从城南飙到城北，真不是白飙的。

于是他们从赶路变成走走停停，时不时欣赏一下朝阳、湿地和各类水鸟，也算劳逸结合。

不过有时候，命定的缘分来了，真是挡也挡不住。

他们就这么随心所欲地散步，愣是在路过一片芦苇荡时遇见了"老朋友"。

圆寸的岳帅、学生头的苏明展、戴渔夫帽的陶阿南、扎小辫的蔚天杭，阵容是整齐的，只是相比分别时憔悴狼狈不少。

饶是如此，徐望还是一个急刹车，本能拦住左右伙伴，不让大家再往前。

岳帅见状，无语："又不是在鸮里，我就是想让你们继续蹦，它也不符合科学规律啊。"

在现实世界中遇见鸮里面的对手，对于岳帅他们来说习以为常，但对于徐望他们来说还是第一次。这是一种非常微妙的感觉，仿佛鸮和现实的界限变得模糊了。

徐望甩甩头，调整心态，让思绪回归现实，这才重新打量四位“故友”，试探性地问：“交卷没成？”

蔚天杭气呼呼地哼了一声。

岳帅没好气挑眉：“何以见得？”

徐望摊手，摇摇头：“啧，头发乱的，脸上脏的，满头满身蹭的都是血，实在不太像‘凯旋之兵’。”

岳帅恨得牙痒痒：“说别人之前，能不能拿手机照照自己……”

“你们交卷成功了？”苏明展敏锐捕捉到徐望眼底的得意。

徐望怔了下，忙收敛心神，一副懊恼状：“没有，时间到了，弹出来了。”

苏明展半信半疑地看他。

徐望立刻昂首挺胸，从头到脚写着问心无愧。

苏明展又去看其他人。

吴笙双手插袋，斜四十五度看朝阳，从头到脚写着“这么英俊的男人你见过吗”；钱艾薅起一根草，撩况金鑫；况金鑫被弄得脸颊发痒，一边乐出了声，一边也薅一根草反击。

苏明展忽然不想承认，自己的队伍昨天竟然被这么四位弄得差点儿登不上船。

“我们也是，”见队友没观察出什么破绽，岳帅再度开口，“时间到了，强制退出。”

徐望叹口气：“那你们不是要后退三关？”

岳帅挑眉：“你们不退？”

徐望说：“退啊。”

岳帅耸耸肩：“那不就得了。”

徐望：“……你为什么看芦苇？”

岳帅：“欣赏自然之美。那你为什么看朝阳？”

徐望：“汲取天地力量。”

岳帅：“……”

徐望：“让我们再给彼此最后一次信任？”

岳帅：“我觉得行。”

苏明展：“一，二，三。”

徐望、岳帅：“其实我们不走。”

徐望、岳帅：“你们也找到存档点了？！”

苏明展：“要不你俩组队得了。”

吴笙：“实名拒绝。”

气场合不合，是件很玄妙的事。明明在鸮里结下了“一蹦之床”的血海深仇，可回到现实，看着对方和自己差不多的狼狈样，又觉得那些都过去了，反正当时谁也没让着谁，谁也没光享福不吃亏。

存档点这事一摊开，就没什么不能聊的了，两支队伍混成一队，避着主路，沿小道往景区外走。八人走了一路，俩队长就聊了一路，自然也聊到了阳光电影院的59分试卷和游乐园的攻防战。

徐望：“59分也太心塞了！那后来怎么样了？”

岳帅：“海洋球玩过吗？”

徐望：“不及格的惩罚是玩这个？”

岳帅：“把海洋球都换成丧尸。”

徐望：“……”

岳帅：“你们呢，真从那帮疯子手底下闯过去了？”

徐望：“如假包换。”

岳帅：“……”

徐望：“你那是什么眼神？”

岳帅：“嫉妒。”

徐望：“……”

岳帅：“你刚才说，你们才进来一周？”

徐望：“对。”

岳帅：“那你们真的很厉害。”

徐望：“你忽然换这么正直坦诚的画风，我有点儿不适应……”

得知岳帅他们是在阳光电影院存的档，徐望才真的意外：“存档点不止一个？”

“看来是这样。”岳帅说。

徐望听出他语气中的不确定，疑惑看他。

岳帅放弃，实话实说：“我们也是第一次发现还有存档点这种东西。”

“那你们之前……”

“失败了就后退啊。”

“哦。”

“‘哦’是个什么反应？”

“深表同情。”

“但也未必是每一关都有存档点。”吴笙强势插入，“据我观察，这一关非常耗时，如果我是设计者，也会在这里设置存档点。但像上一关，全程就在一架飞机里，五小时问出密码，时间是够的，我个人认为，就没必要再设存档点，否则交卷难度也太低了。”

“据我观察？我个人认为？”徐望转头，看着莫名就和他俩肩并肩的吴笙，“你能不能给点儿客观证据？”

吴笙歪头：“我的推理，还不够说服力吗？”

徐望：“……”那个被吴笙刻意加重的“我”字，怎么听怎么像“本王”。

岳帅刚想就吴笙的推断讨论一下，忽然被苏明展拉到一旁。

“怎么了？”他一头雾水。

苏明展瞥他一眼：“人贵有自知之明。”

岳帅更蒙了。

苏明展叹口气：“三人行，必有灯泡焉。”

岳帅一愣，低头看看自己：“我？”又抬头看看前面仍斗嘴的两位，“他俩？”

苏明展欣慰点头：“分组正确。”

岳帅恍然大悟：“难怪我总觉得那个姓吴的一路都在瞪我。”

苏明展：“不客气。”

岳帅：“我还没说谢呢……”

四人之后，是肩并肩跟着的陶阿南、蔚天杭，还有专心欣赏沿途风光的钱艾和况金鑫。

蔚天杭：“你说队长有没有反应过来，阿苏一直挎着他胳膊？”

陶阿南：“应该没有，咱们队长是单线程思考，不能同时兼顾‘聊天’和‘看胳膊’两件事。”

蔚天杭：“当初咱们怎么选的队长呢……”

灰头土脸、一身血渍的八人终于沿着野路翻出景区，幸而时间早，外面还没什么路人，但把打车软件叫来的出租车司机吓着了，好说歹说才没拒载。回了黄河口镇，两队分道扬镳，各自回了宾馆，并没有一起聚餐这样温馨的节目。

晚上说不定还要“兵戎相见”，感情处太深不好。

## 4

况金鑫：“为什么给我点这么清淡的，我要吃肉！”

钱艾：“傻里傻气被人害过、掉酒池里、大晕初愈的，没资格挑食。”

况金鑫：“……”

摆满山东美食的两个小方桌，一张是老钱的直播区，况金鑫隐藏在对面，吃自己有饭有菜就是没油水的病号餐；一张是队伍领导班子区，徐望正单手托腮，绝望地看着对面的吴笙。

“姜。”

正准备继续夹菜的吴军师筷子一顿：“嗯？”

徐望叹口气：“我说，你刚才吃的那块，是姜。”

吴笙皱眉回忆了一下，颇为愤慨：“太像鸡肉了，易容术登峰造极。”

“看不出来你还吃不出来吗！”徐望崩溃，“你这一下午到底神游什么呢？”

吴笙收敛心神，严肃起来：“两件事。”

徐望没想到还真有正经的，赶忙坐好，乖得像个三好学生：“说来听听。”

“第一，存档点。”吴笙说，“既然存档点不止一个，那么也可能是三个、四个。我们找得到，岳帅队找得着，一看就更有经验的池映雪他们队会找不到吗？”

“你该不是想要告诉我，今天晚上还会遇见他们吧……”吃饭的时候听见这种噩耗，简直是暴击。

“如果昨天是他们这一场 3/23 的第一天的话，”吴笙给队长碟子里夹一颗八角，以应和当下话题的气氛，“今天大家喜相逢的概率基本就是百分百。”

徐望看着那颗八角，总觉得它伸出了两根细胳膊，握着无人机手柄，冲自己恶魔般嘿嘿笑。

“第二件事……”吴笙继续，徐望忙抬头看他，“圆仔。”

徐望：“……”圆仔和存档点，请问这两件事有什么区别？

“或者这么说吧，”像是看出了徐望的无语，吴笙换了个说法，“NPC，我在想鸮里的NPC。”

这个徐望就感兴趣了：“怎么讲？”

“你记得第二关里那些机场地勤吗？”吴笙问。

“当然，”徐望想忘也忘不掉，“来来回回就那几句套话，问其他就一脸茫然地看你，尤其是给我们办登机牌那个，说话腔调都不像人了，特机械，还阴森森的。”

“嗯，”吴笙也是这个感觉，“但飞机上那些乘客就不一样了，许二零、沈一四……一个个都特别逼真。”

徐望说：“这一关也是啊。那个丁小车，我从头到尾都忘了他是 NPC 了。还有圆仔，就算知道他是存档点，我还是觉得他是人，是有生命的。”

“就是这个，”吴笙看向徐望，目光炯炯，“鸮里面的 NPC，复杂程度是有区别的。”

徐望接收到了灼热眼神，但没接收到知识点，着急道：“能不能说得通俗易懂点儿？”

吴笙：“可以。打个比方，如果每个 NPC 都有一套独立的程序……”

徐望：“……”他还是自己努力理解吧。

吴笙：“那么越逼真的 NPC，程序的算法就一定越复杂，且这个算法的运行逻辑必须无限趋近于人类大脑，才能让他们那样自然地应对我们。”

“人工智能？”徐望怎么听，都觉得刚才那一堆有的没的，提取出来就这四个字。

“类似。”吴笙也不能下定论，只是圆仔的出现让他开始认真想这件事。

徐望琢磨半晌，摇头：“算法再高级，NPC 还是 NPC，丁小车不觉得末日丧尸有什么不对，圆仔也根本不知道还有其他关卡，很可能他连存档的真正含义都不懂，那些说词不过是设定。”

“这就是问题所在！”一团不甘于在知识海洋里自由泳、非要哪吒闹海的火焰，自吴笙眼眸深处熊熊燃起，“他们有非常高级的算法，却只被赋予了极其有限的信息，就像一辆超级跑车永远被限速二十公里。”

徐望稍稍贴紧椅背，免得被求知的火焰燎着：“请大胆说出你的谋划。”

吴笙微微扬起嘴角，极克制的笑容里是已然按捺不住的科研之魂：“如果我们有意识、系统性地给这些 NPC 灌输外部信息呢？”

每天晚上被迫斗智斗勇已经让人身心俱疲，今夜很可能还会遇见凶残对手，更是让前路布满阴云，而现在，他的军师想在闯关之余教 NPC 做人……

生活啊，太艰辛了。

## 5

午夜鸮声起，四伙伴进入紫色旋涡，不同于平日的晕眩感，这次他们一路风驰电掣，穿梭时光隧道一般回到了 4S 店的洗手间。

霹雳枪、电锯、螺丝刀，以及只剩三个炸弹球的火箭筒，悉数回到众人手中。

哦对，还一个剃须刀。

吴笙把火箭筒还给况金鑫，自己拿过螺丝刀——昨夜是况金鑫昏迷刚醒，虽然看着没事儿，但扛火箭筒仍稍显吃力；现在已经见识过城北丧尸的实力了，更不能让小况只拿一把螺丝刀。

换完武器，吴笙立刻去隔间里寻圆仔，准备实践自己的“教育理念”。

徐望已经给钱艾和小况科普了吴军师的“犀利设想”，虽然他们觉得，在一个魔幻世界里研究怎么开发人工智能总有点儿怪怪的，但实话实说，心底还是有那么些许微妙期待。

不料，隔间里空空如也。

“早该想到的。”吴笙懊恼。连丧尸的分布都在每天变化，何况存档点这么重要的NPC。

“二十三关呢，有的是机会，你就好好写教案吧。”徐望拍着自家军师的肩膀，心里却在替未来即将遇到的NPC们点燃“好好学习，天天向上”的蜡。

洗手间没了圆仔，大厅里却多了好几辆车，还有一个躲在财务室里瑟瑟发抖的销售员。

这时候，四伙伴才真正体会到在这里存档的妙处。

昨天，迎接他们的，是其他队伍光顾完的4S店，仅剩一台车，销售员还不知所踪。但今天，他们赶上了头席，各种车型随便挑！

他们也不客气，直接选了一辆最宽敞、最结实的大七座豪华SUV尊享版。待伙伴都坐好，吴笙发动汽车，SUV离开4S店，进入宽敞马路后疾驰起来，不可阻挡的气势犹如一方霸主！

吴军师终于懂了中环十三郎的快乐。

转眼他们便重回高架桥，沿着地图一路往西。这一次再无险阻，他们无比顺畅地下了高架桥，又开过了美术馆，除了撞飞一些丧尸，竟没遇见一个同行。

“再十分钟就能到医院了。”吴笙已把地图印在了脑袋里。

“才过了三十七分钟，”钱艾看一眼手机，“今天也太顺了吧？我怎么那么没底呢……”

“我们存档的位置好，”况金鑫向来见幸运就接着，总怀疑这怀疑那多辛苦，“一来就有车，一出4S店就上高架桥，肯定跑在所有队伍前面了。”

徐望倒是认可这种说法：“这么短时间，城南的队伍来不及过河，城北的队伍也未必有我们这样便利的条件。”

“岳帅他们呢？还有游乐园那帮家伙……”自从得到“今夜可能喜相逢”的预警，钱艾就一直惦记着，而且惦记得非常分裂。对于岳帅队，他不希望遇见，无关友情，主要是规避战斗风险。但对于池映雪队就截然相反，他恨不能立刻遇见。

“他们的存档点在别处，”吴笙说，“即便要去医院，和我们也有时间差，一路上没遇见正常。”吴笙用的是“时间差”，不是“谁前谁后”的明确表述。

徐望听出端倪：“你觉得，他们有可能比我们更快？”

吴笙说：“从阳光电影院去医院，路程和我们这边差不多，如果岳帅他们是在找到新车之后存的档，那今天就可以和我们一样直接开车上路。”

“池映雪他们如果也存档了，存档点说不定更近。”徐望冷静下来，太过顺利的行程让他不自觉乐观，忘了危机才是鸮里的常态。

“医院里可能已经有好几队人马，”况金鑫先认可队长和军师的担心，然后话锋一转，“但也可能谁都没有，就等着我们呢！”

徐望莞尔，他就喜欢这么正能量的小太阳：“借你吉言。”

十分钟后，路果然到了尽头，迎接他们的却是一栋欧式别墅，精致的铁艺栏杆围出前院，院门前挤满了丧尸，两米多高的镂空雕花院门已被推搡得摇摇欲坠。

“这是……医院？”钱艾自后排倾身向前，凑近挡风玻璃看，“装修太浮夸了吧？”

“不对，”吴笙说，“医院在这栋别墅后面。”

经提醒，小伙伴们才看见，那从别墅屋顶上露出的一点点红十字的边缘。别墅基本上把医院彻底挡住了，要不是高度上差这一点儿，极难发现。

“地图上没这栋别墅，”吴笙略一思索，“应该和河心岛、游乐园一样，都是隐藏地点。”

钱艾郁闷，就像外卖送来了发现没筷子，想吃还得等：“这玩意儿就挡在医院前面，怎么办？”

“闯。”徐望解开安全带。

这栋别墅堵住了通向医院的最后两百米，无论哪支队伍、从什么方向过来，都别无选择，要么穿过别墅，要么放弃。

队长拍板了战略方向，军师自然就要开始制定战术了：“调虎离山，深入虎穴，眼观六路，见机行事。”

然后队长审核部署：“OK。小况，一会儿你向后方轰一个炸弹球，等到门口的丧尸都被引开，我们就迅速进入，再根据里面的情况随机应变。”

况金鑫：“为什么要向后方轰？”

徐望：“如果别墅里有人，太近的爆炸会让他们警惕，稍微远一点儿更有利于我们潜入。”

钱艾：“你是怎么从四个词里领会这么多的……”

半分钟后，北京时间 00：50，鸮时间 18：50。

SUV 悄然开到路边，于繁茂的树下隐蔽。一枚火箭炮自后车窗射出，在最后一丝夕阳余晖里炸出漫天绚烂。拥挤在铁艺大门前的丧尸群忽然静下来，下一秒，最外围几个丧尸率先转身，奔往爆炸处，尔后丧尸群哗啦一散，呈一大片朝反方向狂奔，犹如蝗灾过境。

随着最后一个丧尸在大道上跑过，徐望立刻道：“下车！”

四人迅速离开 SUV，猫着腰，贴着路边，在树影的掩映下极快地向别墅靠近，转眼已到门口。那被丧尸群摧残多时的大门竟已半开了，要不是他们那一火箭炮，八成现在别墅里就要开丧尸茶话会了。四人敏捷闪入院门，殿后的吴笙将门扇虚掩上。

进了院门，正对着的就是别墅本身的大门，然而现在那厚重的实木门敞开着，长长的走廊看不清尽头的景象，却能听见里面的打斗声。

果然有人比他们先到了。

徐望刚这样想，手臂却忽然响起一声“叮”，其他伙伴亦然。四人互看一眼，下一秒飞快奔向院角，跳到篱笆后面隐藏，保命动作之迅速、保命选址之默契，简直梦之队。

幸而四合一的“叮”声在室外听起来不算大音量，何况屋内更吵，这突来的提示音并没让他们暴露。观察几秒，确认无恙，小伙伴们才低头看信息。

小抄纸："欢迎进入别墅穿越战，你有15分钟时间穿过别墅玄关、走廊、饭厅、客厅，抵达后门，悠然离开。成功，医院在前方迎你；失败，回到今夜开始的地方。祝好运。"

吴笙：“还剩十四分三十九秒。”

“九十九拜都拜了，不差这一哆嗦。”徐望深吸口气，“进。”

钱艾：“……”都末日了，就不能简简单单打丧尸吗？！鸮是魔鬼吧！

四人来到别墅门口，屏住呼吸，鱼贯而入，脚步放得极轻。

一进门，玄关就躺着两具丧尸尸体，伙伴们小心翼翼地跨过，进入悠长走廊。

复古的欧式壁纸和昏黄色的壁灯，让整个走廊即使在灯火通明里依然显得幽暗压抑。两边墙壁上的大量血迹，对氛围的营造也功不可没。装修华丽却幽深曲折的走廊，就像一条通往地狱的路。

走廊尽头，饭厅映入眼帘。

打头的徐望脚下一顿，竟没再敢往前走，随后的三人也看见了饭厅里的场景，心下一骇。

桌倒椅翻，满地丧尸尸体，几乎没有下脚的地儿。坍塌的酒柜被压在尸堆之下，看不见残骸，只剩碎裂开来的浓郁酒香，混杂在更浓的血腥气里，呛得人呼吸困难。这哪儿是饭厅，停尸房还差不多。

徐望回看身后的伙伴一眼，目光凝重。

大家都懂。别墅里的丧尸被全歼，若歼灭丧尸的队伍也离开了，他们当然可以坐享其成，但现在的问题是，这支队伍不仅抢在了他们前面，战斗力还特别凶残，而且还没走！能让这样的队伍苦战到现在，客厅里该是怎样一番景象？

徐望正悚然，忽见一个丧尸尸体上的东西很眼熟——虽然螺旋翼已损毁，机身和枪身也裂成两段，但残骸都在，拼也拼得出一个完整的无人机机枪。

“还真是不到黄河心不死。别忘了，我们可是比你们晚三分钟进来的，就算拖到最后又怎样，你们十五分钟满了直接回存档点，别墅内一切文具效果强制解除，而我们还剩一百八十秒，就是散步也出去了……”

客厅的打斗不知什么时候停了，一个似曾相识的声音自客厅里传出，直线进入饭厅，又拐着弯儿飘到走廊与饭厅相接处的转角墙根。

徐望眯起眼睛，这胜券在握的淡定，这轻视对手的恶习，除了那位“丘比特之箭”，简直不作第二人想。果然，丘比特他们也存档了，而且存档的时间绝对是在游乐园混战之前，所以已经被况金鑫轰掉的无人机机枪今天还能用。

如果机枪可以，那文具……

啊，他这辈子都不想再中一次爱神箭了！

慢着，丘比特在和谁说话？难道客厅里还有其他队伍？

徐望心中疑惑刚起，客厅里就起了另外一个更熟悉的声音：“话别说太满，不到最后一分钟，谁笑还不一定呢。”

这是他认识的岳帅？这两米八的领袖气场是用了幻具吗！！！

转身冲自家伙伴比了个“嘘”的手势，徐望又指指饭厅和客厅相接处的墙壁后面。同样听出客厅内战局的仨伙伴心领神会。

自进入别墅就做贼似的一行人重新猫起腰，踩着尸堆间的缝隙悄悄潜入饭厅，来到紧邻客厅的墙壁转角。

饭厅和客厅之间没有门，只一扇隔断一样的墙。

这会儿，墙侧悄然探出四双眼睛，客厅之内，一览无余。

全部家具都被推到客厅东、西墙根，两支队伍，八位“故人”，也随着家具分列两侧。客厅内没有一具丧尸尸体，因为除了东、西墙根外仅剩的两条极窄地面，整个客厅地板已成了一潭四四方方的死水湖。

但湖里肯定不是普通的水。因为后门就在北面墙，走不过去总可以游过去，却无人敢下水。

丘比特队长说“你们十五分钟满了直接回存档点，一切文具效果强制解除”，显然，这一池死水是岳帅那边的杰作。不过，这个文具好像不分敌我，以至于双方队伍都竭力躲着水边，生怕沾着。

客厅东侧墙根，韩步庭站电视柜上，李子近、厉夏站在沙发上，池映雪骑在一人多高的大鹏展翅雕塑上，也不知道大鹏能坚持多久。

客厅西侧墙根，岳帅踩在茶几上，算唯一比较稳当的，接着就是坐在屏风上努力维持平衡的陶阿南，在窗帘上辛苦抓着的蔚天杭，还有水晶吊灯上倒挂金钩的苏明展。

先前说八人分列两边不太严谨，至少苏明展同学一枝独秀，牢牢掌握着客厅中央的制空权，也不知道他怎么上去的。

虽是岳帅队用文具拖住了丘比特队，但看双方姿态，谁占上风还是一目了然的。

太过专注战场的八个人都没注意到隔墙有眼。

徐望四人悄悄退回饭厅。

“无色无味的腐蚀性液体，”吴笙压低声音，就自己的观察给出一个靠谱的方向，“类似浓硫酸那种。”

“那我们要怎么过去？”钱艾想想客厅里那场面，就有种已经被强酸腐蚀灼烧的疼，“能不能等他们两队时间耗完了我们再穿越，反正我们进来的比他们晚。”

吴笙摇头：“第一，失先机；第二，毁优势。”

钱艾点点头，假装自己听懂了。

徐望点点头，是真听懂了：“的确，如果等，就意味着要让他们之中的某一队先进医院，我们再去追，太被动。而且现在战场扫清，那两队又在彼此消耗，对于我们来说天时地利，如果等到补位的丧尸群回来，我们必然暴露，一切优势就都没了。”

钱艾仰望天花板，终于知道自己为什么当不上班干部了。

“补位丧尸群？”况金鑫疑惑出声。

徐望说：“你仔细听。”

况金鑫愣住，侧耳去捕捉，发现别墅外的丧尸嚎叫似乎有越来越近的趋势。

“这个别墅的丧尸应该是持续性补充的，”徐望说，“否则前面队伍把路趟平，后面队伍捡现成就行了。”

“必须赶在丧尸群补位之前，”吴笙列出行动方针，“主动迅速地一击即成。”

“强酸池好过，”徐望亮出自己的“文具盒”，“我有小飞毯。”

况金鑫：“队长，你这个好像叫‘阿拉丁魔毯’。”

“肯定会飞，”徐望说，“无尽海上那个飞毯见过没？我有预感，就是这个。”

钱艾：“文具能重复？”

吴笙：“也没证据显示不能重复，没说不能就是能，可以一试。”

钱艾：“你俩这么一唱一和，我很慌啊……”

“当然，还是要做方案B，万一魔毯不能飞，”徐望无比期待地看队友，“老钱，就用你的‘咻咻袖里剑’掩护我们撤退。”

钱艾感觉压力一瞬重千斤：“是谁让你对我的战斗力这么有信心……”

“如果魔毯真能飞，那就只剩一个问题，”徐望脸色沉下来，“他们两队不可能眼睁睁看着我们飞过去，但凡其中一个有远程武器或者文具，先回存档点的就是我们。”

钱艾懂了，就是小板车穿越野生动物园，还是猛兽区：“那就先偷袭，再用飞毯过酸池。”

“偷袭是肯定的，关键是怎么一网打尽。”徐望从刚才就在想办法，脑仁都想疼了，却还是没头绪。但如果不能一网打尽，那八位同行必定还手，到时候混战再起，结局就难说了。

现在那两队僵持，不过是先前打累了，都在借着短暂休息盘算下一步计划。鹬蚌相争，渔翁得利，当渔翁的机会只这一次，他必须一击即成。

钱艾的“咻咻袖里剑”？吴笙的“隐身斗篷”“大水冲了龙王庙”？小况的……徐望还没想起况同学有什么文具，倒先瞥见了况同学清澈的目光。他蓦地意识到从研究偷袭开始，况金鑫就异常安静。

徐望定定地看向他，坦诚交心：“交卷队伍只能有一个，队长我不想后退，就没办法时刻光明磊落了。”

况金鑫讶异，连忙摇头，声音不敢太大，却坚定：“这是比赛，我们尽全力，就是对对手最大的尊重。”

幸福来得太突然，敲打得徐望热血澎湃的：“那你刚才一直看我……”

“我是在想，”况金鑫低头看自己的“文具盒”，“什么样的幻具会叫‘孔融让梨’。”



## 6

客厅。

韩步庭看着对面茶几上的岳帅，耐心消磨殆尽：“我不想无谓浪费文具，你们为什么总要死缠烂打？”

岳帅其实已经没招了，等到现在，无非是想看看会不会有其他队伍进来搅乱战局，博得一线生机。没想到韩步庭还要和他谈心，关键是说的话还让人听得半懂不懂。

“我……们？”

韩步庭眼底暗下来，显然不愿回忆。

厉夏连眼睛都没抬。李子近看队长脸色不好，也识相的不多言。

池映雪骑鹰骑得正无聊，立刻热心帮忙解惑：“昨天被你们逃掉之后，游乐园又来了一队，把韩步庭精心呵护的几个文具都消耗了，幸亏事先存了档……”

“精心呵护”四个字被染上微妙的戏谑音调，他似乎越说越回味，徜徉在那段斑斓记忆里，嘴角勾起，开出一朵笑靥小花：“很有趣。”

岳帅看得出，他是真觉得有趣，所以也看得出，韩步庭的脸更黑了。

虽是对手，但这一刻，他莫名有点儿同情韩队长。

然而韩队长还真不是浪得虚名的，完全不为所动，只冷漠脸地看一眼手表，贴心提醒对手："你们的时间还剩四分钟。"

"还是听听外面的丧尸叫吧，"实在坚持不住的蔚天杭从窗帘上慢慢滑下来，小心翼翼地踩到极窄的墙根地板上，"用不上四分钟，丧尸群就补进……"

"蔚天杭！"吊灯上的苏明展忽然一喝。

蔚天杭吓得一哆嗦，没好气地瞪天花板中央："你吼什……"似终于明白过来自己做了什么蠢事，蔚天杭的反问戛然而止。

韩步庭眼里最后一丝踌躇消失殆尽，他抬手点开胳膊上的猫头鹰图案。

要不是当着对手的面，蔚天杭真想抽自己。吃饱了撑的提醒对手丧尸要进来，这不逼对方提前送自己队伍回存档点吗！

刚才的对战已经用光了他们的文具，之所以能僵持到现在，一来是他们虚张声势，二来就是韩步庭总希望以最小的消耗取得成功。现在好了，韩步庭再舍不得，这个文具也必定会用了。

**鸮："有人对你使用了 < 幻 > 孔融让梨哟。"**

顽皮提示音响起，却不是在岳帅他们耳内，而是在正准备点武具的韩步庭耳内。他本能抬头，锐利目光一霎扫过对岸四人。

岳帅四人皆一脸茫然，这选着选着文具忽然瞪过来一眼是什么套路？释放霸王气？

韩步庭立刻反应过来："还有一支队伍在这里！"

闻言，李子近和厉夏立刻进入备战状态，警惕打量四周。连池映雪都微微一顿，尽管骑着大鹏的姿势仍慵懒，但眸子里的闲散已然慢慢收敛。

韩步庭正欲下达进一步指令，忽然觉得不对——"文具盒"里的图标少了一个，还是他今天读档后好不容易回来的那个！

孔融让梨，是孔融心甘情愿把更大的梨让给哥哥……不是哥哥直接过来把又大又甜又好看的梨偷走！韩步庭这个孔融当得很不开心！

但人生就是这样，永远不要觉得事情糟，因为它还会更糟。

**鸮："有人对你使用了 < 幻 > 丘比特之箭哟。"**

这一次，在场八位同行都听见了销魂的提示音。

然后，一个白胖小天使出现在天花板中央偏左一点儿的空中——因为正中央被吊灯和苏明展占了——手持小金弓，转着圈地射出小金箭。金箭如桂花雨，箭箭戳在八位同行心窝。

厉夏、李子近和池映雪不约而同看韩步庭，前两者不可置信，后一者莫名其妙。

韩步庭已经快咬碎了牙："他们偷了我的幻具。"

“你们能不能别打哑谜。”更蒙圈的岳帅受不了了，捂着扑通扑通的胸口，“什么还有队伍？谁偷了你的幻具？这到底是什么鬼，怎么让人蠢蠢欲动的！”

场面濒临失控，一张小飞毯悠然飘进客厅，华丽登场。

八同行怔住，一瞬间懂了爱。

阿拉伯风情的花纹毯上，仨队友排排坐，整齐得像春游小学生。只况金鑫一人站在毯尾，左右瞭望，视线高频率地扫过两侧所有人，释放着“致命的吸引力”。

飞毯不疾不徐地在硫酸池上面飘，方向很明确，就是门口。

坐姿端正的徐队长时不时向左右歉意微笑：“不好意思，不好意思，先走一步，先走一步。”

岳帅、苏明展、陶阿南、蔚天杭、韩步庭、厉夏：“……”

池映雪：“飞毯……他们怎么总有这么酷炫的文具……”

李子近：“现在是羡慕的时候吗！！！”

他们想对况金鑫动手，却每每念头一闪，就沉溺在窒息的爱意里。他们想对另外三人动手，可每每被况金鑫扫一眼，又沉溺在窒息的爱意里，简直不忍心伤他队友分毫。

飞毯终于来到后门前，门自动打开，似也知道胜利者已经出现。

随着飞毯缓缓离开，门也慢慢合上。八人眼睁睁看着门的缝隙越来越窄，就在还有三十度便要合拢之际，门外忽然又探回两个拉仇恨的脑袋。

现在是全客厅男神的况金鑫同学依然是辅助系，目光压制全场。

借着队友的掩护，徐队长和同行们掏了心窝：“我不能让你们追上来，不然到医院还得打，对不住了……”

韩步庭一时没懂，微微拧眉。

岳帅一看那伸进缝隙的枪口，彻底绝望：“Oh……No！”

扳机扣下，凌厉水线直透客厅，击打在壁挂钟上！门被抵着迟迟不合，扳机不松，水线亦不停，一秒，五秒，十秒……震耳欲聋的迪斯科动感音乐在客厅内响起，几乎掀翻别墅屋顶，躁动起了院门口每一个丧尸的心。

丧尸涌进来的一瞬间，后门“砰”地关上，可依然听得见渐行渐远的“迪斯科”……

鸮里面就没有静音模式吗！

大批丧尸一涌入客厅，就下饺子似的噼里啪啦掉进酸池，但也有小部分及时刹住脚步，看一眼，便知道寻两边窄条地板。

这么小的空间，打两下就得一起掉硫酸池。

不，都不用打，第一个丧尸已经把屏风扑倒，眼看陶阿南就要掉进去了！

岳帅再顾不得其他，猛地集中注意力，解除文具效果。硫酸池一刹那消失，陶阿南“咚”地摔到地板上，躲过一劫。

韩步庭他们终于等来了硫酸池解除，却为时晚矣，丧尸已经将他们困在墙角。

岳帅队的时间已耗尽。

“叮——”

小抄纸：“别墅穿越战失败，回到今夜开始的地方。”

岳帅：“……”

昨天是阳光电影院，今天是穿越别墅，他们和“局中局”一定八字不合！

不过一想到穿越过去的是徐望队，岳帅又有一丝欣慰。如果非让他选，他宁可踩过自己撞破终点线的是徐望，也不乐意目送韩步庭。可惜，留给韩步庭队的时间还有三分钟，如果他们身手够利落，未必不能突围成功。

万般操心间，岳帅连同三位队友被瞬间送回了阳光电影院的存档点，亦是今夜闯关开始的地方。

他的担忧不是没有道理，因为就在他们离开后，不过两分半钟，韩步庭队就收拾了全部丧尸，从容开门，完成了别墅穿越战。

然而有一点岳帅没想到，韩步庭也没想到。

“有绳子吗？”

走出别墅，医院近在眼前，向来游荡在队伍最末的池映雪忽然低低出声。

他说话时，语调轻扬的时候多，总给人一种漫不经心感，一旦低下来，听着冷静了，倒不像他了。

“有，”背着双肩包的李子近警惕看他，“你想干吗？”

“我肩膀被咬了。”池映雪轻轻抬眼，“你们最好现在就把我绑上，因为再过一会儿，我就不是我了。”他的脸上不见半点儿紧张，语气也淡，可话里没玩笑意味，就是平静地陈述事实。

平静到让李子近后背发凉。

“照他说的做。”韩步庭没有上前确认伤口，因为池映雪没必要撒这种谎。

李子近咽了下口水，立刻卸下双肩包，翻出里面的麻绳——这就是为被咬同伴准备的。因为交卷条件是大家一起带疫苗到医院，却没规定必须是“健康的大家”，所以一旦有队友被咬，绑着到医院就是了，回头交卷通关，被咬者便会恢复正常，来过这一关多次的他们早有准备。

池映雪垂下头，站在那里一动不动，眼眸敛在华灯初上的光影里，难得的安静让这一刻的他看起来是那么漂亮、美好。

李子近猛地摇头，甩掉自己不切实际的错觉。漂亮？那等他疯起来你再看。

麻绳刚套上一圈，还没系呢，池映雪忽然抬头，一脸“我是谁，我在哪里”的茫然和惊诧。

李子近吓一跳：“你干吗？”

池映雪没说话，只迅速打量四周，再打量三位队友。

李子近是真有点儿慌了，他才和这位新队友相处两天，实在扛不住，求助似的回头看韩步庭。韩步庭微微皱眉，也在观察池映雪。

先说话的倒是引发这一切的本主：“我被咬了是吗？”他的声音依然很低，却不是先前那种刻意压轻的低，更像是与生俱来的低沉感，但因为池映雪的声音并不是低沉磁性款，所以声音的条件和声音的气质产生出一丝割裂的违和。

李子近真要疯了：“你有病吧，不是你告诉我们你被咬了吗！”

池映雪点点头，像是再次理解了似的：“抱歉，你继续。”

李子近傻了，池映雪和他道歉？

“快一点儿，”见李子近愣着不动，池映雪催促，“丧尸病毒的潜伏期最多只有几分钟，一旦发病，想制住我就难了。”

虽只短短一句话，但条理清晰、简洁务实，这还是那个坐海盗船上假装飞翔的神经病吗？

“啊！”

厉夏忽然骂了句，飞快冲过来，毫不留情地将李子近扑倒！

同一时间，刚被捆了一圈、几乎等于没束缚的池映雪已经一口啃上了面前的空气。

如果厉夏没扑过来，啃的就是李子近。

飞快爬起来的李子近和厉夏迅速后撤到韩步庭身边，三人肩并肩，同已然感染的池映雪对峙。

“都怪我动作太慢了！”李子近恨死自己了。

“不是你的问题，”韩步庭深深盯着池映雪，“是他有问题。”

李子近无语，却又只敢在心里吐槽。当然有问题了，池映雪现在的眼睛已经一层红膜，与城北丧尸无异了。

似料到李子近会腹诽，韩步庭进一步解释：“和丧尸病毒无关，我是说，他这个人不对劲。但现在没时间管那些了……”他朝李子近伸手，“备用绳子给我。”

李子近立刻翻包递上。

他们有无数种方法送池映雪回家，但要是想交卷，就只能活捉。

“厉夏，”韩步庭说，“封他嘴。”

“嗯。”被点名的沉默青年简短回应，而后戴上手套，自包里翻出口罩和宽胶带。

随着工具到位，三人散成一圈，将池映雪围在中间。

池映雪来回看着他们仨，似在挑选下手目标，待看见厉夏手中的口罩，仿佛预感到了什么般猛然启动，以百米冲刺的速度直扑李子近！

李子近站在那里纹丝不动，似早就等着池映雪来扑。

转瞬，池映雪已到跟前，眼看就要扑到李子近身上，后者忽然弯下腰，用力拿头朝他的肚子顶去。

正常情况下，受到这种撞击，人都应该会受不了地向后踉跄，而池映雪背后的韩步庭已经准备好了绳圈。不曾想，池映雪竟接住了，并以极快的速度抓住了对方的肩膀，在李子近尚未反应过来之际，生生将人提了起来，冲着脖颈动脉狠狠咬下去！

这一口，连变异的机会都没了。

李子近只来得及体会针扎一样的刺痛，便听见了送别的戏谑音：“宝贝儿，提前放假，送你回家。”

弹回现实前的最后一刻，李子近看进了池映雪的眼睛。

那里面没有丧尸池映雪，也没有人类池映雪，那里只是一片极幽暗的深渊，或许还住着鬼。

（第一部正文完）

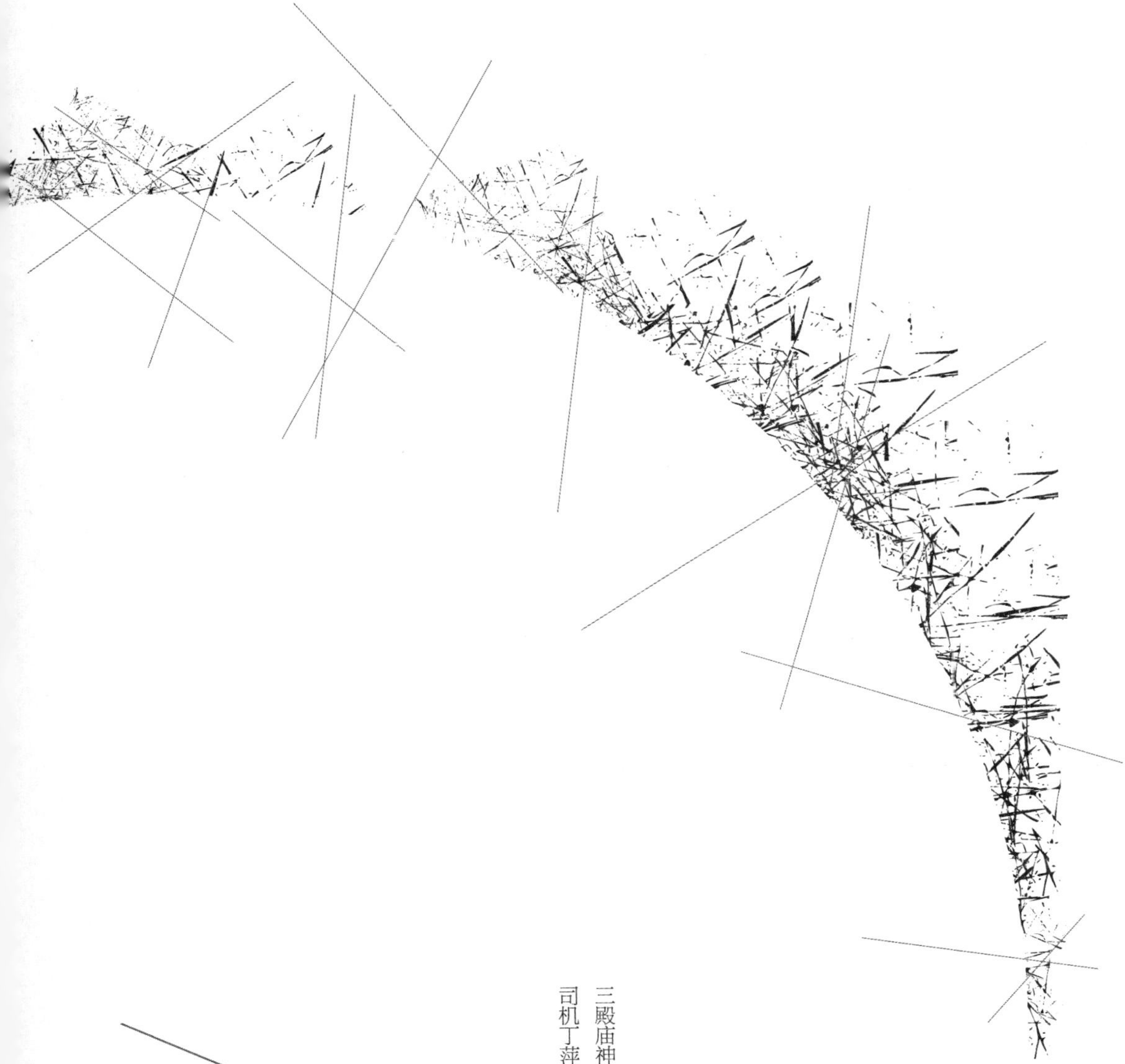

三殿庙神君觉醒，
司机丁萍水相逢。

# 番外 丁小车与甲壳虫

DING XIAO CHE YU JIA KE CHONG

# 上

旭日初升，4S 店刚一开门，顾客便踏破了门槛。

保安荷枪实弹，既要检查进店顾客是否被感染，又要防备不时从路边蹿出的丧尸。

展示大厅内人满为患，几乎每一款车型都被选购者围得水泄不通，想坐进去试一试还要排号。唯独一处，即大厅东北角，略有点儿冷清。

一辆紫色甲壳虫展示在那里。

车旁边只站着两位男顾客，一个高些，身材颀长，俊逸非凡，很少有男人会留的长发在他身上不显得另类，反而气质脱俗；另一个比他稍矮一点儿，但也年轻帅气，青春活力。

俊逸非凡的那个望着紫色甲壳虫，目光痴迷。年轻帅气的那个，白眼快翻上了天。

“美。”孟章想了半天，也只想得到这一个字。

丁小车绝望：“你的审美太扭曲了。”

孟章转头看他。丁小车咽了下口水：“你、你看我干吗？”

孟章唇角微扬，笑意浅淡，如清风，如明月：“美则美矣，不如你。”

“……”丁小车最终向糖衣炮弹投降，“导购！”

不怕神君没审美，就怕神君一张嘴。

二人当场付款，当场提车，很快便开着紫色甲壳虫，悠悠驶回丁小车家。

虽然木已成舟，丁小车仍是吐槽了一路，直到进了家门还在碎碎念：“魅惑红、薄荷绿、冰片蓝、马卡龙粉、薰衣草紫……你买过的车，颜色都能凑个热带果篮了！”

孟章正在换鞋，闻言愣住：“热带……果篮？”

“就是一堆五颜六色的热带水果放在篮子里，”丁小车边说边比画，“堆成小山，热情洋溢的……”

孟章还是迷糊：“热带水果，和楼下水果店里的水果有何不同？”

丁小车形容不出来，干脆拿纸笔画起来：“这个叫芒果，黄澄澄的，楼下水果店里就没有！”

孟章看着那幅怎么瞧怎么像鹅卵石的画作，脑中还是难以对这枚热带水果产生什么具体影像。

丁小车看着自己的作品也有些一言难尽，末了叹口气：“早知道拿手机拍下来了，”他有点儿抱歉地看向孟章，“那帮外乡人也没带实物，就是他们边看手机相册边闲聊，我瞄到过一眼。”

外乡人，即每天固定在某个时间段出现在这座城市里的人。

孟章和丁小车说过，如果看见外乡人身上有新奇物件，或者听到他们说些不懂的话，尽量都记下来，或许有用，或许无用，反正日子闲散，两人共同推敲、琢磨，还多些乐趣。

话虽这么说，但也不必句句较真、事事铭记，可显然，丁小车上心了，并为自己没做到最好而觉得抱歉。

认真得近乎傻气，这是丁小车身上最让人犯愁的地方，却也是最可爱的地方。

孟章将人抱住，周身隐隐檀香让人不自觉感到平和宁静：“谢谢你让我选车。”

丁小车咕哝：“本来也是你花钱……”

“非也，”孟章纠正他，“我现在花的每一个铜板，都是你的钱。”

丁小车：“……”

“那天我就说过了，”孟章拉开一点儿距离，郑重地看进丁小车的眼眸深处，宣誓一般，“从今以后，我的香火钱归你。”

孟章神君不记得元神出窍以前的事。

他是在五年前的某一天突然脱离了神像桎梏，元神得到自由，才开始有记忆的。之后的一年，他虽仍在三教殿寸步未离，却从“香客”的闲谈中大概拼凑出了这个世界。

这是一个丧尸横行的都市。丧尸会咬人，被咬者会感染甚至死亡，香客们的任务是护送疫苗到中心医院。而他的任务，则是给这些香客们赐福。只要有人发现他的神像并上香，他脑中就会立刻浮现无数兵器和物件，仿佛它们千百年前就根植在那里，他只需从中随意选两样赐给对方即可。

日子就这样有条不紊地过了三百多天，丁小车来了。

那是一个雨夜，被捆成粽子的家伙，“咚”的一声摔进三教殿。

踹他进来的是四个香客，进了殿还不罢休，又朝他身上补了几脚。

躺在地上的人毫无还手之力，但可以还嘴：“我借你们车，你们还打我，以怨报德，下十八层地狱……”

飘在半空的孟章都替他无语，这时候破口大骂，除了傻，找不到第二个字形容。

果然，四人更怒了，踹得也越发狠：“你鸣笛引丧尸怎么不说？啊？老子差点儿死河堤路上！”

被踹者疼得直哼哼，但就是不服软：“我说了车给你们，我要回家，我不想去城北，你们凭什么不放我！”

香客间总有恩怨，最多的时候几队混在一起打，那才壮观，所以这一类情景，孟章见怪不怪。他转身，准备飘回墙壁后的神像，坐等被寻觅，一句冷哼让孟章顿住。

“老四，你和一个 NPC 对骂，吃饱了撑的。”

NPC，这是很多香客叩拜他时套到他身上的称呼。他不理解这是什么意思，却懂得如果大家都叫 NPC，那就该是同类。

孟章从来没在三教殿里见过同类。他只见过香客和尾随香客而来的丧尸。

“啊！”被踹者忽然发出一声凄厉惨叫。

孟章心里莫名一颤，僵硬回头，只见四人中眼神最冷的那个，用一柄匕首刺穿了被踹者的小臂。

伤人者面不改色地拔出匕首，甩甩血，收回刀鞘。而被踹者已经疼得喊不出声了，脸色煞白，额头布满汗珠。

另外三个香客也傻眼了，连刚才踹得最狠的那个都面露不忍：“不用这么凶残吧……”

伤人者受不了地叹口气，抬眼瞥他们：“说多少回了，别真情实感，这就是一帮 NPC，明天就恢复出厂设置了，OK？”说完，他又看向缩成一团的被踹者，轻哼着问：“现在，带不带我们去城北？”

被踹者咬紧牙关，愣是不言语。

伤人者蹲下来，不紧不慢道：“看来还得补一刀。”

被踹者慌了——眼神是骗不了人的，孟章可以从那双眸子里感觉到极度恐惧的战栗——可他仍倔强沉默着，几乎咬破了嘴唇。

眼看伤人者满不在乎地再度拿出匕首，孟章忽然就愤怒了，那怒气来得极猛烈，他甚至都还没想好要如何，整个三教殿就剧烈晃动起来。

"地震？！"

三个香客一下子慌了，连伤人者都变了脸色。可三教殿的摇晃不仅没停，反而更甚，房梁上掉下阵阵尘土，外面屋顶则不断有瓦片滑落、摔碎。

"还等什么啊，赶紧跑吧！"

"隐藏彩蛋……"

"命都没了要屁彩蛋！"

四人仓皇而逃，跑在最末的还不忘抓紧绳子，把被踹者生生拽起来往门外扯。

孟章哪会给他机会，瞅准他出门的瞬间霎时关闭三教殿大门！两片门板就像钢刀，一下子切断了麻绳，还没来得及被扯出去的被踹者跌坐在地。

孟章上前想看看他的情况，结果那人只在地上坐了几秒，可能是意识到身上的绳索松了，忽然弹起，一溜烟跑到香案底下，藏得那叫一个隐蔽。

听着汽车声，那帮人该是跑远了，孟章索性停了地动山摇。三教殿回归寂静，他抬手一拂袖，倒下的香炉、火烛恢复原貌，刚才的狼藉再没半点儿痕迹。

"你藏那里做什么？"孟章落地，现出真身。

"谁、谁在说话？"供桌底下传出牙齿打战的询问。

孟章哭笑不得："出来不就知道了。"

"不。"桌底下的人坚持，"万一还有余震呢，躲这里最安全！"

"余震"是什么？孟章记住这个新词，准备以后再研究，之后上前两步来到供桌前，蹲下来。

桌底下的人嘴唇都发白了，整个身体抖得厉害，胳膊上血糊了一片。就这状态，和他对视的瞬间这人竟然愣了，半天说出一句："你头发好长。"

孟章怔在当场，忽然就不知道说什么了。良久，他才找到自己的声音："不疼吗？"

桌底下的人一怔，似终于找回三魂七魄，他倒吸一口凉气，"嗷"一嗓子嚎出来："疼啊！疼死了！他们不是人——"

孟章忍住捂耳朵的冲动，朝鬼哭狼嚎的那人的胳膊上轻轻吹了一口气。伤口和疼痛一并消失，只剩血迹证明坏人曾来过。

桌底下的人一脸不可置信，先试探性地轻戳一下胳膊，发现不疼，又用力拍几下，真不疼，这下开心了，一脸惊奇地问他："你是神仙吗？"

四目相对，空气突然安静。

孟章酝酿半天，发现能答的就一个字："是。"

他所有的从容、所有的仙风道骨，在这样完全摸不着节奏规律的交流里，荡然无存。

“刚才的地震也是你弄的吗？”看出他好像不太懂，青年在桌底下逼仄的空间，依然坚持双手比画外带声音模拟，“就刚才那个咣当咣当稀里哗啦啊啊啊——”

孟章艰难咽了下口水：“……嗯。”

青年眉目舒展，给了他一个毫无保留的灿烂笑容：“原来这世上真有神仙，还这么帅。”

不知为什么，看见他笑，孟章也忍不住嘴角往上。

“我叫小丁。”青年双手合十，焚香叩拜似的，“谢谢神仙救我。”

“我叫孟章。”情不自禁地，他也报出了自己的名字。

小丁意外：“神仙也有名字？”

孟章：“……嗯。”

小丁皱眉看他：“神仙，你为什么总是‘嗯’？”

孟章：“……”

小丁：“完了，连‘嗯’都没了。”

孟章神君从来没有这么被动过，他决定抢回交谈的主导权：“你也是赐福者吗？”

小丁茫然看了他一会儿，忽然问：“我能出来吗？”

“你不是担心余震？”词不懂，但话孟章可是记得清楚。

在低矮桌案底下歪了半天头的小丁，可怜兮兮地皱起脸：“担心，但是脖子好酸……”

孟章没好气地把人拉出来。小丁上下左右动了半天脑袋，舒服了：“你刚才问什么？”

“你是赐福者吗？”孟章叹息着又重复一遍，仙途第一次觉出疲惫。

“不是。”小丁坚定摇头，摇完问，“赐福者是啥？”

孟章：“……”

雨下了一夜，仙君也和小丁“秉烛夜谈”了一宿，终于弄明白了，小丁虽不是香客，但也不是他这样的赐福者，只是一个生活在这座城市里的普通人，一个被迫借车的倒霉蛋。同时孟章也了解到，这座城市里还有许多人，和小丁一样努力生活在丧尸的重重围困中。

夜，是这个城市最危险的时刻，商店被砸、铺子被抢、尸群横行、血流成河。但白天，这些痕迹都会淡去，店铺重开，大部分丧尸蛰伏，城市里的武装力量上岗，所以人们的生活还可以照旧。

“回城北上班？”见小丁要走，孟章忽然有点儿舍不得，“你不是死也不去城北吗？”

“那是晚上，白天就没问题啦。”小丁担忧地看了眼袖子上的血迹，“就是来不及换衣服了，领导肯定要骂我。”

孟章回忆了一下见过的香客们，挑了个他看着最顺眼的，抬手轻轻一扬，小丁从头到脚就换上了和那位一模一样的干净衣服。

“你也太好用了吧！”小丁喜滋滋地看着一身新行头，发自肺腑地称赞。

“……”孟章已经放弃了，小丁爱说什么说什么，他微笑就好。

朝气满满的青年走到庙门口，忽然想起什么似的，急忙回头：“我以后还能来找你玩吗？”

“当然。”孟章还没来得及细想，回答已经给了出去。

小丁嘿嘿一笑，心满意足。

“且慢，”孟章忽然想起惦记了一晚上的事，“你叫丁什么？”

姓名姓名，总该有姓有名。

小丁愣愣地看着他，完全没懂似的：“就叫小丁啊。”

孟章蹙眉：“没有名字吗？”

小丁第一次收到这种问题，很是认真地想了想，末了遗憾摇头：“没有，我姓丁，大家都叫我小丁。”

目送对方离去，孟章反复回味那句“我以后还能来找你玩吗”，竟不自觉生出一丝期待。

十天悄然而过。

往日里，十天对于孟章来说就如流水，转瞬即逝，这一回却度日如年。

他怀疑自己和小丁之间，对于“以后”的认知存在偏差。

他的“以后”就是几天后，小丁的“以后”呢？他不知道，但是他等不下去了。

孟章第一次有了离开三教殿的冲动，而且想了就做了，竟然没一丝迟疑。

小丁上班的地方在城北，下班则回城南，孟章清晨出去的，在城北上空飘了一白天。

这是他初次看见香客们口中的末日都市，但完全没有欣赏风景的心情，他只想找到小丁，找到了就问一句——“你知道骗神仙是什么下场吗？”然而这座城市人海茫茫，各种建筑、各种商铺、各种车水马龙，即便是神君，在这里找个人也如大海捞针。

及至夜幕落下，城北在一片混乱惨叫后陷入死寂，城南也没了白日喧嚣，人们躲进安全地带，屏息度过漫漫长夜。这时候，仍在城南路上开着的车才显眼起来。

孟章每见到一辆便飘下去确认。他的元神无影无形，香客也好，城市里的人也好，都无法察觉到他的存在。

如此这般，他终于在第九辆车里见到了小丁。

他又“被借车了”。

这一次，借车的四人很客气，好吃好喝地招待丁车主。孟章飘进后排的时候，这位男青年正咔咔嚼着薯片，好不惬意。

孟章朝他吹气。小丁感觉到一阵风吹得脸上痒痒的，抬手抹一把，继续吃，毫无被神仙盯上的自觉。

孟章忍住气，直到车至码头、那帮人弃车上船，小丁重新坐回驾驶位，准备开车回家，他才在副驾驶位现身。

满腹不满还没等控诉上一句，看见他的丁司机就先尖叫了，声音简直能冲破车顶。

“啊啊啊鬼啊！”

孟章崩溃，实在没好脾气了，狠狠弹了一下他的脑门。

鬼叫戛然而止，丁司机捂着自己的额头，可怜巴巴地看他：“为什么弹我？”

孟章暗自叹气，忽然又有点后儿悔，应该弹轻一点儿的，但语气仍硬邦邦的：“毁约者，人神共弃。”

小丁莫名皱眉：“毁约？我毁什么约了？”

“你说以后来三教殿但十天没来，就是毁约。”孟章才不管其他，在他这里，“以后”的期限最多十天。

小丁眼里没出现愧疚，倒是疑惑更浓：“三……教殿？”

他脸上没有任何玩笑意味，就是单纯的茫然，孟章看得心里一抖，忽然慌了：“小丁？”

“你知道的我名字？”小丁挑眉，彻底诧异了，“我们认识吗？”

## 下

小丁失忆了。

不，孟章觉得这个说法不准确，应该是小丁一直生活在“单日循环”里。

上班，下班，回家路上有人借车就借，无人借车就回家，待到第二天，一切归零。睡眠是循环的分界点，小丁一觉醒来就会忘掉前一天做过的事、遇见过的人、说过的话。

孟章试过用仙法，也试过阻拦对方入眠，全都没用。

而这已经是一年前的事了。

一年前的孟章愤怒过、暴躁过，甚至冲着毫不知情的小丁发脾气，但后来，他接受了现实。小丁忘了他又怎么样，大不了每天重新认识一回。

三教殿内，没人察觉他们刚刚发现的“隐藏神君”在走神，因为其中三个在虔诚叩拜，另一个则围着神像仔细端详，神情专注得像个考古工作者。

“孟……章？”功夫不负有心人，考古兄终于在神像袖口发现了极难察觉的两个字，“这是青龙神君啊。”

孟章被拉回心神，第一眼先看自己的袖口，一片素净里还真隐隐有“孟章”两个字的暗纹，他元神出窍两年都没发现。

“青龙神君？”一个上完香的虚心求问。

考古兄立刻来了精神，侃侃而谈：“青龙神君是四方神君之一。东方青龙孟章神君、南方朱雀陵光神君、西方白虎监兵神君、北方玄武执名神君，这就是传说中的四方神君……”

“我说，你们是来闯关的，还是来研究传统文化的？”第二个上完香的站起来，没好气道。

热络讨论的二人悻悻闭嘴，考古兄连忙补上自己的香。

孟章随意给了两件武器，待他们离开，还沉浸在新获取的信息里。他知道自己是孟章神君，是个神仙，但仅此而已，他从没想过自己还有什么背景和渊源。

月落，日升，所有外乡人离开，丧尸蛰伏，城市重归安宁。孟章神君以元神飘出三教殿，奔赴城北。

上午九点，城北某办公室里阳光明媚，白领青年小丁正在自己的工位上摸鱼上网，忽然一句呼唤飘飘摇摇传入耳中。

“小丁……”

他以为是同事叫他，立刻抬头四下看，但每个同事都忙碌着，哪有人理他。

“小丁……”

他头皮发麻地咽了下口水，重新把目光放到电脑屏幕上，假装自己什么都没听见。

孟章就爱看他这样，明明害怕还硬撑着，可爱得要命。

“好了，不逗你了。”孟章轻声说着，元神落到小丁工位的隔板上悠然而坐，以只有小丁能看见的姿态缓缓现身。

小丁眼睁睁看着工位挡板上出现一个人——一个大活人坐在那脆弱的挡板上，挡板不垮掉就算了，连一点儿承重的声音也没有，就像那人根本没重量似的……

孟章捂住耳朵，看着对方慢慢缩紧的眼神，心里默念：“一，二，三。”

“鬼啊啊啊啊啊——”

孟章弯下眉眼，还是熟悉的小丁，很好。

至于尖叫，听了三百多遍，已经被他自动翻译成“神君，别来无恙”。

“小丁！你乱号什么！”

“啊，这一页又写废了，小丁我恨你！”

同事们不明所以，纷纷吐槽抱怨。

小丁愣住，张着大嘴，瞅瞅同事，再瞅瞅孟章，声音虚下来：“他们看不见你？”

“对，”孟章看他，“只有你是特别的。”

小丁懵懂地眨巴下眼：“为什么？”

孟章不语，从怀中掏出一封信。小丁接过信展开，没看几秒，吃惊的眼睛就越瞪越大。

严格来说，那不算一封信，而是一份手写说明。但重点是，通篇全是他自己的笔迹！

**说明**

我叫小丁，我有一个神仙朋友，叫孟章。他是一个长发美男子，法力无边，对我特别好。但是我总失忆，总记不住他，所以特别立此说明，用来提醒自己！！！

除了手写说明和三个感叹号，落款还有他的签名和手印。整个说明从头到尾都散发着“你必须给我相信”的强烈压迫感。

海量信息来得太突然，小丁彻底蒙了。

孟章陪聊一天，到傍晚快下班的时候，小丁终于完全接纳了这个“神仙朋友”。

与此同时，疑惑和危机感也随之而来。

他疑惑的是：“你说你也只记得两年以内的事，那两年前呢？”

孟章也想过这个问题：“不记得了，可能和你一样，也循环着。”

小丁觉得这个答案挺诚恳，虽然对方没办法说清楚怎么两年前就突然不失忆了。

但解了疑惑，危机感就随之而来：“我每天都失忆，你却记得所有事，那你不是太占便宜了吗？第二天你怎么说都行，就算你骗我，我也不知道。”

“我永远不会骗你。”这是孟章的回答。

说这话的时候，他的目光清澈、坚定，仿佛里面有一片星空。

回家路上，小丁开车，孟章坐副驾驶位，自然得仿佛那里是他的专座。

“你听说过四方神君吗？”等红灯的时候，孟章忽然问，“或者青龙神君？”

“没有，”小丁问，“怎么了？”

“有人说我是青龙神君。”孟章说，“我想知青龙神君有何背景渊源。”

小丁想了一下，说：“你可以去图书馆查呀。”

“图书馆？”孟章元神飘的时候路过那里几次，却从来没进去过，也不清楚里面是做什么的。

“市中心图书馆，”小丁以为他不知道地方，“就在一过河的城北，离阳光电影院很近。”

孟章觉得，与其问来问去，不如一探究竟：“我们现在就去吧。”

小丁：“啊？这个不在我计划里啊。”

孟章："就当为了我。"

小丁："本来就是你的事吧……"

孟章："多谢。"

小丁："我还没说同意呢！"

孟章："你有想过给自己起个名字吗？"

小丁："不要转移话题……再说我有名字啊，小丁。"

孟章："太敷衍了。"

小丁："你有好的建议？"

孟章："丁小车怎么样？"

小丁："你的更敷衍好吗！！！"

孟章："嗯，就这么定了，丁小车，我喜欢。"

小丁："……"

白色小汽车默默改了方向，奔赴市图书馆。

握着方向盘的丁司机一边嘴上嫌弃，一边心里默默念了两遍，小车，丁小车。

名字是个很奇怪的东西，没有就没有了，一旦有，整个心就蓦地充实起来，好像有一些飘了许久的东西，落地了，安稳了。

车前方忽然出现拦路障，小丁猛地一脚刹车！

孟章还想着图书馆的事，一时没反应过来，等看清跑过来的四个人就本能隐身，回归元神状态。

车门被打开，四人不由分说把小丁扔到后座，抢了车就改道，往中心医院开。

夕阳刚下，华灯未上，这伙外乡人算动作很快了。

但被打扰的孟章神君很不开心，尤其是他们对小丁还很不客气，推推搡搡的，十分粗鲁。

不大的小车里挤了五个人和一个元神，元神虽不占地方，但这是盛夏，天气闷热，开车窗，呼呼吹进来的都是热风，关车窗，憋闷难忍。

"王哥，开一下空调吧。"后排某男第二次提醒司机。

"早开了，没反应，这什么破车！"司机愤愤拍了一下方向盘。

小丁皱眉，刚想说"我的空调没问题啊"，就见孟章轻轻挑眉，一脸看好戏的惬意。得，神仙不高兴了，决定惩罚一下横冲直撞的外乡人。他一条小鱼，只能跟着热成鱼干了。

凉风毫无预警地吹过脸颊、脖颈，带来一阵舒适。

小丁抬起头，就见孟章飘在驾驶位和副驾驶位中间，轻轻朝他摆手扇风。整车人都热得汗如雨下，只小丁独享凉风习习。风里还带着一丝檀香，沁人心脾。

小丁递过去一个感谢目光。神君弯下眉眼，回他一个特别好看的笑。

小丁低下头，一点儿也不想回家了，因为回家就要睡觉，睡完就会把今天的一切都忘了。

他不想忘了孟章。

车行至码头，船却已经被动作更快的人抢走，一行人只得改道去走桥。小丁便要求下车，步行回家。

那帮人虽然粗鲁，但也不是全然冷血，还是多问了一句："想好了？别以为离家近，快走几步就能到，丧尸可比你更快。"

"没事，"小丁飞快看孟章一眼，自豪道，"我有平安符。"

孟章情不自禁地伸手去摸他的头，结果忘了自己还是元神，扑了个空。等到把小丁平安送回家，他才落地现身，不甘心地补第二下、第三下，直接把人头发揉乱了。

小丁乖乖站在那儿，任由他揉着："神君都像你这样吗？"

孟章："什么样？"

小丁："温柔。"

孟章手下一顿，过了会儿，斩钉截铁地摇头："不是，只有我这么好。"

小丁点头："我想也是。"

孟章收回手掌，没半点儿心虚。他虽然没见过其他神君，甚至都不知道他们在哪儿，但想也知道，这个世上怎么可能有比他孟章更好的神君。

"对不起，"小丁忽然道歉，"没陪你去图书馆。"

"无妨，"孟章是真不在意，"明天去也一样。"

"可是明天……"小丁有些丧气地耷拉下脑袋，小声咕哝，"明天我就把你忘了……"

孟章眉眼含笑，眸子深处却无比郑重："你负责傻乐，我负责记得。"

翌日傍晚，小丁的车里。

"鬼啊啊啊啊啊——"

孟章捂耳朵，上亲笔说明。

"的确是我的字，但……你还是很可疑啊！！！"

偶尔是会遇见这样多重怀疑的小丁，但孟章神君也不是浪得虚名的。手机录音开启，小丁原音重现："我叫小丁，孟章神君是我最好的朋友，我每天都会失忆，所以要把这段话录下来。小丁，你给我听好了，不许不认孟章神君，不许对神明不敬，否则这辈子都单身！"

听自己训自己是件非常诡异的事情，也就是因为拿着这份证据的人颜值还过得去……唔，良心痛……好吧，颜值非常赏心悦目，他才能勉强信一下。

但这诅咒也太恶毒了吧，怎么可以为了一个外人这样诅咒自己！

“行，我相信我们是朋友了。”小丁一脸不甘愿地看着眼前仙衣飘飘的俊逸神君，闷声闷气地问，“那你到底想干吗？”

孟章从副驾驶位俯身过去，帮丁司机系好安全带：“去市图书馆。”

一路上很平静，小丁总觉得该发生点儿什么，比如有人借车一类，但都没有，两人顺利抵达了图书馆。

此刻已经闭馆，馆内一片漆黑，孟章衣袖一扬，门就开了，灯就亮了，保安就睡了，简直神奇。

呈现在二人面前的是一片书海。

小丁刚想问他要找什么，以便热火朝天投入搜寻，却见孟章闭目冥神，嘴唇微动。

很快，不知哪个书架上传来书籍被取出的声响，尔后，一本泛黄的薄册子就飘到了孟章面前。没一会儿，又一本书飞过来。最终，陆陆续续十几本书悬在半空，整齐排列在二人眼前，名字大多是“神话”“道家”“古代”一类。

神君点点头，结束仙力感应：“有青龙神君的都在这里了。”

小丁刚燃起的那么一丁点儿为朋友出力的心碎了：“那你找我来干吗！！！”

“我想和你一起看。”孟章抬手，第一本小册子翻开，没几下便到了有“青龙神君”几个字的那一页。

“这是你的背景渊源，又不是我的！”小丁吐槽，但还是好奇地凑了过去。

书页里，一条青龙盘于空中，被绘得威风凛凛。图下密密麻麻的小字，解释着它是天地四灵之一，后来被逐渐拟人化，得到封号“孟章神君”。

“我想知道自己是谁，”孟章定定地看着书页，不错过每一个字，“也想让你更了解我。”

小丁安静下来。他大概明白孟章的用意了，可正因为明白，又莫名有点儿心疼这个只认识了一傍晚的神君——了解了有什么用呢，如果亲笔说明和录音里讲的是实情，那他明天就会忘记，难不成他还要每天带自己来一趟图书馆吗？

孟章从头到尾、仔仔细细看完了十几本书，大部分是讲青龙神君的渊源的，也有几本关于道家法术，讲如何请下青龙神君为己所用、降魔驱邪。

几乎每本书里都有插图，有的画得很有气势，青龙出云，吐雷郁气，呼风唤雨；但有的就很敷衍，龙画得像小蛇，看得孟章腹诽不已。

明明书里说的是自己，可孟章看时却毫无触动，但当把那些文字和图像吸收入脑海，再一回味，便有了强烈共鸣。渐渐地，他真觉得自己可以冲上云端，遨游四冥。

从图书馆回小丁家的路上，车子又被劫了。

“你……记得昨天？”孟章的声音轻轻发颤，像是狂喜之后又浮出一丝害怕。

害怕高兴错，害怕心落空。

“当然记得，”小丁垂下眼睛，盯着地面咕哝，“神仙变身啊，想忘都难吧……”

孟章眼底发热，更加用力地将人搂紧，像要把人揉进身体。

小丁愣了一会儿，慢慢抬手环住他。他有朋友了，他的朋友是青龙孟章神君，人帅，龙更帅。

就是这个审美……

“车能退吗？换个颜色也行。”

“不能退，但可以再买。”

“那算了……”

“不用担心钱。从今天开始，我的香火钱归你，你归我。”

“……”

“对了，你有名字的。”

“嗯？”

“你叫丁小车。”

① night owl

# 子夜鸮

作者
颜凉雨

封面绘图
弦得凰

封面设计
杨小娟

内文版式
周沫

图片总监
杨小娟

责任编辑
徐慧

责任发行
周冬梅

出版社
中国致公出版社

总出品
湖北知音动漫有限公司

制作出品
知音动漫图书·漫客小说绘

官方微博
https://weibo.com/xiaoshuohui

平台支持

图书在版编目（CIP）数据

子夜鸮. 1 / 颜凉雨著. -- 北京 ： 中国致公出版社，
2020（2021.1重印）

ISBN 978-7-5145-1507-7

Ⅰ. ①子… Ⅱ. ①颜… Ⅲ. ①长篇小说－中国－当代
Ⅳ. ①I247.5

中国版本图书馆CIP数据核字(2019)第229059号



子夜鸮 . 1 / 颜凉雨 著

| | |
|---|---|
| 出　　版 | 中国致公出版社<br>（北京市朝阳区八里庄西里 100 号住邦 2000 大厦 1 号楼西区 21 层） |
| 出　　品 | 湖北知音动漫有限公司<br>（武汉市东湖路 179 号） |
| 发　　行 | 中国致公出版社（010-66121708） |
| 作品企划 | 知音动漫图书 • 漫客小说绘 |
| 责任编辑 | 徐 慧 |
| 装帧设计 | 杨小娟 周 沫 |
| 印　　刷 | 湖北画中画印刷有限公司 |
| 版　　次 | 2020 年 7 月第 1 版 |
| 印　　次 | 2021 年 1 月第 2 次印刷 |
| 开　　本 | 16 开 |
| 印　　张 | 19 |
| 字　　数 | 350 千字 |
| 书　　号 | ISBN 978-7-5145-1507-7 |
| 定　　价 | 39.80 元 |